reverie

NICOLE BÖHM

RUNNING

up that Hill

Roman

reverie

2. Auflage 2024

Originalausgabe

Gesetzt aus der Stempel Garamond
von GGP Media GmbH, Pößneck
Druck und Bindung von GGP Media GmbH, Pößneck
Printed in Germany
ISBN 978-3-7457-0426-6
www.reverie.de

Klimaneutral
Druckprodukt
ClimatePartner.com/15109-2009-1001

MIX
Papier
FSC FSC® C014496

TRIGGERWARNUNG:

Liebe Leser:innen,
dieses Buch enthält potenziell triggernde Inhalte. Deshalb findet Ihr am Romanende eine Themenübersicht, die demzufolge Spoiler enthalten kann.

Wir wünschen Euch das bestmögliche Erlebnis beim Lesen der Geschichte.

Euer Team von reverie

PROLOG

Zwischen HALEY SHARP, im Folgenden als
»Schauspielerin« bezeichnet,
vertreten durch GABRIELA RODRÍGUEZ, im Folgenden als
»Agentin« bezeichnet,
und
MORGAN PRODUCTION, im Folgenden als
»Produktionsfirma« bezeichnet,
wird folgender Vertrag geschlossen:

1. ENGAGEMENTS

Die Schauspielerin wird von der Produktionsfirma für die zweite Staffel (fünfzehn Folgen) der Fernsehserie »Undercurrents« engagiert. Die Schauspielerin wird die Rolle der Marissa Amell gemäß den Anweisungen der Regie und des Drehbuchs darstellen.

2. INTIME SZENEN

Die Mitwirkung der Schauspielerin umfasst die enge Zusammenarbeit mit ihren Co-Stars, Eric Glover in der Rolle des Jenson Gray und Wyatt Holt in der Rolle des Damon Mayfield. Die Schauspielerin ist sich bewusst, dass die Handlung der Serie »Undercurrents« intime Szenen zwischen ihr und Eric Glover sowie Wyatt Holt beinhalten kann. Alle Parteien erklären sich bereit, in Übereinstimmung mit den ethischen Standards und den Regeln der Professionalität zu handeln.

1. Die Produktionsfirma wird sicherstellen, dass alle intimen Szenen am Set respektvoll und sensibel behandelt werden. Es werden angemessene Vorkehrungen getroffen, um die Privatsphäre und den Komfort der Schauspielerin und der Schauspieler zu wahren.
2. Vor jeder intimen Szene werden die Schauspielerin und der Schauspieler detailliert über den Ablauf, die Positionen, die Kameraeinstellungen und alle geplanten Berührungen oder Bewegungen informiert.
3. Die Produktionsfirma verpflichtet sich, ein intimes Szenen-Stand-In oder eine*n Intimitätskoordinator*in hinzuzuziehen, um den reibungslosen Ablauf der Szenen sicherzustellen und die physische und emotionale Sicherheit der Schauspielerin und der Schauspieler zu gewährleisten.
4. Sollten Schauspielerin oder Schauspieler während der Dreharbeiten zu intimen Szenen Unbehagen oder Bedenken äußern, wird die Produktionsfirma angemessen darauf reagieren und gegebenenfalls Anpassungen vornehmen.

Beide Parteien erklären sich damit einverstanden, die Richtlinien und Anweisungen der Produktionsfirma in Bezug auf intime Szenen zu befolgen, um eine professionelle und respektvolle Arbeitsumgebung zu gewährleisten.

3. DAUER DES ENGAGEMENTS

Das Engagement der Schauspielerin beginnt am 15.06. Die Schauspielerin verpflichtet sich, für Proben, Dreharbeiten und Promotion-Aktivitäten verfügbar zu sein.

4. VERGÜTUNG

Die Schauspielerin erhält für ihre Mitwirkung in der zweiten Staffel von »Undercurrents« eine Vergütung von 30 000 $ pro Folge. Die Vergütung wird monatlich gezahlt. Darüber hinaus werden der Schauspielerin angemessene Spesen für Reisen, Unterkunft und Verpflegung während der Dreharbeiten erstattet.

5. RECHTE UND VERWENDUNG DES MATERIALS

Die Schauspielerin gewährt der Produktionsfirma das uneingeschränkte Recht, ihre Darstellung auf jede erdenkliche Weise zu nutzen, einschließlich Ausstrahlung, Streaming, Werbung und Vermarktung, für die Dauer des Vertrags und darüber hinaus.

6. GEHEIMHALTUNG

Die Schauspielerin verpflichtet sich, alle vertraulichen Informationen über die Produktion, das Drehbuch und andere beteiligte Personen, die ihr im Rahmen ihrer Mitwirkung bekannt werden, streng vertraulich zu behandeln und nicht an Dritte weiterzugeben.

7. KÜNDIGUNG

Beide Parteien haben das Recht, diesen Vertrag fristlos zu kündigen, wenn die andere Partei gegen eine wesentliche Bestimmung dieses Vertrags verstößt.

8. GELTENDES RECHT

Dieser Vertrag unterliegt den Gesetzen des Bundesstaates Kalifornien. Bei etwaigen Streitigkeiten verpflichten sich die Parteien, alle Anstrengungen zu unternehmen, um diese in gutem Glauben und auf dem Verhandlungsweg beizulegen.

9. SONSTIGE BESTIMMUNGEN

Alle Änderungen oder Ergänzungen dieses Vertrags bedürfen der Schriftform. Dieser Vertrag bildet die gesamte Vereinbarung zwischen den Parteien und ersetzt alle vorherigen Vereinbarungen oder Absprachen.

UNTERSCHRIFTEN:

DIE SCHAUSPIELERIN:

....

[UNTERSCHRIFT] [DATUM]

DIE PRODUKTIONSFIRMA:

....

[UNTERSCHRIFT] [DATUM]

Ich drehte den Kugelschreiber in der Hand, den mir Gabriela gereicht hatte, und sah auf den Vertrag vor mir. Das war er also. Die Verlängerung meines Arbeitsverhältnisses und somit eine vorübergehende Absicherung für mich und meine Schauspielkarriere.

»Es ist ein gutes Angebot«, sagte meine Agentin. »Ich hatte zwar gehofft, dass wir deine Gage auf fünfzig pro Folge hochhandeln könnten, aber das war alles, was rauszuholen war.«

»Schätze, wir müssen glücklich sein, dass es diese zweite Staffel überhaupt gibt.« Ich schaffte es nicht ganz, den Sarkasmus in meiner Stimme zu verbergen. Natürlich war die Gage gut und auf den ersten Blick viel, doch verglichen mit dem, wo wir hinwollten, war es nur ein Tropfen auf den heißen Stein.

»Das müssen wir wirklich, Haley. Ich betone noch mal, dass dies deine letzte Chance sein könnte, dich aus deinem Kinderstar-Image zu befreien. Es ist enorm wichtig, dass du endlich als erwachsene Schauspielerin wahrgenommen wirst. Nur weil du als Teenie Erfolge gefeiert hast, bedeutet das nicht, dass du es auch als Erwachsene tust.«

»Ich weiß.«

Gabriela sprach es nie offen aus, aber ich spürte deutlich, wie unsere Zusammenarbeit durch den Misserfolg der ersten Staffel von *Undercurrents* ins Stocken geraten war. Zudem hatte ich mitbekommen, dass sie gerade mit einer neuen Schauspielerin verhandelte, die ganz steil abhob und mit zwanzig bereits neben Größen wie Al Pacino drehte.

Trotzdem blieb ein komisches Gefühl bei diesem Vertrag. Die Rolle der Marissa mochte bei Fans gut ankommen, aber sie war anspruchslos und blass. Das typische naive Mädchen vom Lande, das sich natürlich in das heiße Sport-Ass der Schule verliebte. Die Serie strotzte nur so vor Teeniedrama, Intrigen, Partys und Streitereien.

»Sobald du unterschrieben hast, planen wir die Promotour mit dem Cast quer durchs Land.«

Damit wollten wir uns bei unseren Fans für die unglaubliche Unterstützung bedanken, denn noch vor einem Jahr – zu Beginn der Serie – hatten wir auf der Streamingplattform Hulu die Charts für fast drei Monate angeführt. Doch dann hatten wir den Drive verloren. Das hatte dazu geführt, dass – mitten während der Dreharbeiten – unser alter Showrunner rausgeschmissen und ein neuer eingestellt wurde, der das Ruder so herumreißen konnte, dass die Fans wieder aufgesprungen waren. Sie hatten sogar eine Petition zur Rettung der Show ins Leben gerufen und mit einer halben Million Unterschriften dafür gesorgt, dass ich nun vor diesem Vertrag saß.

»Wird Wyatt Holt auch dabei sein?« Ich kannte meinen neuen Co-Star, der ab der zweiten Staffel den Bad Guy spielen sollte, noch nicht. Eigentlich hätte jemand anderes die Rolle übernehmen sollen, aber der hatte kurzfristig abgesagt.

»Nein, er steckt noch mitten im Umzug. Eric kommt natürlich mit und vermutlich Kathrin.«

Ich atmete ein weiteres Mal durch und überlegte, ob ich das wirklich wollte. Wenn ich unterschrieb, müsste ich für fünfzehn weitere Folgen Marissa spielen. Und ja, sie half mir, das Kinderstar-Image, das ich seit über zehn Jahren mit mir herumschleppte, abzustreifen, aber es war nicht die Art von Rolle, nach der ich mich als Schauspielerin sehnte.

»Das ist nur ein Zwischenstopp.« Gabriela kannte meine Bedenken. Wir hatten schon so oft darüber gesprochen. »Die Promo wird dich im Gespräch halten und mir die Chance geben, bei anderen Produzenten vorzufühlen. Ich hab schon ein paar Ideen, aber dazu brauchen wir diesen Push von *Undercurrents*.«

»Also gut.« Ich setzte den Kugelschreiber über dem entsprechenden Feld an und zeichnete routiniert meine Unterschrift. »Dann machen wir es.«

1.
KAPITEL

Haley

BEACHBOUND

SEASON 1, Epis. 2
INT. KLASSENZIMMER, TAG

Das junge Mädchen SAVANNAH (12 Jahre alt), gekleidet in kurzer Hose und weißem T-Shirt, öffnet die Tür zum Klassenzimmer. Im nächsten Moment kippt ein Eimer Wasser über ihr aus. Er war am Türrahmen befestigt. Savannah wird klatschnass. Alle fangen an zu lachen. Einige zücken Handys und drehen Videos. Savannah weicht panisch zurück.

MÄDCHEN 1

Das müssen wir unbedingt auf TikTok hochladen.
Damit gehen wir viral!

MÄDCHEN 2

Schaut mal, wie dämlich sie guckt.

Savannah sucht nach ihrer Freundin ALISIA (12 Jahre alt). Diese sitzt in der hintersten Reihe und schaut genauso entsetzt. Das Gelächter nimmt zu, genau wie Savannahs Panik.

SpecialEffect: Haut schimmert bläulich-grün – erste Verwandlung.

Savannah rennt aus dem Klassenzimmer den Flur hinunter.

Kamera folgt, one-take

Savannah kommt an Lehrern vorbei, rempelt Mitschüler an, ignoriert alle, sucht die nächste Toilette. Sie reißt die Tür auf, stürzt hinein und starrt in den Spiegel. Ihre Verwandlung hat begonnen. Schuppen, Schwimmhäute zwischen Fingern, Fangzähne.

SAVANNAH

(verängstigt)

Nein, nein, nein. Mir dürfen auf keinen Fall Flossen wachsen!

Die Tür geht hinter ihr auf. Sie dreht sich um. Dort steht Alisia. Sie starren einander an. Savannah kann nicht mehr verstecken, wer sie wirklich ist.

ALISIA

(schockiert)

W-was bist du?

SAVANNAH

Ich bin eine Meerjungfrau.

»Hallo?« Ich betrat mein Haus, das vom morgendlichen Sonnenlicht durchtränkt wurde, und hängte den Schlüssel an den vorgesehenen Platz. Meine jugendliche Stimme dröhnte so laut aus dem Fernseher, dass es ein Wunder war, dass die Nachbarn noch nicht auf der Matte standen. »Page?«

Ich sah zu dem Flachbildschirm an der Wand, wo mein zwölfjähriges Ich in Großformat voller Entsetzen in die Kamera starrte. Mit Babyspeck, blauen Augen und bläulich-grünen Fischschuppen auf Armen und Schultern.

»Was hast du eben gesagt?«, fragte meine Serienfreundin Alisia on screen.

»Ich bin eine Meerjungfrau«, wiederholte ich. »Ich stamme aus dem Ozean. Aus einem Reich namens Aquaria. Meine … meine Familie sind Meerwesen. Genau wie ich.«

»D-das … das gibt es nicht.«

»Meine Eltern und ich mussten vor dem Krieg in unserem Reich fliehen. Sie starben bei der Flucht, ich wurde an den Strand gespült und von den Hensons aufgenommen.«

»Meinen Nachbarn?«

»Ja.«

»Du wohnst seit vier Monaten dort.«

»Ja.«

»Ich dachte, du wärst die Cousine von Charlotta!«

»Bin ich nicht. Es tut mir leid.«

»Das … das muss ich erst verdauen.«

Jemand giggelte leise. Ich trat in den Wohnbereich und zuckte zusammen. Meine Schwester Page schlief, nur mit einem T-Shirt bekleidet, auf der Couch neben einem Typen, den ich nicht kannte. Er hatte seine Hand unter ihr Shirt geschoben und schnarchte laut. Ein weiterer Typ mit dunklen Haaren hockte am Rand des Sofas, aß Chips und schaute gebannt der Show zu. Er hatte nicht mal bemerkt, dass ich eingetreten war. Kein Wunder, wenn der Ton so weit aufgedreht war, dass beinahe die Scheiben vibrierten.

Das Wohnzimmer glich einem Schlachtfeld. Überall lagen leere Flaschen Bier, Chipstüten, halb gefüllte Pizzakartons, Shotgläser, fast ausgetrunkener Tequila, ein umgekippter Salzstreuer und angeknabberte Zitronenscheiben herum. Über der Sofalehne hing Pages BH, auf der Sitzfläche lagen ihre Socken und ein Höschen.

Ich zückte das Handy aus meiner Tasche, rief die App für mein Haus auf und suchte nach der TV-Anlage. Kaum hatte ich sie gefunden, pausierte ich die Sendung. Der Typ zuckte zusammen, griff nach der Fernbedienung und versuchte, sie wieder anzustellen, aber solange ich die App geöffnet hatte, behielt ich die Kontrolle. Er fluchte und drückte alle Knöpfe. Es wäre fast witzig gewesen, wenn diese Situation nicht so elendig wäre.

»Die Show ist vorüber«, sagte ich.

Er stieß einen Schrei aus, warf die noch gefüllte Chipstüte weg, deren Inhalt sich über Couch und Boden verteilte. Ich unterdrückte einen frustrierten Laut, denn mir war völlig klar, wer das nachher sauber machen würde.

»Was machst du denn hier?!«

»Das ist mein Haus! Die Frage müsste ich dir stellen!«

»Aber du … was? Deine … du bist … aber … was?« Er sah zu Page, dann zu mir, und erst da schien es ihm zu dämmern. Sein Mund klappte auf und formte ein tonloses »Oh«, das sich in ein wissendes Grinsen ausdehnte. Er deutete hinter sich zu meinem jüngeren Ich, Savannah. »Hey, wie cool.«

»Gott, ich dreh durch.« Ich lehnte mich über die Couch, wo meine Schwester und der zweite Kerl nach wie vor selig schliefen. Wie die bei dem Lärm pennen konnten, war mir ein Rätsel.

»Page!«, blaffte ich und rüttelte sie an der Schulter. Sie brummte, reagierte nicht, also schüttelte ich sie energischer. »Wach auf!«

Sie schlug meine Hand weg, aber dafür rührte sich der Typ neben ihr.

»Ihr müsst aufstehen«. Ich machte weiter, bis sie wach war.

»Was ist denn los?«, fragte meine Schwester verschlafen. Der Typ räkelte sich, zog die Hand unter Pages Shirt hervor und rollte sich auf den Rücken.

»Deine Freunde verabschieden sich jetzt.«

»Was?«

»Es ist fünf Uhr morgens! Die Sonne geht gerade auf.«

»Dann lass mich schlafen.«

»*Du* kannst meinetwegen hier schlafen, aber dein Besuch verabschiedet sich.«

Page stöhnte und zog sich das Kissen über den Kopf. Ich rieb mir über die Stirn, hinter der es unangenehm pochte. Der Typ neben ihr hatte sich die Hand in die Hose geschoben und war wieder eingeschlafen. Der andere starrte mich noch immer an, als wäre ich eine Heilige.

»Ich fass den Scheiß nicht.« Ich blickte auf mein Handy, überlegte kurz, die Polizei zu rufen, damit sie die beiden rausbeförderte, aber eigentlich fehlte mir die Kraft dazu. Ich kam gerade von einer dreiwöchigen Promotour mit dem Cast von *Undercurrents* zurück. Wie Gabriela vorhergesagt hatte, war die Verkündung der zweiten Staffel wie eine Bombe eingeschlagen. In den vergangenen Wochen hatte ich so viele fremde Menschen umarmt, in Kameras gelächelt, Fragen beantwortet und Interviews gegeben, dass mir die Gesichtsmuskeln wehtaten. Und nun kam ich nach Hause und fand meine Schwester mit zwei fremden Typen vor, die nichts Besseres zu tun hatten, als sich bei mir volllaufen zu lassen und die Show anzuschauen, mit der ich als Kind berühmt geworden war.

»Kriegst du echt Flossen, wenn du nass wirst?«, fragte der Typ.

Ich rollte mit den Augen, sah zu meiner Schwester, die schon wieder selig schlief, und wandte mich ab. »Ich geh ins Bett.«

»Darf ich mitkommen? Hab noch nie ’ne echte Schauspielerin gebumst.«

»Dann wird das heute sicher nicht dein erstes Mal werden.« Ich durchquerte mein Apartment, ging zu meinem Schlafzimmer, kickte die Schuhe von den Füßen und schloss hinter mir ab. Kaum war ich allein, sank ich mit dem Rücken an die

Tür, lehnte den Kopf dagegen und atmete durch. Ich war extra früher aus Vegas zurückgekehrt, weil ich diesen Tag für mich hatte haben wollen, um zu entspannen.

Anscheinend würde daraus nichts werden.

2.
KAPITEL

Wyatt

»Ich bin der König der Welt!« Ich riss die Arme in die Höhe und ließ mir den Fahrtwind um die Nase wehen, während unser Cabrio an dem berühmten Hollywood Sign vorbeifuhr. Die Sonne ging hinter uns auf, es roch nach Meer, Abgasen und dieser speziellen Nuance, für die es keine richtige Beschreibung gab, die aber nach Freiheit und unendlichen Möglichkeiten duftete.

Ich warf den Kopf in den Nacken, lachte dem berühmten Symbol der Stadt entgegen und stieß einen Freudenschrei aus.

Hollywood.

Hier war ich also. Ich hatte es an den Ort geschafft, von dem ich als Kind stets geträumt hatte, wenn ich mit meinen Eltern und meinen Geschwistern auf der Couch gesessen und den neuesten Blockbuster mit reichlich Popcorn geschaut hatte.

»Setz dich gefälligst wieder hin, das ist kein verdammter Campingausflug.« Meine Schwester Zoe zupfte an meinem Shirt und bugsierte mich zurück auf den Sitz.

Ich brummte, hockte mich aber artig auf meinen Platz und wollte ihr einen Kuss auf die Wange geben, doch sie blockte ab.

»Ich müffle.«

»Du riechst zauberhaft.«

»Ja, nach vier Tagen Roadtrip glaub ich dir das sogar.«

Ich lachte. Zoe hatte mich vor knapp einer Woche in New York abgeholt. Wir hatten einen kurzen Zwischenstopp bei unserem Bruder Patrick in Ohio eingelegt und waren dann quer durchs Land gefahren. Es war eine tolle Zeit gewesen. Ich liebte es, mit meiner Familie abzuhängen.

»Außerdem gibt es nur einen König der Welt, und das ist …«

»… Leonardo DiCaprio«, sagten wir gleichzeitig.

»So ist es.« Sie seufzte. »Denk dran, mich sofort zuzuspammen, wenn du ihn triffst.«

»*Falls* ich ihn treffe.«

Sie winkte ab. »Ach, in Hollywood kennt doch jeder jeden.«

»Weiß nicht, ob das wirklich so läuft.«

»Du musst das schaffen, hörst du? In zwei Jahren werde ich fünfundzwanzig, danach hab ich keine Chancen mehr bei ihm.«

»Was ist das eigentlich mit ihm und den jungen Frauen?«

»Keine Ahnung, aber er ist Leo. Er kann tun, was er will.« Sie drehte den Kopf zu mir und funkelte mich an. Ihre schwarzen brustlangen Haare hatte sie zu einem losen Pferdeschwanz gebunden. Während der Fahrt hatten sich einige Strähnen gelöst und flatterten ihr jetzt ums Gesicht. »Aber auch, wenn du Leo nicht treffen solltest, will ich regelmäßige Updates. Ich brauch den neuesten Gossip, und vor allen Dingen will ich wissen, wie scharf Haley Sharp in der Realität ist.«

Ich schüttelte den Kopf und fragte mich, wie oft dieser Wortwitz wohl auf ihre Kosten gemacht wurde.

Noch hatte ich niemanden aus dem Cast von *Undercurrents* persönlich getroffen. Denn mein Mitwirken in der Show war ziemlich schnell zustande gekommen, nachdem Wes Burningham, der die Rolle des Damon ursprünglich hätte spielen sollen, kurzfristig abgesprungen war. Die Produzenten der Show hatten sich direkt an meine ehemalige Schule, die New York Music & Stage Academy, gewandt, wo ich vor drei Jahren meine Schauspielausbildung beendet hatte. Die Vorsprechen hatten parallel in New York und L.A. stattgefunden. Es war pures Glück gewesen, dass ich mich gegen fast zweitausend Bewerber durchsetzen konnte.

»Hast du dir schon einen neuen Agenten gesucht?«, fragte Zoe und bog Richtung Burbank ab, wo ich künftig wohnen würde. Die Produktion hatte mir das Apartment besorgt.

»Na klar. Morgen früh um acht treff ich mich mit einem.«

Sie warf mir einen skeptischen Blick zu. »Nicht dein Ernst.«

»Natürlich nicht! Das Casting für *Undercurrents* ist sechs Wochen her! Ich hab es gerade so geschafft, meine Sachen zu packen und alles für den Umzug zu regeln.«

»Aber du brauchst doch einen Agenten.«

»Ich find schon einen.« Joe, der mich in New York vertreten hatte, kam leider nicht mehr infrage. Er war mir von der NYMSA vermittelt worden. Die Agentur begleitete ehemalige Schüler bis zu drei Jahre nach ihrem Abschluss, um ihnen den Start ins Business zu erleichtern. Mein Vertrag wäre also diesen Herbst sowieso ausgelaufen. Joe hatte mir noch geholfen, alles mit der Produktion von *Undercurrents* zu regeln, dann hatten sich unsere Wege getrennt.

»Diese Stadt ist ein Haifischbecken«, sagte Zoe. »Ich will, dass du jemanden an deiner Seite hast, der dir hilft, darin zu schwimmen.«

»Wo ich ja so gern schwimmen gehe.«

»Ich mein das ernst.«

»Ist mir klar, aber im Moment besteht kein Handlungsbedarf. Meine Verträge sind geklärt, ich bin bei der Show für die nächsten vier Monate. Während der Zeit kann ich mich umhören. Bestimmt lern ich jede Menge Leute kennen, die einen Agenten haben, und kann mich irgendwo dranhängen.«

Sie schnaubte. »Manchmal machst du mich wahnsinnig mit deiner Gelassenheit.«

»Mit der ich schon ziemlich weit gekommen bin.« Meine Aufnahme an der NYMSA war ähnlich gelaufen. Ich war einfach für einen Tag nach New York geflogen, hatte die Monologe, die ich vortragen wollte, auf dem Flug vorbereitet und war sechs Wochen später angenommen worden. »Man muss nicht immer alles zerdenken.«

»Nein, aber ein bisschen Planung ist sinnvoll.«

»Ich krieg das schon hin.«

Sie bog nach links in eine Seitenstraße ab. Ein großer weißgrauer Apartmentkomplex mit dem Schriftzug *Luminous Heights* wartete dort auf uns. Die Bäume am Straßenrand waren akkurat geschnitten, der grüne Rasen frisch gemäht, und ein älterer Mann in einem Overall goss gerade Blumen. Das Ganze wirkte luxuriöser, als ich erwartet hatte.

Ich pfiff durch die Zähne. »Nicht schlecht.« In New York hatte ich mir erst ein kleines Zwei-Zimmer-Apartment mit meinem Mitschüler Grayson geteilt. Es war nichts Besonderes gewesen, aber wir hatten uns wohlgefühlt. Nach meinem Abschluss an der NYMSA war ich für drei Monate von Freund zu Freund gezogen und hatte teilweise auf dem Boden geschlafen, bis ich ein Zimmer gefunden hatte, das jemand zur Untermiete für sechs Monate abgegeben hatte. Es war in der Bronx gewesen, und ich hatte gefühlt den halben Tag damit zugebracht, quer durch die Stadt zu fahren. Danach hatte ich ein Zimmer Downtown gehabt, aber da war es so laut gewesen, dass ich kaum zur Ruhe gekommen war. New York war ein Abenteuer, was das Wohnen anging. Die Mieten waren horrend und die Räumlichkeiten meist klein. Dort eine anständige Bleibe zu finden, war ein Glücksgriff.

Zoe fuhr in die große Einfahrt und suchte auf den Hinweisschildern nach der Anmeldung. Wir hatten uns gestern auf ihr Drängen hin die Seite im Internet angeschaut. Sie hatte sich gerade so einen Kommentar wie: »Informierst du dich nicht vorher, wo du wohnst?«, verkniffen.

»Da vorn ist es.« Zoe bog nach links ab und fuhr auf ein großes weißes Gebäude zu. Die Hauszentrale war nur tagsüber besetzt. Man konnte hier seine Kleidung in die Wäscherei geben, Briefe und Pakete abholen, den Hausmeister beauftragen, wenn was in der Wohnung gemacht werden musste, und sogar seinen Hund Gassi führen lassen.

»Oh, und sieh mal da drüben.« Sie deutete nach rechts. Ich blickte durch zwei Häuserkomplexe hindurch und entdeckte einen von vier Pools, die auf dem Gelände verteilt waren. Er war von Palmen gesäumt.

»Was sollen eigentlich deine ständigen Verweise aufs Schwimmen?«

»Ich finde, dass du es endlich lernen solltest. Du wohnst direkt am Meer!«

»Da gibt es Haie.«

»Die Wahrscheinlichkeit, von einem Hai gebissen zu werden, ist viel geringer, als von einem Blitz getroffen zu werden.«

»Diese unglaubliche Statistik werde ich dem Hai vor die Nase halten, wenn er seine Zähne in meiner Wade versenkt. Du kannst dann ja der Filmproduktion erklären, warum ihr neu gecasteter Schauspieler nur noch ein Bein hat.«

Sie rollte mit den Augen. »Du bist echt theatralisch.«

Ich fasste mir an die Stirn, warf den Kopf in den Nacken und sagte dann in einem künstlich affektierten Ton: »Das ist mein Job.«

Sie lachte und parkte den Wagen vor der Anmeldung. Ich stieg mit ihr aus und betrachtete die Gebäude um uns herum. So etwas fand man in New York tatsächlich nicht. Die Anlage strahlte trotz der grau-weißen Farbe ein mediterranes Flair aus. Überall waren geschickt Palmen und Hecken gepflanzt, und es duftete ganz leicht nach Apfelsinen. Die Häuser hatten vier Stockwerke mit Balkonen, die oberen auch eine Dachterrasse.

»In welchem Apartment wohnst du denn?«

»In einem von denen.« Ich machte eine ausladende Geste.

»Das hast du auch nicht vorher erfragt?«

Ich blickte sie an und schenkte ihr ein breites Lächeln.

Sie seufzte, ich hakte mich lachend bei ihr unter und ging mit ihr zur Anmeldung. Das einzige Gebäude, das nur ein Stockwerk besaß. An der einen Seite war eine Sofaecke aufgebaut, in der Mitte ein langer Tresen. Rechts die Briefkästen sowie einige Plätze mit Rechnern, die man anscheinend nutzen konnte.

Zoe trat mit einem offenen Lächeln auf die junge Frau zu, die gerade etwas in ihren Computer tippte. Ich blickte mich in dem Gebäude um, während Zoe wartete, bis die Frau ihr Aufmerksamkeit schenkte.

An der linken Wand war ein Grundriss der Anlage aufgehängt. Am westlichen Eingang gab es sogar ein Café und einen Fitnessraum. Auch einzelne Apartments waren abgebildet. Einige bestanden aus zwei Stockwerken und hatten eine atemberaubende Aussicht auf die Stadt, während die auf der anderen Seite auf einen Park blickten und manche ganz banal zum Innenhof zeigten. Langsam kroch nun doch Nervosität hoch, denn ich hoffte, dass mir die Produktion eins der Apartments mit der besten Aussicht besorgt hatte. Es wäre ein Traum, jeden Morgen mit Blick auf die Stadt aufzuwachen.

»Können wir?« Zoe hielt mir drei Schlüssel vor die Nase und grinste.

Kurz überlegte ich, sie zu fragen, welches Apartment mir zugewiesen wurde, aber dann würde sie nur mit den Augen rollen und mir sagen, dass ich so etwas vorher klären sollte. Ich nahm den Schlüsselbund entgegen und fummelte einen von dem Ring, während Zoe und ich die Anmeldung verließen.

»Hier.«

»Was? Im Ernst?«

»Falls du mich spontan besuchen magst. Du bist jederzeit willkommen.«

»Ich würde nie einfach so bei dir auftauchen, sondern vorher anrufen.«

»Natürlich würdest du das, aber falls es dich überkommt, hast du eine Bleibe.« Außerdem liebte ich Überraschungsbesuche.

»Danke.« Sie nahm ihren eigenen Schlüsselbund aus der Tasche und fädelte meinen daran. »Wenn Leonardo DiCaprio auf deiner Couch sitzt, sag sofort Bescheid. Ich lass alles stehen und liegen und setz mich in den nächsten Flieger.«

»Deal.« Wir gaben uns ein High five. Ich schnappte mir rasch einen Rucksack aus dem Kofferraum, und Zoe nahm ihre Umhängetasche. Den Rest würde ich holen, wenn wir das Apartment angeschaut hatten. Viel hatte ich sowieso nicht eingepackt. Da ich in den letzten Monaten so oft umgezogen war, war ich es gewohnt, mit leichtem Gepäck zu reisen.

Wir folgten der Beschilderung quer durch die Anlage. Auf dem Weg kamen uns zwei junge Männer entgegen, die anscheinend gerade vom Joggen zurückkehrten. Sie trugen durchgeschwitzte Sportkleidung, einer tippte auf seiner Pulsuhr herum. Beide sahen absolut umwerfend aus. Braun gebrannt, durchtrainiert, einer blond, der andere braunhaarig. Der Dunklere lächelte uns zu. Ich erwiderte es sofort.

»Hi«, sagte ich.

»Hey.«

»Ich zieh heute ein, gibt es hier gute Laufwege?«

»Ja, am westlichen Ausgang raus, dann rechts die Straße runter in den Park. Der ist zwar nicht groß, aber es gibt Geräte, wo man im Freien trainieren kann. Dauert ungefähr zwanzig Minuten, wenn man die ganze Runde mitnimmt.«

»Nett.«

Er grinste mich noch offener an und fuhr sich durch die verschwitzten Haare. »Ja, das ist es. Der Fitnessbereich ist rund um die Uhr geöffnet.« Er deutete nach hinten über seine Schulter. »Am leersten ist es gegen Abend oder ganz früh. Kannst alles frei verwenden.«

»Das werde ich, danke.«

»Dann sehen wir uns sicher.«

»Ich freu mich.«

Er nickte mir zu und folgte seinem Kumpel, der nur kurz aufgeschaut hatte und uns nicht viel Beachtung schenkte.

Zoe schnalzte mit der Zunge. »Du schaffst das doch jedes Mal.«

»Was?«

»Kaum bist du irgendwo, kriegst du sofort Aufmerksamkeit. Das hat jetzt wie lang gedauert? Fünf Minuten?«

»Das war nur ein bisschen Small Talk.«

»Du bist wie so ein drolliger Labradorwelpe, der schwanzwedelnd einen Raum betritt. Alle wollen ihn streicheln.«

»Vergleichst du mich ernsthaft mit einem Hund? Das ist ziemlich unsexy.«

»Ich bin deine Schwester, natürlich ist das unsexy. Und keine Sorge, so wie der Typ dich eben angeschaut hat, überlegt er bereits, wann und wie er dich das nächste Mal treffen kann. Von wegen, das Fitnessstudio hat rund um die Uhr geöffnet.« Sie tippte sich ans Augenlid. »Dann noch der dezente Hinweis, wann es am ruhigsten ist. Schon klar.«

»Er wollte nur höflich sein.«

»Jaja.« Sie tätschelte mir den Scheitel, ich wehrte ihre Hand ab.

»Zerstör nicht meine Frisur, wer weiß, welche heißen Menschen uns noch begegnen.«

»Zum Glück gibt es da nicht viel zu zerstören. Bin gespannt, ob dich die Produktion zum Friseur schickt.«

»Glaub ich nicht. Die haben mir extra gesagt, dass ich mir die Haare nicht kürzer schneiden darf als beim Casting. Denke, dass sie einen bestimmten Look für Damon wollen.« Das war normal. Sobald man einen Vertrag hatte, wurde festgelegt, was man am Äußeren ändern durfte und was nicht. Auch gewisse Sportarten waren für mich tabu, und ich musste auf mein Gewicht achten. In den letzten Wochen hatte ich mir für Damon einiges an Muskelmasse antrainiert. Er war der klassische Schönling mit Sixpack, braun gebrannter Haut und einem strahlenden Lächeln. Sogar meine Zähne hatte ich aufgehellt.

»Wir müssen in das Gebäude.« Zoe zeigte nach links auf das Haus in der Mitte. Die Apartments hinten raus wären die mit der Aussicht auf die Stadt und die vorne mit der auf den Innenhof.

Ich sah meine Schwester erwartungsvoll an, doch sie gab mir nicht den geringsten Hinweis darauf, was mich erwartete. Am Eingang hielt ich den Schlüssel an den Sensor. Die Tür klickte, ich drückte sie auf und trat mit Zoe ein.

»Welches Stockwerk?«, fragte ich.

»Das dritte.«

Also schon mal nicht ganz oben. Schade eigentlich. Ich hätte gern auf meiner Dachterrasse gesessen, einen Kaffee geschlürft und auf die untergehende Sonne geblickt. Falls ich für so etwas überhaupt Zeit hatte. Der Drehplan war extrem eng getaktet, weil durch den Weggang von Wes einiges verzögert worden war. Produktionen waren teuer, und jeder vergeudete Tag konnte im Desaster enden.

Wir gelangten auf meine Etage, wo es zwei Apartments gab. Eins rechts, eins links. Eins mit Innenhofflair, das andere mit bester Aussicht. Zoe hielt inne und musterte mich mit einem fast schon diabolischen Grinsen.

»Na? Neugierig?«, fragte sie gedehnt und wippte dabei auf und ab.

»Ein wenig.«

Zoe seufzte leise und bog nach rechts ab. Das Innenhofflair. Sie hob die Arme und blickte mich mitleidig an. »Tut mir echt leid, Wyatt. Für dich wird es die nächsten Monate keine Aussicht geben. Du kannst ja nach dem süßen Typen von eben geiern. Bestimmt kommt er an deinem Fenster vorbei, wenn er joggen geht.«

Ich legte den Kopf schräg. »Wenn ich so schlecht schauspielern würde wie du, hätte ich nur Statistenrollen.«

»Ich mein das ernst! Hier drüben ist deins.«

Ich ignorierte Zoe, bog nach links ab. Als ich vor der Tür ankam, zückte ich meinen Schlüssel.

»Der wird nicht funktionieren«, flötete sie.

Ich schloss die Finger fester darum, und ganz kurz überkam mich die Sorge, dass sie recht haben könnte. Ein Apartment zum Innenhof war sicherlich kein Beinbruch, aber das hier wäre tausendmal schöner. Ich atmete durch, hielt den Schlüssel an den Sensor und wartete auf den Pieps.

Der nicht kam.

Scheiße.

»Ich hab es dir gesagt. Tut mir wirklich leid. Ich würde nie Witze über so etwas machen.«

Ich nahm den Schlüssel weg und rieb ihn an meinem Hosenbein sauber.

»Vergiss es, Wyatt.«

»Ich hör dich nicht.«

Ich hielt ihn erneut vor den Sensor.

Pieps.

Klick.

Sag ich doch.

»Ich schenk dir eine goldene Himbeere.« Ich warf Zoe einen Blick über meine Schulter zu und trat ein. Als Erstes eröffnete sich mir ein großflächiger heller Wohnraum, der auf der gegenüberliegenden Seite an bodentiefen Fenstern und einem kleinen Balkon endete. Der Boden war mit Holzdielen ausgelegt, die Wände weiß gestrichen. Zu meiner Linken ging es in eine schmale Küchenzeile, rechts führten zwei weitere Türen ab, es gab sogar einen eingebauten Kamin und …

»Oh, warte.« Ich trat in den Wohnbereich und starrte auf die Treppe, die nach oben führte. »Ich fass es nicht.«

Hatte ich echt eine Maisonette?

»Zoe, komm sofort her.«

Ich ließ den Rucksack fallen, eilte die Treppe nach oben und stieß einen langen Pfiff aus, als sich weitere Wohnfläche vor mir erstreckte. »Das ist unglaublich!«

Der zweite Stock bestand aus einem geräumigen Schlafzimmer. Wo unten die Küche war, ging es hier in einen Ankleideraum, rechts waren das Badezimmer und ein kleines Büro. Die Türen standen offen, sodass ich in jeden Raum spähen konnte. Aber das Beste war das, was ich jeden Morgen sehen würde, wenn ich die Augen öffnete: der Blick auf L.A. Von meiner eigenen Dachterrasse aus!

Ich riss eine der Türen auf und trat nach draußen. Die Geräusche der Stadt empfingen mich. Es wehte eine angenehme, sanfte Brise, die ich sofort tief einsog.

UNFASSBAR!

Zoes Schritte näherten sich, und kurz darauf blieb sie neben mir stehen. »Tja, du hast nicht nur den unwiderstehlichen Charme eines Labradors, sondern auch verdammt viel Glück. Dir liegt quasi die Stadt zu Füßen.«

»Ein Zeichen?«

»Ja, eins, dass du jetzt nicht größenwahnsinnig werden sollst.«

»Davon würdest du mich eh abhalten.«

»Worauf du dich verlassen kannst.«

Ich riss die Arme in die Höhe und stieß einen weiteren Freudenschrei aus. Vielleicht würde ich Leo als König der Welt vom Thron schubsen.

3. KAPITEL

Haley

Ein Vibrieren weckte mich. Ich drehte mich auf die andere Seite und versuchte, es zu ignorieren, aber leider gab es nicht auf. Verschlafen tastete ich herum und fand schließlich mein Handy, das in Dauerschleife um meine Aufmerksamkeit buhlte. Ich blinzelte und blickte aufs Display. Gabriela. Mit einem Stöhnen ließ ich mich in die Kissen fallen, rieb mir über die Stirn und gab mir ein, zwei Atemzüge, ehe ich abnahm. »Hallo?«

»Hab ich dich geweckt?«

»Ja.«

»Tut mir leid, ich dachte, du hast längst ausgeschlafen. Es ist kurz nach neun.«

Das machte dann knapp vier Stunden Schlaf. Yeah. »Was gibt es?«

Gabriela zögerte, ehe sie antwortete. Es raschelte im Hintergrund, als würde sie Papiere sortieren. »Ich hab gute Neuigkeiten, Haley. Wie gesagt, hab ich den Schwung eurer Promotour genutzt und bei Produzenten vorgefühlt. Gerade hab ich mit der Assistentin von Lyle Matthews gesprochen.«

Schlagartig war ich hellwach. Lyle Matthews war an der Spitze Hollywoods. Der Typ produzierte mit seinem Freund Malcom McLeash einen Blockbuster nach dem anderen und hatte auch schon Oscars dafür kassiert. Wer mit diesem Dream-Team arbeitete, stieg automatisch in den Film-Olymp auf.

»Lyle ist für heute Mittag kurzfristig ein Geschäftspartner abgesprungen. Wir müssen also keine vier Wochen auf ein Meeting mit ihm warten, sondern können gleich loslegen.«

»Wann?«

»Um zwölf Uhr.«

Ich blinzelte, rieb mir über die Stirn. »Und wo?«

»Im Golden Sunset Hotel. Da wohnt er zurzeit.«

»Okay.« Das war ein neu errichtetes Hotel am Olympic Boulevard. Von mir aus knapp zwanzig Minuten Fahrt, falls kein Verkehr herrschte. Ich hätte also reichlich Zeit, mir mit jeder Menge Make-up die Ringe unter den Augen wegzuschminken. »Schaff ich. Was soll ich anziehen?«

»Etwas Figurbetontes, aber nichts Aufreizendes. Legerer Businessstyle.«

»Verstanden.«

»Ich treff dich vor dem Hotel.«

»Bis nachher.«

Ich legte auf, nahm das Handy zwischen die Finger und stieß einen Freudenschrei aus.

Ich würde heute Lyle Matthews treffen! Wenn ich einen guten Eindruck hinterließ, könnte das endlich mein Sprungbrett werden.

»Ich schaff das. Es wird super.« Ich legte das Handy weg, streckte meine Glieder und gähnte herzhaft. Als Erstes würde ich duschen, meine Haare waschen, Kur draufpacken, frühstücken, solange sie einwirkte, und dann …

Ein Rumpeln ließ mich zusammenzucken. Jemand lachte, es rumpelte erneut, und da erst fiel mir wieder ein, dass ich nicht allein in meinem Haus war.

Ich stöhnte, warf die Bettdecke zur Seite und schnappte mir meinen Morgenmantel. Draußen lachte ein Typ, woraufhin Page ihn anzischte, er solle leise sein. Ich öffnete die Tür und trat in den Flur. Die beiden standen an der geöffneten Haustür und knutschten, als wäre das die letzte Gelegenheit, je wieder einen Menschen zu küssen. Er hatte die Hand auf ihrem Hintern, sie ihre Finger in sein Shirt gekrallt. Das war der, mit dem sie auf der Couch geschlafen hatte, sein Kumpel stand neben ihm am Türrahmen und rauchte eine Zigarette.

»Hey!«, sagte ich und trat näher.

Page und der Fremde fuhren auseinander. Meine Schwester sah mich aus rot geränderten Augen an. Ihre silbern gefärbten Haare hatte sie zusammengebunden, sie trug nach wie vor nur ein langes T-Shirt, das ihr bis fast zu den Knien ging.

»Raus mit euch«, sagte ich zu den beiden Typen, die mich dümmlich angrinsten.

»Aber wir könnten auch zu viert 'ne Runde ...«, sagte der mit der Zigarette.

»Das hat heute Morgen schon nicht funktioniert. Jetzt schleicht euch.« Ich trat zu ihnen, schob sie zur Tür raus und sperrte hinter ihnen ab.

»Was soll das denn?« Page sah mich entgeistert an.

»Das Gleiche könnte ich dich fragen. Das ist *mein* Haus! Du kannst nicht einfach Fremde herbringen.«

»Das waren keine Fremden. Ihre Namen sind George und Cassidy. Wir haben uns gestern kennengelernt.« Sie durchquerte den Wohnraum und ging zur offenen Küche.

Ich folgte ihr. »Also seid ihr quasi Besties.«

»So ist es.«

»Dann hättest du sie auch mit zu dir nehmen können, statt bei mir die Sauerei zu veranstalten.« Ich ließ meinen Blick durchs Wohnzimmer wandern, wo es nach wie vor so katastrophal wie vor ein paar Stunden aussah.

»Deine Bude ist größer und schöner. Zudem waren wir in der

Nähe und wollten nicht durch die halbe Stadt in meine Wohnung. Du wolltest doch erst heute Mittag heimkommen, bis dahin hätte ich längst aufgeräumt.«

»Und mir nie gesagt, dass du hier gefeiert hast?«

»Natürlich hätte ich das. Für wen hältst du mich?«

Für meine Schwester, die zurzeit außer Kontrolle war. »Du bist immer willkommen, Page, sonst hätte ich dir auch keinen Schlüssel gegeben, aber ich möchte nicht, dass du Leute mitbringst, die ich nicht kenne. Ist das denn so schwer zu begreifen?«

»Keine Sorge, die beiden haben nichts mitgehen lassen. Die haben dich nicht mal gekannt, bis ich ihnen sagte, wo du mitgespielt hast.« Sie schaltete den Kaffeeautomaten an und nahm sich eine Tasse aus dem Schrank.

»Darum geht es nicht. Mir ist es egal, ob das Fanboys waren oder nicht.«

»Cassidy meinte aber vorhin, dass du als Jugendliche heiß ausgesehen hättest.«

»In der Szene, die er sich angeschaut hat, war ich gerade mal zwölf! Wenn er das heiß fand, ist das sehr bedenklich.«

Page winkte ab, öffnete einen weiteren Schrank, wo ich Haferflocken, Kekse und Cereals aufbewahrte. Sie schnaubte, als sie die Packung mit den Cinnamon Swirls entdeckte. Eine Marke, für die ich mit sechzehn Werbung gemacht hatte. Page nahm sie heraus, drehte sich zu mir um und sang dann: *»Cinnamon Swirls. Ein Duft von Zimt und Freude in jedem Bissen.«*

Ich rollte mit den Augen, weil ich das Werbelied, das ich einen ganzen Sommer lang hatte singen müssen, genauso wenig hören konnte, wie ich die Swirls essen wollte.

Page nahm sich eine Schüssel, schüttete die Swirls hinein und öffnete den Kühlschrank. »Hast du keine normale Milch? Nur das Haferzeug?«

»Ja. Leb damit oder bleib hungrig.«

Sie stöhnte, nahm die Hafermilch und ertränkte ihre Swirls darin. Ich trat um die Küchenzeile herum und holte einen Löffel für sie aus der Schublade.

»Danke.« Page setzte sich mit ihrem Frühstück auf die Arbeitsplatte und ließ die Beine baumeln, während ich uns Kaffee machte. »Willst du auch?«, fragte sie und hob die Schüssel.

»Auf keinen Fall. Danke.«

»Warum hast du sie dann, wenn du sie nicht magst?«

»Weil mir die Firma jeden Monat zehn Packungen schickt, obwohl ich schon zigmal gesagt hab, dass ich sie nicht will. Ich spende sie normalerweise.«

»Du kriegst ständig Sachen geschenkt! Allein diese Goodie-Bags, die du auf Partys einfach so bekommst.«

»Du kannst dir gern was mitnehmen.« Von Uhren über Parfüms zu Make-up, manchmal sogar Unterwäsche, war alles dabei. Das meiste behielt ich allerdings nicht. Bis auf die Periodentasse. Die Beste, die ich je benutzt hatte.

»Na klar. Ich bin deine Abnehmerin für alles.« Sie stopfte sich einen weiteren Bissen in den Mund. Ich reichte ihr den Kaffee und goss Hafermilch in meinen.

»Mir würde es reichen, wenn du die Aufräumerin für mein Haus bist.« Ich deutete auf den Saustall.

Page seufzte und trank den Rest Milch aus der Schüssel. »Du hast doch bestimmt eine Putzfrau.«

»Die kommt erst in zwei Tagen. Ich hab nicht vor, so lange den Dreck rumliegen zu lassen.«

»Du bist eh nie da, da fällt es doch gar nicht auf.«

»Page!«

»Ist gut. Ich räum auf. Hilfst du mir?«

»Ich kann nicht, ich muss mich fertig machen. Hab einen Termin zum Lunch.«

»Mit einem wichtigen Hollywoodtypen?«

»Ich …« … durfte eigentlich nicht darüber sprechen. Deals wie diese standen und fielen damit, wie gut man sie geheim halten konnte. Viele Produzenten teilten Infos unter der Hand mit, und sobald rauskam, dass man geredet hatte, wurde man abgesägt. Ich liebte meine Schwester, aber sie war nicht unbedingt die Verantwortungsvollste. »Mal sehen, was sich ergibt.«

Sie schnaubte, sprang von der Küchentheke und stellte die Schüssel ab. Ich rollte mit den Augen und packte sie in die Spülmaschine.

»Kannst du mir mit fünfhundert Dollar aushelfen?«, fragte sie, als ich die Maschine schloss.

»Was?«

»Ich muss ein paar Sachen einkaufen und hab gerade keine Kohle mehr. Brauch erst einen neuen Job.«

»Was ist mit dem alten passiert?«

Sie zuckte mit den Schultern. »Ach, die vom Theater fanden es nicht lustig, dass ich ein paar Freunde in die Show gelassen habe.«

»Umsonst?«

»Ja klar.«

»Ich fass es nicht.« Der Job als Platzanweiserin im Pantages Theatre war der fünfte in einem halben Jahr, den sie verlor.

Sie winkte ab. »Ich find bald was Neues. Brauch nur ein bisschen Kohle zur Überbrückung.«

»Ich …« Am liebsten hätte ich Nein gesagt. Natürlich hatte ich das Geld. Ich hatte mit Savannah gut verdient und mir Rücklagen geschaffen, weil man nie wissen konnte, wann die nächste Rolle reinkam. Auch mein Geld aus *Undercurrents* wanderte in Aktien und Fonds für meine Zukunft. Trotzdem hatte ich noch lange nicht ausgesorgt. In Hollywood zu leben, war extrem teuer. Ich finanzierte nicht nur mein Haus und das meiner Mutter, ich musste mir auch ständig neue und exklusive Klamotten kaufen, um auf den roten Teppichen zu glänzen. Ich brauchte zig Schönheitsprodukte, einen Haarstylisten für Auftritte und einen Personal Trainer. Allein diese alltäglichen Dinge fraßen vierstellige Summen im Monat.

»Bitte?«, fragte sie und sah mich forschend an. Ich hasste es, wenn sie das tat. Weil ich dann nicht Nein sagen konnte. Weil wir beide wussten, dass fünfhundert Dollar nicht viel Geld für mich waren. Weil sie meine Schwester war, die ich liebte. Egal, wie anstrengend sie sein konnte.

»Ich schick dir was per PayPal.«

»Danke! Du bist die Beste!« Sie drückte mir einen Kuss auf die Wange. Ich schob sie weg. Page durchquerte das Wohnzimmer, öffnete die Fenster zur Dachterrasse und trat nach draußen.

»Da wirst du keine Putzsachen finden«, rief ich ihr nach.

»Aber Sonne und eine bequeme Liege! Ich liebe deine Loungemöbel.«

Ich schüttelte den Kopf, trank meinen Kaffee aus und stellte die Tasse ebenfalls in die Spülmaschine. Dann trottete ich zurück durchs Wohnzimmer Richtung Bad. Beim Anblick des Chaos packte mich das nackte Grauen, aber ich hatte keine Zeit, mich darum zu kümmern.

Ich musste meinen Fokus auf diesem Termin halten.

4. KAPITEL

Haley

Das Golden Sunset war eins der beeindruckendsten Gebäude in L.A. Ein vierzehnstöckiges, imposantes Haus mit einer golden verspiegelten Glasfront in der Form eines C. Auf dem Vorplatz stand eine preisgekrönte kugelförmige Skulptur irgendeines italienischen Künstlers. Sie war eine Art Springbrunnen, der ständig die Farbe je nach Wetterlage wechselte, sodass es aussah, als würde sich der Himmel in der Oberfläche spiegeln.

Ich parkte meinen Wagen vor dem Hotel und stieg aus. Die Kugel war gerade in schillernde Blautöne getaucht, genau wie der wolkenlose Himmel über L.A.

Suchend blickte ich mich nach meiner Agentin um und sah sie winkend vor dem Eingang stehen. Ich richtete meine Bluse und zupfte am Ausschnitt herum. Wie von Gabriela gewünscht, hatte ich ein elegantes Outfit mit einem legeren Touch gewählt. Enge Kunstlederleggings, High Heels, ein Oberteil, das sich perfekt anschmiegte und nur so viel Haut freigab, dass es unaufdringlich wirkte. Die Haare hatte ich frisch gestylt und in Beachwaves gedreht. Fürs Make-up hatte ich fast eine Stunde gebraucht, dafür sah es absolut natürlich aus und nicht, als hätte ich fünf Schichten Concealer aufgetragen, um meine Augenringe abzudecken.

Page hatte noch immer nicht aufgeräumt, als ich fertig gewesen war. Sie hatte gemütlich auf der Terrasse gechillt und mit einer Freundin telefoniert. Ich war einfach gegangen. Vermutlich wäre sie bis heute Abend wieder weg. Das tat sie gern. Tauchte auf, blieb für ein paar Tage und verschwand danach für Wochen. Nicht mal unsere Mutter wusste immer, was sie gerade trieb, und die hatte noch das beste Verhältnis zu ihr.

»Hi«, grüßte ich Gabriela.

»Lyles Assistentin hat geschrieben und gesagt, dass wir ins Penthouse kommen sollen. Er würde uns dort empfangen.«

»Okay. Sind wir dann zu viert?«

»Nein, sie ist nicht dabei.«

Ich nickte und folgte ihr Richtung Eingang. An den großen Glastüren warteten zwei junge Männer, die uns freundlich zunickten. Die Türen gingen automatisch auf, und wir betraten die ausladende Lobby. Gabriela lief zielstrebig zum Concierge und meldete uns an, während ich mich um die eigene Achse drehte und das Ambiente in mich aufsog. Auch hier setzte sich das Farbschema des Himmels fort, sodass man das Gefühl hatte, nicht in einem Gebäude zu stehen. Es duftete leicht nach Orangen und Salz. Ich schloss kurz die Augen, sammelte mich und bemühte mich, meine Aufmerksamkeit bei diesem Termin zu halten.

»Wir sollen zu den Aufzügen«. Gabriela deutete nach links.

Ich folgte ihr, betrachtete in den verspiegelten Wänden mein Outfit und zupfte es noch mal zurecht. Gabriela tippte eine Nachricht auf ihrem Handy.

»So ein Mist.«

»Alles klar?«

»Ach, es geht um unseren Hund. Wir haben uns vor vier Tagen einen Welpen gekauft.«

»Oh, Glückwunsch! Davon hast du schon lang gesprochen. Für deine Tochter ist das bestimmt toll.«

Wir traten in einen Aufzug, und Gabriela drückte das P fürs Penthouse. Da er sich gleich in Bewegung setzte, war das Stockwerk wohl für uns freigeschaltet worden. »Sue blüht total auf, aber leider hat er seit zwei Tagen Durchfall. Die Züchterin meinte, es sei normal, doch der Kleine leidet sehr.«

»Wart ihr beim Tierarzt?«

»So schlimm ist es noch nicht, aber wenn es nicht besser wird, geh ich morgen mit ihm.«

Ein leises *Ping* ertönte, und kurz darauf glitten die Aufzugtüren auf. Gabriela packte das Handy weg und trat mit mir ein.

Vor uns erstreckte sich das schönste Penthouse, das ich seit Langem gesehen hatte. Die gegenüberliegende Wand bestand praktisch nur aus Fenstern und bot einen atemberaubenden Blick auf die Stadt. Die Einrichtung war modern gehalten, ein wenig kühl vielleicht. Es gab keine richtigen Türen, nur geschickt aufgestellte Raumtrenner. Leise Klaviermusik spielte aus unsichtbaren Lautsprechern.

»Mister Matthews?«, rief Gabriela.

»Sekunde!«, erklang es von rechts. »Bin gleich da! Setzt euch, nehmt euch was zu trinken.«

Gabriela gab einen leisen, frustrierten Laut von sich. Sie hasste es, zu warten. »Willst du was trinken?« Sie deutete zur Bar. An der hinteren Wand waren zig Flaschen aufgereiht, von Alkohol bis zu Säften gab es alles.

»Im Moment nicht, danke.«

Sie goss sich Wasser aus einer Karaffe ein, die auf der Theke bereitstand. Ein weiteres Mal zückte sie ihr Handy und rief ihre Nachrichten ab. Ich trat zu dem Ethanolkamin, der ebenfalls als Raumtrenner zwischen Wohnbereich und Bibliothek diente. Ich wollte schon immer so ein Teil haben. Er gab keine Wärme ab, flackerte nur still vor sich hin und verbreitete dabei eine wohlige Atmosphäre.

»Mei, kannst du noch mal checken, ob die Verträge für Ella da sind?«, hörte ich Gabriela hinter mir sagen. Ich blickte über meine Schulter zurück und sah, dass sie eine Sprachnachricht aufnahm. Mei war eine ihrer Mitarbeiterinnen. »Wenn Nebula uns weiter hinhält, können sie sich eine Zusammenarbeit abschminken.«

Ich spitzte die Ohren. Nebula Film war eine Produktionsfirma, die in den letzten Jahren einige große Blockbuster produziert hatte. Und Ella war die aufstrebende Zwanzigjährige, die Gabriela vertrat. Wenn sie mit Nebula arbeitete, würde sie das noch weiter nach oben pushen.

Ehe ich es verhindern konnte, kochte der Neid in mir hoch. Ella bekam genau das, wonach ich mich seit Jahren sehnte. Vom Typ her waren wir uns recht ähnlich. Braune Haare, zierliche Figur, blaue Augen. Ich hatte sogar mehr Erfahrung in der Filmbranche vorzuweisen, und dennoch schaffte ich es nicht mal ansatzweise, mir solche Projekte zu angeln wie sie. Vermutlich sollte ich Gabriela dankbar sein, dass sie mich zu diesem Treffen mit Lyle mitgenommen hatte und nicht sie.

Es sei denn, sie hat es längst hinter sich gebracht.

»Es tut mir so leid«, hörte ich eine tiefe Männerstimme, und kurz darauf tauchte Lyle Matthews auf. In Jogginghose, einem T-Shirt und barfuß. Seine noch nassen Haare rubbelte er gerade mit einem Handtuch trocken, das er achtlos auf einen der Stühle im Essbereich warf.

Das war … unerwartet. Ich hatte damit gerechnet, einen leicht schmierigen Typen im Anzug zu treffen. Stattdessen kam dieser locker gekleidete, eins neunzig große, gut aussehende Mann mit einem einladenden Lächeln auf mich zu.

»Heute ist ein Tag aus der Hölle. Was nicht für euch gilt. Es ist toll, dass ihr da seid.«

»Mister Matthews«, sagte Gabriela. »Schön, dass Sie sich Zeit für uns genommen haben.«

»Oh, bitte nennt mich Lyle!« Er deutete zum Esstisch. »Wollt ihr euch setzen? Habt ihr Hunger? Ich sterbe vor Hunger und würde was bestellen.«

»Ich …« Unsicher rieb ich mir über den Bauch. Durch die ganze Aufregung heute Morgen hatte ich noch nichts gefrühstückt.

»Du siehst hungrig aus«, sagte Lyle.

»Bin ich tatsächlich auch.«

»Na, perfekt. Was haltet ihr von vegetarischen Burgern? Die haben die besten im Haus. Ich hab mich die letzten Tage quer durch die Speisekarte gegessen und kann sie echt empfehlen.«

»Burger?«, wiederholte Gabriela.

»Ja, oder grätscht das in irgendwelche Diäten rein?«

»Nein, ich bin dabei.« Zum Glück musste ich keine Kalorien zählen wie manche meiner Kolleginnen oder Kollegen. Ich hatte von Natur aus einen guten Stoffwechsel.

»Ich würde etwas Kleines nehmen«, sagte Gabriela.

»Du verpasst was.«

»Das ist in Ordnung.«

»Also gut. Ich bestell rasch, dann können wir loslegen.« Er trat an einen Sekretär, nahm ein iPad und tippte etwas ein. »Macht es euch bitte gemütlich und fühlt euch wie zu Hause. Deine Füße freuen sich bestimmt, wenn sie aus diesen Mörderschuhen rauskommen, Haley.«

»Ich …« … blickte an mir hinab und wackelte mit den Zehen. »Ich bin daran gewöhnt.«

»Du kannst sie dennoch gern ausziehen, hier herrscht keine Kleiderordnung.«

Ganz offensichtlich nicht.

Er tippte noch mal auf dem Pad herum und wippte im Takt der Musik mit, die aus den Lautsprechern drang. »Ich freu mich echt, dass ihr da seid. Das wird ein tolles Mittagessen.«

Eine halbe Stunde später lehnte ich mich satt und zufrieden im Stuhl zurück. Das Essen war großartig gewesen.

»Mag noch jemand Pommes?«, fragte Lyle und hielt die Fritten hoch.

»Nein, danke«, sagte Gabriela.

Er nickte, nahm sich zwei Pommes und stellte die Schüssel zurück auf den Tisch. Ich griff nach meinem Glas Wasser und spülte nach. Lyle deutete mit einem fragenden Blick auf die Weißweinflasche, die er geöffnet hatte, doch ich winkte ab. Wir wollten schließlich noch übers Geschäft reden. Das wir beim Essen ziemlich geschickt umschifft hatten. Wann immer Gabriela das Gespräch auf Lyles Projekt lenken wollte, hatte er knapp geantwortet und dann eine Überleitung zu etwas anderem geschlagen. Ich wusste jetzt, dass er es liebte, zu surfen, aber selten dazu kam. Mit zehn Jahren hatte er das letzte Mal Fleisch gegessen und war seither Vegetarier. Er war am liebsten in der Natur unterwegs, hätte gern ein Haustier, doch keine Zeit dafür. Beim Stichwort Tier hatten sich Gabriela und er erst mal über ihren Welpen unterhalten. Er hatte ihr sogar Tipps gegeben, wie sie ihm die Eingewöhnung erleichterte.

»Danke noch mal für das Essen.« Gabriela schenkte sich ebenfalls vom Wasser nach.

»Na klar. Bei mir kommt keiner hungrig aus einem Meeting.«

»Wir freuen uns sehr, dass dieses Treffen so kurzfristig geklappt hat. Das Projekt, das du gerade auf die Beine stellst, klingt vielversprechend.«

»Ah, schätze, jetzt kann ich dem geschäftlichen Part nicht mehr ausweichen, oder?« Er nahm sein Weinglas und stand auf. »Kommt mit rüber auf die Couch. Am Esstisch macht man keine Deals.«

Ich nahm mein Wasser mit und folgte Lyle zur Sofalandschaft. Er fläzte sich sofort in die Kissen und stöhnte genüsslich. Ich wählte den Sessel, und Gabriela setzte sich auf die andere Couch. Kaum ließ ich mich nieder, merkte ich, wie die Müdigkeit an mir zog. Nach dem Essen würde mein Körper lieber Schlaf nachholen, aber das musste warten.

»Was wisst ihr bereits von dem Franchise?«, fragte Lyle.

»Es soll groß werden und innovativ«, sagte Gabriela. »Es könnte sogar *Avatar* in den Schatten stellen.«

Lyle nickte und kratzte sich am Kinn. »Also gut. Was ich euch hier und heute erzähle, bleibt in diesen vier Wänden. Ich denke, das versteht sich von selbst.«

»Natürlich«, sagte Gabriela.

»Dieses Projekt wird gigantisch. Ich weiß, dass das alle Produzenten über ihre Filme sagen, doch in diesem Fall stimmt es. Der Arbeitstitel lautet *The Seventh Circle*. Es ist eine urbane Fantasygeschichte, in der es neben unserer Welt noch sieben verschiedene Realitäten gibt. Diese sind durch Portale miteinander verbunden. Jede Realität ist einzigartig: Wir haben die Welt der Technologie, des Krieges, der Magie, der Natur, der Unterwelt, der Zukunft und der Götter. Es sind sowohl Kinofilme wie auch Serienadaptionen und eine Comicreihe geplant. Jede Realität bekommt ihre eigene Story, die sich dann in einer großen Gesamtgeschichte mischt.«

»So ähnlich wie bei den *Avengers*«, stellte Gabriela fest.

Lyle grinste und winkte ab. »*The Seventh Circle* wird abgefahrener als alles, was Marvel je zustande gebracht hat. Ich weiß, dass das etwas größenwahnsinnig klingt, aber an diesem Projekt arbeiten Menschen mit sehr viel Leidenschaft und Können. Es basiert auf einem Pen & Paper, das ich als Kind mit meinen Freunden gespielt habe, unter anderem mit Malcom. Er kommt in vier Wochen nach L.A., da werden wir die Pläne vorantreiben.«

Ich warf Gabriela einen raschen Blick zu und wusste genau, was in ihr vorging. Das war ein verdammter Jackpot. Sie wollte etwas sagen, doch da klingelte ihr Handy. Sie zuckte zusammen und stand von der Couch auf. »Tut mir so leid, das ist total unprofessionell, aber nur mein Au-pair und meine Tochter können mich erreichen, wenn mein Handy im Nicht-stören-Modus ist.«

Ich richtete mich auf und blickte ihr nach, wie sie ihre Handtasche holte.

»Magst du jetzt doch Wein?«, fragte Lyle. »Du siehst aus, als könntest du welchen brauchen.«

Eigentlich sollte ich Nein sagen. Ich brauchte einen klaren Kopf, aber nach diesen Neuigkeiten brodelte es in mir.

Gabriela angelte das Handy aus ihrer Tasche, das mittlerweile aufgehört hatte, zu klingeln. »Mein Au-pair. Ich ruf rasch zurück.«

»Im Badezimmer kannst du ungestört telefonieren«, sagte Lyle. »Zweite Tür auf der linken Seite.«

»Danke.«

Er wandte sich wieder mir zu und sah mich erwartungsvoll an, weil ich seine Frage nicht beantwortet hatte.

»Also gut.« Ich trank mein Wasser aus und stand auf, genau wie er. Als er nach meinem Glas griff, streiften seine Finger meine und lösten ein angenehmes, warmes Kribbeln in mir aus. Es war lange her, dass ich mich in der Gegenwart eines Mannes so wohlgefühlt hatte. Lyle wirkte nicht wie der superreiche Hollywoodproduzent, sondern wie ein einfacher Typ, mit dem man ganz normale Gespräche führen konnte.

»Das Projekt klingt aufregend«, sagte ich.

»Das wird es. Ich hab ja schon vieles aus dem Boden gestampft, aber bei diesem Franchise wird alles anders. Persönlicher.« Er ging zur Bar, nahm ein Weinglas und goss mir ein. Sich selbst schenkte er auch nach. »Unser gemeinsamer Freund Stewart ist vor zwölf Jahren bei einem Autounfall ums Leben gekommen.«

»Oh, das tut mir leid.«

Lyle reichte mir mein Glas. Ein trauriger Zug lag auf seiner Miene. »Wir standen uns alle nah. Malcom und Stewart waren allerdings unzertrennlich. Als er starb, riss das Malcom in ein tiefes Loch. *The Seventh Circle* hat ihn zurück ins Leben geholt. Deshalb ist es so wichtig für uns. Ich war noch nie an einer Sache beteiligt, die mir derart am Herzen liegt. Wir werden alles dafür geben. Das sind wir Stewart schuldig.«

Und ich könnte möglicherweise ein Teil davon sein. Ich lächelte und trank einen Schluck.

Schritte näherten sich, und Gabriela kam mit einem besorgten Gesichtsausdruck zurück.

»Was ist los?«, fragte ich.

»Body übergibt sich jetzt auch und tigert unruhig durchs Haus. Ich fürchte, ich muss ihn zum Tierarzt bringen. Tanja würde das machen, aber sie muss mit Sue gleich auf die Geburtstagsfeier ihrer besten Freundin.« Sie blickte Lyle entschuldigend an. »Meine Tochter ist erst fünf.«

»Verstehe.«

»Ich kann versuchen, jemanden zu finden, der den Hund zum …«

»Bitte, das ist wichtig«, sagte Lyle. »Geh ruhig. Soll ich dir einen Wagen rufen?«

»Nein, ich bin mit dem Auto da.« Sie warf mir einen fragenden Blick zu. Ich sah auf mein volles Glas Wein und überlegte, was ich tun sollte. Auf der einen Seite wirkte es merkwürdig, wenn ich ohne meine Agentin mit Lyle über Geschäfte redete, auf der anderen hatte er bisher noch nicht viele Einzelheiten durchsickern lassen.

»Du kannst natürlich gern bleiben«, sagte Lyle. »Ich bestell uns Nachtisch.«

»Ich glaube nicht, dass ich das schaffe.«

»Den Nachtisch oder das Hierbleiben?« Er lächelte mich an. »Der Schokokuchen ist zum Niederknien. Ich bestell einfach, und du überlegst es dir.« Er durchquerte den Wohnbereich. Vermutlich wollte er uns kurz Privatsphäre gönnen.

»Du musst natürlich nicht bleiben, wenn du nicht magst«, sagte Gabriela sofort.

»Aber es wäre gut, oder?«

»Ich denke schon. Er ist gerade im Redefluss. Versuch, Einzelheiten rauszufinden. Wann die Drehs starten, was eine mögliche Rolle für dich wäre und so weiter. Mach keine Zusagen, hör es dir einfach nur an.«

Ich trank einen Schluck Wein und lauschte dem warmen Kribbeln in meinem Bauch. Die Leidenschaft, mit der Lyle von diesem Projekt sprach, hing greifbar in der Luft. »Also gut, dann mach ich das.«

»Ruf mich an. Heute noch!«

»Mach ich, und du gibst mir Bescheid, was mit eurem Hund ist.«

»Ich hoffe, nichts Schlimmes. Sue würde es das Herz brechen.« Sie lächelte sanft, als sie ihre Tochter erwähnte.

»Kuchen kommt in fünf Minuten«, sagte Lyle und kehrte zu uns zurück.

Gabriela wandte sich um und streckte ihm die Hand hin. »Es hat mich sehr gefreut, dich kennenzulernen. Danke, dass du uns empfangen hast.«

»Die Freude ist ganz auf meiner Seite. Es ist immer wieder toll, Leute in Hollywood zu treffen, die sich ihre Leidenschaft bewahrt haben. Dieses Business ist schrecklich oberflächlich geworden.«

»Ja, das stimmt.«

»Alles Gute für den Hund.«

»Danke. Es würde mich freuen, wenn wir uns bald wieder treffen könnten und auch Malcom kennenlernen.«

»Bekommen wir hin.« Lyle begleitete Gabriela zurück zur Tür. Ich trank noch einen Schluck und drehte mich zur Skyline um. Es war ein wundervoller Tag mit blauem Himmel und Sonnenschein. Die Stadt lag unter uns. Fußgänger wuselten auf den Straßen umher und gingen ihren Alltagsgeschäften nach.

Es klickte hinter mir, und Schritte näherten sich. Ich atmete durch, sammelte meine Restenergie und drehte mich wieder um. Lyle trug ein Tablett, auf dem zwei sehr appetitlich aussehende Schokokuchen angerichtet waren. »Das ging ja schnell.«

»Der Service hier ist großartig.« Mit einem Lächeln deutete er zum Sofa.

»Wir essen auf der Couch?«

»Verwegen, oder? Krümel nicht in die Ritzen.«

Ich lachte und folgte ihm. Er stellte das Tablett ab, nahm die beiden Teller und reichte mir einen. Auf den Kuchen schmolz eine Schokoglasur, und so, wie es duftete, waren sie noch warm.

»Es ist die reine Sünde.« Lyle betrachtete seinen von allen Seiten. »Aber sie lohnt sich.«

Ich stellte das Weinglas ab und griff nach der Gabel. Als ich in den Kuchen stach, lief flüssige Schokolade aus dem Inneren. »Oh mein Gott.«

Lyle, der bereits einen Bissen genommen hatte, stöhnte. »Oder?«

Ich spießte ein Stück auf und schob es mir in den Mund. Eigentlich hatte ich erwartet, dass mich die Süße umhauen würde, doch das tat sie nicht. Es schmeckte eher herb und sehr voll. Die warme Schokolade breitete sich sofort in meinem Mund aus und entfachte eine regelrechte Geschmacksexplosion.

Erst als Lyle den Teller bis auf den letzten Krümel sauber gekratzt hatte, redete er weiter. »Ich hab bemerkt, dass Gabriela das Gesicht verzogen hat, als ich Pen & Paper erwähnte. Mir ist klar, dass es möglicherweise zu banal klingen könnte. Aber *The Seventh Circle* ist bis ins Detail durchdacht. Malcom tüftelt seit zehn Jahren daran und steckt sein ganzes Vermögen und seine Energie rein. Er hat große Visionen.«

»Habt ihr schon Vorstellungen, wen ihr casten wollt?«

»Haben wir.« Er grinste. »Aber es dauert noch, bis wir mit den Screentests anfangen. Der Cast wird international. Schließlich nutzen wir die gesamte Welt als Drehort.« Er strich sich die Haare zurück, das Funkeln in seinen Augen passte zu der Energie in seiner Stimme. »Alle Entscheidungen laufen allerdings auch über Malcom.«

»Verständlich.«

»Ich hab ihm erzählt, dass ich dich heute treffe, und er war sehr interessiert. Seine Nichte ist wohl ein großer Fan von Savannah.«

»Wie alt ist sie denn?«

»Acht. Zuckersüß.« Die Sonne ging in seinen Augen auf, als er das Mädchen erwähnte, dann glitt sein Blick zurück zu mir. »Ich könnte mir dich für die Rolle der Selene vorstellen. Sie regiert in der Unterwelt ist mystisch und düster. Das würde zu dir passen.«

»Weil ich eine mystische und dunkle Ausstrahlung habe?«

»Weil ich denke, dass das eine Seite von dir ist, die du mit Savannah angeschnitten hast, aber nie richtig ausleben konntest. Bei *Undercurrents* hast du mit Marissa bei Weitem nicht die Möglichkeiten zu zeigen, was in dir steckt. Versteh mich nicht falsch, die Show ist nicht schlecht, aber sie ist ein bisschen … belanglos.«

Oder austauschbar. Ich wusste genau, was er meinte.

Mein Herzschlag beschleunigte sich, weil mir klar wurde, was für eine unglaubliche Chance sich mir bot. Das könnte genau das Projekt sein, auf das ich seit Jahren hin fieberte. Wenn das klappen sollte, hätte ich es geschafft! Am liebsten wäre ich aufgesprungen und hätte Lyle umarmt, doch ich bewahrte meine Professionalität. Ich durfte das hier auf keinen Fall vermasseln! »Gibt es denn einen Drehplan? Oder generell einen zeitlichen Rahmen?«

»Wir starten nächsten Sommer. Im ersten Film stellen wir die Realität der Technologie vor. Es werden aber auch Leute aus den anderen Realitäten angeteasert. Falls wir also zusammenkommen, hättest du dort einen Gastauftritt. Ich denke, eine Woche Drehzeit.«

Bis dahin wäre ich auf alle Fälle mit der zweiten Staffel *Undercurrents* durch.

Lyle lehnte sich nach vorn. »Ich sollte vermutlich nicht so offen sprechen, aber der Wein und dieser Schokokuchen sind mir zu Kopf gestiegen. Von meiner Seite aus fände ich es großartig, wenn wir zusammenarbeiten würden. Nicht nur, weil ich denke, dass du talentiert bist, sondern auch, weil du … Gott, wie sag ich das jetzt, ohne dass es nach einer Anmache klingt?« Er tippte sich ans Kinn. »Ich finde dich sympathisch. In der Regel eiern die Leute um mich herum, weil sie irgendwas von mir wollen. Ich muss immer auf der Hut sein.«

»Das kenn ich.«

»So sehr ich meinen Job liebe, so sehr saugt er einen auch aus. Freundschaften sind kaum möglich. Ich meine die echten, nicht die gefakten. Man ist ständig unterwegs, rennt von einem Termin zum anderen.« Er strich sich noch mal durch die Haare. Ein trauriger Schatten huschte über sein Gesicht, und ich spürte diesen Schmerz genau wie er. Es war wirklich schwer, in dieser Branche echte Freunde zu finden. Manchmal glaubte man, sie gefunden zu haben, nur um sie dann nach kurzer Zeit wieder zu verabschieden.

»Aber, hey. Ich finde, wir haben einen guten Start hingelegt. Ich hab dich immerhin in Jogginghose empfangen. Weißt du, wie viele da direkt wieder gegangen wären?«

»Wieso denn?«

»Weil sie denken, dass man in so einem Outfit keine Geschäfte machen kann.« Er deutete auf sich. »Das Aussehen hat aber nichts mit dem Können zu tun.«

War das also möglicherweise ein Test gewesen? Um zu sehen, wie ich darauf reagiere? »Na ja, ich war höchstens ein wenig neidisch, weil ich es liebe, Jogginghosen zu tragen.«

Lyle grinste und deutete auf mich. »Siehst du. Genau das mein ich. Du hast dir etwas bewahrt, was ganz vielen Menschen in der Branche abhandengekommen ist, und das mag ich.« Er beugte sich zum Tisch, nahm die beiden Weingläser und reichte mir meins. »Danke, dass du diesen Nachmittag mit mir verbringst.«

Ich erwiderte sein Lächeln und stieß mit ihm an.

»Danke, dass du mir die Chance gibst.«

Er lächelte und nickte. »Auf alles, was noch kommen sollte.«

Cheers.

5.
KAPITEL

Wyatt

»Hier.« Ich reichte Zoe das Bier, stieß mit ihr an und lehnte mich an die Brüstung der Dachterrasse. *Meiner* Dachterrasse in *meiner* Wohnung.

Zoe und ich hatten erst mal in Ruhe ausgepackt, meine Sachen verstaut, Einkäufe erledigt und einsortiert. Den ganzen Tag über waren wir herumgewuselt, und ich hatte von einem Ohr zum anderen gegrinst.

»Oh, ich hab was für dich«, sagte Zoe und griff in ihre Hosentasche. »Den hab ich vorhin gefunden.«

Sie reichte mir einen kleinen schwarzen Kieselstein. Er hatte eine glatte Oberfläche und nur einen einzigen weißen Punkt in der Mitte.

»Wow. Danke.«

»Der Punkt bist du. Der strahlende Stern, der am Nachthimmel über L.A. aufgeht.«

»Sehr poetisch.«

»Ja, oder?«

Ich drehte den Stein in meinen Fingern und schloss die Augen. Seit meinem letzten Semester an der NYMSA sammelte ich diese Erinnerungsstücke. Mein Schauspiellehrer Chester hatte mir diesen Trick beigebracht. Der Stein fungierte als eine Art Anker für das vorherrschende Gefühl in einer Situation. Gerade war ich glücklich, befreit, unendlich dankbar. Das würde ich auf den Stein übertragen, indem ich mich bewusst darauf konzentrierte. So konnte ich das Gefühl für eine Rolle abrufen, wenn ich es brauchte. Auch für Damon in *Undercurrents* hatte ich einen Ankerstein. Den würde ich für die Drehs bei mir tragen, um mich besser in seine Stimmung fallen zu lassen.

»Danke, Zoe.« Ich ließ ihn in meiner Tasche verschwinden. Später würde ich ihn zu den anderen ins Glas packen.

»Gern.« Sie trank von ihrem Bier. »Gott, ist das schön hier. Ich rieche viele geniale Partys mit viel genialer Gesellschaft. Leonardo DiCaprio, zum Beispiel.«

»Was tun wir eigentlich, wenn er ein arroganter Schnösel ist?«

»Dann wirst du mir das verschweigen. Lass mich einfach in der Illusion leben, dass er der tollste, bestaussehende, charismatischste und unwiderstehlichste Mann auf Erden ist.«

»Also eigentlich hast du gerade mich beschrieben.«

»Boah, Wyatt.« Sie boxte mich gegen den Arm. »Hör auf damit.«

Ich lachte und trank einen Schluck vom Bier.

»Ich bin ein wenig neidisch, das muss ich zugeben«, sagte Zoe nach einer Weile.

»Ey, in vier Wochen geht dein Studium in fucking Stanford los. Du hast keinen Grund, neidisch zu sein. Das wird klasse.«

»Ich hoffe es. Ehrlich gesagt, hab ich auch Schiss davor, wie die anderen Studierenden auf mich reagieren werden.«

Ich würde gern sagen, dass alle so offen wären wie Martha, mit der sie sich eine Wohnung teilte, aber ich bekam den Hass, dem Zoe tagtäglich ausgesetzt war, hautnah mit. Es war unglaublich, wie viele Menschen sich daran störten, wenn jemand seine Identität auf seine eigene Art ausleben wollte. »Ich glaub,

Martha stellt sich jederzeit hinter dich. Ihr habt euch so gut verstanden beim ersten Kennenlernen.«

»Ja, sie auf alle Fälle.«

»Und ich bin auch immer da.«

»Du wirst mit heißen Menschen vor der Kamera stehen und von einem roten Teppich zum nächsten laufen.«

»Du weißt, dass das keine Rolle spielt. Patrick, Beau und auch ich würden alles stehen und liegen lassen, wenn du uns brauchst. Wofür hast du ältere Brüder?«

»Cheers.« Sie stieß noch mal mit mir an. »Ich wünsche mir einfach, dass die Welt irgendwann begreift, dass jeder selbst über seinen Körper bestimmen kann. Manchmal hab ich das Gefühl, dass wir uns eher zurückentwickeln statt nach vorn.«

Ich lehnte den Kopf an ihre Schulter. Zoe hatte erst vor einem Jahr ihre letzte geschlechtsangleichende OP hinter sich gebracht. Wie sehr sie seither aufblühte, war der Wahnsinn. Sie war endlich in dem Körper angekommen, den sie sich immer gewünscht hatte, und glücklicher mit sich denn je. Ich wünschte mir nichts sehnlicher, als dass auch ihr Umfeld das sah und sie keine Angst mehr um ihre Sicherheit haben musste, wenn sie abends ausging oder man sie nach ihrem Ausweis fragte.

»Du wirst Stanford rocken, eine erstklassige Anwältin werden und dich gegen all diese Vollpfosten stellen, die es da draußen gibt.«

»Ich hoffe es.«

Es war schon immer Zoes großer Traum gewesen, sich als Rechtsanwältin für die Trans-Gemeinschaft einzusetzen. Ich konnte mir gut vorstellen, dass sie irgendwann in die Politik ging. Zoe war eine unglaubliche Kämpferin, die sich stets für die stark machte, die es selbst nicht konnten.

Auf einmal klingelte mein Handy. Ich erkannte bereits am Ton, wer mich anrief. Mir entwich ein Stöhnen.

»Mom«, sagte Zoe.

»Ja.«

»Sie will bestimmt wissen, ob du gut angekommen bist.«

»Vermutlich.«

»Du solltest rangehen.«

»Sollte ich wohl.« Das Klingeln erstarb jedoch.

»Du wirst ihr nicht auf Dauer aus dem Weg gehen können.«

»Will ich auch nicht, aber ich hab keine Lust, heute mit ihr zu reden. Bisher war der Tag nämlich ziemlich perfekt.«

Kurz darauf gab Zoes Handy einen Laut von sich. Sie kramte es aus der Rocktasche und blickte aufs Display. Natürlich war es unsere Mutter. »Ich werde sie nicht ignorieren.«

»Mach, was du willst.«

»Hi, Mom«, sagte sie und lächelte mich an. »Ja, wir sind gut angekommen. Bin gerade auf Wyatts Terrasse ... ja, er ist auch da ...«

Ich schüttelte vehement den Kopf und wich zurück.

»Er ist im Bad.«

Ich stieß erleichtert die Luft aus.

»Ja ... ich weiß ... das Apartment ist toll. Wyatt hat echt einen Glücksgriff gemacht ... Die Gegend ist super. Und sicher. Mach dir keine Sorgen. Er kommt klar. Kennst ihn ja. Unseren süßen Labrador.« Sie kniff mir in die Wange, ich schlug nach ihrer Hand und zeigte ihr den Vogel. »Ich sag ihm natürlich gern Bescheid, dass er zurückrufen soll.«

Mein Verhalten war albern, das war mir klar, aber ich hatte gerade keine Energie dafür. Ich hasste es, was Mom unserem Vater antat. Er litt wie ein Hund, während sie sich einen neuen Kerl geangelt hatte und mit ihm nun einen auf glückliche Beziehung machte.

»Richte ich ihm aus ... Ich dich auch.« Sie legte auf und seufzte leise.

»Danke.«

»Mach ich nicht jedes Mal für dich, nur dass das klar ist.«

Ich stieß noch mal mit ihr an. Sie hob das Handy, schoss ein Foto von der Aussicht und schrieb eine Nachricht. »Ich schick ihr das, dann ist sie beruhigt. Ruf sie morgen an.«

»Mal sehen.«

»Verbitterung ist übrigens unsexy.«

»Ich bin nicht verbittert, nur … enttäuscht.«

»Es ist aber nicht deine Entscheidung, wen unsere Mutter liebt, und Theo ist echt nett.«

»Theo … Klar heißt er Theo. Ted hätte auch gepasst. Das sind immer diejenigen, die sich in Ehen einmischen.«

»Du bist unmöglich, das weißt du.«

»Ja.« Ich wünschte, ich könnte dem Ganzen offener gegenüberstehen. Menschen konnten sich nun mal auseinanderleben. Aber unsere Eltern waren so perfekt miteinander gewesen. Ich hatte echt geglaubt, dass nichts und niemand zwischen sie treten könnte. Sie hatten zusammengehalten, als mein Vater seinen Job vor zehn Jahren verloren hatte und wir hoch verschuldet gewesen waren. Sie hatten sich gemeinsam wieder rausgearbeitet, alles gegeben, um meinen Brüdern, Zoe und mir eine Zukunft zu ermöglichen. Sie hatten Geld für mein Studium an der NYMSA lockergemacht, hatten Zoe bei ihrer Transition geholfen und unterstützten jeden von uns dabei, seine Träume zu verwirklichen. Sie waren ein Team gewesen. Und jetzt auf einmal nicht mehr.

Zoe legte eine Hand auf meine Schulter und drückte sacht zu. »Du musst dich ja nicht gleich mit Theo verbrüdern, aber vielleicht lässt du dein Herz ein kleines Stück offen für ihn? Gerade haben wir darüber gesprochen, dass die Menschen besser zueinander sein müssen.«

»Ganz schön fies von dir, mir so zu kommen.«

Sie zuckte mit den Schultern. »Sperr Mom nicht aus deinem Leben aus. Sie ist genauso glücklich und aufgeregt wie wir, dass du hier wohnst und diesen Job hast.«

»Ich weiß.« Mom und Dad hatten mir immer gesagt, wie

stolz sie auf mich waren. Sie hatten bei meiner Abschlussprüfung in der ersten Reihe gesessen und mich angefeuert. Einen Tag später hatten sie mir dann beim Frühstück erzählt, dass sie sich trennen würden. Sie hatten es zu dem Zeitpunkt schon vier Wochen lang gewusst, es mir nur nicht mitgeteilt, damit ich mich auf meine Prüfungen konzentrieren konnte.

Seit der Trennung war Dad ein nervliches Wrack. Als ich das letzte Mal bei ihm gewesen war, hatte er nichts zu essen im Haus gehabt, außer ein paar trockenen Crackern, und seit Tagen keine Wäsche mehr gewaschen.

Ich nahm Zoe ihre Bierflasche ab und trank auch diese leer.

»Hey!«, protestierte sie.

»Ich hol uns neue. Brauch definitiv Nachschub.« Ohne Zoes Antwort abzuwarten, wandte ich mich um und durchquerte mein Schlafzimmer. Ich schloss die Finger um den kleinen Stein in meiner Tasche, den mir Zoe geschenkt hatte, und sofort spürte ich die Freude aufkommen, die ich in ihm verankert hatte. Daran würde ich heute festhalten. Mom musste warten.

Dieser Abend gehörte mir und meiner Schwester.

05. JUNI

Wyatt

Wyatt

Ich bin dankbar für:

Die Fahrt nach L.A.

Dafür, dass es keinen Stau gab.
Für das herrliche Wetter – lieb es jetzt schon!
Für mein geiles neues Apartment!
Für die Aussicht, die bequeme Matratze, alles!
Für dich. Du bist die beste Schwester der Welt.
Für die Stille in mir und um mich herum. Dieser
Tag war großartig.

Zoe

Ich bin dankbar für:

Die Fahrt nach L.A.
Dafür, dass wir unsere Tradition mit den Dankes-Whatsapps auch dann fortführen, wenn wir nur wenige Meter voneinander entfernt sind.

Für dieses Apartment, ich bin nach wie vor neidisch. Mein Zimmer in Stanford wird niemals mithalten können.
Fürs Mich-gut-in-meinem-Körper-Fühlen.
Heute passt alles.
Für dich. Den besten Bruder der Welt. Ich freu mich, dass wir noch den morgigen Tag miteinander haben, ehe ich nach San Francisco muss.
Für deine Couch. Die ist echt bequem!
Dafür, dass ich bald Sex auf dieser Couch mit Leo haben werde.

Schlaf gut, Zoe.

Du auch.

6.

KAPITEL

Wyatt

Zoe

Ich hab eben den Livestream auf YouTube angemacht. Die Fans stehen sogar bis um die Ecke des Hotels Schlange! Die halbe Straße ist gesperrt.

Wyatt

Ich weiß! Es ist der Wahnsinn!!!

Hast du Autogramme gegeben? Wollte jemand ein Bild mit dir?

Gab noch keine Gelegenheit. Wir sind in die Tiefgarage gefahren. Hab nur durchs Fenster gesehen, was los ist. Nach der Pressekonferenz stürzen wir uns ins Getümmel.

Oh mein Gott. Ich flipp aus.
Mein Bruder ist ein Star!

So weit würde ich nicht gehen,
aber es ist schon krass.

Dein Social Media wird explodieren!

Das wird das PR-Team übernehmen.
Hab morgen einen Termin mit denen,
wo wir alles besprechen.

Fühlst du dich gut damit?

Und wie!
Muss Schluss machen, wir sind da.

Lieb dich.

<3

Ich wollte gerade das Handy wegstecken, als eine weitere Nachricht einging. Dieses Mal nicht von Zoe, sondern von Mom. Sie hatte in den Familienchat geschrieben.

Mom
Ich wünsch dir alles Gute für deine Pressekonferenz heute, Wyatt. Wir verfolgen es gerade im Fernsehen mit. Ich liebe dich und bin unheimlich stolz auf dich!

Was hieß wir? Sie und Theo?

Die letzten zwei Tage hatte ich es geschickt vermieden, mit meiner Mutter zu sprechen oder in den Familienchat zu schreiben. Nach wie vor albern, aber mein Kopf war so voll mit den Eindrücken von L.A., dass ich mich nicht mit ihr auseinandersetzen wollte. Zoe hatte die Theorie aufgestellt, dass ich sie auf die Art bestrafen wollte. Vermutlich hatte sie recht.

Patrick
Kann es leider erst nach der Arbeit schauen, aber ich bin in Gedanken bei dir, Kumpel.

Das war von meinem mittleren Bruder. Der Älteste, Beau, war für zwei Wochen in die Berge gefahren, wo er keinen Empfang hatte. Ich wollte das Handy weglegen, als eine weitere Nachricht von meinem Vater eintraf. Seit Mom ihn verlassen hatte, schrieb er nur noch das Nötigste in den Familienchat.

Dad

Ich schaue es auch live. Es ist so toll, dich zu sehen. Alles Liebe, Dad.

Der Kloß in meinem Hals wurde größer. Dad war direkt nach der Trennung aus dem Chat ausgetreten, aber Patrick hatte ihn wieder hinzugefügt. Er meinte, wir blieben eine Familie, egal wie.

Dad tat das nur uns zuliebe, das wusste ich. Es kostete ihn alles an Kraft, mit Mom in dieser Gruppe zu sein. Zumal dort auch all unsere alten Bilder drin waren. Von gemeinsamen Urlauben und Ausflügen. Von viel Gelächter und Familienharmonie.

Mein Daumen schwebte über dem Antwortbutton, doch in dem Moment hielt der Wagen an. Ich steckte das Handy weg, atmete durch und stieg aus. Eine junge Frau wartete bereits bei den Aufzügen auf mich.

»Hi, Wyatt. Ich bin Izzy. Wir haben telefoniert.«

»Hi, freut mich.«

Izzy hatte mich vorgestern angerufen, um zu erfahren, ob mit meinem Apartment alles in Ordnung war und ich noch irgendetwas brauchte. Sie leitete das PR-Team der Show. Wir hatten ein gutes Gespräch geführt, und ich hatte den Eindruck, dass ihr mein Wohl sehr am Herzen lag.

Ich trat zu ihr und reichte ihr die Hand. Sie war eine zierliche Person, die einen Kopf kleiner war als ich. Izzy trug ein langes dunkelgrünes Kleid, die rotblonden Haare hatte sie zu einem Zopf zusammengebunden. Ihre weißen Zähne waren fast einen Tick zu hell.

»Wir fahren in den fünften Stock.« Izzy deutete zum Aufzug und drückte den Knopf. »Du hast noch ein bisschen Zeit, dich mit den anderen Castmitgliedern auszutauschen. Einige sind bereits da.«

»Haley Sharp auch?«

»Nein. Sie kommt erst in einer halben Stunde.«

Die Türen des Lifts gingen auf. Wir stiegen ein, Izzy wählte unser Stockwerk und ich atmete durch. Das Blut rauschte mir in den Ohren, und mein Herz hämmerte gegen meine Rippen. Nicht mal bei den Abschlussprüfungen an der NYMSA war ich so aufgeregt gewesen. Auf der Bühne eine Rolle zu spielen, war kein Problem für mich. Weil ich meinen Text kannte, wusste, wann ich wohin gehen sollte und was mich dort erwartete. Doch wenn es um mich, Wyatt, ging, sah das anders aus. Da hatte ich das Gefühl, als würde mein Geist über meinem Körper schweben.

»Wir starten mit der Pressekonferenz, sobald Haley da ist. Es werden viele Fragen zu dir kommen und wie es für dich ist, der Neue zu sein.«

»Irgendwas, worauf ich achten sollte?«

»Erzähl noch nicht zu viele Details über Damon. Halte es vage, die Leute sollen neugierig bleiben. Solltest du dich bei einer Frage unwohl fühlen, gib mir ein Zeichen, und ich geh dazwischen. In der Regel laufen diese Konferenzen ruhig ab. Morgen besprechen wir dann im Detail, wie wir das Momentum am besten nutzen können. Wir erstellen einen Social-Media-Plan und brainstormen zu Fotos und Reels, die du drehen kannst. Uns fehlen übrigens noch die Kontaktdaten deines Agenten.«

»Ich hab zurzeit keinen. Meinen musste ich in New York lassen.«

»Oh.«

»Ist das ein Problem?«

»Nicht wirklich, aber es ist leichter, um Termine abzustimmen. In den nächsten Wochen wird viel auf dich zukommen.

Wir haben Talkshows gebucht, Podcastinterviews, Pressetermine.«

»Gib sie mir einfach durch, das krieg ich hin.«

Sie runzelte die Stirn.

»Wirklich.«

»Na gut. Vielleicht kann dich jemand aus unserem Team unterstützen.«

»Danke.« Ich zupfte an meinem Hemd. Für den heutigen Anlass hatte ich mich schicker gekleidet, als ich das normalerweise tat. Die Jeans hatte ich gegen gut sitzende Anzughosen getauscht. Ich hatte mir sogar ein paar brandneue weiße Sneaker gekauft.

»Das wird toll, Wyatt. Typen wie du kommen immer gut an.«

»Typen wie ich?«

Izzy zeigte auf mich. »Gut aussehend, groß, Muskeln an den richtigen Stellen, aber so, dass es natürlich wirkt. Die Haare gestylt, als wärst du gerade erst aufgestanden, und eine gesunde Portion Charisma. Ich versteh schon, warum du gecastet wurdest.«

»Na, hoffentlich auch, weil ich durch meine Leistung überzeugen konnte.«

»Bestimmt bist du ein toller Schauspieler, aber dein Gesicht und deine Ausstrahlung werden dir viele Türen öffnen. Glaub mir.«

Ich kratzte mich am Hals und wollte etwas erwidern, doch da hielt der Aufzug, und die Tür ging auf. Vor uns erstreckte sich ein langer Flur. Rechts und links standen zwei finster dreinblickende Wachmänner. Ebenso am Treppenaufgang. Anscheinend hatten sie das gesamte Stockwerk abgeriegelt.

»Die Journalisten sind zum Teil schon da.« Izzy deutete nach links. »Ihr habt die Suite am Ende des Flurs, wir holen euch, wenn alle so weit sind.«

»Danke.«

»Hast du Fragen?«

»Für den Moment nicht.«

»Dann willkommen im Team.« Sie lächelte mich erneut an, drehte auf dem Absatz um und ging denselben Weg zurück, den sie gekommen war.

Ich blickte ihr kurz nach und ging dann weiter zur Tür der Suite. Ein letztes Mal sammelte ich mich und trat ein.

Es war, als würde ich die Schwelle in ein abgefahrenes Zauberland überschreiten. Die Suite war riesig. Es gab eine gemütliche Sitzecke mit Sofas und Sesseln, viele Stehtische und eine lange Theke, an der Essen ausgegeben wurde. Große Fensterfronten boten einen tollen Blick auf die Stadt, die sich unter dem Smog des Vormittags versteckte. An einer Wand hingen Bilder aus *Undercurrents*. Haley mit Eric, Haley mit ihrer Serienfreundin, Eric und seine Jungs, die Highschool, auf die sie alle gingen und die sie in der zweiten Staffel hinter sich ließen. Bald würden da auch Stills von mir hängen. Ich als Damon. In meinem sündhaft teuren Nachtclub mit einem schiefen Grinsen und jeder Menge Arroganz im Blick.

Ich riss mich von den Fotos los und schob mich durch die Menge. Bisher hatte ich noch keinen aus dem Cast persönlich kennengelernt, aber natürlich wusste ich, wer sie waren. Da vorne stand Kathrin Sutherland, die Haleys beste Freundin Carol spielte, und unterhielt sich mit Eric Glover, der Jenson Gray – Haleys große Noch-Liebe – verkörperte. Kathrin trug ein kurzes olivfarbenes Kleid, das ihre atemberaubenden Beine betonte. Ihre hellbraunen Haare fielen ihr glänzend über die Schultern und sahen aus, als wären sie mit Lack besprüht worden, der bei jeder Bewegung das Licht einfing. Eric war größer, als ich ihn mir vorgestellt hatte, und müsste mich mit meinen eins fünfundachtzig um einen halben Kopf überragen. Er trug ein dunkelgrünes Hemd, das an jedem anderen steif gewirkt hätte.

Während ich mich durch den Raum bewegte, hefteten sich die ersten Blicke auf mich. Manche nickten mir freundlich zu, andere musterten mich skeptisch. Ich schenkte jedem ein offenes Lächeln und ließ mich von diesem wahnsinnigen Energiesog einfangen, der durch diese Wände wehte.

Hollywood. Glamour. Showbiz. Ich hatte es echt geschafft.

Mein Handy vibrierte in meiner Hosentasche. Ich fluchte leise und zog es heraus. Eigentlich hatte ich es ausschalten wollen.

Zoe

Holy Shit, Wyatt! Sogar E! überträgt die Konferenz.

Ich schüttelte den Kopf und schoss rasch ein Foto von dem Raum, das ich als Antwort anhängte. Ich wollte es gerade abschicken, als sich plötzlich eine Hand um meine Schulter legte und fest zudrückte. Ich zuckte zusammen und blickte zu dem Mann, der neben mir stand und mich aus stechend grünen Augen musterte.

Eric.

Er hatte die Brauen fest zusammengezogen und deutete auf mein Handy. »Du weißt schon, dass das hier verboten ist, oder?«

»Ich … wollt nur ein Bild für meine Schwester machen.«

»Lass das bloß das PR-Team nicht sehen, die rasten aus, wenn sie mitbekommen, dass Fotos dieser Party nach außen dringen.«

»Klar. Ich lösch es gleich wieder.« Ich rief das Bild auf und wollte es in den Papierkorb werfen, als Eric lachte.

»Ich verarsch dich nur, Kumpel.« Er nahm mir das Handy ab, öffnete die Kamera-App und stellte sie auf den Selfiemodus. »Wie heißt deine Schwester?«

»Zoe.«

»Ist sie heiß?«

»Sie ist meine Schwester, Mann.«

»Dann ist sie ganz sicher heiß, denn du bist es. Ist sie ein Fan der Show?«

»Natürlich.«

Er ließ seine strahlend weißen Zähne aufblitzen und drückte auf den Aufnahmebutton für ein Video. »Hey, Zoe, sagenhafte Schwester von …« Er blickte mich fragend an.

»Wyatt.«

»…. sagenhafte Schwester von Wyatt. Ich freue mich sehr, dass du auch zur zweiten Staffel einschaltest. Und du weißt ja: *Das ist so absurd, dass es schon wieder lustig ist.*«

Das war Jensons Standardspruch aus *Undercurrents*. Er sagte das immer, wenn er mit einer Situation überfordert war. Eric beendete die Aufnahme und reichte mir das Handy zurück. Ich runzelte die Stirn, schaltete das Gerät dieses Mal aus und steckte es wieder ein.

»Du bist also Wyatt, hm? Unser neuer mysteriöser Bad Guy.«

»Ja.«

»Die Castingabteilung hat echt gute Arbeit geleistet.« Eric musterte mich von oben bis unten. »Willkommen im Team.«

»Danke.«

»Komm mit, ich stell dich den anderen vor.« Er gab mir einen Stoß in die Rippen und deutete mit einem Nicken an, ihm zu folgen. Dabei trommelte er im Gehen gegen seine Beine, als würde er Musik hören, die sonst niemand wahrnahm. Ich kannte dieses leicht überdrehte Verhalten zu gut. Früher hatte ich das auch getan, wenn ich was eingeworfen hatte, um besser mit dem Druck in der Schule klarzukommen. Heute war ich alles andere als stolz darauf, dass ich damals was genommen hatte, und ließ die Finger von dem Zeug.

Eric schob sich durch die Menge, grüßte mal hier und da und steuerte zielstrebig Kathrin an, die jetzt mit zwei Frauen redete.

»Hey, Mädels.«

Kathrin bemerkte uns als Erste.

»Darf ich euch Wyatt vorstellen? Unseren neuen Mitstreiter beim Kampf um Einschaltquoten und Sympathien.«

»Wyatt Holt.« Kathrin lächelte mich freundlich an. »Der Mann, der unsere Show gerettet hat.«

»Damit hab ich nun wirklich nichts zu tun.«

»Oh, indirekt schon. Damon als neuen Charakter einzuführen, war ein ganz geschickter Schachzug. Du passt ja noch besser zu dieser Rolle als Wes. Gratuliere.«

»Jetzt krieg nicht gleich ein feuchtes Höschen, ja?«, sagte Eric und beugte sich zu mir. »Ignorier sie, Kathrin ist immer so, wenn es Frischfleisch gibt.«

Sie schnaubte und boxte ihm gegen die Brust. »Red keinen Müll, Glover. Du wirst auch wieder Beachtung finden, wenn erst mal die zweite Staffel startet.«

»Ich freu mich sehr darauf, mit dir zu arbeiten«, sagte ich.

»Ebenso.« Kathrin und ich würden gleich in der dritten Folge ziemlich heftig rumknutschen. Damon ließ nichts anbrennen und hatte über die Serie einen dermaßen hohen Frauenverschleiß, dass selbst mir davon schwindelig wurde. Es störte mich nicht, mit anderen intim auf der Bühne oder vor einer Kamera zu werden. Auch darauf hatte mich die NYMSA vorbereitet.

Die Tür zur Suite wurde geöffnet, und ein leises Raunen ging durch die Menge. Wir drehten uns alle in die Richtung um.

»Ah, da kommt ja der Star«, sagte Eric. »Wie es sich gehört als Letzte.«

Ich straffte die Schultern und musterte die Frau, die gerade eintrat.

Haley Sharp.

In Natura war sie noch schöner als im Fernsehen oder auf Bildern. Sie trug ein langes blutrotes Kleid, das sich perfekt an ihren Körper schmiegte. Ihre Füße steckten in High Heels, doch sie bewegte sich so sicher wie ich in meinen Sneakern. Haleys Haare waren zu einer lockeren Hochsteckfrisur drapiert, aus der sich einige Strähnen lösten. Ihr Make-up war dezent, einzig der rote Lippenstift und ihre Augen stachen heraus. Nicht, weil sie stark betont waren, sondern weil sie unglaublich traurig wirkten. Fast ein wenig leblos. Mit angespannten Schultern scannte sie den Raum ab. Ihre Lippen waren zu einem schmalen Strich verzogen. Neben ihr lief eine ältere Frau. Sie trug einen Hosenanzug, hatte blonde Haare mit grauen Strähnen und die ersten Fältchen um die Augen. Ihre Stirn war allerdings glattgebügelt und runzelte sich nicht mal, wenn sie die Brauen hob.

»Das ist Haley Sharp«, sagte Eric neben mir.

»Ich weiß.«

»Hast du sie schon kennengelernt?«

»Nicht persönlich.«

Er brummte leise und schnappte sich ein Glas Champagner, das gerade einer der Kellner vorbeitrug.

»Wer ist die Frau neben ihr?«

»Gabriela Rodríguez. Ihre Agentin. Die beiden kennen sich schon seit Jahren, aber man munkelt, dass Gabriela gerade nicht sehr zufrieden mit Haley ist. Deshalb hat sie jetzt auch Ella Freeman in ihre Kartei aufgenommen. Haleys Karriere geht praktisch den Bach runter.«

»Eric!« Kathrin schüttelte den Kopf. »Das ist totaler Quatsch.«

»Ist es nicht. Klar hatte sie den krassen Erfolg als Savannah, aber was kam danach? Ein paar austauschbare Modeljobs, zwei Serien, die es nicht mal über den Piloten hinaus geschafft haben, und *Undercurrents* wäre auch beinahe eingestellt worden.«

»Das hat doch überhaupt nichts mit Haley zu tun«, sagte Kathrin.

»Kathrin versucht ständig, sich bei ihr einzuschleimen.«

»Das stimmt nicht! Ich mag es nur nicht, wenn du so eine Scheiße von dir gibst.«

»Nur weil du in der Show ihre beste Freundin spielst, wirst du es nicht im realen Leben werden.«

Ich runzelte die Stirn und ignorierte den Schlagabtausch zwischen den beiden. Zickereien waren nichts Neues. An der Schule hatte auch ein harter Konkurrenzkampf geherrscht. Klar hatten wir uns unterstützt, aber wenn Hunderte Männer für eine Rolle vorsprachen, dachte jeder nur an sich.

Haley durchquerte die Menge, und tatsächlich wichen viele vor ihr zurück, als wäre sie eine Heilige.

»Ich begrüß sie mal«, sagte Kathrin und ging zu ihr rüber.

»Sei bloß vorsichtig, wenn du mit Haley eine intime Szene drehst, dass du sie nicht irgendwo anfasst, wo es nicht abgesprochen war.« Eric wedelte beiläufig mit der Hand. »Das mag sie gar nicht.«

»Was?«

»Na ja, wir haben mal eine intensive Kussszene gedreht und vielleicht sind meine Finger einen Zentimeter tiefer gerutscht, als wir vereinbart hatten. War echt keine Absicht, und kann passieren im Eifer des Gefechts. Kurz danach sollte sie mir eine reinhauen. Nur angedeutet, wohlgemerkt. Sie hat voll durchgezogen. Der Schlag war hundertpro die Rache.«

Haley begrüßte Kathrin freundlich, aber verhalten. Die beiden tauschten ein paar Worte miteinander, doch es wirkte nicht so, als würde Haley ihr großartig zuhören. Immer wieder zog sie die Augenbrauen zusammen und blinzelte. Ihr Blick flog kurz in meine Richtung, und sie hielt inne. Keine Ahnung, ob sie wusste, wer ich war. Ihre Agentin flüsterte ihr ins Ohr, und sofort veränderte sich Haleys Gesichtsausdruck. Sie schenkte nun auch mir ein Lächeln und kam mit federleichten Schritten auf mich zu.

Eric straffte die Schultern und räusperte sich.

»Auftritt Haley Sharp, Klappe Eins.«

»Hi«, flötete sie an Eric gewandt.

»Haley Sharp. Meine Sonne.« Er breitete die Arme aus und lächelte sie so offen an, als wären sie die dicksten Freunde, die sich seit Ewigkeiten nicht mehr gesehen hatten.

Haley trat näher, hauchte ihm einen Kuss auf die Wange. »Es ist schön, dich zu sehen, Eric.« Ihre Stimme klang anders als on screen. Leiser. Jünger.

Nachdem sie ihn begrüßt hatte, wandte sie ihre Aufmerksamkeit mir zu. Mein Herzschlag beschleunigte sich, als sie den Blick ihrer hellblauen Augen auf mich heftete. Er war intensiv und durchdringend, als könnte sie direkt in meine Seele schauen. Ihre perfekten weißen Zähne blitzten auf, und ihre Lippen verzogen sich zu einem zurückhaltenden Lächeln. »Du bist Wyatt.«

»Richtig. Freut mich, dass wir uns persönlich kennenlernen.«

»Mich auch.«

Ich verharrte unsicher, weil ich nicht wusste, ob ich sie ebenfalls umarmen sollte oder ob das total unpassend war. Haley nahm mir die Entscheidung ab, denn sie streckte mir ihre Hand hin. Ich ergriff sie und zuckte ein wenig innerlich, weil ihre Haut eiskalt war. Ihre zarten Finger schlossen sich kurz um meine, drückten sanft und ließen sofort wieder los.

»Schön, dass du im Team bist«, sagte sie. »Wie lange bist du bereits in der Stadt?«

»Erst seit ein paar Tagen. Ich wohne im Luminous Heights.«

Sie reckte das Kinn und nickte.

»Ah, da quartieren sie alle Neuen ein«, sagte Eric. »Du wirst dich dran gewöhnen.«

»Eigentlich finde ich es ziemlich cool. Ich hab ein Apartment mit Ausblick auf die Stadt.«

»Wie spektakulär.« Er klopfte mir auf den Rücken und lachte trocken.

»Ey, ich hab in den letzten Jahren in einer kleinen WG in New York gelebt und nicht mal ein eigenes Bad gehabt. Das hier ist der reine Luxus.«

»Schon okay, Mann. Jeder hat seine Standards.« Er grinste und beugte sich zu Haley. »Bist du bereit für die neue Staffel?«

»Das werde ich sein. Ich freu mich drauf.«

»Ich unterbrech euch nur ungern«, schaltete Gabriela sich ein. »Aber es geht in fünf Minuten los.«

»Natürlich.« Haley blinzelte erneut, räusperte sich und lächelte Eric und mich an. »Wir sehen uns ja gleich.«

Sie drehte sich um und folgte ihrer Agentin.

»Und Cut«, sagte Eric und ahmte mit seinen Händen eine Filmklappe nach.

Ich schüttelte den Kopf, aber er lachte nur. Haley grüßte noch ein paar Leute, während sie rüber in die angrenzende Suite ging. Ich blickte ihr nach, versuchte diese ersten Eindrücke zu verarbeiten und scheiterte kläglich daran. Das war überfordernder, als ich erwartet hatte. Ich kam mir vor, als würde ich wie ein Stück Holz in einem aufgepeitschten Meer treiben.

Vielleicht sollte ich den Rat meiner Schwester doch beherzigen und schwimmen lernen. Ich würde es in vielerlei Hinsicht brauchen.

7.
KAPITEL

Haley

Ich glaub, mir explodiert gleich der Schädel.

Mir war speiübel, meine Spucke fühlte sich zäh an und mein Magen glich einem zusammengeknüllten alten Lederball. Auch die Geräusche dröhnten in meinem Schädel, und wirre Lichtblitze schossen durch mein Blickfeld. Die Migräne war im Auto losgegangen, woraufhin ich sofort eine Tablette eingeworfen hatte. Bedauerlicherweise wirkte sie nicht.

Ich hatte das Gefühl, alles in Zeitlupe zu erleben. Zum Glück war Gabriela da und dirigierte mich zwischen den Menschen hindurch zu meinem Platz.

»Alles in Ordnung?«, fragte sie besorgt.

»Ja.«

»Sicher? Du bist ganz blass.«

»Mir geht es gut.«

Gabriela musterte mich, ihre Hand lag locker an meinem Rücken. Ich rang mir ein Lächeln ab und versuchte, so fröhlich wie möglich auszusehen. Dabei blickte ich mich nach einem schnellen Fluchtweg um, falls ich gleich zur Toilette musste. Sämtliches Blut schien in meinen Bauch gesackt zu sein.

»Na, aufgeregt?«, fragte Eric neben mir.

»Nicht wirklich.« Gott, war mir übel. Ich atmete durch und rieb mit der Hand über meinen Magen. Auf keinen Fall durfte ich kollabieren. Nicht vor den Augen der Presse!

Ich nickte Gabriela dankend zu und trat hinter den langen Tisch, der im Raum für uns aufgebaut worden war. Im Hintergrund war ein Backdrop mit dem Promobild aus der ersten Staffel. Wir hatten noch keins für die zweite schießen können, weil Wyatt später dazugekommen war.

Er ging irgendwo hinter mir her. Ich spürte seine Präsenz in meinem Rücken. Hoffentlich hatte ich ihm eben genügend Aufmerksamkeit geschenkt. Er sollte das Gefühl haben, willkommen zu sein.

Ich sah über meine Schulter zurück zu ihm. Er lächelte sanft. Sein Blick hielt meinen fest, und ich könnte schwören, darin die Frage zu lesen, ob alles in Ordnung war. Aber vermutlich bildete ich mir das ein. Wir kannten uns überhaupt nicht, und ich hatte keine Ahnung, was in ihm vorging.

Ich nahm zwischen Eric und Wyatt Platz. Izzy setzte sich ganz nach links, daneben saßen Stephen, der Regisseur, und der neue Showrunner Nikolai. Kaum waren wir bereit, wurden auch schon Bilder geschossen. Ich straffte die Schultern und lächelte brav in die Kameras. Das Geblitze machte das Brummen in meinem Kopf noch schlimmer.

»Magst du Wasser?« Wyatt deutete auf eine der Flaschen und mein leeres Glas.

»Nein. Danke.« Wenn ich etwas trank, würde ich ganz sicher kübeln müssen. Ich schluckte die zähe Spucke runter, atmete erneut durch und blinzelte ein paarmal. Die Männer und Frauen der Presse bauten sich vor uns auf, richteten ihre Kameras und Mikros, zückten ihre Blöcke und Aufnahmegeräte. Es war ein bunter Mix aus Nachrichtenshows fürs Fernsehen und ausgewählten Bloggern, die auf den sozialen Medien über uns berichteten.

»Danke, dass Sie so zahlreich gekommen sind.« Izzy begrüßte routiniert die Leute, sprach eine kurze Einführung, in der sie erklärte, wie schön es war, eine zweite Staffel produzieren zu dürfen. Wie sehr sich alle darauf freuten, die Geschichte von Marissa und Jenson fortzuführen. Sie bedankte sich auch bei Wyatt, weil er so kurzfristig extra von New York nach L.A. gezogen war, um Damon zu spielen. Dann wandte sie sich an die Fans, die es mit ihrer Leidenschaft geschafft hatten, *Undercurrents* um eine zweite Staffel zu verlängern. Ich stöhnte leise, rieb mir über die Schläfen, ließ die Hände aber sofort sinken, als ich merkte, wie mich ein junger Reporter in der ersten Reihe beobachtete. Er machte eine Notiz, und ich bereute umgehend meine Geste.

»Alles klar bei dir?«, fragte Wyatt neben mir.

Ich zuckte zusammen und drehte den Kopf zu ihm. Er war mir so nah, dass ich die angenehme Wärme seines Körpers fühlte. Plötzlich verspürte ich den Drang, mich einfach an ihn zu schmiegen und die Augen zu schließen.

»Ja. Natürlich.« Ich räusperte mich, bemühte mich um einen neutralen Gesichtsausdruck und richtete meine Aufmerksamkeit auf die Presse.

Izzy beendete ihre Einleitung und sah die Meute an. »Die erste Frage geht an …«

Zig Hände schossen in die Höhe, und Izzy wählte eine Frau aus, die in der fünften Reihe saß. Sie stand auf, strich ihr rotes Kleid glatt und wartete, bis sie ein Mikro bekam.

»Hi, ich bin Eliza Donkin von Entertainment L.A. Ich habe eine Frage an Wyatt.«

Er nickte, und ich sackte ein Stück in meinem Stuhl nach unten.

»Du kommst kurzfristig in ein eingespieltes Team, das ist sicher herausfordernd.«

»Ja. Ich freu mich aber unglaublich darauf, und da ich Spontaneität liebe, ist das perfekt für mich.«

»Damon wurde ganz neu erschaffen, und wenn wir ehrlich sind, hat sein Charakter der Show Auftrieb gegeben. Wie ist das für dich? Gehst du anders an diese Rolle heran? Hast du dich mit deinem Vorgänger Wes Burningham abgesprochen, wie Damon sein soll?«

»Es ist einschüchternd, das muss ich zugeben, doch ich werde mein Bestes geben, die Erwartungen zu erfüllen. Wes ist ein hervorragender Schauspieler, dessen Arbeit ich schätze. Leider hatte ich bisher noch keinen Kontakt zu ihm, aber wenn er möchte, würde es mich freuen, wenn wir uns über Damon austauschen können.«

Je länger Wyatt sprach, umso leichter wurde mir im Magen. Ich wusste nicht, was an ihm diese beruhigende Wirkung auf mich hatte. Seine Stimme, seine Nähe, der dezente Duft seines Aftershaves?

»Danke, Eliza.« Izzy wandte sich dem nächsten zu. »Meril.« Sie deutete auf einen älteren Mann, der zwei Reihen vor Eliza saß. Auch er stand auf und wartete, bis er das Mikro gereicht bekam. »Eric und Haley, wie fühlt ihr euch, wenn ihr ans Set zurückkehrt?«

Ich tauschte einen kurzen Blick mit Eric, der mir mit einer Geste zu verstehen gab, dass ich zuerst antworten sollte. »Wir sind den Fans extrem dankbar für ihre Liebe zur Show. Marissa ist mir ans Herz gewachsen, zudem freu ich mich, dass sie in der zweiten Staffel mehr persönliche Themen aufarbeiten wird. Die Trennung von Jenson muss sie erst mal verkraften, dann verdreht Damon ihr schon bald den Kopf, und sie will ihr Modestudium beginnen. Auf dem College warten so viele neue Herausforderungen auf sie.«

»Dem kann ich mich nur anschließen«, sagte Eric. »Also, nicht dass ich mich darauf freue, Marissa zu spielen.«

Einige Reporter lachten über den flachen Witz. Ich hob die Mundwinkel ebenfalls und hoffte, dass es als Lächeln durchging.

»Es wird toll, zurück nach Newport Haven zu kommen. Hab es vermisst.« Er hob den Arm und flexte den Bizeps. »Außerdem hab ich ziemlich viel trainiert. Jenson holt sich aus seinem

Liebeskummer mit mehr Muskeln raus. Mal sehen, ob das Marissa beeindruckt.« Er stupste mich von der Seite an.

»Kommt darauf an, ob Jenson sie weiter anlügt.«

»Hey, das war quasi Notwehr.«

Ich hob eine Augenbraue.

»Jenson liebt Marissa. Er wird es ihr beweisen.«

»Ich bin gespannt, wenn ich mir Wyatt so anschaue, wirst du dich anstrengen müssen.«

Weiteres Gelächter. Die Leute liebten es, wenn wir in unsere Rollen schlüpften und stichelten. Es war alles Teil des Spiels, des Marketings, und wohl einer der Gründe, warum die Fans so sehr für die Show brannten. Weil sie das Gefühl hatten, dass Marissa und Jenson real waren.

Izzy rief den Nächsten auf. Ein älterer Mann in einem grauen Anzug.

»Frage an den Showrunner: Wie war es, eine Geschichte noch mal umzuschreiben? Vieles war ja bereits festgelegt.«

»Das stimmt«, sagte Nikolai. »Doch wir hatten eine gute Grundlage. *Undercurrents* hat ein fantastisches Setting, einen tollen Cast, super Charaktere. Die Serie hat sich nur ein wenig verlaufen. Um sie wieder auf den richtigen Weg zu bringen, haben wir uns Feedback von einem ausgewählten Testpublikum direkt aus der Zielgruppe geholt. Das war extrem wertvoll für die Weiterentwicklung.«

Ich tippte mit dem Finger auf dem Tisch herum. Meine Kopfschmerzen wurden immer heftiger, und vor mir tanzten wirre Lichtreflexionen. Hoffentlich hatten wir es bald geschafft.

Izzy rief den Nächsten auf.

Mich erreichten noch ein paar Fragen, deren Antworten ich gekonnt abspulte, ohne großartig darüber nachzudenken. Auch Wyatt kam oft zu Wort, doch ich konnte ihm nicht richtig zuhören. Mein Blick wanderte ständig zur Tür.

Ich musste hier raus. Ich brauchte unbedingt Ruhe. Wenigstens für ein paar Momente.

Endlich beendete Izzy die Pressekonferenz mit den Worten: »Danke für Ihre Aufmerksamkeit, das war erst mal alles.«

Ich sprang sofort auf, entschuldigte mich bei Wyatt, den ich dabei anstieß, und suchte mir einen Weg durch die Menge. Ich fing Gabrielas Blick auf, die mich fragend ansah. Doch ich winkte ab und strebte auf die Tür zu. Auf meinem Weg lächelte ich noch hier und da und eilte, so schnell es ging, aus dem Raum.

Kaum fiel die Tür hinter mir ins Schloss, schlug ich die Hand vor den Mund, blickte mich um und rannte den Flur hinunter zu den Toiletten. Ich brauchte nicht länger als zwanzig Sekunden. Im letzten Moment schaffte ich es, eine Kabine aufzureißen und mich in die Kloschüssel zu übergeben.

8.
KAPITEL

Wyatt

»Das nenn ich mal einen Abgang.« Eric verließ mit mir und den anderen den Presseraum. Wir gingen zurück in unsere Suite.

»Vielleicht hat sie noch einen Termin«, sagte ich.

»Ja, genau. Den legt sie so knapp hinter unsere Pressekonferenz, dass sie sofort rausstürmen muss. Wir sollen gleich für die Fans da sein. Die warten seit Stunden.«

»Oder es ging ihr nicht gut.« Ich kannte Haley nicht und konnte das schlecht beurteilen, aber sie schien neben der Spur gestanden zu haben.

»Ach, das ist ihr normales Verhalten.« Eric lehnte sich näher zu mir und senkte die Stimme zu einem Flüstern. »Es kotzt sie ziemlich an, dass wir für die zweite Staffel verlängert haben.«

»Ach ja?«

»Die Show ist nicht so prestigeträchtig geworden, wie sie es sich erhofft hat. Niemand nimmt sie für die Rolle von Marissa ernst.«

»Echt? Aber hinter euch stehen so viele Fans.«

Eric winkte ab. »Das interessiert doch keinen. Nur weil ein paar Teenies auf uns abfahren, heißt das nicht, dass wir Hollywoods Next Superstars werden.«

Ich runzelte die Stirn.

»Nichts für ungut, Mann. Ist leider so.«

»Also ich freu mich auf die Show.«

»Klar, du bist ein Newbie. Dir wird das helfen, aber Haley muss langsam zusehen, dass sie an die großen Rollen kommt, sonst wird sie abgesägt. Ist ja auch nicht mehr die Jüngste.«

»Sie ist fünfundzwanzig! Genau wie du.« Ich war ein Jahr älter.

»Das ist was anderes bei Männern. Ist nicht schön zu hören, aber leider die Wahrheit. Frauen wie Haley gibt es in Hollywood haufenweise. Sie ist hübsch, ohne Frage, aber sie ist zu austauschbar. Entweder sie befreit sich aus der Mittelmäßigkeit und schwimmt mit den Großen mit, oder sie bleibt stecken.«

»Du redest übrigens schon wieder Scheiße, Eric.« Kathrin schloss sich uns wieder an. Sie hatte gerade noch ein paar Fotos schießen lassen. »Unsere Show ist großartig und bietet sehr wohl Aufstiegschancen. Du bist nur sauer, weil du zurzeit keine neuen Jobs bekommst.«

»Ach, hast du denn etwas in Aussicht?«

»Vielleicht.«

»Was denn?«

Sie verzog das Gesicht und schüttelte den Kopf. »Vergiss es. Wenn ich es dir erzähle, weiß es bis heute Abend die ganze Stadt.«

»Das stimmt überhaupt nicht!« Eric hielt sich eine Hand ans Herz. »Wyatt bekommt einen völlig falschen Eindruck von mir. Das müssen wir ändern. Wie sieht es aus? Wollen wir 'ne Runde losziehen? Der Abend ist jung und schreit geradezu nach uns. Außerdem sind nach Pressekonferenzen alle immer sehr gehypt, wenn sie uns sehen. Wir könnten ins Night Owl. Kennst du das?«

»Ich kenn hier noch gar nichts. Musste die letzten Tage erst mal auf mein Leben klarkommen.«

»Also bist du dabei?«

Ich zögerte, weil mir Eric einen Tick zu überdreht war, aber ich wollte gern Anschluss finden und mir einen Überblick verschaffen. »Klar.«

»Sehr gut. Wir sagen denen, dass du Damon spielst, dann kriegst du die Drinks umsonst. Ich sammel noch ein paar Leute ein. Wir treffen uns in der Tiefgarage.«

»Alles klar. Ich geh nur rasch auf die Toilette.«

Eric und Kathrin verabschiedeten sich von mir, und ich blieb einen Moment unschlüssig zurück. Langsam legte sich die Nervosität, und das Adrenalin flachte ab. Ich zückte mein Handy und lief aus der Suite in den Flur. Zoe hatte mir mindestens zwanzig Nachrichten geschickt. Sie hatte außerdem Ausschnitte aus der PK gescreenshottet.

Zoe

Du siehst so gut aus! Gott, ich kann nicht glauben, dass da mein Bruder sitzt. Ich bin so stolz auf dich. Wie war es?

Wyatt

Schön. Aufregend. Die Leute sind hier so anders als in NY.

Gut anders oder schlecht?

Weiß noch nicht.

Wie war Haley? Und Eric? Sein Videogruß war süß!

Mit Haley hab ich nicht viel geredet, und Eric ist … speziell. Also, er ist nett, aber er wirkt etwas gefrustet.

Kommt vielleicht, wenn man in der Branche arbeitet. Wehe, du wirst auch so.

Dafür hab ich ja dich. Du wirst
mir schon sagen, wenn ich abhebe.

Worauf du dich verlassen kannst.
Was macht ihr jetzt noch?

Wir gehen was trinken ...

Ein Geräusch ließ mich innehalten. Ich stand im Flur neben den öffentlichen Toiletten. Die Tür der Herrentoilette war ein Spalt weit geöffnet. Drinnen keuchte jemand. Eine Frau?

Ich meld mich nachher noch mal.
Hab dich lieb.

Ich steckte das Handy ein und trat näher. Wer auch immer da drin war, schien ein großes Problem zu haben. Sanft klopfte ich an.

»Bin gleich fertig!«

Ich zuckte, denn das war Haley. Sie klang kratzig und rau, aber sie war es definitiv. Ich schaute noch mal auf das Schild außen an der Toilette. Sie war auf der für die Männer.

»Ist alles in Ordnung?«

Als Antwort erklang ein weiteres Würgegeräusch.

Scheiße.

Ich wollte nicht ihre Privatsphäre stören, aber ich konnte auch nicht einfach weggehen, falls sie Hilfe brauchte. Wir hatten in der Schule mal einen Vorfall gehabt, bei dem jemand auf der Toilette zusammengebrochen war und beinahe an seiner eigenen Kotze erstickt wäre. Der Typ hatte zu viele Drogen gemischt. Hätte man ihn nicht gefunden, wäre er gestorben.

Ich gab mir einen Ruck und trat vorsichtig ein. Es gab nur zwei Kabinen, die aber sehr edel aussahen. Alles war mit beigefarbenem Marmor ausgestattet. Es duftete leicht nach Zitrone. Und nach Erbrochenem.

»Haley?«

Sie übergab sich erneut, stöhnte, schluchzte, zog die Nase hoch.

Ich biss mir auf die Unterlippe. »Brauchst du Hilfe?«

Die Klospülung erklang, Haley hustete und trat aus der Kabine. Ihr Blick traf meinen, und sie zuckte zusammen. Rasch wischte sie sich über den Mund und strebte die Waschbecken an. Ihre Augen waren gerötet, sie war blass, und Tränen rannen über ihre Wangen.

»Es ist alles in Ordnung.« Sie öffnete den Wasserhahn und spülte ihren Mund aus. Kaum war sie fertig, stellte sie die Handtasche ab und versuchte, den Reißverschluss zu öffnen, aber ihre Finger zitterten so sehr, dass sie es nicht schaffte.

»Darf ich?«, fragte ich.

Haley seufzte, rieb sich mit dem Handrücken über die Stirn und nickte. Vorsichtig trat ich näher und öffnete die Tasche für sie.

»Danke.«

»Gern. Soll ich einen Arzt rufen?«

Sie schnaubte. »Das ist gleich vorbei.« Sie kramte in ihrer Tasche herum und zog eine Packung mit Minzbonbons hervor. Umständlich riss sie das Papier auf und steckte sich einen in den Mund. Als sie die Tasche schließen wollte, griff sie daneben und fegte sie vom Waschbecken. Der halbe Inhalt verteilte sich auf dem Boden. »So eine Scheiße!«

Meine Finger zuckten, weil ich ihr helfen wollte, aber gleichzeitig wollte ich ihr nicht zu nahe treten. Haley sammelte die Sachen ein, doch eine Dose mit Tabletten rollte in meine Richtung. Ich hob sie auf und konnte nicht anders, als das Etikett zu lesen. Mein Bruder Patrick arbeitete in der Pharmazie, daher kannte ich mich ein wenig mit Medikamenten aus. Ich hoffte, dass Haley sich keinen Quatsch eingeworfen hatte. Viele nahmen Ketamin, um sich zu pushen. Aber diese Tabletten waren einfache Migränemittel.

»Hast du Kopfschmerzen?«

»Ja.« Sie nahm die Dose entgegen und stützte sich am Waschbecken ab.

»Mit Aura?«

»Was?«

»Siehst du Lichtblitze?«

»Nur ab und zu. Es geht aber.«

»Die Medis helfen nicht?«

»Nein.« Sie schluckte trocken und hielt sich die Hand vor den Mund. Keine Ahnung, ob sie sich gleich noch mal übergeben musste.

»Darf ich was versuchen?«

Sie sah mich im Spiegel aus ihren rot geränderten Augen an. Ihre Lippen waren zu einem schmalen Strich zusammengepresst. Eine Träne rann über ihre Wange, aber sie wischte sie sofort weg.

»Ich kenne ein paar Akupressurpunkte, die bei Übelkeit und Migräne helfen können. Es gibt keine Garantie, dass es wirkt, aber wir könnten es testen.«

Haley zog die Nase hoch und reckte das Kinn. Ein feiner Schweißfilm hatte sich auf ihrer Haut gebildet. Eigentlich gehörte sie in ein abgedunkeltes Zimmer mit Kühlpad auf der Stirn.

»Vielleicht verschafft es dir ein bisschen Linderung.«

»Also gut.«

»Dazu muss ich dich anfassen. Ist das okay?«

Sie blickte mich verwundert an, als hätte ich ihr gerade die merkwürdigste Frage der Welt gestellt. »Du fragst mich, ob es okay ist, mich zu berühren?«

»Natürlich.«

Sie zog die Augenbrauen in die Höhe, schüttelte sich. »Wir werden uns am Set bald viel näher kommen als jetzt.«

»Aber das hier ist das reale Leben und nicht das Set.«

Sie hielt inne, schien über meine Worte nachdenken zu müssen. Dann nickte sie schließlich. Ich griff nach ihrer Hand. Ihre Haut fühlte sich nach wie vor eiskalt an. Ich drehte sie vorsichtig herum und legte meine Finger an die Innenseite ihres Handgelenks. »Willst du dich setzen?«

»Nein.« Aber sie stellte sich so, dass sie sich am Waschbecken anlehnen konnte. Ich stand nun vor dem Spiegel, sah mich selbst und ihren Hinterkopf. Sachte fing ich an, einen Punkt zu massieren. »Versuch, dich zu entspannen.«

»Okay.« Sie hielt die Augen geschlossen und gab ein leises Stöhnen von sich.

»Das ist ein Akupressurpunkt aus der traditionellen chinesischen Medizin. Er löst Übelkeit.« Ich massierte ihn mit sanften Kreisen, übte nur wenig Druck aus. Haley atmete durch, verzog das Gesicht. »Falls es doch schlimmer wird, sag sofort Bescheid.«

Sie nickte, und ich machte weiter. Dabei achtete ich auf jede ihrer Regungen. »Wie ist es?«

»I-ich glaube, es wird besser.«

Ich machte weiter und passte meinen Atem ihrem an. Ein leises, wohliges Stöhnen drang über ihre Lippen. Sacht führte ich die kreisenden Bewegungen fort und merkte, wie sich langsam ihre Haut erwärmte.

»Was machen die Kopfschmerzen?«

»Sind noch da.«

»Ich würde andere Punkte massieren.«

Haley öffnete die Augen, die jetzt bereits klarer wirkten. Das Blau stach intensiv hervor. Sie nickte kaum merklich. Ich ließ ihre Hand los und stellte mich vor sie.

»Wir müssen uns rantasten. Es gibt verschiedene Auslöser für Migräne und nicht jeder Punkt hilft sofort. Sag mir einfach, wo es besser und wo es schlechter wird.«

»Okay.«

»Ich muss dich dazu im Gesicht berühren.«

Sie nickte wieder. Ich legte meine Fingerkuppen rechts und links an ihre Schläfe und massierte auch hier. Haley schloss sofort die Augen und öffnete die Lippen.

»Einfach atmen.«

Sie lehnte sich mir ein Stück entgegen, und ich verstärkte den Druck. Dann wanderte ich nach oben in ihre Haare, suchte den entsprechenden Punkt über den Ohren.

»Da«, keuchte sie, als ich ihn erwischte.

»Schmerzhaft?«

»Ja, aber gut.«

Ich atmete durch, massierte die Stelle intensiver. Haley stöhnte, ihr Körper spannte sich erst an, dann ließ sie locker. Auf einmal legte sie eine Hand an meine Brust. Ich hielt inne, doch sie schüttelte den Kopf.

»Nicht aufhören«, flüsterte sie kaum hörbar.

Ich verstärkte den Druck, massierte genau die beiden Stellen rechts und links und gab ihr hoffentlich so die Linderung, die sie brauchte.

Immer wieder kamen leise *Ohs* aus ihrem Mund und hingen als angenehme Vibration zwischen uns. Haley entspannte sich von Minute zu Minute. Ihre Schultern sackten nach unten, sie atmete ruhiger.

»Ich würde gern am Hinterkopf noch zwei Stellen massieren.«

»Du darfst alles tun, wenn es so gut hilft.«

Ich glitt an ihrer Kopfhaut entlang in ihren Nacken und fand die beiden Punkte direkt unterhalb des Schädelansatzes. Die Stellen waren meistens schmerzhafter, daher ging ich sanft vor. »Wie ist das?«

»Fantastisch.« Ihre Stimme klang rau, heiser und entspannt. »Gott, ja.«

Wärme schoss mir in den Bauch, gemischt mit der Erleichterung, dass ich ihr helfen konnte. Motiviert durch ihre Reaktion machte ich weiter. Haley lehnte sich näher zu mir, bis ihre Stirn meine Brust streifte. Ich glitt mit der ganzen Hand ihren Nacken auf und ab, lauschte den wohligen, kehligen Tönen, die sie von sich gab.

»Wieso kannst du das so gut?«

»Meine Schwester Zoe hatte früher oft tagelang Migräne. Da sie nicht ständig Medikamente nehmen wollte, haben wir angefangen, nach Alternativen zu suchen.«

»Sie wird dir so dankbar gewesen sein.«

»Ja. Wie ist es bei dir? Ist es weg?«

»Also die Kopfschmerzen sind noch da, aber die Übelkeit ist fort und das heftige Pochen hinter meiner Stirn auch.«

»Du solltest dich hinlegen und dir einen Eisbeutel auf die Augen legen.«

»Ich hab gleich einen Termin.«

»Kannst du den nicht absagen?«

»Er ist wichtig.«

»Wichtiger als dein Wohlbefinden?«

»Ich …«

Die Tür flog auf, und wir lösten uns voneinander, als hätte uns jemand beim Knutschen statt beim Massieren erwischt. Haleys Agentin Gabriela stand im Rahmen. »Hier bist du! Ich such dich überall.«

Haleys Miene änderte sich von einem Atemzug auf den anderen. Wo sie eben noch entspannt und locker gewirkt hatte, trat Härte in ihre Augen. »Ich musste nur rasch aufs Klo.«

Gabriela runzelte die Stirn. »Bei den Männern?«

»Es war dringend.«

Ich blickte zwischen Haley und Gabriela hin und her und schob meine Hände in die Hosentaschen, weil ich auf einmal nicht mehr wusste, wohin damit.

»Wyatt, hi.« Gabriela lächelte mich an. »Wir haben uns vorhin nicht persönlich vorgestellt. Ich bin Gabriela Rodríguez, Haleys Agentin.«

»Ja, freut mich.«

»Tut mir leid, dass ich euch unterbrechen muss, aber die Zeit drängt, Haley. Das Podcastinterview geht in vierzig Minuten los, und du solltest noch ein paar Autogramme unten geben.«

»Natürlich.« Haley drehte sich zum Spiegel um, richtete ihre Haare und ihr Make-up und schob sich dann ein weiteres Minzbonbon in den Mund. Als sie fertig war, schnappte sie sich ihre Handtasche, packte alle Sachen rein, die rausgefallen waren, und hängte sie sich über die Schulter. Ihre Bewegungen wirkten schon viel kraftvoller.

»Danke noch mal, Wyatt.«

»Jederzeit. Gute Besserung.«

Sie rang sich ein Lächeln ab, dann verließ sie mit ihrer Agentin das Klo.

09. JUNI

Wyatt

Zoe
Ich bin dankbar für:

Für dich. Immer.
Fürs Ankommen in Stanford. Die Uni ist traumhaft schön, und Martha hat extra mein Zimmer geschmückt und hergerichtet. Sogar frische Blumen aufgestellt, voll süß.
Für die wundervolle Begegnung heute im Supermarkt. Es war so viel los an den Kassen, und ich hatte nur drei Sachen. Vor mir war eine Mutter mit ihrem Sohn, und sie meinte zu ihm: Lass mal die Frau vor, sie hat weniger als wir.

Ich lächelte, als ich das las. Zoe hatte so hart gekämpft, als Frau anerkannt zu werden, dass es immer wieder was Besonderes für sie war, wenn Fremde sie als weiblich identifizierten.

Außerdem bin ich dankbar, dass ich meinen Bruder heute im Fernsehen sehen durfte. Wie ein richtiger Star. Ich bin so stolz auf dich.

Ich sah auf die Uhr an meinem Handy. Es war kurz nach fünf. Der Himmel wurde bereits heller, und die ersten Vögel zwitscherten. Wir schrieben uns diese Whatsapps immer dann, wenn wir ins Bett gingen – was auch mal am frühen Morgen sein konnte.

Wyatt

Ich bin dankbar für:

Puh, wo soll ich anfangen? Dieser Tag dauert schon ewig.
Für die Pressekonferenz, und dass ich die anderen kennenlernen durfte.
Dafür, dass ich Haley helfen konnte. Ich freu mich auf die Zusammenarbeit.
Fürs Erste-Mal-Autogramme-Geben. Wir haben fast eine Stunde signiert, war krass.
Fürs Tanzengehen mit Eric, Kathrin und ein paar anderen aus dem Cast. Wir waren in einem coolen Club, mich haben sogar ein paar Leute erkannt.
Für den großartigen Sex mit Fynn. Hab ihn im Club kennengelernt.
Für die wundervolle laue Luft gerade. Die Sonne geht auf. War eine lange Nacht.
Für dich!

Ich wollte das Handy schon wegstecken, als eine Antwort von Zoe eintraf.

Was ist mit FYNN??? Wer ist das?
WAS GEHT DA?!

Nichts weiter. Wir haben uns gesehen, geflirtet, geknutscht, gevögelt, das war's.
Bin auf dem Heimweg.

Heute ist dein fünfter Morgen in L.A.!

Und? In NY hatte ich bereits
in der ersten Nacht Sex.

Ich sag ja: Du bist ein Labrador, der überall Anschluss findet.

Ey, hör auf, mich mit einem Hund zu
vergleichen!

Dabei sind sie so niedlich. Und sie haben flauschige Ohren.

Das macht es nur schlimmer, Zoe!
Warum bist du eigentlich schon wach?

Weil Martha heute ganz früh rausmusste und Lärm gemacht hat. Ich muss mich erst noch an die Geräusche hier gewöhnen. Was war eigentlich mit Haley? Wie hast du ihr geholfen?

Statt zurückzuschreiben, drückte ich auf den Anrufbutton. Zoe nahm nach dem ersten Klingeln ab.

»Sie hatte Kopfschmerzen, und ich hab ein paar Akupressurpunkte bearbeitet. Danach ging es ihr besser.«

»Wyatt mit den Zauberfingern.«

»Ja, Fynn hat sich eben auch nicht beschwert.«

»Oh, bitte! Das sind Bilder, die ich nicht in meinem Kopf haben will!«

Ich lachte leise.

»Seht ihr euch noch mal?«

»Ich hoffe es doch. Immerhin drehen wir zusammen.«

»Du und Fynn, du Hohlbirne!«

»Nein, das war für uns beide eine einmalige Sache. Ich hab gar keine Zeit für eine Beziehung.«

»Stimmt. Bist du schon zu Hause?«

»Betrete soeben das Gelände.«

»Was machst du heute noch?«

»Na ja, ich muss in vier Stunden zum Fotoshooting erscheinen. Wir machen Promobilder. Dann hab ich Fittings für Damons Garderobe und jede Menge Besprechungen. Nächsten Montag starten schon die Dreharbeiten.«

»Du hättest lieber vorschlafen sollen, statt feiern zu gehen.«

»Dann hätte ich richtig guten Sex verpasst.« Ich senkte die Stimme, sodass ich klang, als würde ich einen erotischen Roman einlesen.

»Wenn du nicht damit aufhörst, kram ich noch ein paar Hunderassen raus. Chihuahuas sind niedlich, und Cocker Spaniel lassen immer ihre Schlappohren ins Wasser hängen, wenn sie trinken.«

»Ich glaub, ich komm in ein Funkloch.«

Sie lachte. »Manchmal bezweifle ich, dass wir verwandt sind. Du hast einfach so viel mehr Energie als ich.«

»Quatsch. Du setzt deine nur anders ein. In Wirklichkeit bist du die Stärkste von uns.«

Sie brummte leise. »Legst du dich noch hin?«

»Glaub nicht. Ich werde mal schauen, was dieses Fitnessstudio zu bieten hat, und dann frühstücken.«

»Vielleicht triffst du ja deinen netten Jogger wieder.«

»Ja, vielleicht. Für heute reicht es mir allerdings mit Sexabenteuern.«

»Ihr müsst ja nicht gleich übereinander herfallen! Man kann auch ganz normal reden, stell dir das vor.«

»Revolutionär.«

»Ich wünsch dir viel Spaß. Egal, was du tust. Und halt mich auf dem Laufenden. News aus dem Showbiz sind aufregender, wenn man einen Insider hat.«

»Mach ich. Bis später.«

»Lieb dich.«

»Ich dich auch.«

Ich legte auf, steckte das Handy ein und atmete tief die frische Morgenluft ein. Was für ein fantastisches Leben.

9.
KAPITEL

Wyatt

»Wie passt das Hemd?«, fragte Lorraine, unsere Masken- und heute auch Kostümbildnerin. Sie war eine kleine Frau mit langen grauen Haaren, die ihr locker über die Schulter hingen. Ich schätzte sie auf Anfang vierzig, aber es fiel mir hier manchmal schwer, das Alter von Leuten zu bestimmen, weil viele so verdammt faltenlos aussahen. Sogar die, die hinter den Kulissen arbeiteten wie Lorraine. Als wäre es Pflicht, in jedem Department jung zu wirken.

»Sehr gut.« Ich drehte mich vor dem Spiegel von rechts nach links. Wir waren in der Nähe von Venice Beach in einem industriellen Loft, im Atelier des Fotografen Gus Randell. Ich hatte noch nie von ihm gehört, aber Eric meinte, dass er schon etliche Stars vor der Kamera gehabt hatte. Heute war er für Haley, Eric und mich zuständig, dem Dreiergespann für die zweite Staffel. Es war das erste Mal, dass ich komplett in Damons Rolle schlüpfen würde. Mit Outfit und allem Drum und Dran.

Und mein Alter Ego hatte Geschmack, das musste man ihm einfach lassen.

Ich trug einen dunkelgrauen maßgeschneiderten Anzug. Weil so wenig Zeit war, hatte mich das Kostümdepartment schon in New York zu einem Schneider geschickt, der meine Maße genommen hatte. Das Hemd war leger gehalten. Die oberen Knöpfe standen offen, die Ärmel waren hochgerollt. Dazu die bequemsten Kunstlederschuhe, die ich je getragen hatte. Lorraine stand vor mir, zwei Nadeln zwischen die Lippen geklemmt und ein Maßband über der Schulter hängend. Geübt zupfte sie an meinem Hemd herum, prüfte, ob es an den richtigen Stellen saß.

»Ja, das sieht gut aus. Damit steht Outfit eins. Die restlichen kann das Kostümdepartment anpassen.«

»Danke.« Ich nickte ihr zu und musterte mich noch mal im Spiegel. Als ich vor eineinhalb Stunden angekommen war, hatte Lorraine zuerst mein Make-up aufgetragen und mir die Haare gestylt. Sie hatte meine dunklen Ringe unter den Augen unkommentiert wegretuschiert und mir Tropfen reingeträufelt, damit ich wacher aussah. Jetzt könnte man meinen, ich käme von einem Wellnessurlaub statt aus einer durchgemachten Nacht. Unglaublich, was ein bisschen Styling bewirken konnte.

Ich straffte die Schultern, rotierte den Nacken und suchte in mir nach Damon. Seinen Ankerstein hatte ich ebenfalls dabei. Ich griff in die Hosentasche und umschloss das glatte Glasstück, auf das ich Damon geprägt hatte. Sofort flammten die entsprechenden Emotionen in mir auf. Das Glas stammte aus meiner Zeit in New York, wo ich nebenher als Barkeeper gearbeitet hatte. An einem Abend waren ein paar Typen zum Feiern da gewesen. Sie hatten sich für die Größten gehalten und damit geprahlt, wie viele Mädels sie abschleppen würden. An der Bar hatten sie es ordentlich krachen lassen, einen Drink nach dem anderen spendiert. Und sie hatten Erfolg mit der Masche gehabt. Vor allen Dingen einer war so begehrt gewesen, dass er mit mehreren Frauen hätte heimgehen können. Er hatte einen

Maßanzug getragen, mit Geld und Cocktails nur so um sich geworfen und mit seinem kühlen Charme die Mädels um den Finger gewickelt. Irgendwann an dem Abend ging ein Glas zu Bruch, weil die Party immer wilder wurde. Ich hatte ein glattes Stück aufgehoben, es rund geschliffen und eingesteckt. Es war mein Anker für diese spezielle dominante und toxische männliche Energie.

Genau die besaß Damon.

Er war ein Mann, der wusste, was er wollte und wie er es bekam. Für ihn waren Frauen nichts als Ware. Er brauchte sie auf, warf sie weg, holte sich neue. Damon hielt an nichts fest. Er war ständig auf dem Sprung, stets auf der Suche nach dem nächsten Kick, der seine Langeweile bezwang. Dazu war er spendabel, lud Leute ein, von denen er sich Vorteile erhoffte, und erkaufte sich Freunde. Echte Bindungen ging er nie ein. Er hatte nicht gelernt, was es hieß, wirklich geliebt zu werden. Weder von seiner Mutter, die das Geld ihres Mannes auf den Kopf gehauen hatte und durch die Welt jettete, noch von seinem Vater, der nur gearbeitet hatte. Damon war das Prestigekind gewesen, das die beiden für ihren sozialen Status missbraucht hatten. Er war von Nanny zu Nanny gereicht worden, musste für falsche Familienfotos herhalten, die Idylle vorgaukelten, wo es keine gab, und wurde dann auf sein Zimmer geschickt.

Geld, Macht, Ruhm, Anerkennung. Das waren seine Werte. Das lebte er voll und ganz.

Wann immer ich in dieses Outfit schlüpfen würde, wären es auch meine Werte.

»Schick.« Eric trat neben mich und blickte mich im Spiegel an. Er trug ausgewaschene Jeans, ein labbriges Hemd, Sneaker. Die Art von Kleidung, die Jenson wählte. Ich hob eine Augenbraue und musterte ihn. Männer wie Damon zermalmten Männer wie ihn unter ihrem Schuh. Er war keine Konkurrenz für mich, er war ein Wurm, der nur darauf wartete, von den Geiern gefressen zu werden.

Ich hielt Damon mehr an den Zügeln und lächelte Eric an. »Danke. Wie lief das Shooting?«

Eric hatte seine Fotos schon hinter sich. Jetzt war ich dran, und danach Haley. Die allerdings noch nicht aufgetaucht war. Hoffentlich war die Migräne nicht zurückgekehrt.

»Klasse. Gus ist Profi. Er hat uns schon für Staffel eins geknipst.« Eric drehte den Kopf und betrachtete sich im Spiegel. »Darf ich dir eine persönliche Frage stellen?«

»Klar.«

»Hab gesehen, dass du gestern mit diesem Typen verschwunden bist.«

»Fynn. Er geht öfter in den Club. Wir kamen ins Gespräch.« Und dann ins Bett. Ich grinste Eric an, und er hob die Augenbrauen.

»Ihr habt also nicht nur geredet.«

Ich grinste breiter und zuckte die Schultern.

»Du bist homosexuell?«

»Bi.«

»Okay.« Eric trat näher und senkte die Stimme. »Wenn ich dir einen Tipp geben darf: Entscheide dich in der Öffentlichkeit für eine Seite.«

»Was? Wieso?«

»Weil es leichter fürs Marketing ist. Du wirst für diese Rolle gebrandet. Dir wird ein Stempel aufgeklatscht, den du auch draußen zu erfüllen hast. Klar gibt es einige Schauspieler und Schauspielerinnen, die sich geoutet haben, aber nenne mir einen großen Namen, der bi ist.«

Ich öffnete den Mund, klappte ihn wieder zu, weil mir auf die Schnelle niemand einfiel.

»Siehst du. Entweder das eine oder das andere, Kumpel. In deinen eigenen vier Wänden kannst du tun, was auch immer du willst, und ich verstehe den Reiz daran, einen Mann ins Bett zu holen.« Er fasste sich an die Brust. »Bin selbst nicht abgeneigt. Aber nicht in der Öffentlichkeit.«

»Das ist doch Blödsinn.«

Eric zuckte mit den Schultern. »Ich kann dir nur aus eigener Erfahrung berichten. Die Leute tun gern so, als wären sie offen für alles, aber die Realität spiegelt das leider nicht wider.«

»Ich will mich nicht für eine Seite entscheiden.«

»Privat musst du das nicht. Geh einfach diskreter vor. Und wenn du mal Bock auf einen gemeinsamen Abend hast, nur wir beide, lass es mich wissen.« Er zwinkerte mir zu, und ich zog die Augenbrauen zusammen.

»Denk einfach drüber nach, ja?« Eric klopfte mir auf die Schulter, wandte sich ab und ließ mich recht perplex zurück.

War das sein Ernst? Ich hatte bisher null Schwingungen von Eric diesbezüglich empfangen. Auch gestern beim Feiern hatte er nicht den Eindruck vermittelt, als wäre er an Männern interessiert. Konnte er das so gut verbergen?

»Wyatt?«, fragte eine junge Frau. Sie stand am Türrahmen. »Mein Name ist Ray, ich bin die Assistentin von Gus. Er wäre so weit, wenn du es auch bist.«

»Ja … klar. Bin gleich da.« Ich griff wieder in meine Hosentasche und umschloss den Glasstein. Sofort meldete sich Damon zurück und mit ihm der Gedanke, Eric ordentlich zusammenzufalten und ihn auf seinen Platz in der zweiten Reihe zu verweisen. Niemand sprach so mit ihm.

Ich nahm seine Energie an, lenkte sie in meinen Körper und ließ sie tief in mir wirken. Bisher war ich immer offen mit meiner Bisexualität umgegangen. Es war nichts, das ich verstecken wollte. Nicht mal für Hollywood.

Erst, als ich mich sicherer fühlte, folgte ich Ray nach nebenan, wo das Set bereits aufgebaut war. Es war ein einfaches Setting mit zwei Blitzen, einem grauen Hintergrund und einigen Reflektoren.

»Hi, ich bin Gus«, stellte sich der Fotograf vor. Er war schätzungsweise Anfang fünfzig, aber sein Gesicht wirkte derart gestrafft, dass er auch zehn Jahre älter sein könnte. Graue Strähnen durchzogen seine dunklen Haare, er war braun gebrannt und trug einen blau-grünen Samtanzug. Ich nickte ihm freundlich zu und begab mich auf die ausgewiesene Position.

»Ich mach Probeschüsse.« Gus drückte auf den Auslöser und fotografierte mich ein paarmal. Ich konzentrierte mich weiter auf Damon und ließ die Zügel lockerer, damit er mehr Raum einnehmen konnte.

Selbstbewusst. Stark. Dominant. Er bestimmte, wo es langging. Er behielt die Kontrolle. Und wenn er sie verlor, sorgte er dafür, dass er sie zurückerhielt. Damon überließ nichts dem Zufall. Er beeinflusste Menschen mit seinem Geld, scheute nicht davor zurück, sie in eine Ecke zu drängen und ihnen sämtliche Grundlagen zu entziehen. Wenn er sie am Boden hatte, bot er ihnen entweder seine Hilfe an, die nur zu seinen Bedingungen angenommen werden konnte, oder er stieß sie in den Abgrund.

»Das ist großartig, Wyatt«, sagte Gus. »Den Kopf gern etwas mehr nach links, Kinn tiefer. Augen zur Kamera. Perfekt.«

Er machte weitere Aufnahmen und gab mir Anweisungen. Wir verloren uns in diesem Raum aus Fiktion. Damon. Ich. Seine Geschichte. Meine. Wir verschmolzen, trennten uns wieder, reichten uns die Hände und lernten uns mit jeder Pose besser kennen. Es war eine Sache, zu Hause Rollen zu üben, ihren Text zu lernen, ihre Vergangenheit aufzudecken, sie bis zu ihren dunklen Geheimnissen zu ergründen. Eine andere war es, wirklich sie zu sein. Ihre Kleidung zu tragen, ihre Ausstrahlung anzunehmen, ihre Bewegungen und ihre Stimme überzustreifen. Schauspielern war ein ständiger Balanceakt. Man musste in seine Rolle schlüpfen, durfte ihr dabei aber nicht die komplette Kontrolle überlassen. Es gab viele Methoden, das zu tun. Christian Bale, Heath Ledger, Daniel Day-Lewis – alles großartige Männer, die sich das Method Acting zunutze gemacht hatten und ihr Alter Ego wurden. Es war gleichermaßen faszinierend wie gefährlich.

»Verdammt sexy.« Gus schoss ein letztes Foto und schaute dann die Bilder auf seiner Kamera durch. »Die Rolle steht dir.«

»Danke.« Ich rieb mir über den Nacken, drosselte Damons Energie runter.

Die Tür zum Studio ging auf, und Haley trat ein. Mein Herzschlag beschleunigte sich sofort. Sie trug ein wunderschönes eng anliegendes roséfarbenes Sommerkleid mit einem feinen Blütenmuster und Sandalen. Die Haare hatte sie auf eine lässige Art hochgesteckt.

Gus musterte sie und blieb einen Tick zu lang an ihrem Ausschnitt hängen. »War keine Zeit mehr für ordentliches Make-up?«

»Ich wurde aufgehalten und kam etwas zu spät. Lorraine hat sich extra beeilt. Sorry.«

»Dann muss ich einiges in der Nachbearbeitung retten.«

»Ich finde, dass du toll aussiehst«, sagte ich.

Gus schnaubte und deutete mit einem Nicken zu mir. »Stell dich hin, damit wir anfangen können.«

»Guten Morgen«, sagte sie leise.

»Alles klar bei dir?«

»Ja, hab verschlafen.«

»Wegen der Kopfschmerzen?«

»Die sind zum Glück weg. Meine Schwester hat mich heute Nacht aus dem Bett geklingelt.«

»Oh.«

Haley winkte ab und kreiste die Schultern. »Lass uns loslegen.«

Ich schüttelte mich und wandte mich ihr zu. Es dauerte ein wenig, bis ich wieder in meine Rolle fand. Haley räusperte sich, ihr süßes Parfüm stieg mir in die Nase und zog sich wie warmer Sommerregen über meine Haut.

Ich schauderte.

Damon schauderte.

So genau konnte ich das nicht auseinanderhalten.

»Haley, leg die Hand auf Wyatts Schulter.«

Sie trat näher, ihre Brust streifte meinen Oberarm, und ich keuchte leise. Ich lehnte mich in ihre Richtung, drehte den Kopf ein Stück, sodass uns nur noch wenige Zentimeter trennten. Die Luft schien sich zwischen uns aufzuladen. Ich schloss die Augen, merkte, dass Gus erneut abdrückte, doch ich schob es in den Hintergrund. Da waren nur Marissa und Damon. Sie und ich. Wir. Er wollte sie. Auf jede erdenkliche Art und Weise.

»Mehr Körperkontakt«, hörte ich Gus sagen.

Sie zögerte keine Sekunde und legte ihre Hand auf meine Brust, während meine an ihre Hüfte glitt. Sanft strich ich ihre Rundungen entlang. Sie bebte, doch der Moment hielt nicht lang. Dieses Zusammentreffen war so anders als das gestern auf der Toilette. Wir waren nicht mehr die Privatpersonen, wir waren Marissa und Damon, der keinerlei Respekt vor Frauen hatte. Der sich nahm, was er haben wollte. Der nie vorher fragen würde, ob er jemanden berühren durfte.

»Das ist es«, sagte Gus.

Sie war so nah und sie roch verdammt gut. Ihre Lippen teilten sich, die Hand, die eben noch auf meiner Schulter gelegen hatte, wanderte in meinen Nacken und spielte dort mit meinen Haaren. Mir wurde schwindelig, ich hatte Mühe, Damon zurückzuhalten, weil er danach schrie, sie an sich zu reißen, ihr das Kleid hochzuschieben und sie von hinten zu ficken. *Hart.*

»Haley, sei nicht so steif, lass dich mehr auf Wyatt ein, ja, genau so!«

Ich scheuchte Damon zurück, weil mir seine Gedanken zu intensiv wurden. Meine Hand glitt an Haleys Rücken nach oben, ich drückte sie fester an mich. Unsere Nasen streiften sich. Kurz. Ich schloss die Augen, senkte den Kopf, sodass sich unsere Lippen beinahe berührten. Sie roch nach Minze und etwas anderem, das ich nicht benennen konnte.

»Das ist perfekt! Großartig! Meine Speicherkarte geht gleich in Flammen auf!«

Ich ignorierte Gus, konzentrierte mich voll und ganz auf die Frau in meinen Armen und den Raum, den wir gemeinsam betreten hatten. Sie schmiegte sich an mich, Lippen an meiner Wange, Finger an meinem Hals, ihr Duft in meiner Nase. Sie und ich. Es funktionierte.

»Ja, ja, ja!« Gus drückte noch ein paarmal ab und klatschte dann in die Hände. »Das war es.«

Kaum hatte er die Worte ausgesprochen, löste sich Haley von mir. Sie räusperte sich, strich ihr Kleid glatt und fuhr sich durch die Haare. Ich schüttelte mich, bemühte mich, Damons Energie abzustreifen. Das würde einen Moment dauern.

»Haley, wir machen gleich mit dir allein weiter«, sagte Gus.

Ich schob die Hände in meine Hosentasche und blickte sie an.

»Das war gut«, sagte sie und sah mir in die Augen. Ich bekam Gänsehaut am ganzen Körper. Keine Ahnung, wann ich zuletzt derart intensiv auf eine Frau reagiert hatte oder ob es überhaupt schon mal so gewesen war.

»Absolut«, brachte ich hervor.

Falls es beim Drehen genauso funkte, dann würde das eine sehr interessante Zusammenarbeit werden. Und vermutlich würde ich viele kalte Duschen nehmen müssen.

Ich verlagerte mein Gewicht von einem Fuß auf den anderen. Eigentlich war ich fertig, aber ich wollte noch nicht gehen.

»Würdest du dich schon mal hinstellen, Haley, dann justiere ich das Licht«, sagte Ray.

»Klar.« Haley lächelte mich an und wandte sich um. Ich atmete durch, rotierte den Nacken und kehrte zurück ins andere Zimmer, um Damons Klamotten und hoffentlich auch diese fast schon primitive Anziehungskraft Haley gegenüber loszuwerden.

Lorraine hielt bereits einen Kleiderbügel in der Hand. Ich knöpfte das Hemd auf und schlüpfte gleichzeitig aus den Schuhen. Je mehr ich von Damon ablegte, umso mehr fühlte ich mich wieder wie ich selbst. Auch die Erregung ließ deutlich nach. Lorraine wartete geduldig, bis ich nur noch im Slip vor ihr stand. Sie sortierte das Hemd, die Hose, die Schuhe und legte sie zurück auf den Kleiderständer.

Ich wollte gerade nach meiner Jeans greifen, als mein Handy klingelte. Rasch fischte ich es aus der Tasche. Es war mein Dad.

»Hey, alles klar?«, fragte ich.

Als Antwort kam jedoch nur ein Rascheln.

»Dad?«

Im Hintergrund lief das Radio, ich hörte die gedämpfte Stimme des Nachrichtensprechers, genau wie Schritte.

»Hallo?«

Nichts. Ich nahm das Handy vom Ohr und sah nach meinem Empfang. Alle Balken voll. Da hatte mich wohl seine Hosentasche angerufen.

Es klirrte, als würde er etwas aus dem Kühlschrank holen. Dann fing er auf einmal an zu singen. Seine Stimme klang belegt, schwer.

»Dad!«, versuchte ich es erneut. Nach der Trennung von Mom war er in unserem Haus in Washington D.C. geblieben, aber Zoe, Beau, Patrick und ich hatten ihm bereits angeboten, dass er uns besuchen konnte. Hoffentlich nahm er es an, es täte ihm sicherlich gut, von dem Ort wegzukommen, wo ihn alles an Mom und ihre gemeinsame Zeit erinnerte.

Mein Vater drehte das Radio lauter und stimmte in einen Elvis-Song ein. Nun war ich mir sicher, dass er einen sitzen hatte, denn erstens machte er sich nichts aus Elvis, und zweitens sang er so schräg, dass es fast wehtat.

Ich schüttelte den Kopf, drückte den Anruf weg und schrieb Dad eine Nachricht.

Wyatt

Du hast mich gerade angerufen. Meld dich, wenn du nüchtern bist, und pass auf dich auf.
<3 Wyatt

10. KAPITEL

Haley

Während Ray das Licht einstellte und die Blitze in Position brachte, sammelte ich mich für die kommenden Minuten. Wyatts Präsenz und Aura hingen nach wie vor greifbar in der Luft und lösten prickelnde Schauer in mir aus. Er hatte sich derart in seine Rolle fallen lassen, dass er eine völlig andere Ausstrahlung bekommen hatte. Gefährlicher, düsterer, autoritärer. Ein typischer Alpha-Mann, der es nie zulassen würde, dass eine Frau ihm sagte, wo es langging. Privat stand ich gar nicht auf solche Typen, aber ich konnte nicht leugnen, dass es etwas mit mir gemacht hatte. Oder mit Marissa. So genau konnte ich das nicht auseinanderhalten, und ich war heute zu müde dafür. Page hatte mich um drei Uhr aus dem Bett geklingelt. Der Typ, mit dem sie unterwegs gewesen war, hatte sie einfach irgendwo am Stadtrand sitzen lassen.

»Ich hab ihm keinen blasen wollen, da hat er mich ausgesetzt«, hatte sie gesagt. »Und ich bin zu broke, um ein Uber zu rufen. Holst du mich bitte?«

Ich hatte mich aus dem Bett gequält und sie eingesammelt. Vermutlich schlief sie noch immer ihren Rausch auf meiner Couch aus.

»Können wir endlich anfangen?«, fragte Gus.

»Ja, klar.« Dabei war er es, der um die Pause gebeten hatte.

Ich kramte Marissa wieder aus meinem Innersten heraus. Da ich sie bereits in zwanzig Folgen gespielt hatte, fiel es mir leicht, sie überzustreifen. Sie war eine einfach gestrickte Frau. Solange alle um sie herum glücklich waren und Harmonie herrschte, war sie zufrieden.

»Okay, warte«, sagte Gus. »Wenn ich das richtig verstanden hab, soll Marissa in Staffel zwei mehr aus sich herauskommen, oder?«

»Ja.«

»Warum stehst du dann da wie eine Jungfrau, die das erste Mal einen Mann sieht?«

»Was?«

»Eben hast du dich doch auch an deinen Partner rangemacht. Davon brauchen wir mehr, Mädchen.«

Ich schluckte trocken und warf seiner Assistentin einen raschen Blick zu, aber die verkroch sich hinter einem Reflektor.

»Kannst du den oberen Knopf deines Kleides öffnen?«

»Kann ich.«

Er sah mich auffordernd an. Ich hielt die Luft an und folgte der Anweisung.

»Gut, jetzt dreh dich etwas nach links, Kinn runter, Brust raus.«

Ich tat auch das.

»Nein, noch mehr die Brust raus. Selbst wenn nicht viel da ist.«

Mir schwirrte der Schädel.

»Oder sollen wir Wyatt zurückholen? Wirst du dann lockerer?«

»Ich kann das ohne ihn, ich mach das schließlich nicht erst seit gestern.«

»Schade, dass man davon nicht viel sieht.«

Ich drehte mich ein Stück, spannte die Muskeln an und gab mir gleichzeitig Mühe, entspannt auszusehen. Gus war nicht der erste Mann, der derartige Sprüche raushaute. Am besten war es, wenn man sie ignorierte, professionell blieb und die Arbeit so schnell wie möglich durchzog.

»Nicht so verkrampft.«

Ich ließ locker.

»Mehr Körperspannung.«

Ich richtete mich auf.

»Lächeln.«

Tat ich.

»Nicht so viel.«

Ich nahm mich zurück.

»Kinn heben. Weniger. Mach mich an. Sei schüchterner!«

So ging das weiter und weiter und weiter. Ich spulte die Bewegungen ab, drehte mich, lächelte – oder auch nicht – und gab Gus das, was er gerade sehen wollte, ohne ihn zufriedenstellen zu können.

Irgendwann winkte er seufzend ab und tippte auf seiner Kamera herum. »Wir sind fertig. Danke. Echt eine Schande, dass ich so viel retuschieren muss. Das wird mich Stunden kosten.«

Ich schloss die Augen, rieb mir über den Nasenrücken und verließ das Set, ohne mich noch mal umzudrehen. Kaum betrat ich den anderen Raum, atmete ich durch. Mein Körper fühlte sich wund und irgendwie schmutzig an. Wo ich mich mit Wyatt vor der Kamera wohlgefühlt hatte, war jetzt nur Leere.

»Liebes, alles in Ordnung? Du bist ganz blass«, fragte Lorraine.

»Ja, ich hab ein wenig Kreislaufprobleme. Musste das Frühstück ausfallen lassen.«

»Willst du einen Energieriegel? Ich hab welche in meiner Tasche.«

»Nein, danke. Ich zieh mich rasch um und hol mir was unterwegs.« Gabriela wollte mich in zwanzig Minuten abholen. Wir hatten ein Treffen mit einem Castingagenten, um zu hören, was gerade gesucht wurde. Zwar stand die Sache mit Lyle und

Malcom im Raum, aber wir mussten auch planen, falls es nichts werden sollte. Außerdem war ich dankbar, dass sie den Termin extra für mich reingequetscht hatte. Ihr Kalender füllte sich rapide dank Ella Freeman.

»Hat das Shooting geklappt?«, fragte sie.

»Mehr oder weniger. Gus war wohl nicht zufrieden.«

Sie winkte ab. »Was nicht an dir liegt. Der Typ ist eine toxische Katastrophe. Er denkt, nur weil er ein alter weißer Mann ist, der einige Hollywoodgrößen fotografiert hat, kann er Frauen wie Menschen zweiter Klasse behandeln. Lass dir bloß nichts einreden. Du siehst wunderschön aus.«

»Danke. Damit komm ich schon klar.« War schließlich nicht das erste Mal, dass ich so behandelt wurde. »Ist Wyatt eigentlich noch da?«

»Er ist vor zehn Minuten mit Eric raus. Glaube, sie wollten an den Strand fahren und dort was zu Mittag essen.«

Ein Stich des Bedauerns durchfuhr mich, auch wenn es mich eigentlich nicht wundern sollte. Weder mit Eric noch mit jemand anderem aus dem Cast war ich je privat unterwegs gewesen. Zu Beginn hatten sie mich noch gefragt und wollten mich in ihre Pläne einbeziehen, aber nach dem x-ten: »Nein, ich hab leider keine Zeit«, waren die Einladungen weniger geworden und das Interesse kleiner. Zudem hatte ich die Erfahrung gemacht, dass echte Freundschaften zwischen Kolleginnen und Kollegen selten Bestand hatten. Irgendwann war die Show vorüber, und man ging wieder getrennte Wege. So hatte ich es zumindest bei *Beachbound* erlebt, der Serie, mit der ich mein Teenageralter verbracht hatte. Acht Staffeln und zweihundertfünfundvierzig Folgen lang hatte ich mir die falschen Fischschuppen übergezogen und mit meiner falschen Fernsehfamilie und meiner falschen Fernsehfreundin Nervenzusammenbrüche, Heulkrämpfe, Lachanfälle, Liebe und familiäre Wärme erlebt. Fast mehr als mit meiner echten Familie, die ich kaum zu Gesicht bekommen hatte. Bindungen außerhalb des Sets waren quasi unmöglich gewesen. Wo andere in die Schule gingen und auf ihren Prom hinfieberten, hatte ich in der Maske gesessen, Texte gelernt und von einem Privatlehrer Unterricht bekommen.

Und dann war alles von einem Tag auf den anderen vorbei gewesen. Meine Fernseheltern hatten in anderen Serien andere Kinder bekommen, meine Fernsehfreundin Alisia hatte der Schauspielerei den Rücken gekehrt und war nach Indien ausgewandert. Aus dicken Freunden wurden Bekannte und aus denen Menschen, die sich zu Geburtstagen Glückwünsche schickten, bis auch die aufhörten und man gar nichts mehr voneinander mitbekam.

Also besser erst gar keine engen Bindungen eingehen, als hinterher diesen Schmerz zu spüren.

Ich schnappte meine Klamotten, trat hinter den Paravent, streifte das Kleid ab und schlüpfte in meine Leggings. Dazu trug ich ein T-Shirt und einfache Ballerinas. Für ein ausgefalleneres Outfit hatte die Zeit heute Morgen leider nicht gereicht. Gabriela würde es vermutlich nicht gefallen, mich so zu sehen.

Ich legte Marissas Kleid über meinen Arm und reichte es Lorraine. »Danke für die schnelle Hilfe, und tut mir leid, dass wir uns so hetzen mussten.«

»Ach, das war doch kein Problem. Deine Haut braucht fast nichts und die natürlichen Locken in deinen Haaren machen jede Hochsteckfrisur leicht.«

Ich lächelte sie an, schulterte meine Handtasche und angelte mein Handy heraus. Rasch checkte ich meine Nachrichten. Gabriela hatte mir eine Liste mit weiteren Terminen diese Woche geschickt, von denen ich aber viele allein wahrnehmen musste. Morgen hatte ich ein Interview mit Wyatt und Eric bei *Good Morning, America*. Danach sollte ich zu den Leseproben mit dem Cast. Freitag waren wir bei Jimmy Kimmel zu Gast und am Samstag sollte ich auf die Eröffnung einer Galerie.

»Ich hab in deinem Kalender gesehen, dass du den Sonntag schon für die Charity geblockt hast, das ist gut«, hatte Gabriela zudem geschrieben. »Der Termin ist jetzt fix und findet am Hafen statt. Es ist sehr wichtig, dass du hingehst. Da werden einige aus dem Inner Circle sein. Vermutlich auch Lyle!«

Der *Inner Circle*. So bezeichnete man in Hollywood die Leute, die etwas zu sagen hatten. Produzenten, Agenten, Manager, Filmbosse. Jeder wollte Teil des Circles werden, aber nur eine Handvoll Auserwählte kam rein. In einer Stadt, wo zig Tausende Menschen vor die Kamera wollten, war es unmöglich, für jeden einen Platz zu finden. Wenn Lyle ebenfalls bei der Charity-Veranstaltung wäre, könnte ich mich noch mal ins Gespräch bringen. Je öfter er meinen Namen hörte, umso besser.

Ich verabschiedete mich von Lorraine und schrieb Gabriela, dass ich zu allen Terminen gehen würde. Alles Weitere konnten wir besprechen, wenn wir uns gleich sahen.

»Haley«, hörte ich eine Stimme und zuckte zusammen. Wyatt lehnte im Schatten an der Wand.

»Ich dachte, du bist mit Eric essen?«

»Er ist schon vorausgegangen und sucht einen Platz, ich hab auf dich gewartet.«

»Warum?«

»Um zu fragen, ob du mitkommst.«

»Ich ...« *Was?*

Er grinste. »Du siehst aus, als hätte ich dich gerade gefragt, ob wir gemeinsam eine Bank ausrauben wollen und uns mit dem Geld nach Tahiti absetzen.«

»Tahiti ist tatsächlich wunderschön. Wir haben dort mal für *Beachbound* gedreht.«

»Deine Meerjungfrauenserie.«

»Genau.«

»Dann kennst du dich da ja aus. Du organisierst die Cocktails, ich sorge dafür, dass wir inkognito bleiben.«

»Deal.«

»Und wie ist der Deal mit dem Mittagessen?«

»Das ist total lieb, aber ich kann nicht.« Und da war er wieder. Mein Standardsatz. »Ich hab einen Termin mit meiner Agentin. Es tut mir leid, dass du umsonst gewartet hast.«

»Kein Problem. Ich hätte dich vorhin gefragt, aber ich wollte das Shooting nicht stören. Gus hat nicht so ausgesehen, als wäre er erfreut über Unterbrechungen.«

Ich rollte mit den Augen.

»Wie war es denn?«

»Gus ist Profi. Seine Bilder kommen immer an.«

Er musterte mich aus zusammengekniffenen Augen, vermutlich weil ich seiner Frage ausgewichen war.

»Ich muss echt los!«, sagte ich, ehe er nachhaken konnte.

»Klar, wir sehen uns ja morgen früh.«

»Ich werde dieses Mal pünktlich sein.«

»Hey, bisher hast du es zu all den Terminen geschafft.«

»Ja, ist aber eigentlich nicht meine Art, in letzter Minute zu erscheinen.«

Wyatt lächelte mich an, ich erwiderte es und ging weiter zur Straßenecke, wo mich Gabriela abholen würde.

Mal sehen, wie lang es bei Wyatt dauern würde, bis er meine Entschuldigungen nicht mehr hören wollte und mich gar nicht mehr fragte, ob ich mit ihm essen ging.

Mein Herz zog sich bei dem Gedanken zusammen, und in mir regte sich die kleine Hoffnung, dass es nicht allzu bald geschehen möge.

10. JUNI

Wyatt

Wyatt

Ich bin dankbar für:

Für meine erste Morningshow, das war soooo cool! Michael Strahan und Lara Spencer sind so nett und die absoluten Vollprofis. Wir haben vor der Show geredet, und sie haben mir innerhalb einer Minute die Nervosität genommen.
Für den kurzen Plausch mit Haley danach. Sie musste leider wieder weg. Die Frau ist echt viel unterwegs.
Fürs Signieren. Es waren etliche Fans vor der Tür. Ich hab so viele Fotos gemacht. Eine hat mich auf einem BH unterschreiben lassen – also sie hatte ihn nicht an, wohlgemerkt.
Fürs Cast- und Crewmeeting später in den Studios. Der Wahnsinn, wer alles an einer Show mitarbeitet. Keine Ahnung, wie ich mir die Namen merken soll.
Dafür, dass ich mich mit dem Set vertraut gemacht und mir Damons Nachtclub

angeschaut habe. Er ist noch nicht fertig, die
Bühnenarbeiter sagten, dass an ein paar
Stellen der Feinschliff fehlt, aber das wird
episch. Erinnert an den LUX-Club aus Lucifer.
Freu mich schon drauf, dort zu drehen.
Oh, und es gibt sogar einen Flügel. Ich werde
singen und spielen können.
Für die Sporteinheit am Nachmittag. Mein
Körper war zwar etwas durch von dem langen
Tag und der kurzen Nacht, aber ich hab ein
paar Gewichte geschafft.
Fürs Ins-Bett-Gehen jetzt. Bin erledigt.

Zoe

Dir ist schon klar, dass alles, was ich zu schreiben habe, dagegen abstinkt, aber egal.

Ich bin dankbar für:

Ich bin dankbar, dass du so tolle Erfahrungen machen darfst und mir davon berichtest!
Ich bin dankbar für meine Vorlesungen. Heute kam eine Mail, in der alles aufgelistet ist. Ich hab drei Kurse zusammen mit Martha. Es ist gut zu wissen, dass sie bei mir sein wird und mir den Start erleichtert.
Ich bin dankbar, dass wir heute einkaufen waren und ich die schönste Bettwäsche gefunden habe. Ja! Ich freu mich über Bettwäsche! Mit blaugrünen Seerosen und dem weichsten Stoff, den du dir vorstellen kannst. Während ich mich darin einkuschle, werde ich von meiner Anwaltskarriere träumen. Und davon, wie du deinen ersten Oscar gewinnst. Gott, wir werden so gut aussehen auf dem roten Teppich.
Hab dich lieb <3

11. JUNI

Wyatt

Wyatt

Ich bin dankbar für:

Für die Sporteinheit am Morgen. Der Jogger vom ersten Tag war übrigens da. Er heißt Timothy. Netter Typ. Ich hab aber bemerkt, dass ich noch an dem knabbere, was Eric vorgestern gesagt hat.

Für die Fahrt ans Set und die Anprobe von Damons Garderobe. Ich kann es immer wieder betonen: Der Typ hat Geschmack. Hab heute weitere fünf Anzüge erhalten. Ich häng dir Bilder vom Fitting an.

Für die Probe der ersten Texte mit den anderen. Es ist so ein Unterschied, wenn man miteinander spielt, statt für sich allein zu üben. Mit Eric hat es super harmoniert, Haley war nur für zwei Stunden da, aber wir haben einiges geschafft.

Oh, und mit Kathrin wird es auch interessant. Wir reden zwar nicht viel, sondern küssen

uns mehr, aber mit ihr wird es angenehm.
Fürs Gespräch mit Stephen und Nikolai (Regisseur und Showrunner). Wir haben lange über Damons Rolle gesprochen. Nikolai will ihn recht … düster anlegen. Und dominant. Ich werde mehr meinen inneren Christian Grey channeln müssen.
Fürs Abendessen mit Eric und Kathrin. War lustig. Wir wurden erkannt und haben mit ein paar Fans Karaoke gesungen. Diese Stadt ist wild, ich sag's dir.
Fürs Schlafen. Die Tage sind hier irgendwie länger als in NY.

Zoe

Du musst mir noch erzählen, was Eric gesagt hat. Darüber hast du gar nicht gesprochen. Und du siehst so gut aus in den Klamotten. Der reichste CEO der Stadt.

Ich bin dankbar für:

Für den Sport. Ja, du hast richtig gelesen. Ich hab meinen Booty ins Gym bewegt. Es war so anstrengend. Ich versteh nicht, wie du das gut findest.
Dafür, dass ich in der Frauenumkleide war. Hatte das Gefühl, dass mich alle anstarren, aber niemand hat was gesagt.
Für den Rezeptionisten, der mir meinen Shake gemixt hat. Wir haben ein wenig geflirtet. Er war sehr heiß.

12. JUNI

Wyatt

Wyatt

Ich bin dankbar für:

Für Jimmy Kimmel. Der Typ ist so lustig. Klar, die Gags werden vorher geprobt, aber sie bekommen mehr Dynamik mit Publikum.
Dafür, dass ich zwei Minuten die Luft anhalten kann. Haley schafft es fünf Minuten. Hat sie sich für Savannah antrainiert. Der Rekord liegt im Showbiz übrigens bei sieben Minuten und vierzehn Sekunden und wurde von Kate Winslet aufgestellt. Sie hat damit Tom Cruise vom Thron geschubst. Das sind sicher Informationen, die du verwerten kannst.
Fürs Trinkengehen danach. Ich komm langsam in den Groove.
Für den kurzen Plausch mit Rio McQuoid. Netter Typ. Freu mich auf seine Show »This is our Time«

Zoe
Gott, ich beneide dich.

Ich bin dankbar für:

Fürs Aufstehen, Zähneputzen, Fertigmachen.
Fürs Schminken.
Für die Sonne.
Fürs tief Durchatmen.
Für Martha. Sie ist echt cool.

13. JUNI

Wyatt

Zoe

Ich bin dankbar für:

Für den entspannten Start in den Tag.
Fürs Wohnungaufräumen mit Martha und anschließende gemeinsame Kochen. Sie kann es gar nicht und lässt – nach ihren eigenen Aussagen – sogar Wasser anbrennen. Ich hab ihr gezeigt, wie leicht manche Gerichte sind, wenn man weiß, wie es geht. Glaub, ich hab ihr eine neue Welt fernab von Tütensuppen gezeigt.
Fürs Bilderaufhängen. Ich fühl mich mehr und mehr wie zu Hause hier.

Wyatt

fsssssssklllll
fjjkkl
Bin zuu bessooofffn. libeee.

14. JUNI

Wyatt

Wyatt

Ich bin dankbar für:

Fürs Katerausschlafen.
Für den freien Tag, bis aufs Textelernen.
Fürs Gleich-wieder-ins-Bett-Gehen.
Morgen startet der Dreh.

Zoe

Ich bin dankbar für:

Für den wunderschönen schnuckeligen Markt, den wir heute entdeckt haben. Da gibt es alles. Frisches Obst, Gemüse, tolle selbst gemachte vegane Aufstriche. Es war sogar ein Bäcker aus Deutschland da. Wir haben ein Brot mitgenommen. Total lecker. Werde mit Martha neue Rezepte probieren.
Fürs viele Lachen.
Fürs tolle Wetter, heute hatten wir fast nur Sonnenschein.

Fürs Am-Fort-Point-Sitzen, Sandwichesessen und den Sonnenuntergang hinter der Golden Gate beobachten. Der Wahnsinn! Wenn du mich mal besuchen kommst, zeig ich es dir.

11. KAPITEL

Wyatt

Ich trank einen Schluck von meinem Kaffee, ging die Texte durch, die ich heute spielen würde, und lief in meinem Trailer auf und ab.

Mein Trailer.

Ich stand an einem Set in Hollywood, hatte eine große Rolle in einer Serie und gleich starteten meine ersten Dreharbeiten. Hoffentlich bekam ich dieses Grinsen aus meinem Gesicht, wenn ich Damon spielte, denn der Typ lachte so gut wie nie.

Mein Handy klingelte. Ich stellte den Kaffee auf der kleinen Küchenzeile ab und griff danach. Es war Zoe.

»Auf einer Skala von eins bis zehn: Wie aufgeregt bist du?«

»Fünfhundert? Ich platz gleich.«

»Ich bin auch seit vier Uhr wach und denk die ganze Zeit daran, dass es heute bei dir losgeht. Weißt du schon, welche Szene ihr dreht?«

»Nein, der Regisseur lässt uns improvisieren, damit wir besser in unsere Rollen finden.«

»Oh, echt? Hätte nicht gedacht, dass man das so macht.«

»Natürlich weiß ich, was wir drehen! Ich muss mich doch

vorbereiten, Text lernen. Gleich geht es in die Maske, dann machen wir einen ersten Probedurchlauf, wo Licht und Kameras eingestellt werden.«

»Okay, dein Level an Nervosität hat eindeutig die Gefahrenstufe erreicht.« Es klingelte im Hintergrund. Vermutlich an ihrer Haustür. »So patzig wirst du nur, wenn dir die Sicherungen durchschmoren.«

»Ich bin nicht patzig. Du stellst unnötige Fragen.«

Zoe schnaubte, ich hörte, wie sie den Buzzer drückte. »Ist sicherlich der Hausmeister. Der Monitor der Gegensprechanlage ist kaputt.«

»Okay, vielleicht bin ich ein wenig neben der Spur, aber das hier fühlt sich an wie in einem Traum. Ich kann nicht glauben, dass mir das wirklich passiert.«

»Tut es aber. Du wirst so gut in dieser Rol…le, oh.«

»Was ist los?«

»Mom.«

»Was?«

»Zoe, hi«, hörte ich die Stimme meiner Mutter am anderen Ende der Leitung. »Ich hoffe, ich störe nicht. Theo hat geschäftlich in San José zu tun, da bin ich mitgekommen und wollte dich überraschen.«

»Ich, ja, … äh … Überraschung.« Es raschelte, Zoe hielt anscheinend die Hand vor den Lautsprecher des Handys. Ihre Stimmen kamen nur noch gedämpft bei mir an. Ich rollte mit den Augen und überlegte, aufzulegen. Ich musste sowieso gleich los in die Maske und sollte nicht …

»Wyatt«, sagte meine Mutter.

Fuck.

»Großer Gott, endlich erwisch ich dich. Wie geht es dir? Warum ignorierst du mich?«

»Ich ignoriere dich nicht.«

Sie schnaubte. »Seit einer Woche nicht auf meine Nachrichten oder Anrufe einzugehen, nenn ich ignorieren.«

»Ich hab viel um die Ohren.«

»Versteh ich. Genau wie ich verstehe, dass die Situation nicht leicht für dich ist. Für niemanden. Aber wir müssen damit klarkommen und uns wie Erwachsene benehmen.«

»Ich …« Ach, scheiße. Mom hatte völlig recht. Ich war derjenige, der sich kindisch verhielt. Eine Tür klickte im Hintergrund. Anscheinend war sie in einen anderen Raum gegangen.

»Es war nie meine Absicht, dir oder deinem Vater wehzutun, ich hoffe, das weißt du.«

»Schon.«

»Aber ich kann auch keine Beziehung führen, die mich unglücklich macht. Nicht mal für meine Kinder, so leid mir das tut.«

Ich schluckte an ihren Worten. Dass Mom unglücklich mit Dad war, ging mir einfach nicht in den Kopf. Sie hatten nie den Anschein erweckt, dass was nicht stimmte.

Und wie hätte ich das beurteilen sollen, wenn ich in New York studiert habe?

Mein Leben hatte sich in den letzten Jahren voll und ganz um meine Karriere und meine Ausbildung gedreht. Ich hatte Mom und Dad nur über Skype oder zu den Familienfesten gesehen, wo sie sich offensichtlich zusammengerissen hatten.

»Dad geht es nicht gut. Er hat mich vor ein paar Tagen angerufen und war ziemlich besoffen.«

»Ich weiß. Er hat auch mich angerufen. Wir haben lang geredet. Es bricht mir genauso das Herz, wenn ich höre, wie sehr es ihm zusetzt, und ich lass ihn sicherlich nicht hängen, aber ich kann nicht zu ihm zurück.«

Ich brummte und rieb mir über die Stirn. »Ich muss los. Mein Dreh beginnt bald.«

»Wyatt …«

»Ich muss in die Maske und hab jetzt keinen Nerv für das Thema.«

»Wir müssen aber miteinander reden. Das ist wichtig. Bitte schließ mich nicht aus.«

»Ja.«

»Ich liebe dich. Daran wird sich nie etwas ändern.«

Das wusste ich. Unsere Eltern waren immer für uns da. Hatten für alles Verständnis aufgebracht. Sie hatten uns stets einen Ort der Sicherheit geboten. Als Patrick und ich mal in einem Laden eine Flasche Whiskey geklaut hatten und so hackedicht gewesen waren, dass wir die ganze Nacht hatten kotzen müssen, hatte Mom mir einen kühlen Waschlappen auf die Stirn gelegt und Dad uns das beste Katerfrühstück der Welt gezaubert. Die Standpauke hatte es erst gegeben, als wir wieder aufnahmefähig gewesen waren, aber sie hatten es uns so erklärt, dass wir verstanden hatten, was wir falsch gemacht hatten. Die beiden funktionierten so gut miteinander. Sie ergänzten sich und …

Ich umschloss das Handy fester und biss die Zähne hart aufeinander. »Ich hab dich auch lieb, Mom.«

Meine Mutter stieß einen erleichterten Seufzer aus. Ich legte auf, ehe sie noch etwas sagen konnte. In meinem Herzen rumorte es. Ich fühlte mich gleichermaßen schuldig wie zornig. Mom tat Dad mit ihrem Verhalten weh, und ich ertrug diesen Gedanken einfach nicht, auch wenn ihre Gründe plausibel waren.

Ich schüttelte den Kopf, schnappte mir meinen Kaffee von der Küchenzeile und eilte nach draußen. Mein Handy vibrierte erneut. Ich blickte auf das Display. Es war eine Nachricht von Zoe.

Zoe

Tut mir leid!!! Ich wusste nicht, dass sie hier auftauchen würde!!!

Ich tippte auf den Bildschirm, um ihr zu antworten, aber mit einer Hand war das echt schwer. Auf einmal stieß ich mit jemanden zusammen. Mein Kaffee schwappte über, die warme Brühe ergoss sich über meine Finger und über mein Gegenüber.

»Verdammt!«, zischte eine Frau.

»Fuck, tut mir leid!« Ich wich einen Schritt zurück und erkannte erst da, mit wem ich kollidiert war.

Haley.

Mein Kaffee hatte sich über ihr roséfarbenes Kleid ausgebreitet. »Ich hab dich nicht gesehen.«

»Offensichtlich.« Sie zog den Stoff von ihrem Körper weg und betrachtete den Fleck auf der Vorderseite. Haley trug dasselbe Outfit wie beim Fotoshooting. Auch ich würde gleich in das Hemd und die Anzughose schlüpfen.

»Kann ich was tun?«

Sie verzog das Gesicht und schüttelte den Kopf. »Nicht mit offenen Getränken an einem Set rumlaufen, wäre ein Anfang.«

»Ja, stimmt. Ich weiß das eigentlich.« Im Theater galt diese Regel ebenfalls.

»Tja, dann werde ich mich wohl umziehen müssen.« Sie seufzte, drehte auf dem Absatz um und stiefelte zurück in die Richtung, aus der sie gekommen war. Ich heftete mich an ihre Fersen und folgte ihr durch die Reihen von Trailern und Containern, die für die einzelnen Departments aufgestellt waren. Haley warf mir einen fragenden Blick zu. »Du musst mich nicht eskortieren.«

»Ich muss aber auch in die Maske.«

Ihr Blick wanderte über meine Brust nach unten und wieder hoch. Mein Shirt hatte ebenfalls Kaffee abbekommen, was nicht schlimm war, weil ich mich sowieso gleich umziehen würde.

»Wir haben extra die Promobilder mit deinem Outfit gemacht.«

»Entweder weiß Lorraine, wie wir die Flecken rausbekommen – was ich bezweifle –, oder ich zieh einfach ein ähnliches Kleid an. In der Regel gibt es Auswahl. Manchmal haben sie auch eins doppelt gekauft.«

»Es tut mir echt leid.«

»Schon gut.«

Mein Handy vibrierte erneut. Ich stöhnte genervt und drehte es um, damit ich die zweite Nachricht lesen konnte. Wieder von Zoe.

Geht es dir gut? Rede mit mir!

Ich fluchte leise und entsperrte den Bildschirm. »Muss schnell meiner Schwester antworten.« Etwas umständlich balancierte ich den Kaffeebecher in einer Hand, während ich mit der anderen versuchte, alle Buchstaben zu erreichen. Was nicht gut gelang.

»Gib her.« Haley nahm mir den Becher ab.

»Danke. Wir haben gerade Familiendrama. Ich will das aus der Welt schaffen, sonst macht sie sich den ganzen Tag Gedanken.«

Wyatt

Schon okay. Moms Timing war nur echt beschissen.

Zoe

Sie wollte dich nicht stressen. Sie macht sich Sorgen, weil du dich nicht bei ihr meldest.

Ich weiß.

Red noch mal in Ruhe mit ihr.

Jetzt nicht. Ich muss mich auf den Dreh konzentrieren, da kann ich es nicht brauchen, dass …

Ich stöhnte, löschte die Nachricht wieder.

Ich meld mich nachher. Hab jetzt keinen Kopf.

Ich lieb dich.

Ich dich auch.

Toi, toi, toi.

Ich steckte das Handy in die Hosentasche und nahm meinen Becher von Haley zurück. Dabei streiften sich unsere Finger. Ein angenehmes warmes Kribbeln schoss durch mich. Mein Körper reagierte intensiv auf ihre Nähe.

»Alles gut?«, fragte sie.

»Nein. Meine Eltern haben sich getrennt, und meine Mutter hat mich eben ziemlich überrumpelt.«

Haley stöhnte leise. »Oh, das tut mir leid. Das muss eine schwere Situation für euch sein.«

»Ist es. Vor allen Dingen, weil meine Schwester Zoe gerade etwas nervt.«

»Kann ich nachvollziehen. Ich hab auch eine Schwester, die mitunter anstrengend sein kann. Ich hoffe, das wird sich für dich lösen.«

»Ja, mal sehen.«

»Hast du noch mehr Geschwister?«

»Zwei Brüder. Leider wohnt keiner von ihnen in L.A. Wir sind auf dem gesamten Kontinent verstreut. Lebt deine Familie hier?«

»Page und meine Mutter, ja, unser Dad ist gestorben.«

»Das tut mir leid.«

»Ist schon neun Jahre her.« Sie zuckte mit den Schultern, als wollte sie es damit relativieren, aber ich hörte an dem leichten Kratzen in ihrer Stimme, dass die Trauer weiterhin präsent war. Merkwürdige Stille breitete sich zwischen uns aus. Ich wollte gern etwas ergänzen, doch banale Sätze wie: *Er wäre sicher stolz auf dich*, oder *Wenn du darüber reden willst, sag Bescheid,* erschienen mir sinnlos. Haley und ich kannten uns kaum.

»Das sollte kein Stimmungskiller sein«, sagte sie schließlich.

»Es ist okay.«

»Ja, ich … Das war es nicht. Mir tut es nur sehr leid. Mich stresst das Drama um meine Eltern schon, ich mag mir gar nicht vorstellen, wie es ist, wenn einer von ihnen nicht mehr da ist.«

»Ich denke, das ist für jeden individuell. Mein Vater und ich hatten ein sehr enges Verhältnis, dennoch hab ich gelernt, mit dem Verlust zu leben. Es bleibt einem ja nichts anderes übrig.«

»Unsere Schauspiellehrer haben immer gesagt, dass wir Momente wie diese nutzen können, um sie in unsere Rollen einfließen zu lassen.«

Sie winkte ab. »Oh, das kenn ich und hasse es. Ich hatte nur ein paar Privatstunden, aber unser Lehrer wollte uns eher therapieren als ausbilden. So von wegen: *Ihr müsst in diese Gefühle zurückkehren und die Emotion noch mal durchleben. Nehmt bewusst wahr, was in euch vorgeht. Körperlich. Mental. Dann tretet ihr von dem Schmerz zurück und kapselt ihn ab. Das sind die Goldnuggets in eurem Leben, verwandelt sie in Kunst.* Das hat leider gar nicht für mich funktioniert. Diese Momente fühlen sich für mich zu privat und intim an, um sie für die Schauspielerei zu verwenden.«

Ich nickte, weil ich von meinen Mitstudierenden wusste, dass sich viele damit schwertaten. »Kennst du die Gegenstandsanker?«

»Nein.«

»Du kannst jeden beliebigen Gegenstand dafür nutzen. Steine, Spielfiguren, Murmeln, Düfte gehen auch. Auf diese Sachen kannst du Gefühle projizieren, die du dann in bestimmten Momenten abrufst.«

»So wie: Es duftet nach Zimt, und ich muss automatisch an meine Kindheit denken?«

»Falls das ein Trigger für dich ist, ja. Ich persönlich muss bei Zimt immer an einen wild gewordenen Weihnachtsmann in der Mall denken, der mit Zimtschnecken um sich geworfen hat und meinte, wir seien alle Sünder.«

Sie lachte auf. »Das klingt traumatisch.«

»War es für einen Vierjährigen.«

»Nutzt du denn diese Ankermethode?«

»Ja, aber ich nehm Steine, weil mir Düfte nicht vielfältig genug sind. Zumindest nicht die, die ich gern rieche, und ich finde, man kann es schlecht steuern, weil man täglich mit Gerüchen konfrontiert wird.«

»Das musst du mir irgendwann genauer erklären.« Sie deutete auf den Container vor uns, wo die Maske einquartiert war.

»Gern.«

Haley lächelte. Ich wollte ihr die Tür öffnen, doch sie kam mir zuvor und trat als Erste ein. Das Innere war recht geräumig, weil hier ein Teil der Garderobe untergebracht war. An der linken Seite waren die Plätze, wo wir geschminkt und gestylt wurden, mit vier Spiegeln, an denen ringsum Lampen befestigt waren.

Lorraine und Janice waren gerade dabei, Eric und Kathrin fertig zu machen.

Ich begrüßte alle und sah zu Lorraine, die auf den Platz ganz vorne deutete. »Bin gleich bei dir, Wyatt. Wir schminken dich zuerst, danach kannst du dich umziehen.«

»Okay.«

»Ich bräuchte auch noch mal Hilfe«, sagte Haley und zeigte auf den Kaffeefleck.

»Ach, nein. Das ist ja ärgerlich«, sagte Lorraine.

»Meine Schuld.« Ich warf rasch den Becher in den Müll und ihr einen weiteren entschuldigenden Blick zu. »Hab nicht aufgepasst.«

Ich setzte mich auf einen der freien Plätze. Im Spiegel beobachtete ich, wie Lorraine ein Ersatzkleid für Haley raussuchte.

»Ach, Wyatt. Da du gerade da bist, können wir dich gleich fragen«, sagte Eric.

»Was gibt's?«

»Ich hab für Mittwochabend eine Einladung zu 'ner ziemlich geilen Party ergattert. Sagt dir Landon Doyle was?«

»Klar, der hat in *Bond & Tides* mitgespielt.«

Eric hob eine Braue. »Wieso wundert es mich nicht, dass du den Schmuddelfilm kennst?«

»Glaubst du mir, wenn ich sage, dass Zoe den unbedingt sehen wollte?«

»Nein, weil ich mir dann vorstelle, wie du mit deiner Schwester einen Schmuddelfilm gesehen hast, und das macht es nicht besser.«

»Ich weiß ja nicht, was du unter *Schmuddel* verstehst, aber so schlimm war er gar nicht. Das bisschen Spanking holt doch niemanden mehr hinterm Ofen vor.«

»Landon hat mal in einem Interview erzählt, dass die Dreharbeiten sehr hart waren«, sagte Kathrin.

Eric und ich sahen uns an und prusteten dann gleichzeitig los.

»Gott, Leute, ihr seid so bescheuert«, sagte sie. »Er meinte, dass es anstrengender war als jede Actionszene.«

»Wie dem auch sei.« Eric wischte sich eine Träne aus dem Auge. »Ich hab mal gemeinsam mit Landon gedreht. Wir haben noch Kontakt. Er weiht am Mittwoch sein neues Strandhaus ein.«

»Ein Strandhaus?«, fragte ich.

»Mit Infinitypool und privatem Zugang zum Meer.«

»Nicht schlecht.« Wenn man denn gern schwamm.

»Bist natürlich mit von der Partie. Hab schon angekündigt, dass ich Leute mitbringe.«

Mein Blick fiel kurz auf Haley, die mit Lorraine redete und uns einen raschen Seitenblick zuwarf, ehe sie sich wieder auf ihr Gespräch konzentrierte.

»Weißt du zufällig, ob Leonardo DiCaprio auch auftauchen könnte?«, fragte ich.

Er dachte kurz darüber nach. »Möglich. Warum? Stehst du auf ihn?«

»Nein, ich nicht, aber meine Schwester. Sie will ihn unbedingt kennenlernen.«

Eric verzog das Gesicht. »Vielleicht ergibt sich die Gelegenheit, aber fall nicht über ihn her wie ein Fanboy, klar? Sonst werde ich so tun, als würde ich dich nicht kennen.«

»Keine Sorge. Ich kann mich beherrschen.«

»Ich hab aber gehört, dass Malcom McLeish dort sein soll«, sagte Kathrin, die jetzt fertig mit ihrem Make-up war und sich im Spiegel betrachtete. Aus dem Augenwinkel bemerkte ich, wie Haley zuckte und innehielt.

»Wie cool. Wir haben in der Filmklasse seine und Lyles Werke studiert«, sagte ich. »Die beiden sind lebende Legenden.«

»Ich hab *Die letzten Tage* bestimmt zehnmal geschaut«, sagte Kathrin. »Der Film hat zu Recht fünf Oscars bekommen. Hab Rotz und Wasser geheult, als Magdalena ihre große Liebe Helene aufgeben musste. Alles nur, weil die scheiß Gesellschaft es damals nicht akzeptierte, dass sich zwei Frauen lieben.«

»Tut sie das denn heute?«, fragte Eric und warf mir einen Seitenblick zu.

Ich musste unweigerlich an unser Gespräch über meine Bisexualität denken.

»Mehr als in den Zwanzigern auf alle Fälle, aber du hast schon recht. Wir haben noch viel Arbeit vor uns.«

»Über all diese Themen könnt ihr ja mit Malcom auf der Party plaudern«, sagte Eric.

»Falls er kommt«, sagte Kathrin. »Die Leute behaupten gern mal, dass jemand Großes dabei ist, um mehr Gäste anzulocken.«

»Ah, das hat Landon nicht nötig.«

»Wie dem auch sei. Falls er dort sein sollte, werde ich ihn mir schnappen. Hab gehört, dass er gerade für sein neues Franchise castet.«

»Was sucht er denn?«, fragte Eric.

»Soweit ich weiß, im Moment nur Frauen. Sorry.«

Ich atmete durch und lehnte mich im Stuhl zurück. Lorraine reichte Haley ein Kleid, das ihrem ersten sehr ähnlich sah. Sie nahm es mit versteinerter Miene entgegen.

Ich stupste Eric an und gestikulierte in Richtung Haley. Er zog fragend die Augenbrauen zusammen und schien nicht zu begreifen, was ich von ihm wollte.

Lad sie auch ein, formte ich mit den Lippen, doch er schnaubte nur und winkte ab. Das hatte er schon nach dem Fotoshooting getan, als ich meinte, dass wir auf sie warten sollten.

»Ehe Haley mit uns was essen geht, friert die verdammte Hölle zu«, hatte er mit einem Lachen gesagt. Als ich dann allein im Restaurant aufgetaucht war, in dem er gewartet hatte, hatte er nur gegrinst. »Sag ich doch. Sie hängt nie mit uns ab.«

»Haley, Liebes, zerknitter den Stoff bitte nicht«, hörte ich Lorraine sagen. »Der ist frisch gebügelt.«

»Tut mir leid.«

Ich drehte mich zum Spiegel um, konnte Haley nun aber nicht länger beobachten, weil Lorraine zu mir kam und die Sicht versperrte.

»Ich fang mit deinem Make-up an. Damon soll ja aussehen, als hätte er gerade Sex gehabt. Wir machen etwas Lippenstift auf dein Hemd, deine Haare stylen wir wilder.«

»Ach, Damon«, seufzte Eric. »Dein Leben möcht ich haben.«

»Tja, er weiß halt, wie man Spaß hat.«

Die Tür klickte neben mir. Ich sah gerade noch, wie Haley den Container mit dem Kleid verließ.

»Ist alles okay bei ihr?«, fragte Kathrin.

»Vielleicht wär sie ja auch gern mit zur Party gegangen«, sagte ich.

Eric lachte nur. »Lass es einfach gut sein, Kumpel. Daraus wird nichts.«

Kathrin verzog das Gesicht und stand auf. »Sie wirkt zurzeit schon angespannter als sonst. Vielleicht hätten wir sie fragen sollen.«

»Wenn du dir eine Abfuhr einholen willst, dann tu das.« Eric war ebenfalls fertig und erhob sich. »Hab schon mehr Absagen von ihr bekommen als von Castingagenten.«

»Ich weiß. Trotzdem tut es mir leid.«

Sie und Eric verließen den Container, sodass ich nicht länger ihr Gespräch hören konnte. Sie hatten gleich einen gemeinsamen Dreh an Stage Drei.

»Augen zu, bitte«, sagte Lorraine und fing an, mir Foundation aufzutragen. Ich lehnte mich im Stuhl zurück und versuchte, mich auf meine Rolle vorzubereiten, statt darüber nachzudenken, ob Haley auch gern eingeladen worden wäre.

12. KAPITEL

Haley

Mit bebendem Herzen trat ich ins Freie und schloss die Tür zur Maske. Malcom McLeash kam auf eine Party? Und Kathrin würde auch hingehen?

»Falls er dort sein sollte, werde ich ihn mir schnappen.«

Ihre Worte hämmerten durch meinen Kopf und hinterließen einen fahlen Beigeschmack. Lyle hatte gesagt, dass sie Wert auf Diversität legten. Mit Kathrin und mir hätten sie aber zwei weiße Schauspielerinnen, die sich zudem recht ähnlich sahen.

Ich sah auf mein Handy, das ich aus der Garderobe mitgenommen hatte, und tippte eine Nachricht an Gabriela.

Haley

Ich hab eben gehört, dass Malcom McLeash auf einer Party von Landon Doyle auftauchen soll. Weißt du davon?

Lyle hatte gesagt, dass Malcom erst in vier Wochen in L.A. sei und es vorher keine Gelegenheit gebe, mich ihm vorzustellen. Mein Handy vibrierte.

Gabriela

Nein! Wer hat dir davon erzählt?

Kathrin. Sie und Eric gehen auf die Party.

Ich hör mich um. Kannst du mehr Details rausfinden?

Später, ich muss dringend ans Set.

Okay. Ich meld mich.

Ich atmete durch und rieb das Handydisplay an meinem Kleid sauber. Leider hatte ich keine Tasche, um es zu verstauen, und Stephen hasste es, wenn wir mit den Smartphones auftauchten. So wie er Verspätung hasste. Zeit kostete in Hollywood unglaublich viel Geld.

Ich kam an Stage Eins, wo heute meine und Wyatts Szenen gedreht wurden, und betrat das Set. Der Geruch nach Gummi und Metall drang in meine Nase und löste sofort ein Wohlgefühl in mir aus. Kurz musste ich an Wyatts Worte denken. Dass Düfte uns in bestimmte Situationen zurückbrachten. Er hatte vollkommen recht. Denn das hier war der Anker meiner Kindheit.

Jedes Mal, wenn ich Kameras, Scheinwerfer, das Gewusel der Tontechniker, der Beleuchter, der zahllosen Assistenten und Assistentinnen sah, wurde ich ruhiger. Ich hatte es früher geliebt, mich in diesem Umfeld zu bewegen. Wo andere an den See gefahren waren oder ins Kino gingen, hatte ich diese Dinge an einem künstlichen Set erlebt. Vielleicht war das befremdlich, aber es war meine Realität gewesen, die ich nicht infrage gestellt hatte.

Der einzig andere Ort, an dem ich mich derart frei und losgelöst fühlte, war das Meer.

Ich eilte übers Set, grüßte die Kamera- und Tonleute und

steuerte die Regieassistentin Bernie an. Sie war eine quirlige, zierliche Frau mit einem kurz geschnittenen Lockenkopf.

»Das wurde aber auch Zeit!«

»Tut mir leid. Hatte ein Problem mit dem Kostüm. Wie ist Stephens Laune?«

»Okay bis kurz vorm Kippen.«

»Könntest du das für mich verstauen, ehe ich ihn damit ganz in den Abgrund stoße?« Ich reichte ihr mein Handy. Bernie zog die Augenbrauen hoch. »Ich musste noch rasch was klären.«

Sie schnaubte und seufzte gleichzeitig. »Ihr macht mich fertig, echt.« Sie nahm das Handy und steckte es in eine ihrer Taschen. Bernie trug immer schwarze Cargohosen und ein enges T-Shirt bei der Arbeit.

»Danke dir.« Ich wandte mich von ihr ab und steuerte das heutige Set an. Wir würden die Szene drehen, in der Marissa das erste Mal an die Uni kam und später mit Damon zusammenstieß. Das Set bestand aus einem langen Flur, wie er typisch in Universitäten war. Einige Szenen würden auch vor Ort auf einem echten Campus gedreht werden, aber die Räumlichkeiten, die wir häufig benötigten, waren nachgebaut. Zwei Statisten bekamen gerade ihre Anweisungen, welche Wege sie zu gehen hatten. Ich grüßte die beiden Männer knapp, atmete durch und konzentrierte mich auf Marissa. Wie beim Shooting fiel es mir leicht, sie in mir zu finden.

Vielleicht grabe ich nicht tief genug. Vielleicht braucht sie mehr Charakter, mehr Intensität.

»Na endlich!«, sagte Stephen, der sich mit einem der Kameraleute unterhalten hatte.

»Ich musste mich noch mal umziehen.«

Stephen winkte ab und ging auf seinen Platz. Ich atmete durch, nahm Marissas Bücher von Nea entgegen, die für die Requisiten zuständig war, und begab mich auf meine Position.

»Wir machen den Durchlauf all-in«, rief Stephen.

All-in bedeutete, dass sie gleich richtig drehten. In der Regel probten wir erst unsere Wege, damit wir wussten, wann wir wo zu stehen hatten und wie die Kameras geführt wurden. Es half Ton, Bild und Darstellern, sich auf dem Set zurechtzufinden. Bei Zeitdruck wurde gleich gefilmt. Ich mochte das nicht sonderlich, weil ich gern ein oder zwei Proben hatte, in denen ich mich einfinden konnte, aber damit musste ich klarkommen. Immerhin hatte ich für die Verspätung gesorgt.

»Alle bereit?«, rief Bernie, und die einzelnen Departments gaben ihr Okay.

Kamera, Ton, Licht, Regie.

»*Undercurrents*, Szene drei, Take eins.« Bernie hielt die Filmklappe vor die Kamera und gab das Signal zum Start.

»Und Action«, rief Stephen.

Ich sammelte mich, spürte aber, dass ich überhaupt nicht bereit war.

INT. UNIVERSITÄT – FLUR – TAG

MARISSA läuft durch den Flur der Universität, einen Stapel Bücher in den Armen und einen frustrierten Ausdruck auf dem Gesicht. Sie ist allein und sucht nach der Rezeption. Sie bleibt vor einer Tür stehen und sieht sich verwirrt um.

MARISSA

(murmelt leise)

Raum 104 … Wo zur Hölle ist Raum 104?

Sie schaut auf die Nummern an den Türen.

MARISSA

(lesend)

Gebäude C, Erdgeschoss … Das ist doch dieses.
Aber wo ist die 104?

Marissa klopft an eine Tür, aber sie erhält keine Antwort.

MARISSA
(seufzt)

Toll, jetzt hab ich mich auch noch verlaufen!

Sie geht ein paar Schritte den Flur entlang. Zwei junge Studenten kommen ihr entgegen.

MARISSA

Entschuldigung, könnt ihr mir helfen? Ich suche Raum 104.

Die Jungs wirken desinteressiert. Einer zeigt vage in eine Richtung.

STUDENT 1
(lustlos)

Da hinten irgendwo. Glaub ich.

MARISSA

Du glaubst?

STUDENT 1
(kichert)

Du wirst es schon finden.

Marissa schaut verwirrt in die angegebene Richtung. Die Jungs gehen weiter, kichern.

MARISSA
(ruft ihnen frustriert hinterher)

Das war nicht sehr hilfreich!

Marissa setzt ihren Weg fort und findet schließlich den Raum mit der Aufschrift 104.

»Und Cut!«, rief Stephen.

Ich blieb vor dem Zimmer stehen und atmete durch. Alle entspannten sich.

»Das war durchwachsen«, sagte Stephen. »Alle zurück auf Position eins, wir machen es noch mal. Haley, langsamer am Anfang und mehr Unsicherheit. Wir müssen spüren, wie sehr Marissa diese Situation stresst.«

»Alles klar.«

»Die Studenten abfälliger. Mustert sie. Das ist Frischfleisch. Ihr überlegt bereits, wie ihr es am besten zubereiten könnt.«

»In Ordnung«, sagte einer der Jungs. Ich musste unbedingt nach ihren Namen auf dem Setplan schauen. Normalerweise machte ich das immer, wenn ich mit neuen Leuten drehte, auch wenn sie nur für eine Folge blieben.

Ich lockerte die Arme, bekam noch mal Haare und Make-up gerichtet, ehe es weiterging. Mein Blick wanderte zu Bernie, die mit einem der Tonleute sprach. Es kribbelte mir in den Fingern, zu erfahren, ob Gabriela schon mehr über die Party herausgefunden hatte.

»Alle bereit?«, rief Stephen, und ich schüttelte die Gedanken ab. Wie vorhin gaben die einzelnen Departments ihr Okay, Bernie hielt die Klappe und sagte den zweiten Take an.

Ich schloss kurz die Augen, bemühte mich, den Fokus auf das Hier und Jetzt zu richten. Auf Marissa und ihren ersten Tag in einer fremden Stadt und einer fremden Umgebung. Mehr Verzweiflung. Das konnte ich gerade ganz gut abrufen.

Wir machten vier weitere Durchgänge, ehe Stephen zufrieden war und Marissa seiner Meinung nach die richtige Mischung aus Nervosität, Vorfreude und Unsicherheit verströmte.

»Alles klar, kurze Pause, wir bauen um«, rief Bernie, und sofort entstand Gewusel am Set. Ich zog mich auf meinen Platz zurück. Jeder hatte seinen eigenen Stuhl mit Namen drauf. Dort stand eine Flasche Wasser bereit, und mein Drehbuch lag auf dem Sitz. Ich setzte mich hin, blätterte zur Szene, die wir als Nächstes drehten, und ging alles noch mal durch. Letzte Woche hatten Wyatt und ich die Texte gemeinsam gelesen und uns abgesprochen, wie wir uns annähern wollten. Gerade, wenn es intimer zwischen uns wurde, war es wichtig, sich einig zu sein. Meistens fand das an geschlossenen Sets statt, sodass nur die nötige Crew anwesend war. Jeder gab sich Mühe, Intimität für alle so angenehm wie möglich zu gestalten.

Mich hatte das noch nie gestört. Meinen ersten Kuss hatte ich vor einer Kamera erlebt, meine erste Blutung hatte ich zwischen zwei Takes bekommen, und das erste Mal Sex war in meinem Trailer passiert, als ich sechzehn war.

Ich bemerkte eine Bewegung zu meiner Linken und hörte Wyatts sanftes Lachen. Es klang angenehm, warm und weich. Die wenigen Male, in denen wir uns getroffen hatten, war mir schon aufgefallen, dass er viel und oft lachte. Er war einer dieser Typen, die sofort die Stimmung in einem Raum heben konnten, sobald sie ihn betraten.

Ich wandte mich zu ihm und hielt den Atem an. Wie gut er aussah. Mal wieder. Er trug dasselbe Outfit wie beim Shooting, was dafür sorgte, dass sich seine Ausstrahlung änderte.

Aus dem lockeren Typen, der Witze darüber machte, wie wir eine Bank ausrauben und uns mit dem Geld nach Tahiti absetzen könnten, war ein selbstbewusster Geschäftsmann geworden. Einer von der Sorte, der kein Nein als Antwort duldete, der immer seinen Willen durchsetzte, egal wie. Er war der Alpha, er bestimmte die Musik, zu der getanzt wurde, er riss alles an sich und gab nichts mehr zurück. Ein Damon hätte mich nie auf einer Herrentoilette massiert, damit meine Kopfschmerzen verschwanden. Er hätte auch nicht auf mich gewartet, um zu fragen, ob ich essen gehen wollte, oder mich so eindringlich und voller Mitgefühl angeschaut, als er hörte, dass mein Vater gestorben war.

Wyatt – nein, Damon drehte sich zu mir um. Sein Blick bohrte sich direkt in meine Seele und sandte mir ein stummes Versprechen. Er würde auf Marissa spielen wie auf einem Instrument. Er würde ihr sämtliche Kontrolle entreißen und gleichzeitig dafür sorgen, dass sie Seiten an sich entdeckte, die sie selbst nicht kannte. Er würde sie in eine Dunkelheit führen, wo er ihr die Sünde vorstellte. Leidenschaft. Verlangen. Lust. Gier. Damon würde sie in gewaltige Höhen treiben und in tiefe Abgründe zerren. Er würde sie derart mit Leben füllen, dass sie darin ertrinken konnte.

Und sie würde es genießen. Die Unterwürfigkeit, die Gefahr, den Sex.

Ich schüttelte mich, riss mich von den Gedanken los und trank einen Schluck von meinem Wasser, ehe ich mich erhob und zurück ans Set ging. Statt des Flures wartete nun ein Zimmer auf mich. Marissa würde gleich zum ersten Mal Damon begegnen.

Der ignorierte mich und begab sich ebenfalls an seinen Platz.

Voller Fokus. Auf allen Seiten.

»Wir wären so weit«, rief Bernie und winkte mich zu sich. »Alle auf ihre Position.«

Ich strich mein Kleid glatt und kehrte zurück in die falsche Uni.

»*Undercurrents*, Szene fünf, Take eins.«

INT. UNIVERSITÄT – ZIMMER 104 – TAG

Marissa betritt die Rezeption. Dort sitzt DAMON, ein attraktiver junger Mann. Er hat die Füße auf den Tisch gelegt und wirkt sehr selbstgefällig. Sein Outfit ist leger, die Haare zerzaust, Lippenstift an seinem Hemd. Er sieht aus, als hätte er gerade Sex gehabt. Marissa ist überrascht, ihn zu sehen.

MARISSA
(verwirrt)

Ähm, hi. Ich suche eigentlich Miss Lancaster. Das ist doch Zimmer 104, oder?

Damon blickt von seinem Handy auf und schaut Marissa an.

DAMON
(frech grinsend)

Ist es. Ich fürchte, Miss Lancaster ist gerade verhindert.

MARISSA
(fragend)

Oh. Ich … ich bräuchte ihre Hilfe. Mein Rechner hat sich ein Virus eingefangen, und ich konnte die Liste meiner Vorlesungen nicht ausdrucken.

DAMON
Du solltest dich besser schützen.

MARISSA
(leicht genervt)

Was du nicht sagst.

Damon nimmt die Füße vom Tisch. Er ist deutlich interessiert an Marissa und mustert sie intensiv.

DAMON
Ich schau für dich nach. Wie heißt du?

MARISSA

Marissa Amell.

Damon dreht sich zum Rechner auf dem Tisch und tippt auf die Tastatur ein.

DAMON
(lesend)

Mal sehen … Ah, da bist du. Marissa Amell, zwanzig Jahre alt, aus Wisconsin.

Er sieht Marissa mit gerunzelter Stirn an.

DAMON
Mein Beileid.

MARISSA
So schlimm ist es dort nicht.

DAMON
(abfällig)

Das sagen alle, die aus Wisconsin kommen. Für welche Kurse bist du eingeschrieben? … Ah, Modedesign.

Er schaut sie noch mal an und hebt eine Augenbraue. Marissa schlingt die Arme um ihre Brust. Fühlt sich unwohl.

DAMON
Grundlagen des Modedesigns, Modezeichnen, Modegeschichte – langweilig –, Textilien und Materialien, Schnitt und … bla bla bla. Da ist ja das Telefonbuch spannender.

MARISSA
(fordernd)

Könntest du mir bitte einfach die Liste ausdrucken?

DAMON
Ausdrucke kosten zwanzig Cent pro Blatt.

MARISSA
Ist das dein Ernst?

DAMON

Nein, der der Uni. Ich würde euch zwanzig Dollar abknöpfen, damit ihr das nächste Mal besser vorbereitet seid.

MARISSA

Ich hab einen Virenschutz auf meinem Rechner. Das war nicht meine Schuld. Warum erzähl ich dir das überhaupt? Arbeitest du hier?

DAMON

(lächelt breit)

Also das eben war schon etwas Arbeit. Die Lancaster braucht echt lange, bis sie kommt.

MARISSA

(sichtlich irritiert)

Ich … Was?

DAMON

Vergiss es.

MARISSA

Könnte ich einfach meine Ausdrucke haben?

Damon druckt die Sachen aus, nimmt sie in die Hand und geht damit zu Marissa.

DAMON

(mit einem schelmischen Lächeln)

Wie wäre es, wenn du und ich uns einen Kaffee holen und ich dich persönlich in die Vorlesungen bringe?

MARISSA

Nein. Danke. Ich finde mich zurecht.

Damon bleibt vor ihr stehen und wedelt mit den Ausdrucken herum. Marissa reißt sie an sich. Er lacht und kommt näher. Sie weicht zur Tür zurück und erschrickt, als sie die Wand hinter sich spürt. Damon ist wie ein Raubtier, das seine Beute einkesselt. Er bleibt dicht vor Marissa stehen.

Close-Up.

Sie bebt. Er stützt eine Hand neben ihrem Kopf auf und beugt sich zu ihr. Intensiver Moment. Marissa ist verunsichert, Damon spielt mit ihr und genießt es.

DAMON
(flüstert)
Verlauf dich nicht, Marissa Amell aus Wisconsin.

»Cut!«

Ich atmete durch, lockerte meine Arme und rieb mir über den Nacken. Mein Gott, was war das eben gewesen? Mein Herz raste noch immer, mir rann ein Schweißtropfen von der Schläfe, und ich hatte Probleme, mich zu orientieren. Noch nie hatte ich mit einem Partner vor der Kamera eine derartige Verbindung gespürt. Wyatt und ich hatten beim Fotoshooting bereits harmoniert, aber das hier war ein anderes Level! Brennender. Intimer. Noch ein bisschen mehr, und ich hätte die Arme um ihn geschlungen und ihn geküsst!

»Puh«, machte Wyatt und kehrte zurück zu mir. »Das war … spannend.«

Also ging es ihm auch so? Spürte er die Hitze und das Kribbeln zwischen uns derart intensiv wie ich?

»Das war verdammt gut, Leute«, sagte Stephen. »Wir machen das noch mal von vorn. Haley, das nächste Mal bitte ans Skript halten und nicht improvisieren.«

Hatte ich das getan? »T-tut mir leid.«

»Alles auf Anfang.«

Mit wackeligen Knien begab ich mich auf meine Position. Auch Wyatt kehrte auf seinen Platz zurück. Ich schloss für einen Moment die Augen und horchte dem sanften Kribbeln nach, das noch nicht abgeklungen war. Beim nächsten Take musste ich mich mehr konzentrieren. Ich konnte mich nicht von Wyatt derart aus der Bahn werfen lassen, nur weil er diese Rolle so gut spielte.

»Alle bereit?«, hörte ich Stephen sagen.

»*Undercurrents*, Szene fünf, Take zwei.«

Die nächsten zwei Stunden verbrachte ich weiter in dieser Zwischenwelt. Wir drehten eine Szene nach der anderen, ließen Marissa und Damon aufeinander los und schauten, was mit ihnen passierte. Und es würde viel passieren, so viel war klar. Die Anziehungskraft zwischen den beiden war nicht zu leugnen. Sobald ich Marissa war und Wyatt Damon, legte sich ein Schalter um. Marissa begehrte Damon so sehr, dass es beinahe wehtat. Er brauchte sich mir nur zu nähern, und mein Körper kribbelte überall. Damon war das Spiel mit dem Verbotenen, der Akt auf dem Drahtseil, und Marissa wollte fallen. So sehr. Ich kam mir vor wie eine Zuschauerin. Ich lenkte zwar diesen Körper und bewegte meinen Mund, aber Marissa hatte die Kontrolle. Es war ein Tanz zwischen ihr und Damon. Er gab den Takt und die Schnelligkeit vor, und ich ließ mich führen.

Irgendwann hatten wir ausgetanzt und die letzte Szene vor der Mittagspause im Kasten.

»Kommst du mit essen?«, fragte Wyatt und deutete zum Ausgang.

»Ich muss erst was klären, geh ruhig.«

Ein trauriger Schatten huschte über sein Gesicht, aber er wischte ihn gleich wieder weg und lächelte stattdessen. »Dann bis später.«

Ich nickte, gab mir Mühe, den Dreh abzuschütteln und mich

auf mich zu konzentrieren. Haley Sharp. Eine junge Schauspielerin, die versuchte, in Hollywood Fuß zu fassen und nicht in der Masse unterzugehen.

Und dafür brauchte sie ganz dringend ihr Handy.

Ich suchte nach Bernie, die rumwuselte und Anweisungen weitergab.

»Bernie!«, rief ich.

»Was?«

»Kann ich mein Handy wiederhaben?«

Sie hob den Finger, damit ich einen Moment wartete, während sie Anweisungen für den nächsten Setumbau in ihr Headset sprach. Gleichzeitig angelte sie mein Telefon aus ihrer Hosentasche und reichte es mir. Ich nahm es dankend entgegen und trat hinaus in die Sonne.

Sofort checkte ich meine Nachrichten. Gabriela hatte drei geschickt.

Gabriela

Also, so wie es aussieht, hat Landon sich ebenfalls vor Kurzem mit Lyle getroffen. Er sucht jetzt doch nicht nur Frauen, sondern auch Männer. Malcom ist in L.A. gesehen worden, aber niemand konnte mir sagen, ob er auf der Party sein wird.

Ich hab versucht, Lyles Assistentin zu erreichen. Sie geht nicht ran.

Kannst du Eric fragen, ob er dich mit dort hin nimmt?

Ich kaute auf meinem Daumennagel herum. Die Tür hinter mir klickte. Ich wandte mich um und sah Wyatt, der Richtung Kantine ging. Rasch tippte ich eine Antwort.

Haley

Ich hab 'ne Idee. Meld mich.

Ich schickte die Nachricht ab, biss mir auf die Unterlippe und holte Wyatt ein.

»Hast du es dir doch anders überlegt?«

»Äh, nein. Ich wollt dich aber noch was fragen.«

»Okay, schieß los.«

Ich drehte das Handy zwischen meinen Fingern und räusperte mich. »Du gehst doch auf diese Party mit Eric und Kathrin.«

»Ja. Willst du mitkommen?«

Ich zuckte zusammen, weil ich nicht damit gerechnet hatte, dass er so schnell einlenken würde. »Wäre das denn möglich?«

Sein Gesicht hellte sich auf, und ein schiefes Lächeln erschien auf seinen Lippen. Ein warmes, einladendes, das so völlig anders wirkte als das von Damon. »Kathrin wollte dich auch noch mal darauf ansprechen.«

»Ach ja?«

»Glaub, sie hat sich nicht gut gefühlt, weil wir dich in der Maske ausgeschlossen haben.«

Ich biss mir auf die Innenseite meiner Wange. Dass Kathrin sich darüber Gedanken machte, hätte ich nicht erwartet. Es verstärkte allerdings auch mein schlechtes Gewissen, weil ich so oft absagte.

»Soll ich dich abholen?«

»Ich fahr selbst, danke. Ich bräuchte nur die Adresse und eine Uhrzeit.«

»Krieg ich für dich raus. Ich freu mich, dass du dabei bist.«

Und ich mich erst.

Wenn Malcom wirklich auftauchen sollte, musste ich dringend dafür sorgen, dass Kathrin ihn sich nicht vor mir schnappte.

15. JUNI

Wyatt

Zoe

Ich bin dankbar für:

Fürs Frühstück mit Mom. Ich mochte zwar nicht, dass sie einfach so bei mir aufgetaucht ist, aber es war echt schön mit ihr. Sie hat sich sehr gefreut, mit dir zu sprechen.
Fürs kurze Gespräch mit Elijah heute Mittag im Gym – der Rezeptionist, falls du dich fragst. Hab mich nicht getraut, ihn auf einen Kaffee einzuladen. Morgen vielleicht. Ja, ich weiß! Lach nicht. Ich brauch Zeit!
Fürs Abendessen mit Mom und Theo. Ich seh, wie du mit den Augen rollst, aber das war auch sehr schön. Er ist wirklich nett.

Wyatt

Erstens: Ich würde nie, NIEMALS über dich wegen so einer Sache wie mit Elijah lachen. Lass dir all die Zeit, die du brauchst.

Zweitens: Es ist schön, dass du Theo nett
findest, du musst das nicht ständig betonen.
Drittens: Ich freu mich wirklich, dass ihr eine
schöne Zeit hattet.

Ich bin dankbar für:

Für die Magie an diesem Tag.
Fürs Erste-Mal-Damon-vor-der-
Kamera Spielen.
Für die Chemie zwischen mir und Haley.
Wir viben extrem.
Dafür, dass sie am Mittwoch mit uns auf die
Party geht. Fände es toll, wenn wir uns näher
kennenlernen.

13.
KAPITEL

Wyatt

Holy Shit.

Ich hatte ja gewusst, dass diese Party an einem exklusiven Ort stattfinden würde, aber das hier war zigmal besser als in meiner Fantasie. Ich rollte langsam die Auffahrt in meinem neuen Chevrolet hoch. Der Wagen war eine weitere Leihgabe der Produktion. Ein kleiner schwarzer SUV mit allem möglichen Schnickschnack, den ich nicht brauchte. Aber ich war dankbar, endlich wieder Auto fahren zu können. In New York war das nie nötig gewesen, doch in L.A. kam man fast nur so durch die Stadt.

Ich umrundete einen großen Springbrunnen mit einer Meerjungfrau in der Mitte. Die Sonne neigte sich langsam dem Horizont entgegen und gab sich mal wieder alle Mühe, ein einzigartiges Schauspiel aus Rot und Orange an den Himmel zu zaubern. Überall waren Fackeln aufgestellt und Lichterketten schmückten die Palmen.

Das Haus war riesig. Es hatte zwei Stockwerke. Die Vorderseite war komplett verglast, sodass man ins Innere blicken konnte. Die Party war bereits im Gange und die Gäste verteilten sich auf dem Gelände. Viele Frauen trugen Kleider oder Röcke mit Bikinioberteilen. Die Männer Leinenhosen, so wie ich. Eric hatte mir vorhin gesagt, dass die Kleiderordnung casual war und jeder den Pool nutzen konnte, der es wollte. Ich definitiv nicht.

Ich bremste neben einem jungen Mann, der vor dem Eingang stand, und stieg aus. Er kam sofort auf mich zu.

»Ich will hier nicht stehen bleiben, nur wissen, wo ich parken kann«, sagte ich rasch.

»Das übernehme ich gern für Sie, Sir.«

Ich runzelte die Stirn und spätestens jetzt fühlte ich mich wie ein echter VIP. Noch nie hatte jemand für mich geparkt.

»Das ist nett. Danke.« Ich reichte ihm den Schlüssel, er gab mir eine Karte mit einer Nummer darauf und stieg in meinen Wagen.

Kopfschüttelnd blickte ich ihm nach und nahm das Ambiente in mich auf. Kathrin und Eric waren gemeinsam gefahren, weil sie in derselben Nachbarschaft wohnten. Eric hatte mir vor zehn Minuten geschrieben, dass sie gleich da seien. Da ich nicht allein reingehen wollte, lief ich auf dem Vorplatz herum.

Zwei junge Männer grüßten mich. Sie trugen eine dunkle Uniform mit einem Aufnäher auf der Brust. Vermutlich warteten sie auf die nächsten Gäste, um die Autos zu parken.

Durch die Fenster konnte ich die Party beobachten. Ein groß gewachsener blonder Mann wuselte zwischen den Leuten herum, grüßte alle und nahm viele in den Arm. Das musste Landon sein. Ich kannte ihn bisher nur von seinen Filmen und Fotos.

Mein Herzschlag beschleunigte sich, denn mir wurde gerade bewusst, wie abgefahren das hier war. Mein Job, mein Leben, diese Partys, meine neuen Freunde.

Ich, Wyatt Holt, der Junge aus Washington, der bis vor Kurzem mit hundert anderen Studierenden an einer Schule hockte und für seinen Abschluss büffelte, hing nun mit Hollywoodstars ab.

»Mich muss ganz dringend jemand kneifen.«

Einer der Jungs neben mir lachte leise.

»Ich mein das ernst«, sagte ich. »Das ist doch abgefahren.« Ich öffnete die Arme und zeigte um mich.

Der Typ nickte nur und wandte seine Aufmerksamkeit dem Wagen zu, der gerade die Auffahrt hochkam. Ein silbernes BMW-Cabrio mit offenem Verdeck und einem sehr gut gelaunten Eric hinterm Steuer.

»Hey, hey«, rief er. »Bereit für 'ne geile Party?«

»Immer.«

Er hielt vor mir an, warf dem Angestellten seinen Schlüssel zu, ohne ihn weiter zu beachten, und klopfte mir auf den Rücken. Kathrin stieg ebenfalls aus, kam auf mich zu und begrüßte mich mit einem Kuss rechts und links auf die Wange. Sie duftete intensiv nach Erdbeere und irgendetwas anderem Süßlichen, das ich nicht definieren konnte. Kathrin war in ein Wickelkleid gehüllt, darunter blitzte ein dunkelrotes Bikinioberteil hervor, das ihre Brüste ziemlich betonte.

»Hast hoffentlich an die Badehose gedacht«, sagte Eric.

»Ich besitze keine Badehose.«

»Du hättest dir eine zulegen sollen, Mann. Landons Pool ist der Hammer.«

Ehe ich darauf antworten konnte, lief er mit Kathrin schon auf den Eingang zu.

»Kommst du, oder wartest du auf eine Erleuchtung?«, fragte Eric, weil ich ihnen nicht folgte.

»Nein, auf Haley. Wir waren für sieben verabredet.« Jetzt war es zehn nach. »Habt ihr zufällig ihre Nummer?«

Eric lachte auf und schüttelte den Kopf. »Niemand hat ihre Nummer, Kumpel.«

»Was?«

»So was macht sie nicht. Wer weiß, ob sie überhaupt auftaucht, also steh dir hier draußen nicht die Beine in den Bauch.«

»Es war ihre Idee, mitzukommen.«

»Das hat nichts zu heißen. Komm schon.«

»Gleich. Ich warte noch einen Moment.«

»Mach doch, was du willst, Mann.«

Ich sah den beiden nach und drehte mich zurück zur Auffahrt. Ob sie wirklich nicht kommen würde? Sie hatte so interessiert geklungen, und wir hatten heute nach Drehschluss extra eine Uhrzeit vereinbart.

Ein gelber Lamborghini rollte heran, ich blickte ins Innere, aber es war nicht Haley, die hinterm Steuer saß, sondern eine blonde Frau. Sie schälte ihre langen Beine aus dem Sitz und kam auf mich zu. »Bitte mach keine Kratzer rein, ja?« Sie reichte mir den Schlüssel ihres Autos.

»Ich ...«

»Und verstell nicht den Sitz. Ich hasse das.«

Sie ging weiter, ohne auf meine Antwort oder ihre Karte zu warten, damit sie ihren Wagen nachher wieder auslösen konnte. Etwas perplex starrte ich auf den Schlüssel, dann auf den Lambo.

»Tut mir leid«, sagte einer der Jungs und eilte auf mich zu. »Mrs Hastings ist ein wenig ...«

»... eingebildet?«

»Elitär.«

Ich rollte mit den Augen und gab ihm den Schlüssel für den Wagen. Er bedankte sich überschwänglich und stieg ein, um richtig zu parken.

In der nächsten Viertelstunde kamen fünf weitere Autos an, doch in keinem saß Haley. Ich holte mein Handy heraus, was ziemlich unnötig war, denn sie hatte meine Nummer ebenfalls nicht. Ich hätte sie nach ihrer fragen sollen, doch sie war nach dem Dreh so schnell abgerauscht, dass ich keine Gelegenheit gehabt hatte.

Ich wartete weitere zehn Minuten und wollte schließlich reingehen, als mir ein Auto Lichthupe gab. Ich hielt inne und wartete, bis das Taxi vor mir stand. Einer der Angestellten setzte sich sofort in Bewegung, trat an die hintere Tür und öffnete sie.

Das Erste, was ich sah, waren ihre wunderschönen Beine. Haley trug einen weiß-blau gestreiften Rock und das dazu passende bauchfreie Oberteil. Ihre Haare hatte sie zu einem Pferdeschwanz zusammengebunden. Sie bedankte sich bei dem Mann, der ihr die Tür aufhielt, und kam auf mich zu.

»Es tut mir so leid. Du denkst bestimmt, ich mach das mit Absicht. Meine Schwester hat sich mein Auto geschnappt, ohne mir Bescheid zu geben. Es hat eine halbe Ewigkeit gedauert, bis das Taxi da war, und dann standen wir im Stau.«

»Deine Schwester sorgt für ganz schön Aufregung in deinem Leben, kann das sein?«

Sie winkte ab. »Gerade hat sie eine anstrengende Phase, die aber hoffentlich bald vorbei ist.«

»Hauptsache, du bist da.« Ich trat auf sie zu, unsicher, wie ich sie begrüßen sollte. Haley lächelte mich an, ohne Anstalten zu machen, mir näher zu kommen, also tat ich es auch nicht.

Sie deutete auf die verglasten Wände. »Ist ja einiges los.«

»Ja, Eric und Kathrin sind bereits drin.«

Sie presste die Lippen zusammen und klemmte ihre Handtasche unter ihren Arm. »Wollen wir?«

»Gern.«

Wir setzten uns in Bewegung und gingen in Richtung Eingang.

»Du hättest nicht auf mich warten müssen.«

»Wir sind verabredet, natürlich warte ich.«

»Ich bin wirklich nicht so unzuverlässig, wie es zurzeit scheint.«

»Hey, beim Dreh vor ein paar Tagen warst du nur zu spät, weil ich dir Kaffee übergeschüttet habe.«

Sie lächelte sanft. »Es ist trotzdem nicht meine Art.«

Wir betraten das Haus, und sofort umfingen uns die Beats eines Dance-Mix und viel gute Laune. Von innen war es genauso schön wie von außen. Der Boden war mit dunkel glänzendem Holz ausgelegt. Die Wände waren größtenteils weiß gehalten, aber an einigen Stellen klebten mediterran wirkende Mosaiksteine. Eine Mischung aus südländischem Flair und moderner Kunst. Es gab einen Hauptraum, dessen Decke bis in den zweiten Stock reichte. Rechts führte eine Treppe hoch zu einer Empore. Auch dort tanzten Gäste im Rhythmus der Musik. Das absolute Highlight war jedoch die Terrasse, die sich hinter dem Haus erstreckte. Wie Eric angekündigt hatte, war der Infinity-Pool atemberaubend schön. Rechts und links verteilten sich Leute auf Liegen und Loungemöbel. Alles war perfekt ausgeleuchtet, und ein Fackelweg führte runter an den Strand. Es duftete nach Meer und Frische.

»Der absolute Wahnsinn«, sagte ich.

Haley lachte leise und blickte sich genauso interessiert um wie ich.

»Glaub, Eric und Kathrin sind draußen am Pool.«

»Okay.« Sie reckte den Kopf, scannte die Menge ab. Ihr Blick blieb länger als nötig an einzelnen Gesichtern haften.

»Suchst du wen?«

»Nein. Ja. Ich will nur schauen, wer hier ist und wen ich kenne.«

»Ah, das berühmte Spiel *Wen treffe ich wo, und wer kann was für mich tun.*«

»Hollywood ist da recht … eigen.« Sie presste die Lippen zu einem dünnen Strich zusammen und blickte mich verunsichert an. Als würde sie verschiedene Optionen und Möglichkeiten durchgehen, wie sie sich am besten verhalten sollte.

»Haley Sharp, welch außergewöhnliche Augenweide auf meiner Party«, erklang auf einmal eine Männerstimme neben uns. Wir drehten uns beide um. Landon kam auf uns zu, die Arme weit ausgebreitet. Er schenkte uns ein strahlend weißes Lächeln, das Haley erwiderte. Sie ließ sich von ihm in den Arm nehmen und hauchte ihm einen Kuss rechts und links auf die Wange.

»Hätte nicht damit gerechnet, dich hier zu sehen.«

»Eric hat uns mitgenommen«, sagte sie.

»Ah, der Mann hat Geschmack. Du siehst fantastisch aus.« Landon musterte Haley unverhohlen und blieb viel zu lange an ihrem Ausschnitt hängen. Ich räusperte mich, er warf mir einen kurzen, fragenden Blick zu.

»Das ist mein neuer Kollege, Wyatt Holt«, sagte sie. »Er spielt in der zweiten Staffel von *Undercurrents* mit.«

Landon zog eine Augenbraue hoch und wandte sich wieder Haley zu, ohne mich zu beachten. »Gratuliere natürlich zur Verlängerung. Eure Fans sind krass drauf, so eine Petition aus dem Boden zu stampfen.«

»Danke, das sind sie.« Sie öffnete den Mund, sah kurz zu mir, dann zurück zu Landon. »Wie läuft es denn bei dir?«

»Hervorragend. Gerade passieren viele aufregende Dinge. Wie ich höre, hattest du auch interessante Gespräche. Wie gefällt dir das Golden Sunset Hotel?«

Haley zuckte zusammen und hielt die Luft an. Irgendetwas passierte zwischen den beiden und dem Blick nach zu urteilen, den Landon mir zuwarf, war es nichts, worüber er in meiner Anwesenheit sprechen wollte. Auch Haley musterte mich kurz, verlagerte ihr Gewicht von einem Fuß auf den anderen und zwirbelte eine lose Haarsträhne um den Finger.

Und auf einmal fühlte ich mich schrecklich fehl am Platz. Mir fiel ein, wie Haley reagiert hatte, als Kathrin erwähnte, dass angeblich Malcom McLeash hier sein könnte. Sie war zusammengezuckt und ziemlich blass geworden. War das möglicherweise der Grund, weshalb sie mitgekommen war?

Ich schluckte, weil sich mein Mund auf einmal schrecklich trocken anfühlte. Haleys unsicherer Blick blieb an mir hängen und mir war klar, was hier Sache war. »Wie wäre es, wenn ihr euch austauscht und ich mich umsehe?«

»Du bist …«, setzte sie an.

»… neugierig auf die Party«, fuhr ich fort. »Ihr habt offensichtlich was miteinander zu besprechen.«

»Wyatt«, sagte Haley, doch Landon legte ihr eine Hand auf die Schulter.

»Das ist eine hervorragende Idee, Kleiner. Genieß den Abend und die Cocktails. Lass dir mixen, was auch immer dich glücklich macht.«

Kleiner? Ernsthaft?

Ehe ich darauf reagieren konnte, wandte Landon sich ab und zog Haley mit sich. Sie warf mir einen entschuldigenden Blick zu und verschwand mit ihm in der Menge.

Und so schnell war ich allein.

Mit einem merkwürdigen Drücken und einem unguten Gefühl im Bauch.

Ich rieb mir über den Nacken, schüttelte mich und durchquerte den Wohnbereich, um auf die Terrasse zu gelangen.

Dort war die Party ebenfalls im vollen Gange. Das könnte genauso gut das Set eines dieser Klischee-Filme sein, wo knapp bekleidete Mädels mit Traumkörpern und Cocktails in der Hand herumliefen und jeden anlächelten. Die Jungs waren genauso heiß. Durchtrainierte Körper, Sixpacks, strahlend weiße Zähne. Dieser Ort war dazu gemacht, Komplexe zu schüren, und wenn man noch keine hatte, fand man sie hier ganz sicher.

»Yo, Wyatt!«, hörte ich Eric rufen. Ich drehte mich um und sah ihn mit Kathrin und einigen anderen Leuten im Pool. »Komm rein, das Wasser ist traumhaft.«

Ich winkte ab. »Hab doch gesagt, dass ich keine Badehose dabeihabe.«

»Dann geh doch nackt«, sagte eine junge Frau, die gerade an mir vorbeischritt. Sie trug einen sehr knappen Bikini, der ihre schlanke Figur betonte. Wasser perlte von ihrer gebräunten Haut, und ihre blonden Haare waren nass. Mit einem Lächeln nickte sie in Richtung Pool und zwinkerte mir zu. »Wäre sowieso aufregender.« Sie musterte mich unverhohlen und biss sich auf die Unterlippe.

»Muss leider passen.«

»Schade.« Sie drehte sich um und vollführte einen Köpfer in den Pool. Die anderen im Wasser jubelten ihr zu, als sie auftauchte und sich zu ihnen gesellte.

Diese Party würde mit steigendem Alkoholpegel sicher noch freizügiger werden. Ohne mich allerdings. Erstens musste ich morgen vor der Kamera stehen, zweitens war ich mit dem Auto hier.

Ich wandte mich ab und schlug mich durchs Getümmel in Richtung der Bar. Eine junge Frau stand hinter der Theke und mixte Cocktails für die Gäste. Ich beobachtete eine Weile, wie sie ihre Shaker in die Höhe warf, auffing und eine kleine Show hinlegte. Sie wirkte recht routiniert und selbstbewusst. Das machte sie definitiv nicht erst seit gestern.

»Nicht schlecht«, sagte ich und setzte mich an die Theke.

»Danke, was darf ich dir bringen?«

Ich kratzte mich am Kinn und dachte darüber nach. In New York hatte ich auch an einer Bar gemixt und mich regelmäßig mit den Kollegen gebattelt. Wir hatten in guter Tom-Cruise-Manier die Cocktailshaker durch die Luft geworfen und uns zum Takt der Musik bewegt.

»Wie wäre es mit einem Poussé Café? Alkoholfrei, bitte.«

Sie hob eine Augenbraue. Dieser Cocktail bestand aus mehreren Flüssigkeiten und wurde in Schichten übereinandergemixt. Das Ziel war es, dass diese getrennt blieben, sodass ein schönes Muster entstand.

Sie lehnte sich über die Theke und lächelte mich an. »Du willst mich herausfordern.«

Ich schnappte mir eine Handvoll Nüsse, die in Schalen bereitstanden, und warf mir eine davon in den Mund. »Nimmst du denn an?«

Ein breites Lächeln erschien auf ihren Lippen. Sie griff sich einen Cocktailshaker und schüttete Eiswürfel hinein. »Immer.«

14. KAPITEL

Haley

Ich ließ mich von Landon durch die Menge führen und blickte mich gleichzeitig nach Wyatt um. Das eben war so unhöflich gewesen, und es tat mir leid, dass wir ihn quasi stehen gelassen hatten. Schließlich hatte er mich auf diese Party gebracht. Das schlechte Gewissen flutete mich, und ich hätte mich am liebsten von Landons Arm gelöst und wäre Wyatt nachgegangen, doch wir waren bereits im zweiten Stock des Hauses. Hier tummelten sich keine Gäste, einzig ein Angestellter kam an uns vorbei und nickte uns freundlich zu. Landon führte mich in einen ausladenden Salon mit Dachterrasse.

»Was darf es sein?« Er deutete auf die prunkvolle Bar an der hinteren Wand.

»Tonic Water, bitte.«

»Das ist alles?«

»Für den Moment.«

Er lächelte mich an, bereitete mir meinen Drink zu und goss sich selbst Gin ein.

Wir stießen an und traten auf die Dachterrasse. Ich sah auf den Ozean, atmete die wundervoll salzige Luft ein, die mich sofort entspannte. Ich würde sonst was drum geben, meine Schuhe auszuziehen, runter zum Strand zu gehen und die Zehen in den Pazifik zu stecken.

»Magst du dich setzen?« Landon deutete auf zwei Liegen am Rande der Terrasse. Von hier aus konnte man ungestört die Party und die Gäste im Blick behalten, ohne selbst gesehen zu werden. Ich nickte und trank einen Schluck von meinem Tonic. Immer wieder scannte ich die Menge ab, um nach Malcom Ausschau zu halten. Landon ließ sich nieder und lehnte sich auf der Liege zurück, wobei sein Shirt ein Stück nach oben rutschte und seinen durchtrainierten, gebräunten Bauch freigab.

»Du und Lyle Matthews habt euch also getroffen«, sagte Landon gedehnt.

Jetzt begann das Pokerspiel. Nun galt es herauszufinden, wer was wusste und ab wann man welche Information rausgeben durfte. Ich trank einen Schluck, um Zeit zu schinden. Das war gefährliches Terrain. Sollte rauskommen, dass ich zu viel geplaudert hatte, könnte Lyle mich absägen, noch ehe wir richtig angefangen hatten.

Landon hob die Mundwinkel. »Ich bin auch im Boot, keine Sorge.« Er schwenkte die Flüssigkeit in seinem Glas. »Hab Lyle und Malcom bereits vor zwei Monaten getroffen. Sie haben mir alles über das Projekt erzählt.«

Ich hielt weiterhin die Klappe. Es war eine beliebte Methode, Leuten Brocken hinzuwerfen und ihnen so Informationen aus der Nase zu ziehen.

»The Seventh Circle«, sagte er schließlich. »Große Pläne für ein großes Franchise.«

Er wusste es tatsächlich. »Ja.«

Landon stieß mit mir an. »Ich soll in der Dimension der Unterwelt den Herrscher spielen.«

Die Unterwelt? Das hatte Lyle mir auch vorgeschlagen.

»Die ersten Screentests waren der Hammer. Sie haben so eine gigantische Vision.«

In mir gefror alles zu Eis. Lyle hatte mir gesagt, dass sie noch keine Tests machten, weil sie im Entstehungsprozess waren. Auf einmal schwirrten mir tausend Gedanken durch den Kopf. Wie viele waren bereits dran gewesen? Hatten sie nur die Männer ausgesucht oder auch schon die Frauen? Hing ich mal wieder hintendran, während alle anderen Gas gaben?

»Kann … kann ich nicht beurteilen. Bisher hab ich nur mit Lyle geredet.«

»Oh. Verstehe.« Seine Augen funkelten, aber ich wusste den Blick nicht zu deuten. War es Vorfreude? Sorge? Gier?

»Ich hab gehört, dass Malcom heute kommen soll.« Mal sehen, wie er darauf reagierte.

Landon winkte ab. »Klappt leider nicht. Einer seiner Termine wurde vorverlegt, und er musste früher weg. Hat mir vorhin geschrieben, dass er nicht dabei sein wird.«

Er hatte sogar seine Nummer, während wir die ganze Zeit nur mit Lyles Assistentin sprachen?

»Tut mir leid, dass du umsonst hergekommen bist«, sagte Landon.

»Was? Ich bin doch nicht …«

Landon lachte herzhaft. »Ach, Süße. Das ist völlig in Ordnung. Ich weiß doch, wie es läuft.«

Ich schloss die Augen und wurde mir erst jetzt der vollen Tragweite dieser Auskunft bewusst. Nicht nur, dass ich Wyatt vor den Kopf gestoßen hatte, das Franchise war auch schon wesentlich weiter, als wir angenommen hatten. So gut ich mich nach dem Gespräch mit Lyle neulich gefühlt hatte, so sehr rumorte es jetzt in meinem Herzen. Ich blickte wieder auf und bemerkte, dass Landon näher gerückt war. Sein Blick klebte an meinem Dekolleté.

Mein Outfit war zwar nicht sonderlich freizügig, aber das Bikinioberteil zeichnete sich deutlich unter der Wickelbluse ab, genau wie der Ansatz meiner Brüste.

Landon hob eine Hand und strich mir eine Strähne aus dem

Gesicht. Ich zuckte, wich aber nicht vor ihm zurück. »Bist du sehr enttäuscht?«

»Nein, deine Party ist toll. Ich hätte nur gern die Chance genutzt und ihn kennengelernt.«

»Oh, ich bin mir sicher, dass sich Gelegenheiten ergeben werden. Malcom ist immer interessiert an spannenden Frauen.« Sein Finger, der nach wie vor auf Höhe meines Gesichts schwebte, strich nun sanft über meine Ohrmuschel. Mich fröstelte, und ich bekam Gänsehaut. Landon sah erneut an mir hinab, und ich merkte, dass sich meine Brustwarzen unter dem dünnen Stoff abzeichneten. Nur mit Mühe unterdrückte ich den Drang, die Arme vor meinem Oberkörper zu verschränken.

»Malcom ist ein cooler Typ«, fuhr Landon fort. »Offen, interessiert. Ich denke, du wirst ihn mögen. Und er hat eine herausragende Vision für das Franchise. Das wird so vieles in den Schatten stellen und eine Bewegung auslösen, wie es *Matrix* damals getan hat.«

»Das hat Lyle auch erzählt.«

»Dann bist du ja im Bilde.« Landon brummte leise und strich nun, statt über meine Ohrmuschel, über meinen Arm. »Hat er erwähnt, für welche Rolle er dich haben will?«

»Auch für die Unterwelt.«

Landon hob die Brauen. Das Funkeln kehrte in seine Augen zurück, und dieses Mal war ich mir sicher, dass es Lust war.

»Sieh an. Wir würden also zusammen spielen.« Seine Finger zogen Kreise über meine Schulter, hinab zu meinem Bizeps, dem Ellbogen. Alles in mir spannte sich an. Ich musste daran denken, wie Wyatt mich bei unserem ersten Treffen gefragt hatte, ob er mich anfassen durfte, während Landon sich einfach nahm, was er wollte.

Rasch leerte ich mein Glas und verschluckte mich beinahe an den letzten Tropfen. »Das steht noch nicht fest, logischerweise.«

»Ich würde mich sehr freuen. Seit ich dich das erste Mal als Savannah gesehen hab, will ich mit dir drehen.«

Was hatten alle nur mit dieser Rolle? Ich war unschuldige zwölf Jahre alt gewesen! Ich sah in mein nun leeres Glas und hielt die Luft an. Mir war schwindelig, Landons Nähe war mir zu viel, genau wie dieses Gespräch. Die Liege quietschte, als er sich weiter zu mir lehnte. Sein alkoholschwerer Atem streifte meine Haut. Rasch hob ich das Glas zwischen uns, als könnte es mir als Barriere dienen. »Ich hol mir Nachschub.«

Landon nahm es mir ab. »Ich hab in meinen Schlafzimmer auch eine Bar und serviere dir alles, was dein Herz begehrt.« Er verstärkte den Druck an meinem Ellbogen.

Ich stand auf, richtete mein Kleid und schenkte ihm ein Lächeln. »Danke. Wirklich. Ich würde mich gern intensiver mit dir austauschen, aber vielleicht nicht auf einer Party, wo du dich um andere Gäste kümmern musst. Ich kann unmöglich verantworten, dich so lange für mich zu beanspruchen.«

Landon lehnte sich nach hinten und stützte sich auf seinen Händen ab. Die Beine hatte er ausgebreitet und eine Beule zeichnete sich deutlich in seinem Schritt ab. »So viel Verantwortungsbewusstsein.«

»Außerdem sollte ich mal nach meiner Begleitung sehen. Ich hab Wyatt eben ziemlich stehen lassen.«

»Wenn du meinst, dass du dort mehr Spaß haben wirst als bei mir, tu dir keinen Zwang an.«

Er gab sich nicht mal Mühe, den Spott aus seiner Stimme herauszuhalten. Ich lächelte dennoch. »Ich freu mich darauf, das Thema mit dir zu vertiefen.«

»Und ich mich erst, Haley.« Er leckte sich über die Lippen, ich drehte mich um, schloss kurz die Augen und ging den Weg zurück, den ich gekommen war.

Meine Knie fühlten sich wackelig an, und ich musste ein paarmal tief Luft holen, um mich zu sammeln. Landon war nicht der Erste, der mich auf diese Art anmachte, und er würde nicht der Letzte bleiben. So lief das in diesem Geschäft. Man brauchte ein dickes Fell oder man ging daran kaputt.

Ich lächelte einigen Leuten zu, an denen ich vorbeikam, und suchte die Menge nach Wyatt ab. Am liebsten wäre ich sofort gegangen, aber das wollte ich ihm nicht antun. Wenigstens eine Stunde sollte ich noch bleiben. Ich gelangte an die andere Seite des Pools, wo sich eine Menschentraube um die Bar gebildet hatte. Erst begriff ich nicht, was los war, doch beim Näherkommen sah ich Wyatt. Er stand hinter der Theke und hielt einen Cocktailmixer in der Hand. Und er battelte sich mit der Barkeeperin.

Sie wippten im Takt der Musik, die Flaschen flogen wild umher und wurden erst im letzten Moment aufgefangen. Die Zuschauer gingen voll mit, feuerten abwechselnd Wyatt und die Barkeeperin an. Die beiden lächelten einander zu, tauschten Flaschen, nahmen sich neue. Wyatt erhöhte die Geschwindigkeit, ließ seine in der Luft kreiseln, ehe er sie auffing und den Inhalt in den Mixer kippte. Die Barkeeperin versuchte offenbar ein ähnliches Kunststück, doch sie griff daneben und hätte sie beinahe fallen gelassen, wenn Wyatt sie nicht aufgefangen hätte.

Ein enttäuschtes »Oh« ging durch die Menge. Wyatt nahm die Flasche, goss einen Schuss daraus in seinen Mixer und stellte sie in einer weiteren Drehung ab. Er schüttelte alles durch, zwinkerte der Barkeeperin zu, die mittlerweile aufgegeben hatte, dann schenkte er den fertigen Drink in ein bereitgestelltes Glas ein und garnierte es mit einer Orangenscheibe.

»Bitte«, sagte er und reichte ihn einer jungen Frau, die vor ihm stand und begeistert in die Hände klatschte.

Sie probierte direkt und hob anerkennend einen Daumen. »Oh mein Gott. Das ist das Beste, das ich je getrunken habe!«

Wyatt legte sich eine Hand aufs Herz und verneigte sich. Ich trat näher, er bemerkte mich und lächelte breit.

»Danke für die Aufmerksamkeit, Leute«, sagte er. »Ich übergebe euch wieder in Lous kundige Hände.«

Lou klatschte und bedankte sich bei Wyatt. »Das war sehr beeindruckend.«

Er schnappte sich einen Drink, den er an der Seite stehen hatte, und verabschiedete sich von seinen Zuschauern. Die Menge löste sich zum Teil auf, einige bestellten weitere Cocktails bei Lou. Wyatt kam auf mich zu.

»Hey, da bist du ja wieder.«

»Ich hab gehört, dass hier die richtige Party steigt.«

»Die Show ist leider vorüber, aber wenn du magst, teil ich mit dir.« Er hielt mir seinen Drink hin. Er war knallrot und mit einer Zitronenscheibe garniert.

»Was ist da drin?«

»Grenadine, Kirschnektar, Zitronensaft, gefrorene Beeren, Kokossaft, Ananassaft, Limette.«

»Das ist ohne Alkohol.«

»Ja, willst du einen mit? Ich mix dir einen.«

»Musst du nicht. Danke.« Ich nahm den Drink entgegen und probierte einen Schluck. Kühle Säure, gemixt mit etwas Süße, explodierte auf meiner Zunge.

»Wow. Wie heißt er?«

»Keine Ahnung, hab ihn eben erfunden.«

»Was?«

»Wir können ihn *Sunset for Haley* taufen.«

Ich schüttelte den Kopf und wollte ihm den Drink zurückgeben, aber er winkte ab. »Ich hatte noch nie einen eigenen Drink.«

»Na, siehst du. Könnte das neue Ding in Hollywood werden. Erst ein Film, dann die Actionfigur und schließlich ein Cocktail.«

Ich lachte.

»Wie war dein Gespräch mit Landon?«

»Es war okay. Tut mir übrigens leid, dass ich dich so hab stehen lassen. Das war ziemlich unhöflich.«

»Geht eben überall ums Business, oder?« Er nahm sich eine kleine Flasche Wasser von der Theke, die dort für die Gäste bereitstand.

»Es war trotzdem nicht nett. Ich bin mit dir hergekommen.«

»Aber nicht meinetwegen.«

Ich zuckte zusammen, weil er leider recht hatte. Wyatt zwinkerte mir zu, drehte die Flasche auf und trank einen großen Schluck. Ein Tropfen blieb an seinem Mundwinkel hängen. Mich juckte es in den Fingern, ihn wegzutupfen, aber Wyatt kam mir zuvor und wischte ihn weg.

»Du hast recht. Ich wollte gern mit Malcom McLeash sprechen, aber er taucht gar nicht erst auf.«

»Wie? Das war alles umsonst?«

»Na ja.« Ich nahm einen Schluck von meinem Cocktail. »Ich hab jetzt meinen eigenen Drink.«

Er legte den Kopf schräg und schien darüber nachzudenken. »Stimmt. Und die Aussicht sollte man auch anerkennen.« Er deutete mit einem Nicken hinter sich zum Meer. Die Sonne war untergegangen und tauchte den Himmel in einen wundervollen orangen Farbton. Das Wasser war heute ruhig, nur ein paar Schiffe waren in der Ferne unterwegs. Ich gab einen leisen Laut von mir. Alles in mir kribbelte vor Sehnsucht, an den Strand zu gehen, meine Füße ins Meer zu halten und dieses unangenehme Gefühl abzuwaschen, das Landon hinterlassen hatte.

Wyatt lehnte sich näher, doch bei ihm löste es keine Enge aus wie bei Landon. Ganz im Gegenteil.

»Willst du an den Strand?«

»Kannst du Gedanken lesen?«

»Wenn sie jemandem so offen im Gesicht stehen, schon.«

Im Pool jubelten ein paar Leute. Ich drehte mich um und sah Landon, der auf den Rand zutrat. Er hatte sein Hemd ausgezogen, trug nur eine eng anliegende Badehose. Sein Blick bohrte sich in meinen und ließ mich erneut frösteln. Er musterte auch Wyatt und verzog das Gesicht. Dann hob er die Arme, sprang elegant ins Wasser und kam mit einem Prusten an die Oberfläche. Er reckte die Hände in die Höhe, schnappte sich eine der Frauen im Pool und zog sie für einen langen Kuss an sich.

Wyatt schnaubte. »Speziell.«

»Das ist er. Und um deine Frage zu beantworten: Ja, ich will gern an den Strand.«

Ein Lächeln erschien auf seinen Lippen. »Dann los.«

Wir nahmen unsere Getränke mit, überquerten die Terrasse und folgten einem ausgewiesenen Weg, der nach unten führte. Es wurde deutlich dunkler, aber durch die aufgestellten Fackeln fanden wir uns zurecht. Kaum waren wir unten, gab ich Wyatt meinen Drink, zog die Schuhe aus und versank kurz darauf barfuß in diesem herrlichen Gefühl von Weichheit, Kühle und Urkraft.

»Oh«, machte ich und schloss die Augen. Ich liebte, liebte, liebte den Strand. Das Meer, das Wasser, den Duft, das Gefühl des Windes auf meiner Haut. Ich ging näher ans Wasser und lauschte den Wellen, die uns mit einem wohligen Rauschen empfingen.

Das war es. Der Duft nach Salz. Nach Freiheit. Nach Wasser. Nach … meinem Vater.

Mein Herz krampfte, wie immer, wenn ich an ihn dachte. Am Meer schien er mir präsenter als überall sonst. Dann hörte ich sein tiefes und sanftes Lachen, roch den Tabak seiner Pfeife, die er stets geraucht hatte, sah seine schwieligen Hände, die vom Fischen und den jahrelangen Seefahrten rau waren. Ich spürte die Liebe, mit der er auf den Ozean blickte, den tiefen Respekt, den er für dieses Element empfand, und seine Freude, wenn er eins mit ihm werden konnte.

»Alles klar?«, fragte Wyatt.

»Ja.« Ich schüttelte mich, schob die Erinnerung und den Schmerz an diese eine Stelle in meinem Herzen, wo niemand hinkam. »War nur schon lange nicht mehr am Strand und merke, dass es mir fehlt.«

»Wieso tust du es nicht öfter?«

»Weil ich keine Zeit habe.«

Er schnaubte leise.

»Ich weiß, was du denkst: Zeit hat man nie, wenn man sie sich nicht nimmt.«

»Ist leider auch so.«

»Ja. Trotzdem stehen Strandbesuche und Partys gerade nicht oben auf meiner Prioritätenliste. Klingt jetzt vielleicht so, als wäre ich karrieregeil.«

»Hey, das muss nichts Schlechtes sein. Ich kenn das. Die letzten Jahre hab ich mich nur auf mein Studium und meine Engagements konzentriert. Solange du damit glücklich bist, ist alles fein.«

»Das bin ich.« *Meistens.*

»Dann ist alles gut. Da vorn können wir uns setzen.« Wir folgten den Fackeln zu einem Sitzbereich mit Loungemöbeln. Allerdings waren wir nicht die Einzigen, die diese Idee gehabt hatten. Auf der Couch lagen zwei Jungs, die sich gerade leidenschaftlich küssten und uns noch nicht bemerkt hatten.

»Oder auch nicht«, flüsterte ich.

»Tja, dann müssen wir uns was anderes suchen.«

Ich nickte und blickte mich um. Auf der einen Seite des Strands ragte eine Felswand auf, die neugierige Blicke fernhielt, auf der anderen war der Abschnitt mit einem weißen Zaun geschützt. Wyatt führte mich zu der Tür, die dort eingelassen war. Er ruckte an der Klinke, doch sie ließ sich nicht öffnen.

»Mh«, machte er.

»Da vorn.« Ich deutete auf das Wasser. Der Zaun reichte nicht weit hinein, man konnte ihn einfach umgehen.

»Ins Wasser?«, fragte Wyatt.

»Wir müssen ja nicht weit rein.« Ich trat auf die Wellen zu, genoss die angenehme Kühle, die um meine Knöchel schwappte. Als ich merkte, dass Wyatt mir nicht folgte, hielt ich inne. »Kommst du?«

»Ja, ich ...« Er rieb sich über den Nacken, kam vorsichtig näher, als könnte ihn beim nächsten Schritt ein Hai anfallen und in die Tiefen des Meeres ziehen.

»Es ist nicht so kalt.«

»Glaub ich dir.«

»Da vorn können wir um den Zaun, es wird höchstens bis zu den Knien reichen.«

»Schön.«

Er wirkte alles andere als überzeugt. Ich wandte mich ihm zu. In seinem Gesicht lag ein Ausdruck tiefer Besorgnis. »Du magst Wasser nicht, oder?«

»Doch, in meiner Dusche oder in der Badewanne. Wo es keine gefährlichen Tiere gibt, die mir ein Bein abbeißen können.«

»Die gibt es hier auch nicht.«

Er runzelte die Stirn.

»Wo sollen bitte gefährliche Tiere sein?«

»Na, wir könnten auf eine Qualle treten. Ich hab mal ein YouTube-Video von einem Typen gesehen, dem das passiert ist. Sein Fuß ist auf die doppelte Größe angeschwollen, und er hatte Schmerzen des Todes. Hätte fast sein Bein verloren wegen einer Blutvergiftung.«

»Das ist ein sehr außergewöhnlicher Fall, und ich kann dich beruhigen. An diesen Stränden gibt es keine Todesquallen.«

»Aber Strömungen. Wir umrunden den Zaun, treten in ein Loch und werden davongerissen. In meinem Vertrag steht sogar, dass ich mich nicht willentlich in Gefahr begeben darf.«

Ich schmunzelte, auch wenn ich nicht über seine Ängste lachen wollte. »Für den unwahrscheinlichen Fall, dass du hinausgetrieben wirst, schwimmen wir einfach zurück zum Strand. Das ist ein Badeabschnitt, hier passiert nichts.«

»Ja, den Leuten, die schwimmen können.«

»Oh.«

Wyatt schloss die Flasche Wasser fester in die Finger und verzog das Gesicht.

»Du kannst nicht schwimmen.«

»Nur mit den Ohren wackeln.«

»Was?«

»Können übrigens nur knapp fünfzehn Prozent aller Menschen.« Er deutete auf seine Ohren und wackelte damit.

Ich grinste breiter und versuchte es ebenfalls. »Bei mir tut sich nichts.«

»Kann man trainieren. Der Musculus auricularis anterior ist dafür zuständig, und wie du merkst, fang ich an, wirres Zeug zu reden, wenn ich nervös bin.«

Was genauso niedlich war wie seine Vorstellung, uns könnte die Strömung mitreißen.

»Lach ruhig, ich seh doch, dass du gleich platzt.«

»Nein, tut mir leid. Das mein ich nicht so. Es ist nur ... Darf ich fragen, warum du nicht schwimmen kannst?«

»Weil es mir niemand beigebracht hat. Wir brauchten es in der Schule nie, und ich hatte nicht den Drang, mich in irgendein Gewässer zu stürzen, wo es wahlweise von Piranhas oder Haien wimmelt.«

»Piranhas oder Haie?«

»Ich weiß, ich weiß. Die Diskussion führ ich ständig mit meiner Schwester, und mir ist klar, dass ich übertreibe. Ich will trotzdem nicht schwimmen.«

»Du müsstest nicht mal. Es ist wirklich nicht tief.« Ich ging ein paar Schritte hinein, raffte meinen Rock, damit er nicht nass wurde, und zeigte Wyatt, wie flach das Wasser war. Langsam ging ich nach hinten zum Ende des Zauns. »Siehst du?«

»Ja, und ich wäre dir echt dankbar, wenn du zurückkommst, das macht mich nämlich noch nervöser als die Vorstellung, selbst reinzugehen.« Er wich einen Schritt zurück und blickte zu der Felswand auf der anderen Seite. »Wir könnten da drüberklettern.«

Was definitiv umständlicher wäre, als um den Zaun herumzugehen. Aber so blass, wie Wyatt geworden war, würde er wohl auch den Mount Everest bevorzugen, als nur einen Schritt ins Meer zu machen. »Na gut. Dann klettern wir.«

»Am einfachsten wäre es natürlich, wenn wir zurück zum

Haus gehen und den Vordereingang nutzen.« Er deutete hinter sich.

Ich schüttelte den Kopf, weil ich keine Lust hatte, noch einmal Landon zu begegnen. »Wir schaffen das.«

Ich kehrte aus dem Wasser zurück und suchte mir einen Weg über die Steine. Tatsächlich gab es bereits einen kleinen, ausgetretenen Bereich, an dem man gut Halt fand. Vielleicht nutzte Landon ab und an diesen Weg, um auf die andere Seite zu gelangen.

Einer der Jungs, die sich nach wie vor auf den Loungemöbeln vergnügten, stöhnte laut. Wyatt und ich hielten inne. Er unterdrückte ein Lachen, genau wie ich.

»Wie können die uns nicht bemerken?«, fragte ich.

»Sind halt voll dabei.«

Ich runzelte die Stirn.

»Wenn es gut ist, vergisst man alles um sich herum.«

Ich glaubte nicht, dass mir das je passiert war. Bisher war es immer so gelaufen, dass ich irgendwen irgendwo getroffen hatte, wir ins Gespräch kamen, ins Hotel fuhren, Sex hatten und getrennte Wege gingen. Noch nie hatte ich mich dabei derart fallen lassen können, dass ich alles um mich vergaß. Dazu war ich viel zu fixiert darauf gewesen, alles richtig zu machen.

Zum Glück ging Wyatt nicht weiter auf das Thema ein. Er zog sich am Felsen hoch und kletterte dort entlang.

»Hier ist es etwas glitschig.« Er deutete auf eine Stelle neben sich. Ich folgte ihm mühelos. Wyatt kam zuerst oben an, reichte mir eine Hand und half mir die letzten Zentimeter. Von hier aus konnten wir auf den nächsten Strandabschnitt blicken, der nicht mehr so privat war wie der von Landon. Zwei junge Frauen lagen auf Decken, weiter hinten hatten Jugendliche Fackeln aufgestellt und ließen Musik laufen.

»Zu voll?«, fragte Wyatt.

»Nein.«

Wir kletterten auf der anderen Seite hinunter. Die Frauen

schauten kurz in unsere Richtung, doch ansonsten schenkte uns niemand Beachtung. Wyatt grüßte beide höflich und führte mich an eine Stelle, wo wir ungestört waren.

»Das sieht gut aus.« Wyatt zeigte in eine Nische, die einige Steine bildeten. »Unser eigener Loungebereich.«

»Perfekt.«

Wir ließen uns im Sand nieder, ich zog die Beine an, nahm einen Schluck von meinem Drink, der nach wie vor großartig schmeckte. »Er ist gar nicht verwässert.«

»Natürlich nicht. Die Eiswürfel sind künstlich.«

»Ach.« Ich schwenkte das Glas. »Das wäre mir nie aufgefallen.«

»Machen viele Barkeeper. Stell dir vor, du trinkst einen Macallan und die Hälfte des Geschmacks geht dir flöten, weil du ihn verwässerst. Manche legen es zwar genau darauf an, weil ihnen der Whiskey sonst zu stark ist, aber ich geb lieber Wasser dazu. Das kann man besser steuern als geschmolzenes Eis.«

»Klingt nach einer Wissenschaft für sich.«

»Ist es, und ich hab nur das Basiswissen.«

»Dafür hat es aber ziemlich gut ausgesehen.«

Er winkte ab. »Das waren nur Zirkustricks, um die Leute zu unterhalten.«

»Hast du das auch mal für eine Rolle gebraucht, oder warum kannst du das?«

»Ich wünschte, ich wäre der nächste Tom Cruise, und es gäbe ein Remake von *Cocktail*, aber leider hab ich ganz banal neben meinem Studium arbeiten müssen. Und da der Barjob gut bezahlt und dazu noch spaßig war, hab ich das gemacht.«

»Verstehe.«

»So wie du mit dem Luftanhalten. Es war beeindruckend, wie du das bei Jimmy Kimmel vorgeführt hast.«

»Oh, da steckt viel Arbeit drin. Bei *Beachbound* hatten wir einen Trainer, der uns das beigebracht hat. Danach bin ich noch häufiger tauchen gegangen. Ohne Atemgerät hast du das Gefühl, dazuzugehören. Es war der Wahnsinn.«

»Das wäre mein Albtraum.«

»Ich hab einfach alles an Savannah geliebt.«

»Hättest du gern weitergemacht?«

»Ja und nein. Ich vermisse die Rolle, die Leute, das Set, das Gefühl, das ich dort hatte. Aber für die Serie war das Ende perfekt. Ich bin froh, dass die Produzenten sie nicht mit zu vielen Staffeln totgeprügelt haben.«

»Hast du das Gefühl denn bei *Undercurrents*?«

»Wir sind ja erst in der zweiten Staffel. Da ist noch viel Luft nach oben.« Ich trank meinen Cocktail leer und sah hoch in den Himmel. Vereinzelt funkelten ein paar Sterne, doch das meiste wurde wegen der Lichtverschmutzung ausgefiltert.

»Der ist übrigens auch schöner draußen auf dem Meer.« Ich deutete nach oben. »Wir hatten mal eine Szene, für die wir weit vom Ufer entfernt drehen mussten, weil es finster sein sollte. Der Regisseur wollte, so gut es ging, auf CGI verzichten. Die ganze Crew ist rausgefahren, wir hatten fünf Nächte, um zu filmen. Ich war mit meiner Meerjungfrauenfamilie dort, wir bekamen unsere Flossen an und sind durchs Wasser geschwommen. Unter dem schönsten Sternenhimmel, den du dir vorstellen kannst.«

»Ich wäre gestorben. Das ist doch saugefährlich.«

»Es waren überall Taucher, die jederzeit eingreifen konnten, aber ich hatte gar keine Angst. Im Gegenteil. Ich glaube nicht, dass ich mich je wieder so frei gefühlt habe wie in diesen Nächten. Über mir die Milchstraße, unter mir das finstere Meer und ich schwerelos zwischen den Welten. Der Wahnsinn.«

»Wie alt warst du da?«

»Fünfzehn.«

Er pfiff durch die Zähne. »Respekt. Wie war das eigentlich für dich, so jung schon vor der Kamera zu stehen?«

Ich zuckte mit den Schultern. »Normal? Keine Ahnung. Ich

hab mir ehrlicherweise nie Gedanken darüber gemacht. Es war mein Alltag. Bin quasi am Filmset groß geworden.«

»Das stell ich mir unglaublich vor. Du konntest das auf ganz natürlichem Weg lernen und erleben. Meine ersten Takes vor einer Kamera waren grauenhaft.«

»Dafür wirkst du aber sehr gelassen bei den Drehs.«

Er winkte ab. »In Wahrheit implodiere ich vor Aufregung.«

Ich lachte auf.

»Ich überlebe echt nur, weil ich großartige Lehrkräfte hatte, die mir beigebracht haben, die Nervosität zu channeln.«

»Nutzt du dafür die Anker, über die du am Montag gesprochen hast?«

»Ja, warte.« Er griff in seine Hosentasche und angelte einen kleinen Stein heraus. Auf den ersten Blick schien er nichts Besonderes zu sein. Ein schwarzer Kiesel, der mehr eckig als rund war.

»Den hab ich vorhin aus Landons Blumenbeet geklaubt. Das ist ein Anker für heute Abend.« Wyatt legte den Stein auf seine offene Handfläche. »Ich fass ihn immer wieder an, mache mir bewusst, was ich gerade sehe, höre, rieche, wie ich mich fühle. Ich lade ihn quasi mit den Erinnerungen dieses Abends auf. Wenn ich daheim bin, kommt er in eine Kiste, und sollte ich je eine Rolle spielen müssen, die die Energie dieses Abends braucht, nehm ich ihn raus und steck ihn in die Tasche.«

»Das ist unglaublich.«

»Und hilfreich. Also für mich.«

»Wie viele hast du denn davon?«

»Hunderte.«

»Und du kannst sie alle auseinanderhalten?«

Er grinste. »Ja, das geht automatisch, weil sie so stark mit Emotionen verknüpft sind. Ist wie Texte lernen.« Er steckte den Stein wieder ein, richtete sich auf und suchte den Boden ab. Schließlich fand er einen weiteren kleinen Kiesel und nahm auch den in seine Hand. Er war ein wenig größer und die Oberfläche rau und löchrig wie bei einem Schwamm. »Versuch es.«

Ich hielt ihm meine offene Hand hin, sodass er den Stein hineinlegen konnte.

»Schließ ihn am besten in die Faust, mach die Augen zu und stell dir vor, wie du diesen Moment darin speicherst. Ruf alles wach, was du gerade fühlst.«

Ich schloss ihn in meine Finger und atmete durch. Sofort ratterten die Gedanken durch meinen Kopf. Ich hörte die Musik und das Lachen der Jugendlichen, das Rauschen des Meeres, das Lärmen der Stadt, und ich spürte Wyatts Nähe. Warm und angenehm.

»Ganz schön schwer«, sagte ich.

»Wie fühlst du dich denn?«

»Gut.«

»Was bedeutet gut für dich?«

»Was?« Ich wollte ihn ansehen.

»Nicht mich angucken, lass die Augen zu, konzentrier dich. Was bedeutet gut für dich?«

»Stille«, kam es über meine Lippen. »Nicht um mich herum, aber in mir drin. Wenn ich nicht das Gefühl habe, irgendwohin zu müssen oder einen Termin zu verpassen.«

»Das fühlst du jetzt?«

»Ja.«

»Dann stell dir vor, wie du das im Stein speicherst. Wie bei einer Festplatte wird das darauf programmiert. Wenn du je einen Moment hast, in dem du diese Stille brauchst, nimmst du ihn in die Hand. Dein Geist wird sich schneller in diese Situation zurückversetzen.«

Ich atmete noch ein paarmal tief durch und stellte mir dabei vor, wie ich genau das tat. Wie Wyatts angenehme Präsenz und Ruhe in den Stein flossen. Wie die Kraft des Meeres diese Stille für mich erschuf. Als ich das Gefühl hatte, dass es reichte, steckte ich ihn in die Seitentasche meines Wickelkleides. »Danke für den Tipp.«

»Gern.«

»Hast du das auch für Damon?«

»Ja. Gerade für ihn brauch ich einen guten Anker, weil er so anders ist als ich.«

»Du machst das wirklich großartig. Ich weiß nicht, ob ich so jemanden spielen könnte.«

»Warum nicht?«

»Im Grunde hatte ich bisher nur Rollen, die mir leichtfielen. Savannah war wie für mich geschrieben, und auch die Parts danach haben stets zu meiner Persönlichkeit gepasst.«

»Das kannst du ja jederzeit ändern.«

»Erst mal müsste ich dafür gecastet werden, was gar nicht so einfach ist. Wenn du einmal in einer Schublade steckst, kommst du kaum raus.«

»Entschuldigung«, erklang auf einmal eine Stimme neben uns. Wir drehten uns gleichzeitig um und fanden uns den beiden Mädels gegenüber, die ein paar Meter von uns entfernt gesessen hatten.

»Wir wollen nicht stören, aber wäre es vielleicht möglich, dass wir ein Foto mit Ihnen machen?«, fragte die eine. Sie hatte einen starken deutschen Akzent und war schätzungsweise achtzehn Jahre alt.

»Wir sind riesige Fans der Show«, sagte die andere mit gleichem Akzent. »Bei uns lief gerade die erste Staffel, und wir haben so mitgefiebert.«

Ich warf Wyatt einen raschen Blick zu, ob das für ihn okay war. Er stand aber bereits auf.

»Klar«, sagte er und klopfte sich den Sand von der Hose. »Für dich auch in Ordnung?«

»Ja.« Ich erhob mich ebenfalls und richtete mein Outfit. Eigentlich fühlte ich mich nicht nach Posieren für Fans, aber ich wollte die beiden auch nicht abweisen, wenn sie schon so nett gefragt hatten. Viele fotografierten uns einfach, ohne sich vorher eine Erlaubnis zu holen.

»Das ist so lieb!«, sagte die Erste. »Danke, danke, danke! Wir fliegen morgen zurück nach München. Das ist das Highlight dieser Reise.«

»Wir haben so ein Glück«, sagte die andere.

»Dann los«, sagte Wyatt. Wir begaben uns in die richtige Position, Wyatt übernahm das Knipsen, weil er die längsten Arme hatte. Er posierte geschickt, machte zig Fotos und wirkte dabei so locker und charmant wie vorhin beim Battle mit der Barkeeperin.

»Ich hoffe, sie sind hell genug.« Wyatt gab das Handy zurück.

»Ja, die sind super.« Das Mädchen klickte sofort die Bilder durch. »Die Kamera hat eine Nachtfunktion. Danke noch mal.«

»Gern«, sagte ich, und auch Wyatt nickte.

»Und wäre ein Autogramm okay?« Das zweite Mädchen hatte ein Stück Papier herausgekramt und hielt es uns hin. Es waren ihre Flugtickets.

»Wirklich da drauf?«, fragte Wyatt.

»Ja, auf die Rückseite, das kommt daheim ins Reisealbum.«

Er nahm einen Stift entgegen und unterzeichnete, dann reichte er es an mich weiter. Ich unterschrieb ebenfalls und kritzelte noch ein Zitat von Marissa dazu.

»Danke!«, sagten die beiden gleichzeitig. Sie kämpften sichtbar mit den Tränen.

»Sehr gern«, erwiderte Wyatt.

Sie packten ihre Sachen wieder ein und trollten sich.

»Krass. Ich hab jetzt schon ein paar Autogramme gegeben, aber es fühlt sich jedes Mal unwirklich an.«

»Daran wirst du dich gewöhnen.«

»Tut man das?«

»Ja, es gehört zum Alltag. Manchmal ist es nervig, manchmal witzig, das eben war charmant. Oft werden Fans auch sauer, wenn man keine Zeit oder Lust hat, aber es passt leider nicht immer.«

»Ich hoffe, es wird dennoch speziell bleiben. Ich lieb das.«

Ich dachte über seine Worte nach und blickte den Frauen hinterher, die uns noch mal zuwinkten und dann abzogen. Meine Hand glitt wieder an den Stein, den mir Wyatt gegeben hatte. Er fühlte sich schwerer an als zuvor.

Vollgeladen mit diesem Abend, der so nicht geplant gewesen war.

17. JUNI

Wyatt

Wyatt

Ich bin dankbar für:

Für die Party heute Abend bei Landon Doyle – und bevor du fragst: Leonardo war leider nicht da.
Für das schöne Gespräch mit Haley später am Strand. Ich hab ihr von meiner Ankerstein-Methode erzählt. Glaub, sie mochte es.
Für die nette Begegnung mit den beiden Mädels aus Deutschland.
Fürs Jetzt-daheim-Sein. Ich bin todmüde. Lorraine wird sich nicht freuen, wenn sie mir wieder Augenringe wegschminken muss. Ich glaub, ich muss etwas auf die Bremse treten mit den Partys.

Zoe

Puh … Der Tag heute war … speziell. Bin mit ein paar Volldeppen zusammengestoßen. Es ist alles in Ordnung, hat mich nur ein wenig aufgewühlt.

Ich bin dankbar für:

Ich bin dennoch dankbar für die Unterstützung meiner Freunde. Martha hat sich sofort für mich eingesetzt.
Für die Sicherheit meiner Wohnung.
Für meinen Körper. Ich lieb ihn.
Dafür, dass morgen ein neuer Tag ist.

15.

KAPITEL

Haley

»Danke, dass du mir noch mal dein Auto gibst«, sagte Page, die gerade auf ihrem Handy herumtippte, während ich auf das Studiogelände abbog.

»Vermutlich sollte ich mich bedanken, weil du vorher gefragt hast, statt es dir einfach zu nehmen.«

»Es tut mir ehrlich leid, okay? Ich wusste nicht, dass du auf die Beachparty bei diesem Hollywoodschnösel gehst, sonst wär ich nie auf die Idee gekommen, es mir zu borgen.«

»Wann ist deins denn repariert?«

»Nächste Woche.«

»Gut.«

Sie ließ das Handy sinken und blickte aus dem Fenster. »Ich weiß, dass ich gerade anstrengend bin.«

»Schon okay, wir kriegen das hin.«

»Der einzige Vorteil ist, dass wir Zeit miteinander verbringen.«

Die Bemerkung traf mich mitten ins Herz und löste ein unangenehmes Ziehen aus. Es war nicht das erste Mal, dass Page mir vorwarf, nicht da zu sein. Eigentlich sollte ich damit umgehen können, aber es stach mit jeder Wiederholung mehr.

»Gerade ist einfach viel zu tun wegen der zweiten Staffel und des straffen Drehplans.«

»Klar ist es das.« Die Ironie in ihrer Stimme entging mir nicht. Weil sie diese Sprüche wiederum von mir kannte. Wir waren die Meisterinnen der Vorwürfe und Ausflüchte. *»Du hast nie Zeit«, »Es wird bald besser«, »Wieso bist du ständig weg?«, »Nur noch diesen Monat, dann hab ich wieder Luft«*. Unser Familienleben steckte zwischen diesen Zeilen fest.

»Page …«

»Alles gut. Du hast deinen Job. Der ist wichtig. Versteh ich. Irgendwann hast du wieder mehr Zeit, dann machen wir alle ein Picknick am Strand.«

Ich warf ihr einen raschen Blick zu, sie ignorierte mich allerdings und sah wieder auf ihr Handy.

Zu gern hätte ich das mit ihr ausdiskutiert, aber ich musste in zwanzig Minuten in der Maske sitzen, denn um acht ging der Dreh los. Ich hielt bei der Security an, die die Besucher kontrollierte, und ließ die Scheibe runter. »Hi, Martin. Das ist meine Schwester, sie wird gleich wieder rausfahren.«

»Alles klar, Miss Sharp. Einen schönen Tag.«

Ich nickte ihm zu, wartete, bis er die Schranke öffnete, und fuhr weiter.

»Hab übrigens ein paar Jobinterviews, die vielversprechend klingen.«

»Wo denn?«

Sie zuckte mit den Schultern. »Hier und dort.«

»Magst du das genauer erläutern?«

»Ich hör es mir erst mal an.«

Ich presste die Lippen aufeinander, denn das klang, als würde sie auf die nächste Katastrophe zusteuern.

»Ich schaff das.«

»Natürlich wirst du das.« Und ich musste loslassen und lernen, ihr nicht ständig die Verantwortung abzunehmen. Sie war mit ihren dreiundzwanzig Jahren alt genug, um auf sich aufzupassen.

Eigentlich.

Ich fuhr weiter in Richtung von Stage Eins und hielt auf einem der Parkplätze. Page sank auf ihrem Sitz und hinter ihrem Handy zusammen. Als könnte sie gleich jemand aus dem Auto zerren und entführen. So reagierte sie häufig, wenn wir auf einem Filmgelände waren. Als ich mit Savannah angefangen hatte, hatte sie es geliebt, mich zu besuchen, meine Fischflossen anzuprobieren oder mit mir im Tank zu schwimmen, in dem wir die Unterwasseraufnahmen gedreht hatten. Aber irgendwann war sie seltener gekommen und schließlich gar nicht mehr.

»Kannst du mich hier wieder abholen? Ich sag vorne Bescheid, dass sie dich reinlassen. Um sieben bin ich fertig.«

»Mach ich.« Sie tippte auf ihrem Telefon herum. Ich war mir nicht sicher, ob sie mir wirklich zuhörte.

»Vergisst du es bitte nicht?«

Sie warf mir einen Blick zu. »Echt jetzt?«

»Ich sag ja nur. Ich muss heute Abend noch zu einem Meeting.«

»Ich hol dich schon rechtzeitig ab.«

Ich stellte die Gangschaltung in den Parkmodus und schnappte mir die Handtasche vom Rücksitz.

»Oh mein Gott«, sagte Page auf einmal und starrte auf ihr Handy.

»Was ist?«

»Du triffst ja mal echt die heißesten Männer. Ich bin so was von neidisch.«

»Was?«

»Ich hab ja schon gesehen, dass Wyatt Holt sexy as hell ist, aber diese Fotos von euch beiden sind abgefahren.«

»Wovon redest du denn?«

»Hier.« Sie drehte das Handy herum und zeigte mir ein TikTok, das in Dauerschleife lief. Es bestand aus einer Diashow von den Fotos, die wir am Strand mit den beiden Mädels aus Deutschland geschossen hatten. Und es war offensichtlich viral gegangen. Mit über sechzigtausend Likes, zwölftausend Kommentaren und drei Millionen Aufrufen.

»Was ist das denn?«

Page drehte das Handy wieder um. »Der Account gehört einer *MelanieS.*, sie wohnt anscheinend in München und hat über eine Million Follower. *Ich hatte den besten letzten Abend am Strand mit meinem Girl @artisticsoul. Danke an @WyattHolt und @HaleySharp, die wir treffen durften und die die nettesten Menschen sind, die man sich vorstellen kann. Diese Begegnung war unvergesslich.*«

»Das glaub ich nicht.«

»Ist aber so, und oh … die Kommentare … die feiern euch richtig hart: *OMG! Wie süß sind die beiden denn bitte? – Ich brauch mehr davon! – Mit Wyatt würde ich auch sofort am Meer sitzen, Gott, ist der heiß!!! – Haley ist so wunderschön. Und sie trifft die tollsten Menschen. Will auch!* Und so weiter. Gibt sogar einen Serienshipnamen für euch: Darissa.«

Ich runzelte die Stirn, während ich versuchte, das zu verarbeiten.

»Okay, ich muss Wyatt unbedingt kennenlernen. Ist er Single? Steht er auf Frauen?«

»Ich hab keine Ahnung.« So wie er die Jungs beim Knutschen am Strand beobachtet hatte, könnte es schon sein, dass er gern mitgemacht hätte.

»Wieso weißt du das nicht?«

»Weil wir Kollegen sind und es mich nichts angeht!«

»Aber du drehst doch heiße Szenen mit ihm, oder nicht?«

»Und? Das hat überhaupt nichts damit zu tun, welche sexuelle Orientierung er hat oder ob er vergeben ist.«

»Gib ihm einfach meine Nummer, ich find das für dich raus.«

Ich hatte weder Zeit noch Lust, die Kupplerin für meine Schwester zu spielen. Außerdem störte mich irgendetwas an dem Gedanken, dass sie mit Wyatt anbandeln könnte. Als würde sie mir etwas wegnehmen.

Was ich weder besaß noch wollte.

»Warte! Ich hab eine bessere Idee: Bring ihn am Sonntag mit, wenn wir uns bei Mom treffen.«

»Bei Mom?« Ich drehte mich zu ihr um und starrte sie an. »Was ist denn bei …«

»Sag jetzt nicht, dass du es vergessen hast.«

»Ich …«

»Haley!«

»Hilf mir kurz auf die Sprünge, bitte. Ich hab so viele Termine.«

»Die Charity-Veranstaltung, die Mom organisiert hat! Am Strand? Wo wir erst Müll sammeln und du einige Sachen von Savannah versteigern wolltest. Sie hat überall angekündigt, dass du auch kommst.«

Charity-Veranstaltung … Scheiße!

»Das war das Event von Mom und nicht das am Hafen.«

»Was?«

Ich schüttelte den Kopf, rief meinen Kalender auf und tippte den Sonntag an. Dort stand ganz groß Charity. Gabriela hatte sich gefreut, dass ich mir den Termin freigehalten hatte, aber der war für Mom bestimmt gewesen, nicht für das Event am Hafen. Ich hatte das bei meiner Mutter völlig vergessen, weil es viel zu lang her war, dass wir es ausgemacht hatten. Dabei hatte ich an Weihnachten extra einen Karton gepackt mit den Sachen, die wir versteigern konnten. Warum war mir das entfallen?

Weil das mein Leben ist. Weil ich ständig von einem Termin zum anderen hetze. Weil ich kaum an meine Familie denke. Weil einfach keine Zeit ist …

»So eine Scheiße.«

»Du musst kommen, Hal.«

»Ich kann nicht.« Die Gala am Hafen war wichtig. Leute aus dem Inner Circle würden dort sein, ich musste netzwerken, im Gespräch bleiben, oben schwimmen.

»Sie hat sich so darauf gefreut! Und fest damit gerechnet, dass durch dich mehr Leute erscheinen. Sonst wird das eine ganz normale, langweilige Veranstaltung. Da spendet doch niemand.«

»Ich hab es verstanden, aber ich kann nicht …« Ich atmete durch. Ruhig bleiben. Fokus. »Ich muss erst zur Arbeit, dann mach ich mir Gedanken drüber, okay?«

Page schüttelte den Kopf und stieg aus dem Wagen, genau wie ich. Sie umrundete ihn und setzte sich hinters Steuer, während ich in Richtung Tor ging, um zur Arbeit zu gelangen. Ich hörte die Autotür knallen, Page ließ den Motor aufheulen, dann fuhr sie davon. Ich schüttelte nur den Kopf, hielt meinen Ausweis ans Tor und trat ein.

Im Moment hatte ich wirklich das Gefühl, als würde mir die Kontrolle entgleiten.

16.
KAPITEL

Wyatt

INT. DAMONS NACHTCLUB – ABEND

Der NACHTCLUB ist in gedämpftes Licht getaucht und mit teuren, eleganten Möbeln ausgestattet. Pulsierende Musik erklingt. Männer und Frauen tanzen eng miteinander, alle in ihrer eigenen Welt. Damon steht an der Bar und beobachtet die Menschenmenge. Marissa betritt mit ihrer Freundin CAROL den Club. Beide sind überwältigt von der Atmosphäre. Marissa sucht nervös nach Damon und sieht ihn schließlich an der Bar. Als sie sich ihm nähert, fixiert er sie mit einem intensiven Blick. Damon lächelt verschmitzt und kommt auf beide zu. Er ignoriert Carol, hat nur Augen für Marissa.

MARISSA
(unsicher)

Hi. Danke für die Einladung.

DAMON
(haucht einen Kuss auf Marissas Hand)

Schön, dass du da bist. Komm, setz dich zu mir.

Marissa zögert und blickt zu Carol. Damon bemerkt es und schnippt mit dem Finger. Sofort tauchen zwei Angestellte auf. Ein gut aussehender junger Mann und eine attraktive Frau. Sie nehmen Carol in ihre Mitte und fragen sie, ob sie was trinken will. Carol sieht zu Marissa, die unsicher danebensteht. Sie ist jedoch nicht abgeneigt von ihren Begleitern und lässt sich von ihnen wegführen. Damon lacht und zieht Marissa an die Bar.

DAMON

Die Drinks gehen aufs Haus.

MARISSA

(vorsichtig)

Ich bin eigentlich hergekommen, um dir zu sagen, dass du mir nicht ständig Geschenke machen kannst.

Damon neigt den Kopf und betrachtet Marissa intensiv.

DAMON

(amüsiert)

Ach ja? Warum denn nicht?

MARISSA

Weil wir uns kaum kennen! Wir haben zweimal miteinander gesprochen.

DAMON

Und?

MARISSA

Du hast mir gestern eine diamantene Kette geschickt.

DAMON

Ich weiß. Hab sie nur für dich ausgesucht.

MARISSA
Ich mein das ernst.

Sie kramt in ihrer Handtasche und holt das letzte Geschenk von Damon heraus. Entschlossen legt sie es auf die Theke. Ihre Finger zittern.

DAMON
(grinst und ignoriert ihre Geste)
Wie hast du dich denn gefühlt, als du sie angesehen hast?

MARISSA
Was?

DAMON
Hat sie dir gefallen?

MARISSA
Natürlich. Sie ist wunderschön.

DAMON
(charmant)
Siehst du. Genau darum geht es. Sie hat dir für einen Moment Freude bereitet, ehe sich dein Verstand eingeschaltet hat und dir sagte, dass sich das nicht gehört. Aber das ist nur der Bullshit, der in deinen hübschen Kopf gepflanzt wurde. Hör nicht hin, Marissa. Nimm, was du willst. Genieß es. Koste es aus. Ich weiß, dass du Spaß daran haben wirst.

MARISSA
(blickt auf das Geschenk)
Ich kann das nicht.

DAMON
Oh, Marissa. Natürlich kannst du. Lass mich dich führen. Ich kann dir Welten zeigen, von denen du nicht einmal zu träumen wagst.

Marissa schluckt nervös und meidet seinen Blick, doch gleichzeitig ist sie fasziniert von Damon. Der Barkeeper stellt die Drinks vor ihm und Marissa ab.

MARISSA
(unsicher)

Ich hab nichts bestellt.

DAMON
Ich weiß, was dir schmeckt. Probier es.

Marissa nimmt einen Schluck. Es schmeckt ihr, aber sie versucht, es nicht zu zeigen. Damon legt sanft seine Hand auf Marissas Arm und bringt sie dazu, ihn anzuschauen.

DAMON
(tief und verführerisch)

Du bist hier, weil du Verlangen nach mehr hast, Marissa. Du sehnst dich nach Aufregung, nach dem Unbekannten. Du kannst es spüren, wenn du mich ansiehst. Ich kann dir all das geben, aber du musst dich darauf einlassen.

Marissa ist hin- und hergerissen zwischen ihrer Unsicherheit und der aufkeimenden Begierde, die Damon in ihr weckt. Sie kämpft mit ihren eigenen Wünschen und Ängsten.

MARISSA
(flüsternd)

Was ist, wenn ich mich verliere? Was, wenn ich mich nicht mehr erkenne?

Damon lehnt sich näher an Marissa, sein Blick fest und beherrschend.

DAMON
(leidenschaftlich)
Was, wenn du die Version von dir entdeckst, die du liebst und schon immer sein wolltest? Lass mich dir helfen. Alles, was du tun musst, ist, mir zu vertrauen.

»Cut!«, rief Stephen.

Sofort gingen die Lichter an und alle entspannten sich.

»Das war perfekt«, sagte Stephen. »Wir nehmen das und bauen fürs nächste Set um.«

Ich rotierte den Nacken, während sich die Statistengruppen auflösten und das Set verließen. Mein Körper kribbelte. Wie immer, wenn ich mit Haley drehte. Heute war es jedoch besonders intensiv. Vielleicht lag es an diesen Szenen. Nicht, dass sie sonderlich gut geschrieben waren. Damon redete ziemliche Grütze, aber diese Verbindung zwischen mir und Haley hielt es zusammen. Wir brannten. Ich spürte es jedes Mal, wenn wir uns ansahen oder berührten.

Nikolai, unser Showrunner, trat ebenfalls aufs Set und vertiefte sich sofort in ein Gespräch mit Stephen. Es war nicht ungewöhnlich, dass er bei Drehs dabei war, um zu sehen, wie die Szenen funktionierten. So konnte er zur Not noch etwas ändern, wenn es sein musste.

»Du hast mich einfach sitzen lassen«, sagte Kathrin und kam zu uns.

»Tut mir leid«, erwiderte Haley.

»Sieht einen heißen Typen und ist ausgeknipst«, fuhr Kathrin fort.

Haley warf mir einen kurzen Blick zu. Täuschte ich mich, oder war sie heute mehr in Gedanken verloren als sonst?

»Hey, für mich würde ich auch alles andere vergessen«, sagte ich und zupfte an meinem Hemd. Kathrin gab mir einen Klaps gegen die Brust. Wir würden gleich knutschen. Damon wollte Marissa zeigen, wie einfach es für ihn war, zu bekommen, was er wollte. Ungewöhnliche Methode, über die ich nicht zu lang nachdenken durfte.

»Ich hab gestern extra auf Knoblauch auf meiner Pizza verzichtet«, sagte Kathrin.

»Toll. Danke. Ich nicht.«

Sie starrte mich an, hob eine Augenbraue, und ich grinste breit.

»Damon würde nie für eine Frau auf so was Rücksicht nehmen.«

Kathrin kam näher, schnupperte an mir. Ich hielt die Luft an. Sie bemerkte es und stach mir mit dem Finger gegen die Brust. »Hör auf damit.«

Ich lachte. Natürlich hatte ich keinen Knoblauch gegessen.

»Ich hol mir was zu trinken und überlege, ob ich dir gleich auf die Lippe beiße.«

»Oh, tu das bitte. Ich steh voll drauf.«

Sie hielt inne, musterte mich kurz. »Ich bin mir gerade nicht sicher, ob Damon aus dir spricht oder du.«

»Das wirst du gleich rausfinden.«

Sie wandte sich ab, hielt dann aber noch mal an und drehte sich zu mir um. »Ach so, gehen wir eigentlich all-in beim Kuss?«

»Wenn du magst, klar.«

»Gut.« Sie rieb sich mit der Zungenspitze über die Vorderzähne. »Das wird spannend.«

Ja, das vermutete ich ebenso. Kathrin war eine tolle Frau, die verdammt gut aussah, aber privat gar nicht mein Typ war. Doch auch das spielte keine Rolle. Ich hatte schon mit einigen Partnern auf der Bühne gestanden, bei denen es überhaupt nicht gefunkt hatte. Die Magie lag darin, so zu tun. Mit Kathrin würde es angenehm werden, aber bestimmt nicht so kribbelnd wie mit Haley, die ich nur in einer Szene anschauen musste, damit mir schwindelig wurde. Unsere intimen Drehs standen erst in ein paar Wochen an. Bis dahin hatte ich genug Zeit, mich auf sie einzustimmen.

»Ist alles klar bei dir?«, fragte ich sie, weil sie, seit Stephen *Cut* gerufen hatte, gedankenverloren in die Luft starrte.

»Ja, ich … Mir geht nur einiges durch den Kopf. Es gibt schon wieder Familiendrama.«

»Schlimm?«

»Eine Terminkollision.«

»Lässt sich das irgendwie klären?«

Sie zuckte mit den Schultern. »Muss es wohl.«

»Wenn ich helfen kann …«

Haley winkte ab und verließ mit mir das Set, damit die Techniker umbauen konnten. »Hast du eigentlich mitbekommen, dass wir viral gegangen sind?«

»Was? Nein.«

»Ich hab mein Handy nicht hier, aber offenbar war eines der Mädels, die uns am Strand geknipst haben, eine Influencerin. Sie hat eine Diashow von uns hochgeladen und Millionen von Aufrufen erhalten.«

»Wow. Cool. Das ist doch cool, oder?«

»Izzy wird das total feiern. Mich wundert sowieso, dass sie noch nicht auf der Matte steht und uns das unter die Nase hält. Wir haben auch einen Shipnamen bekommen. Darissa.«

»Niedlich.«

»Die Leute fanden uns eher sexy und heiß statt niedlich.«

»Noch besser. Feierst du es denn?«

Sie zuckte mit den Schultern. »Wenn es der Show hilft, auf alle Fälle. So oder so war der Abend sehr schön.«

»Fand ich auch.«

Sie lächelte. Wir nahmen auf unseren Stühlen Platz, wo die Skripte bereitlagen und wir uns auf die nächsten Drehs vorbereiten konnten. Ich zog mein Handy aus meiner Tasche, die unter dem Stuhl lag, und entsperrte den Bildschirm.

»Lass das bloß nicht Stephen sehen, er wirft dich hochkant vom Set«, sagte Haley.

»Ach, der ist beschäftigt. Komm her.«

»Wofür?«

»Wir schießen ein Selfie.«

»Was?«

Ich legte einen Arm auf die Lehne und lehnte mich zu ihr. Haley blickte sich verunsichert um, aber Stephen redete mit einem Techniker und beachtete uns nicht.

»Wir testen mal, wie wir abgehen.« Ich schoss ein paar Bilder von uns. Dabei rückte ich mit jedem Foto näher an Haley heran. Ihre angenehme Wärme und ihr sanfter Duft stiegen mir in die Nase. Ich mochte es, wenn wir uns näher kamen, weil sie dann lockerer schien. Haley wirkte manchmal etwas verloren oder abgekapselt, aber in diesen Momenten, wenn sie nicht zu viel nachdachte, glomm eine tiefe Sehnsucht in ihr auf. Es juckte mich in den Fingern, diese Sehnsucht öfter wachzurufen und zu sehen, was sonst hinter ihrer Mauer steckte.

Ich lehnte den Kopf gegen ihren und schoss das letzte Bild. Dann setzte ich mich aufrecht hin und rief Instagram auf, da ich mich mit TikTok nie so richtig hatte anfreunden können. Es trudelten einige Benachrichtigungen ein.

»Bedienst du Social Media regelmäßig?«, fragte Haley.

»Nicht so oft, wie ich sollte. Izzy hat mir schon einen Vortrag gehalten und mir angeboten, mich zu unterstützen.«

»Nimm es an. Es wächst einem irgendwann über den Kopf.«

»Ja, mal sehen.« Ich lud die Bilder als Slides in meinen Feed und schrieb eine kurze Caption. *Wir drehen heute in meinem Nachtclub. (Diesen Satz wollt ich schon immer mal sagen.) Mit meiner wundervollen Partnerin @HaleySharp.*

Haley lehnte sich zu mir und sah mir dabei zu. »Nicht, dass Kathrin sich ausgeschlossen fühlt.«

»Ich mach nachher auch ein Selfie mit ihr. Aber das hier gehört Darissa.« Ich packte noch einen leichten Filter drauf, weil die Farben recht dunkel waren, verlinkte die Show und schickte es ab. »Möge Social Media seine Magie wirken.«

»Oder seinen Irrsinn.«

»Wir müssen ja dafür sorgen, dass es eine dritte Staffel gibt.«

Sie öffnete den Mund, hielt die Luft an.

»Es sei denn, du hast keine Lust mehr drauf.«

»Doch, natürlich. Ich hab nur gelernt, mich nicht zu sehr reinzusteigern. Im Showbiz wird man so schnell abgesägt. Selbst dann, wenn man denkt, es läuft.«

»Ich fände es schön, weiter mit dir zu drehen. Es macht echt Spaß.«

»Geht mir auch so.«

Ich wollte mein Handy gerade zurücklegen, als es vibrierte. Es war eine Nachricht in unserem Familienchat eingegangen. Ich entriegelte den Bildschirm erneut.

»Du lebst echt gern am Abgrund«, sagte Haley.

Ich blickte kurz hoch, sah Stephen aber nirgendwo. »Warum regt er sich denn auf, wenn wir Handys dabeihaben?«

»Weil es erstens schon vorkam, dass eins mitten während der Dreharbeiten geklingelt hat, und es zweitens Rückkopplungen geben kann. Sei froh, dass es noch nicht aufgefallen ist.«

»Ich stell es gleich in den Flugmodus, wenn wir drehen. Zoe hat gerade den Instagrampost in den Familienchat gepostet.«

»Es schlägt jetzt schon Wellen?«

»Offensichtlich. Meine Brüder gehen voll ab. Beau will wissen, ob du Single bist.«

Haley lachte auf. »Fast das Gleiche, was meine Schwester heute Morgen fragte, als sie dich in dem TikTok gesehen hat.«

Ich blickte Haley an, sie zuckte mit den Schultern.

»Also ich bin Single und weder Frauen noch Männern abgeneigt.« So, ich hatte es gesagt. Mir war es egal, ob das nun schlecht für meine PR war. Ich wollte Haley gegenüber ehrlich sein, und meine Sexualität war nichts, für das ich mich verstecken würde.

Sie musterte mich mit einem leichten Lächeln. »Ich werde es Page ausrichten.«

»Tu das. Was darf ich Beau denn schreiben?«

»Ich bin auch Single, hab aber leider keine Zeit für Beziehungen. Egal welcher Art.«

Ich rief den Chat auf und tippte eine Antwort an Beau.

Wyatt

Vergiss es, Kumpel. Du bist eh zu alt für sie.

Beau

Ich geb dir gleich zu alt! Gib einfach zu, dass du sie für dich haben willst.

Genau richtig erkannt.

Zoe

Ich find euch süß miteinander.

Mom

Sieht aus, als hättet ihr einen tollen Tag.

Haben wir. Ein toller Tag mit einer tollen Kollegin.

Beau

Okay, Wyatt ist extrem scharf auf sie.

Nur, weil bei dir nix läuft und du Druck in der Hose hast, heißt das nicht, dass es allen so geht.

Beau war der Älteste von uns, seit einem halben Jahr geschieden und Vater einer dreijährigen Tochter. Er war ein toller Mann, der alles für Florence tat, aber gerade auch viel Stress mit seiner Ex hatte. Im Moment kompensierte er den gern, indem er sich mit einem von uns kabbelte. Wenn es ihm half, war ich dabei. Ich hoffte, dass seine Ex ihm bald die Besuchsrechte für Florence genehmigte, die ihm zustanden.

»Pass auf«, sagte Haley auf einmal.

Ich blickte hoch. Stephen kam in unsere Richtung. Ich ließ das Handy sinken und hielt es hinter meinen Rücken. Haley rückte so nah an meine Seite, dass es nicht auffiel.

»Nur ganz kurz«, sagte Stephen und blieb vor uns stehen. »Wir drehen erst die Szene, in der Marissa den Club verlässt.«

»In der sie mir eine Ohrfeige verpasst.«

»Genau. Danach kann Haley auf Stage Drei mit Eric, und wir schließen mit Kathrin ab.«

»Alles klar«, sagte ich.

»Ich schau mir noch den Text an, aber ich bin bereit«, sagte Haley.

»Sehr gut. Ihr habt eine Stunde Zeit, dann geht es los.« Er drehte sich um und stiefelte rüber zu Bernie, seiner Assistentin.

»Danke für die Warnung«, sagte ich. Mein Handy vibrierte im Dauermodus. Zum Glück hatte Stephen das nicht gehört.

»Gern. Du solltest es aber echt weglegen.«

»Mach ich gleich, dann können wir noch mal unseren Text durchgehen.«

»Und die Ohrfeige üben.«

»Geh ruhig in die Vollen, ich halt das aus.«

»Weil du auch darauf stehst?«

Ich hob den Kopf und grinste breit. »Weil ich finde, dass Ohrfeigen besser wirken, wenn man durchzieht. Du wirst mir schon nicht den Kiefer brechen.«

»Aber nicht, dass du dich hinterher beschwerst. Das ist mir einmal mit einem Partner passiert, obwohl wir vorher alles genau festgelegt hatten.«

Ob sie von Eric sprach? Er hatte mir bei der Pressekonferenz vor ein paar Wochen gesagt, dass Haley bei ihm durchgezogen hätte, ohne ihn vorzuwarnen.

»Ich beschwer mich nicht. Versprochen.«

»Gut.«

Ich rief ein letztes Mal den Messenger auf. Die Familiengruppe war explodiert, und Dad hatte mir ebenfalls geschrieben, allerdings privat.

Dad

Wyatt, ich hab gerade den Instagrampost angeschaut, ihr seht toll zusammen aus. Ich freu mich sehr, dass du so eine gute Zeit in L.A. hast. Wäre es möglich, dass ich dich spontan besuche? Ich glaub, ich muss mal raus. Keine Sorge! Ich würde mir ein Hotel nehmen und dir nicht auf der Pelle hocken, aber ein bisschen Westküstencharme täte mir sicherlich gut.

Wyatt

Du bist jederzeit herzlich willkommen, Dad! Setz dich am besten gleich in den Flieger. Du kannst auch gern bei mir pennen, ich hab ein Gästezimmer. Muss bloß ab Montag wieder arbeiten.

Danke. Ich bleib aber nur bei dir, wenn ich dich nicht störe. Du willst ja sicherlich jemanden mit nach Hause nehmen.

Ist dann nicht anders als in der Zeit, in der ich noch daheim gewohnt habe.

Mit Dad konnte ich locker über diese Themen reden. Er hatte mir damals gezeigt, wie ich ein Kondom richtig verwendete und auf was ich achten sollte. Außerdem hatte er mich bereits beim Sex auf dem Sofa erwischt. Seither schockte ihn wohl nichts mehr.

Dann würde ich dein Angebot gern annehmen. Ich schau nach und geb dir Bescheid.

Wenn du morgen kommst, kann ich dich vom Flughafen abholen.

Morgen war Samstag, ich hatte zwar einiges zu erledigen und wollte am Abend mit Eric und Kathrin los, aber für Dad würde ich ihnen natürlich absagen.

DANKE!!!

Ich schickte ein Thumbs-up-Emoji hinterher und stellte das Handy nun wirklich aus, ehe ich doch noch erwischt wurde.

»Mein Dad will mich spontan besuchen, hast du Tipps, was ich mit ihm unternehmen kann?«

»Kommt drauf an, was er mag.«

»Ich glaub, er mag vor allen Dingen Ablenkung.«

»Ihr könnt an den Strand, zum Griffith Park, ins Theater … Es gibt zig Möglichkeiten. Wenn er Burger mag, solltet ihr in den In-N-Out-Laden gehen. Die sind sehr lecker.«

»Mh«, machte ich und bückte mich nach meinem Textheft. »Ich denk drüber nach. Lass uns die Szene durchgehen und Damon zeigen, wie gut Marissas Ohrfeigen sitzen. Die hat er verdient.«

»Er wird sich freuen.«

Und ich mich erst.

17. KAPITEL

Haley

Etwa vier Stunden später trat ich aus der Maske, wo ich Marissa abgelegt hatte, und machte mich auf den Weg zum Parkplatz. Der letzte Dreh hatte sich gezogen, weil Stephen und Nikolai sich nicht einig wurden. Nikolai wollte Damon härter, Stephen weicher. Die Szene, kurz bevor Marissa ihm eine Ohrfeige verpasste, hatten wir zigmal gedreht. Zum Glück hatte ich Wyatt nicht jedes Mal schlagen müssen. Das erste Mal hatte ich gezögert, woraufhin er mich noch mal ermutigt hatte, durchzuziehen. Beim zweiten Mal musste er lachen und hatte mich angesteckt. Das vierte Mal hatte die Ohrfeige gesessen, genau wie beim fünften und sechsten Mal. Wyatt hatte mir danach so viel Energie zurückgeschleudert, dass die Szene fast ein Alleingang war. Ich war mit ihm auf einer Welle aus Euphorie, Adrenalin und Frust geschwommen. Als Marissa hatte ich konstantes Kribbeln im Bauch, wenn Damon sich mir näherte. Ich bekam Gänsehaut, wenn er mich berührte oder ich seinen Atem spürte. Sogar Stephen hatte unsere Chemie gelobt, und das tat er nur, wenn er wirklich begeistert war.

Unweigerlich musste ich an die Szenen denken, die kommen würden. Wir beide im Bett, heiße Küsse, viel Berührungen, noch mehr nackte Haut. Es würde aufregend und intensiv werden. Bisher waren intime Szenen für mich kein Problem gewesen. In *Beachbound* hatte ich einen Fernsehfreund gehabt, aber mit dem war es nie richtig zur Sache gegangen. Wir waren schließlich eine familienfreundliche Sendung gewesen.

Bei Damon und Marissa sähe das zum ersten Mal anders aus. Gefakter Sex vor der Kamera. Schon wenn ich daran dachte, kribbelte es in meinem gesamten Körper vor Aufregung und auch Angst. Ich wusste, dass Wyatt professionell damit umgehen würde und alle am Set bemüht wären, es uns so angenehm wie möglich zu gestalten. Doch mit der immensen Anziehungskraft unserer Rollen hing auch etwas Unberechenbares in der Luft. Eine Art prickelnde, erotische Gefahr. Ich war sehr gespannt darauf, wie wir die auflösen würden.

Ich schüttelte den Kopf und kramte im Gehen nach meinem Handy, um meine Nachrichten zu checken. Die weiter explodierten. Auch Wyatts Post war abgegangen und hatte über fünftausend Likes. Sein Kanal hatte nur zwölftausend Follower, aber ich war mir sicher, dass sich das in den nächsten Tagen ändern würde. Ich likte das Foto und bog zu den Parkplätzen ab, wo mich hoffentlich Page abholen würde. Sie hatte nicht noch mal geschrieben, vermutlich schmollte sie wegen der Charity am Sonntag.

Es tat mir ja leid, aber ich hatte vorhin in der Pause mit Gabriela gesprochen. Auf keinen Fall konnte ich das Event am Hafen sausen lassen. Dazu war es zu wichtig. Meine Familie musste es einfach verstehen.

Ich trat durch das Tor und blickte mich nach meinem roten Audi um, aber der war nirgendwo zu sehen.

»Na, großartig.« Sofort tippte ich auf Pages Namen im Adressbuch und rief sie an. Es klingelte und klingelte, bis die Mailbox ranging. »Page. Ich warte vor dem Studio auf dich. Wo bist du?«

Lang konnte ich nicht bleiben. Es war sieben Uhr, und in einer Stunde musste ich bei meinem nächsten Meeting sein.

Ich schüttelte den Kopf und rieb mir über die Stirn. Wem machte ich was vor? Page würde nicht kommen. Sie hatte es entweder vergessen oder wollte mich damit bestrafen. Ich seufzte und tippte die Uber-App an, aber die zeigte Wartezeiten von fünfzig Minuten. Hoffentlich bekäme ich ein Taxi.

Die Tür hinter mir klickte erneut, ich sah über meine Schulter zurück. Es war Wyatt. Er lächelte mich an.

»Wartest du auf jemanden?«

»Ja, auf meine Schwester. Sie wollte mich abholen, aber wie du siehst, ist sie nicht aufgetaucht.«

»Hat sie noch immer dein Auto?«

»Ja.«

»Kann ich dich irgendwohin fahren?«

»Ich …« Eigentlich hatte ich kurz daheim vorbeigewollt, damit ich mich umziehen und frisch machen konnte, ehe ich weiter zu meinem Meeting fuhr. Gabriela hatte gesagt, ich solle in einem Abendkleid kommen. Die Zeit würde auch reichen, doch ich nahm nie einen Kollegen mit zu mir.

»Nur wenn du willst. Es macht mir keine Umstände oder so.«

»Wolltest du nicht deinen Dad abholen?«

»Morgen. Ich muss später nur noch ein paar Einkäufe erledigen.«

Ich sah auf mein Handy. Page hatte weder zurückgerufen noch geschrieben. Wyatt wäre die Lösung.

»Also, gut, ich …«

Ein Auto hupte, ich drehte mich um. Mein roter Audi fuhr gerade die Einfahrt zum Studio hoch. *Gott sei dank!*

Ich eilte Page entgegen. Sie hielt neben mir an und stieg aus dem Auto.

»Tut mir leid. Es war ein riesiger Stau in der Stadt, und ich musste einen Umweg fahren.«

»Ich dachte, du versetzt mich.«

»Hatte ich ganz kurz überlegt, aber dann dachte ich, dass ich das nicht bringen kann, wenn ich dir vorwerfe, unzuverlässig zu sein. Außerdem hätte ich dann ja dich verpasst.« Sie sah Wyatt an und strahlte von einem Ohr zum anderen.

Er erwiderte ihr Lächeln. Natürlich tat er das. Dieser Mann fand überall Anschluss, ob auf einer Party eines Fremden, wo er sich nach zehn Minuten mit der Barkeeperin battelte, oder am Set, wo er für jeden ein nettes Wort übrig hatte.

»Hi, ich bin Page. Haleys Schwester.«

»Freut mich sehr, ich bin Wyatt.«

»Ich weiß. Hab mir heute alles zu deiner Rolle als Damon angeschaut.«

Ich stöhnte leise. Page ignorierte mich.

»Euer Auftritt bei Jimmy Kimmel war so witzig.«

»Danke. Es hat Spaß gemacht.«

»Wie gefällt es dir in L.A.?«

»Sehr gut.«

»Bist du das erste Mal hier?«

»Ich war mal als Zehnjähriger für drei Tage zu Besuch, aber das zählt wohl nicht.«

»Magst du es mehr als New York? Ich war da vor zwei Jahren für drei Wochen und hab die Stadt geliebt! Sie ist so anders als L.A. Viel bunter und vielfältiger.«

»Das stimmt. Aber was ich bisher von Los Angeles gesehen habe, gefällt mir sehr.« Sein Lächeln wurde breiter, genau wie das von Page.

»Es hat auf jeden Fall dazugewonnen in letzter Zeit.«

Ich rollte mit den Augen. »Können wir los? Ich muss mich daheim noch umziehen.«

»Hier ist dein Schlüssel. Dann kannst du fahren.«

»Und was machst du?«

»Das weiß ich nicht. Vielleicht kann Wyatt mir das sagen.«

»Ich ...« Er sah erst mich, dann wieder Page an. »... muss einkaufen. Mein Dad kommt mich morgen besuchen.«

Ich verspannte mich innerlich, denn mir war bereits klar, wohin dieses Gespräch gleich führen würde. Ein hässlicher Knoten formte sich in meiner Brust. Ich drehte mich weg und blickte zu meinem Auto.

»Brauchst du Tipps fürs Sightseeing?«, hörte ich Page schon sagen. »Ich kenn die Stadt quasi wie meine Westentasche.«

»Brauch ich tatsächlich. Er sucht etwas Ablenkung.«

»Dann ist er hier goldrichtig. Hast du schon zu Abend gegessen?«

»Nein, wir kommen gerade vom Dreh.«

»Passt doch perfekt. Lass uns gemeinsam los, wenn du magst, und ich erzähl dir von all den coolen Orten, die ihr besuchen könnt.«

Ich schloss die Augen. Mir war übel. Keine Ahnung, warum es mich derart fuchste, dass Page mit Wyatt essen gehen würde. Er hing auch die ganze Zeit mit Eric und Kathrin ab, und da störte es mich überhaupt nicht. Abgesehen davon konnte er tun, was er wollte. Er war ein freier Mann und Page war … meine Schwester. Aber sie sah toll aus, war jung und spritzig und so einnehmend.

»Gern«, antwortete Wyatt. »Willst du auch mit, Haley?«

»Haley kann leider nicht. Sie muss ja auf einen Termin«, antwortete Page für mich.

Ich drehte mich zu ihr und erwartete, dass sie mich angrinste, aber ihre Miene blieb neutral.

»Oder hat sich daran was geändert?«

»Nein. Leider auch nicht am Sonntag. Ich hab es versucht, aber ich kann nicht kommen.«

Ihre Schultern sackten nach unten. »Na prima.«

»Was ist am Sonntag?«, fragte Wyatt. »Wenn ihr darüber reden wollt.«

»Unsere Mutter veranstaltet ein Charity-Event«, sagte Page. »Sie wohnt am Malibu Beach. Dort will sie mit Leuten Müll vom Strand sammeln. Es gibt tolles Catering, Livemusik, eine

Versteigerung. Das Geld wird an Ocean Cleanup gespendet. In diesem Jahr wollten besonders viele kommen, weil Haley versprach, auch dort zu sein. Und das zieht mit ihrer Vorgeschichte als Savannah. Das wäre echt tolle Publicity gewesen.«

»Ich weiß, und es tut mir leid.« Ich wandte mich Wyatt zu. »Am Sonntag muss ich auf ein anderes Event. Auch Charity. Meine Agentin hat den Termin falsch gebucht. Das kann ich unmöglich absagen, da kommen einige wichtige Leute.«

»Hollywoodbonzen eben«, sagte Page. »Die gehen natürlich vor.«

Ich presste die Lippen aufeinander. Ich verstand Pages Schmerz, weil ich ihn auch spürte. Ich wollte nicht meine Familie hintanstellen, aber ich sah keine andere Möglichkeit. Mein Job als Savannah war für uns alle eine Herausforderung gewesen. Ich konnte gar nicht mehr zählen, wie viele Familiengeburtstage ich verpasst hatte, weil ich drehen musste. Ausflüge, Filmabende, Shoppingtouren. Dinge, die Schwestern eigentlich miteinander teilten, die aber alle ohne mich stattfinden mussten.

Wyatt sah mich an, und ich merkte, wie er die Puzzleteile zusammensetzte. »Ich sehe das Dilemma.«

»Nicht das erste«, sagte Page. »Wir werden es schon hinbekommen. Vielleicht kann ich ein paar Videos drehen, und Haley teilt sie über ihre Kanäle.«

»Natürlich«, sagte ich.

»Oder ich dreh die Videos«, sagte Wyatt.

»Was?«, fragten Page und ich gleichzeitig.

Er zuckte zusammen und hob die Hände. »Also, ich will mich nicht aufdrängen, aber wenn es hilft, würde ich einfach auf das Event eurer Mom gehen und die Promo ankurbeln. Ich hab zwar nichts mit Savannah zu tun, aber mit Marissa. Vielleicht können wir den Schwung nutzen, den wir gerade auf Social Media haben. Eigentlich könnte ich gleich meinen Dad mitbringen. Er mag solche Events total gern und hilft immer, wenn er kann. Wir würden zwei Fliegen mit einer Klappe schlagen.«

Mir blieb der Mund offen stehen, weil ich nicht damit gerechnet hatte, dass Wyatt Derartiges anbieten würde. Das bedeutete natürlich, dass er noch mehr Zeit mit Page verbringen würde. Und mit Mom. Er würde mein ehemaliges Zuhause sehen, Mom würde ihm sicherlich alles zeigen. Sie war ein offener, einladender Mensch, der sich immer über Gäste freute.

Und ich wäre auf einem anderen Event.

Ich wäre mal wieder nicht da.

»Nur, wenn das okay ist«, sagte Wyatt und sah mich fragend an.

»Das ist nicht nur okay, das ist großartig!«, sagte meine Schwester, noch ehe ich reagieren konnte. »Wir könnten das morgen auf Instagram und TikTok ankündigen und ordentlich die Werbetrommel rühren. Das besprechen wir gleich beim Essen, ja? Ich muss sofort Mom Bescheid geben.« Page zückte ihr Handy, tippte darauf herum und hielt es sich ans Ohr.

Wyatt trat näher zu mir. Sein angenehmer Duft stieg mir in die Nase und ließ mich schaudern. Es war erstaunlich, wie vertraut er mir mittlerweile geworden war.

»Ist das auch okay für dich? Ich will da echt nicht übergriffig sein.«

»Das bist du nicht, und es wäre großartig. Die Lösung ist toll, und ich bin mir sicher, dass sie durch dich viel mehr Geld und Helfer für die Strandsäuberung zusammenbekommen. Letztlich ist das alles, was zählt.« Ich blickte zu Page, die wild gestikulierend mit unserer Mutter telefonierte. Dass ich nicht kommen konnte, ließ sie nur in einem Nebensatz fallen und überspielte es sofort mit der grandiosen Lösung, die Wyatt vorgeschlagen hatte.

»Danke, dass du uns aushilfst«, sagte ich.

»Sehr gern. Vielleicht kannst du nach deinem Termin am Sonntag auch dazukommen?«

»Eher nicht. Das dauert eine Weile.«

Er verzog bedauernd das Gesicht und nickte. »Übernimm dich nicht, ja?«

»Tue ich nicht.« Gott, ich hörte selbst, wie lahm das klang. Hier war ich, die Frau, die für nichts Zeit hatte, was auch nur ansatzweise Spaß machte, und log den Menschen ins Gesicht, die es gut mit mir meinten.

Page wandte sich zu mir um und deutete auf den Hörer, doch ich schüttelte den Kopf. Ich konnte jetzt nicht mit Mom reden. Nicht mit dieser Enge in meinem Herzen, die mir mehr und mehr die Luft abschnürte.

»Richte ihr Grüße aus. Ich meld mich bei ihr.«

Page nickte nur und gab es an meine Mutter weiter.

»Danke noch mal, Wyatt, und euch beiden einen tollen Abend.«

»Dir auch«, sagte er.

Ich winkte ihm zu, drehte mich um und ging so schnell, wie es mir möglich war, ohne es nach Flucht aussehen zu lassen, zu meinem Wagen. Jeder Schritt fiel mir unendlich schwer, doch ich atmete die Anspannung weg, wie ich das immer tat.

Irgendwann wäre das alles leichter.

Irgendwann müsste ich nicht mehr von Termin zu Termin hetzen.

Irgendwann holte ich mit meiner Familie nach, was ich verpasste.

Irgendwann.

18. KAPITEL

Wyatt

»Es müsste das Haus am Ende der Straße sein.« Mein Dad deutete nach links. Ich fuhr langsam weiter und betrachtete die Umgebung. Wir waren nun dreimal falsch abgebogen – trotz Navi. Die Gegend war ziemlich unübersichtlich, dafür aber wunderschön. Viel Natur, viele Bäume, viel Grün. Dieser Küstenabschnitt würde auch nach Portugal oder Spanien passen. Die Häuser waren nicht dicht an dicht gebaut, sondern ließen Luft zum Atmen. Vögel zwitscherten, die Sonne strahlte, durch meine geöffnete Fensterscheibe drang eine bunte Duftmischung aus warmer Erde und frischer, salziger Luft. War fast schon ein wenig zu kitschig, um wahr zu sein.

»Das muss doch ein Vermögen kosten, hier zu wohnen«, sagte mein Vater. »Guck dir mal das Haus rechts an.«

Ich beugte mich nach vorne und spähte durch die Windschutzscheibe. Ein Stück oberhalb stand eine große weiße Villa mit zwei Stockwerken und einer Terrasse, die zur Felskante hin auslief. Die Bewohner mussten einen atemberaubenden Ausblick aufs Meer haben.

»Nicht übel.«

»Irgendwann wohnst du auch in so einer Bude und lädst dann hoffentlich deinen alten Herrn wieder ein.«

»Wenn ich je so viel Geld verdiene, mir hier was leisten zu können, bekommt jeder von euch sein eigenes Gästezimmer.« Ich stellte mir vor, wie meine gesamte Familie mit mir auf einer Terrasse wie die dieser Villa saß, wir gemeinsam grillten, mit Wein auf das Leben anstießen. Beau, Patrick, Zoe, Dad, Mom … Ein Stich fuhr mir durchs Herz, als mir klar wurde, dass das so vermutlich nicht passieren würde. Weil es diese Familie nicht mehr in der Form gab. Weil da jetzt auch Theo war und ich ihn nicht mal in meiner Vorstellung mit uns an den Tisch setzen wollte.

»Dauert eh noch eine gefühlte Ewigkeit, bis ich so weit bin«, sagte ich rasch. »Wer weiß, wie es weitergeht.«

»So, wie du gerade durchstartest …« Dad ahmte mit seiner Hand einen abhebenden Flieger nach. »Warte mal ab, in ein paar Jahren treffen wir uns bei einer Oscar-Verleihung.«

Ich lächelte, aber das vertrieb nur bedingt das hässliche Drücken in meinem Inneren. Als Dad gestern am Flughafen angekommen war und wir uns gegenüberstanden, hatte ich ganz schön schlucken müssen. Er hatte mindestens acht Kilo abgenommen. Seine Haut war blass, die Wangen waren eingefallen, und die Ringe unter seinen Augen schimmerten dunkel. Seine Klamotten waren ihm eine Nummer zu groß, was den ausgemergelten Look nur verstärkte.

Ich hoffte, dass ich ihn wieder mit etwas Leben füllen konnte, solange er hier war. Wir hatten gestern Pizza bestellt, auf meiner Couch gesessen, einen Film laufen lassen und doch nur die Hälfte mitbekommen, weil wir fast nur geredet hatten. Über mein Leben in L.A., die Leute, die ich bisher getroffen hatte, meine Arbeit, meine Wünsche und Träume. Über ihn und Mom hatten wir nicht gesprochen, und solange er das Thema nicht anschnitt, würde ich es auch nicht.

Gegen Abend hatten wir ein Selfie vor dem Sonnenuntergang auf meiner Dachterrasse geschossen und es in den Familienchat gestellt. Dad hatte erst gezögert, und ich wollte ihn gewiss nicht damit quälen, aber ich hatte Angst, dass er sich komplett verlor, wenn er sich aus unserer Gruppe zurückzog. Beau, Patrick, Zoe und ich brauchten ihn genauso wie Mom.

»Da ist es«, sagte Dad, als wir vor dem Haus zum Stehen kamen. Page hatte mir gestern die Adresse geschickt. Im Gegensatz zu Haley hatte sie mir sofort ihre Nummer gegeben. Sie war ein absoluter Wirbelwind und hatte während unseres gemeinsamen Abendessens fast ununterbrochen geredet. Ich hatte schon viel Energie, aber Page überholte mich um Längen. Der Abend war dennoch schön gewesen, und wir hatten sehr schnell einen Zugang zueinander gefunden.

Ich parkte den Wagen am Straßenrand, stieg aus und stemmte die Hände in die Hüfte. Leanne Sharps Haus war nicht so groß wie diese Villa ein Stück weiter oben, aber es war mindestens genauso beeindruckend. Das Gebäude hatte zwei Stockwerke und war von einem üppigen gepflegten Garten und einer Mauer umgeben. Alles strahlte ein mediterranes Flair aus, mit viel Sandstein, Skulpturen zwischen den Bäumen und einem leise klimpernden Windspiel.

Ich trat an das eiserne Tor, das mit spitz zulaufenden Stäben Fremde fernhalten sollte, und drückte die Klingel. Es dauerte nicht lange, bis die kleine Kamera sich bewegte, die neben einem Lautsprecher eingelassen war.

»Hallo?«, fragte eine freundliche Frauenstimme.

»Hi, ich bin Wyatt Holt und mit meinem Vater Darren hier. Page hat uns wegen …«

»Oh, Wyatt! Das ist ja toll, dass du da bist.« Der Buzzer erklang, und ich drückte das Tor auf. Wir folgten dem Sandpfad in Richtung Haus, als bereits die Tür aufflog und Page uns freudestrahlend entgegenkam. Sie trug kurze Hosen, keine Schuhe und ein bauchfreies, gewickeltes Oberteil. Ihre dunkelblonden Haare hatte sie zu einem Pferdeschwanz zusammengebunden.

»Habt ihr gut hergefunden?«, fragte Page.

»Ging so.«

Sie kam auf mich zu und begrüßte mich mit einer kurzen Umarmung. »Die Navis drehen hier regelmäßig durch. Als hätten sie das absichtlich eingebaut, damit niemand die Adressen der Stars rauskriegt.« Sie lächelte meinen Vater an und streckte ihm die Hand hin. »Hi, ich bin Page.«

»Darren, freut mich.«

Ich sah eine Bewegung hinter Page, und kurz darauf erschien eine weitere Frau, die eine ältere Version von Haley war. Sie trug ein knöchellanges luftiges Kleid in Bordeaux mit großen Blumen. Ihre Haare reichten ihr fast zum Bauchnabel. Sie fielen in sanften Wellen über ihre Schultern, sodass ihre schönen grauen Strähnen zur Geltung kamen. Ihr Gesicht hellte sich auf, als sie uns erblickte. Das Lächeln erinnerte eindeutig mehr an das von Page, aber vielleicht hatte ich Haley auch noch nicht oft genug lachen sehen, um es zu beurteilen.

»Es ist so schön, dass ihr da seid! Ich kann nicht glauben, dass ihr extra den Weg auf euch genommen habt.«

»Gern, und es waren ja keine Umstände«, sagte ich. »Ich bin Wyatt, das ist mein Vater Darren.«

»Leanne. Kommt rein. Bitte.«

Page grinste von einem Ohr zum anderen und schloss sich uns an.

Wir traten in den offenen und in warmen Tönen gehaltenen Essbereich. Von innen war das Haus genauso beeindruckend wie von außen. Große Fenster boten einen atemberaubenden Blick über das Meer, das sich etliche Meter unter uns erstreckte.

»Der Wahnsinn«, sagte ich.

»Ja, ich liebe es auch sehr«, sagte Leanne.

»Wir hatten damals die Wahl«, ergänzte Page. »Entweder ein Haus direkt am Strand oder hier oben mit mehr Weitblick. Ich wäre eindeutig für das am Meer gewesen, aber der Familienrat hat mich überstimmt.«

»Weil es hier ruhiger ist als am Strand«, sagte Leanne. »So schön es ist, in zwei Minuten am Meer zu sein, so sehr liebe ich die Stille ohne die ganzen Touristen. Und den Ausblick.«

»Wirklich toll.« Ich trat durch die offene Küche und sah durch die bodentiefen Fenster raus. Die Terrasse erstreckte sich über die gesamte Rückseite des Hauses. Mich juckte es in den Fingern, mich in einen der hellen Loungesessel fallen zu lassen und übers Meer zu schauen. Natürlich gab es auch einen Pool. Der juckte mich nicht.

Ich drehte mich zu Dad um, der vor einer Kommode stand und über die Oberfläche strich. »Das ist vintage, oder?«

»Gut erkannt«, sagte Leanne.

»Ich hab bei uns im Haus einiges selbst gemacht.«

»Ich lieb das auch. Die meisten Möbel hier sind Upcycling-Werke. Ich finde es so schön, aus alten Dingen etwas Neues herzustellen. So haben sie viel mehr Leben.«

»Sehe ich genauso.«

»Okay, das kann dauern«, sagte ich zu Page. Wenn Dad mal ins Reden übers Renovieren kam, war er kaum zu bremsen.

»Ich zeig dir den Rest vom Haus, dann können wir ja besprechen, wie wir den Tag gestalten. Offiziell geht es in zwei Stunden los. Wir starten mit Müllsammeln am Strand.«

Ich warf Dad einen Blick zu, aber er war mit Leanne ins Wohnzimmer weitergegangen und bestaunte eine Vitrine.

»Ich lass immer ein paar Gebrauchsspuren drin«, sagte Leanne. »So sieht es lebendiger aus.«

»Es ist wunderschön.«

Page winkte mich mit sich in den Flur. »Da hinten ist das Bad, falls ihr es braucht, und ein Gästezimmer. Wenn ihr heute also nicht mehr zurückfahren wollt, könntet ihr theoretisch auch hier übernachten.«

»Danke, aber ich muss morgen um sechs im Studio sein.«

»Diese Zeiten sind unmenschlich.«

»Ist schon okay. Der Plan ist straff, damit wir durchkommen.«

»Macht es dir denn Spaß?«

»Ich liebe es.«

Sie ging die Treppen hoch, ich folgte ihr. »Hier oben ist das Hauptschlafzimmer, mein altes Kinderzimmer, genau wie das von Haley, und natürlich weitere Badezimmer.«

Die beiden Kinderzimmer hatten Sicht auf den Ozean, Leannes Schlafzimmer auf die andere Seite. Page öffnete die Tür zu ihrem und trat ein. Es war etwa zwanzig Quadratmeter groß, ein ausladendes Bett stand an einer Wand und eine Kommode auf der anderen. Sie ähnelten vom Stil her denen, die im Wohnzimmer zu finden waren. Vermutlich waren sie auch von Leanne restauriert.

Page winkte mich zu sich, und wir traten nach draußen. Der Balkon reichte fast über die komplette Rückseite des Hauses.

»Hier haben Haley und ich uns früher oft getroffen und gemeinsam in die Sterne geschaut.«

»Stell ich mir toll vor.«

»War es. Die Abende waren im Grunde das Einzige, was uns blieb, weil sie den ganzen Tag am Filmset war.«

»Es muss krass gewesen sein, so aufzuwachsen.«

»War für alle eine Herausforderung.« Page ging weiter und blieb vor Haleys Balkontür stehen. Sie war einen Spalt weit geöffnet. Ich wollte nicht zu neugierig sein, doch ich wagte einen kurzen Blick ins Innere. Ihr Zimmer war identisch zu dem von Page, nur dass hier alles spiegelverkehrt stand. Das Bett befand sich auf der anderen Seite, und ein großes Regal zierte die hintere Wand. Es war vollgestellt mit Sachen, die ich aber von hier nicht erkannte.

»Haleys Trophäensammlung«, sagte Page und öffnete die Balkontür.

»Ich will da nicht …«

Doch sie trat bereits ein. »Wir müssen ein paar Sachen aus ihrem Zimmer für die Versteigerung holen.«

»Ich fühl mich trotzdem nicht wohl, einfach so reinzugehen.«

Page drehte sich zu mir um und schüttelte den Kopf. »Dann bleib meinetwegen da stehen. Ich hol sie.«

Jetzt, da die Tür offen war, konnte ich mehr erkennen. Über einem Stuhl hing ein Sweater mit dem Logo einer Highschool, auf der Kommode standen halb abgebrannte Kerzen. Wenn ich nicht wüsste, dass Haley hier nicht mehr wohnte, könnte man meinen, sie würde gleich auftauchen.

Ich sah zu den Bildern, die an der Wand neben mir angebracht waren. Sie zeigten vor allem Haley als junges Mädchen an verschiedenen Sets der Meerjungfrauenserie. Mal allein, mal mit ihrer Fernsehfamilie, und es gab sogar eins, auf dem sie ihre Fischflossen trug. Das wirklich Besondere an diesen Fotos war allerdings ihr Lachen. Denn sie lachte auf allen Bildern. So einen Ausdruck hatte ich noch nie an ihr gesehen. Es kam aus tiefstem Herzen und strahlte so intensiv, dass sich auch meine Mundwinkel automatisch hoben.

»Hier«, rief Page, und im nächsten Moment flog mir etwas entgegen. Ich fing es instinktiv auf. Es war ein orangefarbener Plastikbaum, der in der Mitte ein lachendes Gesicht aufgeprägt hatte. Auf der Rückseite stand »GiggleGrove Award«.

»Das ist einer von gefühlt hundert Awards, die sie gewonnen hat«, sagte Page.

GiggleGrove Studios kannte ich sogar. Das war neben Nickelodeon und Disney *der* Kanal für Kinderserien.

»Haley wurde zigmal zur beliebtesten Darstellerin des Senders gewählt.«

»Respekt.« Ich stellte den Award zurück ins Regal.

»Da ist es.« Page hatte einen Karton aus einem Regal geholt und ihn auf dem Bett abgestellt. Sie griff hinein. »Hier haben wir jede Menge alter Autogrammkarten, ein Armband, das sie in der Show getragen hat, ein Drehbuch, eine abgebrochene Fischschuppe von ihrem Schwanz …«

»Und wir dürfen das sicherlich versteigern?«

»Ja, Haley hat bereits an Weihnachten den Karton gepackt und … oh.« Sie zog ein Foto zwischen den Sachen hervor und hielt inne. Ihr Gesicht gefror, und sie wurde blass.

»Page?« Ich trat vorsichtig einen Schritt auf sie zu. »Ist alles in Ordnung?«

»Ja, ich … ich wundere mich nur.« Sie starrte auf das Foto in ihrer Hand und lachte gequält. »Hätte nicht gedacht, dass sie das hergeben will. Das … das ist ein Bild von ihr und unserem Dad.«

Ich hielt die Luft an und erinnerte mich an den Morgen, als sie mir davon erzählt hatte.

Ist schon neun Jahre her. Sie hatte fast gleichgültig geklungen, als wäre es keine große Sache, aber ich hätte schwören können, dass es das doch war.

Page kam mit dem Foto in der Hand zu mir und drehte es um, sodass ich es sehen konnte. Es zeigte Haley mit schätzungsweise zehn oder elf Jahren und einen älteren Mann mit weißem Vollbart und genauso weißen Haaren. Er hatte eine Pfeife im Mund, trug ein blaues Hemd und eine ausgeleierte Hose, die quasi nur von Flicken zusammengehalten wurde. Haley stand an der Reling eines alten Fischkutters, die Arme weit ausgebreitet, das Gesicht gen Himmel gereckt und ein Lächeln auf ihren Lippen.

Sie hat verdammt viel gelacht als Kind.

»Das war an dem Tag, als Haley die Zusage für Savannah erhalten hat. Sie hat es erfahren, als sie angelegt haben. Haley ist total gern mit Dad zum Angeln rausgefahren. Wenn sie in den Hafen zurückkehrten, hat sie sich immer an die Reling gestellt und gerufen: Ich bin die Königin der Welt!«

Ich musste grinsen, weil es mich daran erinnerte, wie ich vor ein paar Wochen mit Zoe hier angekommen war.

»Mom und ich haben sie immer am Steg abgeholt.«

»Hast du nicht mit aufs Meer gewollt?«

»Nein, ich wurde sofort seekrank und hab alles vollgekotzt.«

Ich lachte.

»Im Ernst. Das war nicht schön. Es kam einfach so über mich, sobald ich ein Schiff betrat. Wie eine Fontäne.« Sie machte ein Swusch-Geräusch und beschrieb einen Bogen mit ihrer Hand.

Page drehte das Bild um. Darauf standen in einer feinen Handschrift die Worte: *Ich hab dich lieb, mein Spatz. Herzlichen Glückwunsch zur Rolle der Savannah. Dir gehört jetzt wirklich der Ozean, Dad.*

»W-wieso will sie das versteigern? Sie und Dad waren eine Einheit. Sie würde nie ein derartiges Erinnerungsstück weggeben.« Page atmete zitternd ein und unterdrückte ein Schluchzen.

»Vielleicht war es ein Versehen, und sie hat nicht gesehen, dass das Bild im Karton war.«

Sie schüttelte den Kopf, kniff sich in den Nasenrücken und rang sichtlich um Fassung.

»Page.«

Sie winkte ab und biss sich auf die Unterlippe. »Tut mir leid, ich will gar nicht rumheulen, aber es ist so … diese Zeit damals mit Haley und unserem Dad … Das war was Besonderes, verstehst du?«

Ich nickte.

»Ich konnte zwar nie mit auf See, aber ich hab auf die beiden gewartet, wenn sie zurückkehrten. Er legte immer an derselben Stelle im Hafen an, und ich hatte immer einen Slushy parat, den ich am Stand neben dem Pier holte. Zitrone für mich, Himbeere für Haley und Waldmeister für Dad. Sobald sie das Boot vertäut hatten, sprang Haley vom Kutter, und wir tranken um die Wette, wer zuerst Kältekopfschmerz bekam. Dad hat uns jedes Mal ausgelacht.«

Ich schloss die Augen und spürte den Schmerz, der von Page ausging, als wäre es mein eigener.

»Danach sind wir in sein Stammlokal, wo es eine große Ladung Pommes für Haley und mich gab, während er seinen

Freunden von seinen Fängen erzählte.« Sie rang sich ein gequältes Lächeln ab und starrte auf meine Brust. Das Bild von ihrem Dad und Haley hielt sie derart sanft in ihren Händen, als hätte sie Angst, es könne sich bei der kleinsten Bewegung in Luft auflösen. »Das kann sie doch nicht hergeben.«

»Hey.« Ich trat einen Schritt näher. Page reagierte sofort und schmiegte sich an meine Brust. Ich schlang den Arm um sie, drückte sie an mich. Sie schluchzte ein weiteres Mal. Ich strich ihr über die Haare und wartete, bis sie sich einigermaßen gefangen hatte.

»T-tut mir leid. Das ist nur so … Dad war … Wir vermissen ihn alle ganz schrecklich.«

»Das kann ich mir vorstellen.«

Sie löste sich von mir und rieb sich über die Augen.

»Frag sie einfach, ob sie das Foto weggeben wollte.«

»Was, wenn es Absicht war? Haley ist so …« Sie hielt die Luft an und schüttelte den Kopf. »Ich weiß nicht, ob ich diese Antwort hören will. Oder kann.«

»Wenn du unsicher bist, lass das Bild da.«

Page schnaubte und schluckte. »Tut mir leid, ich hab Make-up an dein Shirt geschmiert.«

»Ist nicht schlimm.«

Sie rang sich ein gequältes Lächeln ab. Mit einem weiteren Schluchzen drehte sie das Bild wieder um und betrachtete ihren Vater und ihre Schwester, die beide so glücklich aussahen.

Ich fragte mich, wann dieses Glück aus Haleys Seele verschwunden war.

21. JUNI

Wyatt

Zoe

Was hast du heute am Malibu Beach gemacht?! Die Storys, die du geteilt hast, waren ja der Wahnsinn. Sah nach sehr viel guter Laune aus.

Ich bin dankbar für:

Fürs Ausschlafen.
Fürs Mich-mit-Elijah-auf-einen-Kaffee-Treffen, wir haben fast fünf Stunden lang geredet und sofort gevibed.
Fürs Joggen danach mit Martha. Ich hasse es! Wirklich, aber ich bin dankbar, dass ich es gemacht hab, weil es mir richtig gutgetan hat. Und unsere selbst gemachte Spinatlasagne hat danach noch tausendmal besser geschmeckt.
Fürs Miterleben, wie viel Erfolg du hast. Mein kleiner schnuckeliger Labrador.

Wyatt

Hör auf mit den Hundevergleichen!!!

Ich bin dankbar für:

Für den tollen Tag mit Haleys Mutter Leanne, ihrer Schwester Page und Dad. Es war mindestens so witzig, wie es in den Storys ausgesehen hat. Erst wurde Müll am Strand gesammelt – an dem echt viel rumliegt –, dann gab es eine Auktion.
Dass wir die Leute zum Spenden animiert haben, es kamen fast fünfzigtausend Dollar zusammen.
Fürs Singen und Lachen. Wir haben gemeinsam Musik gemacht, Dad an der Bongo, ich an der Gitarre, Page hat gesungen. Sie ist richtig gut!
Fürs Bis-spät-am-Abend-noch-auf-Leannes-Terrasse-sitzen-und-auf-den-Sonnenuntergang-Schauen, Malibu Beach ist ein Traum.

Ich weiß, wir schreiben hier nie Dinge, die wir nicht so schön fanden, aber ich hätte es toll gefunden, wenn Haley dabei gewesen wäre. Sie konnte leider nicht, weil sie auf einem anderen Event war. Hoffentlich hatte sie Spaß.

19. KAPITEL

Haley

Mit einem Stöhnen zog ich die Heels aus, pfefferte sie in die nächste Ecke und lehnte mich mit dem Rücken gegen die Wand. Was für ein fürchterlicher, langer, auslaugender Tag.

Mein Kopf hämmerte, mir war schwindelig, weil ich kaum etwas gegessen hatte, und mein Herz fühlte sich so unendlich schwer an wie schon lange nicht mehr. Normalerweise stressten mich Veranstaltungen wie diese nicht mehr. Ich wusste, wie ich mich zu verhalten hatte, wann ich wie lächeln musste, mit wem ich am besten redete, doch heute hatte sich alles unpassend angefühlt. Als hätte ich verlernt, mich in diesem Umfeld zu bewegen. Die Gespräche waren steif gewesen, ich hatte kaum Anschluss gefunden, oft allein herumgestanden und all die schönen Menschen um mich herum betrachtet. Schlanke, langbeinige Frauen mit dem perfekten Lächeln und den perfekten Haaren. Alle jung und motiviert. Auch die Männer hatten in ihren maßgeschneiderten Anzügen um die Wette gestrahlt und versucht, mit denen ins Gespräch zu kommen, die etwas zu sagen hatten.

Allen voran Lyle. Wir hatten uns kurz begrüßt, er war zuvorkommend und sympathisch wie beim Treffen im Hotel gewesen, und ich hatte sein Interesse an mir gespürt. Doch dann war er belagert worden. Von anderen Schauspielerinnen und Schauspielern, von Produzenten, Regisseuren, Agenten. Jeder wollte ein Stück abhaben, und er hatte alles gegeben, um dem gerecht zu werden. Ich war mehr und mehr zurückgedrängt worden, hatte Gespräche geführt, von denen ich schon nicht mehr wusste, um was es ging, und mir gewünscht, irgendwo anders zu sein.

Nicht irgendwo.

Ich rieb mir über die pochende Stirn, stieß mich von der Wand ab und trat in meinen Wohnbereich. Heute lag keine Page mit zwei Männern auf meinem Sofa, und erstaunlicherweise fühlte sich das leer an.

Vermutlich übernachtete sie bei Mom.

Ob Wyatt auch geblieben war?

Ob sie beide möglicherweise gerade … Ich biss mir auf die Unterlippe und verscheuchte den Gedanken sofort, denn diese Bilder konnte ich heute nicht auch noch verkraften.

Ich durchquerte den Wohnbereich, schaltete über die App die Musikanlage an und wählte eine beliebige Playlist. »Running up that Hill« startete in einer ruhigen Coverversion, und ich musste schnauben, weil es gerade so gut zu meinem Leben passte. Ich fühlte mich auch, als würde ich einen elenden Berg raufrennen.

Ich ging Richtung Küche. Eigentlich sollte ich aus diesem unbequemen Abendkleid raus, duschen, Haare waschen und ins Bett. Es war schon halb eins, ich musste in fünfeinhalb Stunden in der Maske sitzen. Stattdessen öffnete ich einen Schrank und nahm eine Flasche Rotwein heraus. Auf der Party hatte es feinsten Champagner gegeben, von dem ich pflichtbewusst getrunken hatte. Es war wichtig, mit Leuten anzustoßen.

Ich entkorkte die Flasche, schnappte mir ein Glas und mein Handy und trat auf die Terrasse hinaus. Grillen zirpten, die Luft roch angenehm mild nach Sommer und Leichtigkeit. Der

Interpret sang gerade, wie gern er einen Deal mit Gott machen und Plätze tauschen würde. Und zum ersten Mal hatte ich auch dieses Bedürfnis. Einfach mit jemandem zu tauschen, der mehr Freiheit hatte als ich. Der mit seinen Freunden und seiner Familie Zeit verbringen konnte, der in der Lage war, sich auf Beziehungen einzulassen. Auf echte und nicht auf die, die sich rechts und links Küsschen auf die Wangen gaben und überlegten, welche Vorteile sie daraus zogen.

Mit diesen Gedanken kamen auch postwendend die Schuldgefühle.

Ich besaß so viel. Ich war erfolgreicher als so manch andere Schauspielerin, die es nicht schaffte, mit ihrer Kunst ihren Unterhalt zu verdienen. Ich war aus der Masse herausgetreten und lebte meinen Traum. Jeden Tag tat ich das, wofür ich brannte.

Ich durfte nicht so undankbar sein!

Ich rieb mir über die Augen, die unangenehm brannten, setzte mich auf einen meiner Loungesessel, legte die Beine auf den anderen hoch und goss Wein ins Glas. Mein Körper ächzte, meine Muskeln schmerzten. Die Müdigkeit zog an mir wie ein nasses Kleidungsstück, aber ich konnte ihr nicht nachgeben. In meinem Hirn ratterten die Eindrücke des Abends und des heutigen Tages durcheinander.

Das Drehen mit Wyatt. Seine Stimme. Sein Lachen. Page. Ihre Stimme. Ihr Lachen. Die Vorstellung, dass sich beides womöglich gerade vermischte.

Ich trank rasch einen Schluck Wein, entsperrte den Bildschirm meines Handys und rief den Messenger auf. Page hatte mir schon vor Stunden eine Nachricht geschrieben, die ich bisher allerdings nicht hatte lesen können.

Oder wollen.

Weil ich Angst davor hatte. Weil ich nicht wissen wollte, wie toll ihr Tag gewesen war. Wie wundervoll sexy und charmant Wyatt war und wie viel Spaß sie mit ihm hatte. Also ignorierte ich Pages Worte und scrollte zu Gabrielas Nachricht, die sie mir vor einer halben Stunde geschrieben hatte. Da hatte ich die Party verlassen und war ins Auto gestiegen.

Gabriela

Ich hab gerade eine Nachricht von Thomas Knight bekommen. Er war sehr erfreut, dich kennenzulernen.

Mich oder meinen Ausschnitt?

Thomas Knight war ebenfalls Produzent. Lang nicht so erfolgreich wie Lyle, doch er hatte einige Blockbuster produziert. Unter anderem die bereits neunteilige Reihe *The Fast & The Bold*. Es ging in jedem Film praktisch um dasselbe. Schicke Autos, die in absurden Stunts über die Straßen donnerten, gesteuert von muskelbepackten Männern, die Probleme mit den Fäusten regelten, und Frauen, die nur eine Aufgabe hatten: schön auszusehen, knappe Kleidung zu tragen und sich am besten über eine geöffnete Motorhaube zu beugen. Oder einen Wagen im Bikini zu waschen.

Er meinte, wir sollen uns demnächst zusammensetzen, er sucht gerade Schauspielerinnen für den zehnten Teil seiner Reihe.

Ich schnaubte. Das Gespräch mit Thomas hatte sich angefühlt, als würde ich barfuß durch schleimigen Glibber gehen. Aber der Mann hatte Geld. Die Filme bekamen Budgets im dreistelligen Millionenbereich, er zahlte gut, und ich würde einen Schritt nach vorn kommen.

Haley

Klar, mach gern einen Termin mit ihm aus, dann reden wir drüber. Hast du auch von Lyle gehört?

Ich wollte das Handy weglegen, weil ich nicht davon ausging, dass Gabriela noch wach war, doch die Antwort kam prompt.

Nein, ich werde morgen nachhaken und da Druck machen. Konntet ihr reden?

Nur kurz. Er hat noch mal betont, wie sehr er sich auf eine mögliche Zusammenarbeit freut.

Gut.

Der kurze Moment, den ich mit Lyle geteilt hatte, war sehr schön gewesen. Ich fühlte mich wohl in seiner Gegenwart. Er hatte mir in die Augen geschaut, mich warm angelächelt und mir nicht das Gefühl gegeben, Brüste auf zwei Beinen zu sein.

Du solltest schlafen.

Bin eben erst heimgekommen. Was ist deine Entschuldigung?

Unser Hund ist sehr aktiv. Seit es ihm so gut geht, hüpft er fast nur durchs Haus. Der Kleine hat eine unfassbare Energie.

Ich schmunzelte. Er könnte mir etwas davon abgeben.

Oh. Ich glaub, er hat gerade einen Blumentopf gekillt. Ich muss nachsehen. Wir reden morgen.

Schlaf gut.

Ich trank einen weiteren Schluck Wein, streckte mich und gähnte. Langsam war ich bereit fürs Bett, aber da war noch diese Nachricht von Page, die ungelesen auf mich wartete. Ich schloss die Augen, überlegte, sie einfach zu löschen, doch das wäre albern.

Ich leerte das Glas zur Hälfte und rief stattdessen Instagram auf. Sofort trudelten zig neue Benachrichtigungen ein. Mein Kanal explodierte zurzeit. Die Story, die Wyatt von uns am Set gepostet hatte, war ganz schön durch die Decke gegangen. Ich war zigmal drauf verlinkt worden, und Leute hatten mir geschrieben, wie toll wir zusammen aussahen.

Darissa. Das neue Traumpaar.

Ich klickte auf Wyatts Profil und schluckte. Er hatte ein Reel in seinen Feed geladen, und ich erkannte schon aus der Vorschau, um was es ging. Er und Page standen am Strand. Er hatte den Arm locker um ihre Schulter gelegt und sie ihren um seinen Bauch geschlungen. Page trug nur ein Bikinioberteil und einen Wickelrock und Wyatt eine helle Leinenhose. Sonst nichts. Mir schoss die Hitze in die Wangen, was sicherlich am Wein lag. Ich war es nicht gewohnt, so schnell in so kurzer Zeit zu trinken.

Mein Blick klebte auf Wyatts nacktem Oberkörper. Er sah fantastisch aus. Gebräunte Haut mit genau dem richtigen Maß an Muskeln. Ich drehte den Ton vom Reel lauter.

»Hey, Leute«, sagte Wyatt gut gelaunt in die Kamera. »Ich steh hier am Malibu Beach mit dieser wunderschönen Frau, die gemeinsam mit ihrer Mutter etwas Tolles auf die Beine stellt …«

Wunderschöne Frau … Die Worte hämmerten durch meinen Kopf und sackten direkt in mein Herz. Er fand meine Schwester schön. Und das war sie auch. Page hatte vor zwei Jahren sogar gemodelt, doch dann gemerkt, dass die Glamour- und Modewelt nichts für sie war. Wie so oft hatte sie etwas gestartet und nicht zu Ende gebracht, auch wenn sie es uns immer so verkaufte, dass sie Dinge austesten musste.

»… also kommt vorbei, helft mit und nehmt an der Auktion teil«, schloss Wyatt seine Rede ab.

»Wir sind noch bis heute Abend hier«, ergänzte Page. »Meine Schwester hat ganz großartige Sachen zur Verfügung gestellt. Fans von Savannah werden voll auf ihre Kosten kommen.«

Tränen stiegen mir in die Augen, und mein Herz schnürte sich zu einem kleinen hässlichen Klumpen zusammen. Ich wischte sie sofort weg, atmete ein und klickte mich durch die Storys. Wyatt und Page hatten viel vom heutigen Tag geteilt. Wie sie am Strand Müll sammelten, wie Page klitschnass in den Wellen stand und Wyatt zum Reinkommen animierte. Doch wie an jenem Abend bei Landon weigerte er sich. Ich spürte eine merkwürdige Erleichterung bei dem Gedanken, dass Page seine Wasserphobie auch nicht hatte lösen können. Dabei wäre es schön gewesen. Im Meer zu schwimmen war so eine großartige Erfahrung, die Wyatt sicher Spaß machen würde.

Die nächste Story war von einer jungen Frau. Wyatt hatte sie geteilt. Sie hielt die abgebrochene Fischschuppe in den Fingern, die einst zu meinem Kostüm gehört hatte, und rang sichtlich um ihre Fassung. Ein großes Feuermal zierte ihre linke Gesichtshälfte. Ihre Augen glänzten, und ihre Wangen waren gerötet.

»Ich möchte mich von Herzen bei Haley bedanken«, sagte sie in die Kamera. »Danke, dass du uns die Möglichkeit gibst, einen Teil von Savannah in Händen zu halten.« Sie lächelte und zeigte die Fischschuppe. »Das hier bedeutet mir so unglaublich viel. Savannah hat mich durch meine Jugend begleitet. Jeden Dienstag hab ich vor dem Fernseher geklebt und die neue Folge angeschaut. Dank Savannah hab ich es durch meine Schulzeit geschafft.« Sie deutete auf ihr Feuermal und wischte sich eine Träne weg. »Anders auszusehen oder anders zu sein, ist hart. Doch Savannah hat mir gezeigt, wie ich meine Stärke finde, wie ich es schaffe, jeden Morgen aufzustehen und mich den Blicken, Lästereien und Beleidigungen zu stellen. Savannah war stark. Nicht nur für sich, sondern auch für uns. Danke.« Sie legte eine Hand auf ihre Brust, drückte die Fischschuppe fest an sich.

Ich atmete zitternd ein und merkte erst jetzt, dass mir ebenfalls Tränen über die Wangen liefen.

Ich hielt das Reel an, sah in die verheulten Augen dieser wunderschönen Frau und lauschte auf das Brennen in meiner Brust.

Geschichten wie diese waren keine Seltenheit. Savannah war für zahllose junge Heranwachsende ein Idol gewesen. Weil sie gegen ihre Andersartigkeit auf dem Schlachtfeld Schule hatte kämpfen müssen. Weil sie nie ihre innere Kraft verloren und sich gegen alle Widrigkeiten gestellt hatte. Heute noch bekam ich Briefe und Mails, in denen sich Menschen für Savannah bedankten. Es waren zu viele geworden, um sie zu lesen, und manchmal auch zu schmerzhaft, weil sie mich an einen Teil von mir erinnerten, den es heute nicht mehr gab.

Irgendwann auf dieser Reise waren mir Savannah und ihr unbändiger Wille, alles zu schaffen, abhandengekommen. Ich konnte nicht einmal genau sagen, wann es passiert war. Vielleicht, nachdem die letzten Lichter ausgeschaltet wurden, die Fischflossen in der Requisitenkiste verschwunden waren oder als sich meine Fernsehfamilie unter Tränen von mir verabschiedet hatte.

Vielleicht auch, als Gabriela mich unter Vertrag nahm, mir klarmachte, dass ich mich komplett neu erfinden müsse, um das Kinder-Image hinter mir zu lassen. Dass auf einmal nichts mehr Gewicht hatte, was mir vorher die Welt bedeutete. Nach dem Ende von *Beachbound* hatte ich mich wie Savannah gefühlt, die an einem fremden Strand in einer fremden Umgebung angespült worden war. Sie kannte weder die Regeln der Menschen noch ihre Verhaltensweisen und musste sich alles neu aneignen.

Hollywood folgte seinen eigenen unbarmherzigen Gesetzen, die mir bis zu dem Zeitpunkt niemand erklärt hatte.

Ich atmete zitternd ein, wischte wieder eine Träne weg, doch sie flossen weiter und weiter.

Savannah hatte mir früher so viel Kraft gegeben, mir die Welt zu Füßen gelegt, um sie mir später wieder zu entreißen. Irgendwo auf diesem Weg hatten wir uns schließlich verloren. Sie war zurück in den Ozean gekehrt.

Und ich stand am Strand und blickte ihr hinterher.

20. KAPITEL

Wyatt

INT. DAMONS NACHTCLUB – VIP-BEREICH – ABEND

Der VIP-Bereich des Nachtclubs ist in gedämpftes Licht getaucht. Luxuriöse Ausstattung, sanftes Ambiente. Damon steht an der Bar und genießt seinen Drink, als Carol auf ihn zukommt. Sie richtet ihre Haare und knöpft ihre Bluse zu. Es ist klar, dass sie gerade Sex hatten.

CAROL
Hast du noch was zu sagen?

DAMON
Ich wüsste nicht, was.

CAROL
(wütend)
Du hast mich nur gevögelt, um Marissa zu verletzen, stimmt's?

DAMON
Mach dich nicht lächerlich.

CAROL

Ich mache mich lächerlich? Du benimmst dich wie ein pubertierender Schuljunge, der wütend ist, weil man ihm nicht genug Beachtung schenkt.

DAMON

(unbeeindruckt)

Was willst du von mir hören?

CAROL

Dass du verdammt noch mal nicht das Arschloch bist, für das ich dich halte.

Damon dreht sich zu ihr.

DAMON

(lächelnd)

Du hast recht. Es tut mir leid. Ich weiß nicht, was über mich gekommen ist. Ich war frustriert und verwirrt, und ich habe unüberlegt gehandelt. Vergibst du mir und bläst mir noch einen?

CAROL

Du bist widerlich!

DAMON

(schulterzuckend)

Schade eigentlich, deine Lippen sind verdammt heiß.

Carol ringt sichtlich um Fassung. Tränen steigen ihr in die Augen, aber sie hat nicht den Mut, sich gegen Damon zu stellen. Sie dreht sich um und geht mit schnellen Schritten davon. Damon bleibt allein zurück.

»Cut«, rief Stephen.

Ich atmete durch und schwenkte den falschen Whiskey in

meinem Glas. Wie sehr ich diese verdammte Szene hasste. Seit über einer Stunde drehten wir sie nun, in zig Varianten. Einmal sollte Damon weicher sein, dann wieder härter, dann derbe Sprüche gegen Carol schleudern, und nun waren wir in dieser merkwürdigen Version stecken geblieben, in der er einfach nur ein Arsch war.

»Gott, ist das anstrengend«, sagte Kathrin und kam auf mich zu. »Ich fühl mich wie ein Stück Scheiße.«

»Tut mir leid.«

»Schon gut. Du kannst ja nichts dafür.«

Nein, daran schuld waren eher Nikolai und Stephen, denn die konnten sich nicht entscheiden.

»Das war nichts«, sagte Stephen. »Wir gehen zurück zur ersten Version, in der Damon seine Entschuldigung ernst meint.«

»Auf keinen Fall«, grätschte Nikolai dazwischen. »Damit spülen wir ihn weich. Wir müssen tiefer in dieses toxische Verhalten eintauchen.«

»Ich finde, wir sind tief genug drin«, sagte Stephen.

Ich auch.

»Die gesamte zweite Staffel ruht auf seinen Schultern«, sagte Nikolai. »Er darf nicht weich werden. Noch nicht. Am Ende kann er ein paar rührende Momente haben, aber jetzt muss er hart bleiben.«

Ich rollte mit den Augen, weil das den ganzen Morgen schon so ging. Stephen als Regisseur wollte sich die Zügel nicht aus der Hand nehmen lassen, und Nikolai war als Showrunner unzufrieden.

»Ich glaube, das dauert noch.« Kathrin streckte ihren Rücken durch, bis ein paar Wirbel knackten.

»Ich dachte immer, dass alles von Beginn an feststeht, wenn man mit einer Serie oder einem Film loslegt.«

Sie lachte, was aber eher resigniert klang. »Klar, du denkst ja auch, dass jeder von uns sein Apartment bezahlt bekommt.«

»Hey, ich bin wirklich davon ausgegangen. Tut mir leid.«

Sie winkte ab. Diese Diskussion hatten wir letzte Woche in einem Club gestartet, als Eric, Kathrin, einige Castmitglieder und ich noch weg waren. Wir hatten darüber geredet, wie teuer es war, in L.A. zu wohnen, und die Sprache kam auf meine Wohnung. Mir war wirklich nicht klar gewesen, dass ich – neben Eric – der Einzige war, der sie finanziert bekam. Es war eine hitzige Diskussion entbrannt über Bevorzugung, Fairness, und darüber, welche Vorteile Männer gegenüber Frauen hatten. Am Ende hatten wir uns zwar vertragen, aber ein komischer Nachgeschmack war geblieben.

»Wir machen eine halbe Stunde Pause«, rief Stephen schließlich. »Haltet euch bereit, danach drehen wir die Szene noch mal.«

Ein Techniker neben mir stöhnte leise, und auch ich spürte Erschöpfung. Der Sonntag gestern war toll gewesen, und es war schön, Zeit mit Dad zu verbringen, aber wir waren erst gegen zwei Uhr ins Bett gekommen. Leanne hatte uns noch bekocht, wir hatten eine halbe Ewigkeit auf ihrer Terrasse gesessen und geredet, bis ich schließlich gesagt hatte, dass ich schlafen müsse, um halbwegs fit zu sein. Dad war heute allein losgezogen, er wollte sich den Walk of Fame anschauen. Am Abend würden wir gemeinsam essen gehen. Ich freute mich darauf, aber ich musste mal wieder dafür sorgen, dass ich mehr als nur vier Stunden schlief.

Außerdem machte ich mir Gedanken um Haley. Heute arbeiteten wir an verschiedenen Sets, weshalb ich sie nur kurz gesehen hatte. Sie hatte sich bedankt, dass ich beim Charity-Event ihrer Mutter eingesprungen war, und war dann zu ihrem Dreh verschwunden.

Ich kehrte an meinen Platz zurück, nahm mein Textheft und wollte es gerade aufblättern, als Izzy auf mich zukam.

»Wyatt, hast du kurz Zeit?«

»Eine halbe Stunde, dann geht es weiter.«

»Mehr brauch ich nicht. Komm mit.«

»Ist was passiert?«

»Erklär ich dir gleich.« Wir verließen das Set und gingen rüber zum Bürogebäude. Hier waren unter anderem die Buchhaltung, die Verwaltung und die PR-Abteilung untergebracht. Izzy entriegelte die Tür mit ihrem Ausweis. Wir folgten einem langen Flur bis ans Ende und gelangten schließlich in ihr Büro. Kaffeegeruch und leise Gitarrenmusik aus dem Lautsprecher empfingen uns. Felipe, Izzys Kollege, saß an einem Laptop und tippte wild auf der Tastatur herum. Haley hockte auf einem Stuhl ihm gegenüber. Sie hatte eine Flasche Wasser in der Hand und trug ein Outfit von Marissa. Ein blumiges Kleid in Rot-Weiß.

»Hi.« Ich lächelte sie an. Sie erwiderte es verhalten.

»Ich könnt euch knutschen.« Felipe hörte auf, seine Tastatur zu quälen. Er trug ein bunt gemustertes Hemd. Seine platinblond gefärbten Haare waren zerzaust, als hätte er sie heute schon zigmal gerauft.

»Einen nach dem anderen oder gleichzeitig?«, fragte ich.

Felipe winkte ab und zeigte auf ein iPad, das auf dem Tisch lag. »Das hier ist großartig! Ihr seid großartig.«

Ich blickte zu Haley, die mit den Schultern zuckte.

»Darissa schlägt ein wie eine Granate!« Felipe klatschte in die Hände.

»Das haben wir bereits gemerkt«, sagte ich. »Hab letzte Woche ein Selfie von uns gepostet, das mittlerweile fast zehntausend Likes hat.«

»Hab ich gesehen, und das war großartig«, sagte Izzy. »Genau wie diese Charity-Aktion am Strand.«

»Seither explodiert das Netz«, sagte Felipe.

»Was?«, fragte ich.

Felipe stieß eine Art Grunzen aus. »Die Leute lieben es, dass du Sachen von Haley versteigert hast. Das war ein perfekter Schachzug.«

»Ich bin für sie eingesprungen, weil sie nicht konnte. Das hatte nichts mit Kalkül zu tun.«

»Spielt keine Rolle, solange es alle feiern. Hier zum Beispiel: *Wie süß willst du sein? Wyatt: Ja! – Gott, hätte ich gewusst, dass er da ist, wäre ich auch gekommen! – Waren spontan dort, und es war wundervoll, danke an Wyatt, Page und Leanne fürs Organisieren. Schade, dass Haley nicht dabei war, die beiden sind so süß miteinander #darissa #cutestcouple #hulustreaming #undercurrents #needmoreofthis.*«

Cutest couple? Zugegeben hatten wir es etwas forciert mit dem Selfie, aber ich hatte mit keinem Wort erwähnt, dass zwischen uns was lief. Ich warf ihr einen kurzen Blick zu. Sie hatte die Arme vor der Brust verschränkt und schwieg eisern.

»Wir müssen das ausnutzen«, sagte Izzy. »Ihr müsst euch öfter zusammen zeigen. Ein Mittagessen an öffentlichen Plätzen oder auch mal ein Kinobesuch, ein Spaziergang am Strand, Clubbesuche. Je vertrauter ihr euch gebt, umso besser.«

»Warte, warte.« Ich hob die Hand. »Schlagt ihr gerade vor, dass wir daten sollen?«

»Ja«, sagte Izzy. »Mit allem Drum und Dran. Natürlich werdet ihr von unseren Leuten gefilmt und fotografiert. Keine Sorge, wir verhalten uns unauffällig. Ihr beachtet uns gar nicht und seht einfach großartig zusammen aus.«

Ich blinzelte und fühlte mich ein wenig überfahren. »Haley und ich sind aber kein Paar.«

»Spielt überhaupt keine Rolle. Eigentlich ist das sogar noch besser. Wir sind live dabei, wie ihr euch ineinander verliebt.«

Okay, jetzt lag ich eindeutig unter den Rädern. Ich warf Haley einen Hilfe suchenden Blick zu, doch sie verfolgte alles weiterhin mit stoischer Miene.

»Wie genau habt ihr euch das vorgestellt?«, fragte sie. »Wann soll es losgehen?«

»Sofort. Am besten heute Abend.«

Sie schüttelte den Kopf. »Das geht nicht so kurzfristig, ich hab Termine.«

»Kannst du die nicht absagen?«

»Natürlich nicht.«

»Morgen?«, fragte Izzy.

»Ich kann frühestens am Freitag.«

Izzy blickte mich an.

»Da wollte ich mit meinem Dad auf das Observatory Music Festival. Das ist im Griffith Park.«

»Sag ihm ab und geh mit Haley hin.«

»Auf keinen Fall!«

»Ich glaube, dir ist nicht klar, was für eine Chance sich uns bietet, Wyatt. Das ist ein Goldschatz. Für dich. Für Haley. Für die Show. Für uns alle! Wir brauchen Publicity. Wir müssen im Gespräch bleiben. Gerade gehen die Verhandlungen los, ob es eine dritte Staffel geben wird. Wenn wir den Investoren zeigen, wie gut ihr ankommt, werden sie eher einsteigen. Ihr könnt alle euren Job behalten, eure Agenten können sogar mehr Gage raushandeln. Es ist ein Gewinn für alle.«

»Ich kann aber nicht … Mein Dad ist extra meinetwegen in L.A.«

»Kann er keine andere Beschäftigung finden? Oder er geht mit aufs Festival, aber bitte lauft nicht gemeinsam rum. Das ist unsexy.«

Ich schnaubte, weil ich nicht fasste, dass wir diese Diskussion führten.

»Es ist wirklich wichtig, Wyatt.« Izzy fixierte mich eindringlich, und ich schrumpfte unter ihren Augen zusammen. Ich war neu in dieser Branche und musste noch viel lernen, das war mir klar. Dad würde es möglicherweise sogar verstehen. Er hatte schon gesagt, dass er nicht mit meiner Arbeit kollidieren wollte.

»Ich red mit ihm.«

»Gut! Dann machen wir das so. Oh, wenn ihr euch küssen könntet, wäre es das Topping auf dem Kuchen. Wobei das vielleicht noch etwas zu früh ist. Wir sollten es fürs zweite oder dritte Date aufheben.«

»Im Ernst?«, fragte ich.

»Ja, klar. Das ist alles Teil der Show. Es ist im Grunde wie beim Dreh.«

Ich rieb mir über den Nacken, weil ich nicht genau wusste, was ich darauf antworten sollte. »Was meinst du?«, fragte ich Haley.

Sie biss die Zähne zusammen. »Klar. Wenn es der Show hilft, bin ich dabei.«

Ich öffnete den Mund, schloss ich ihn aber gleich wieder.

»Felipe und ich machen einen Plan und besprechen dann die Details mit euch.«

Haley nickte, stand auf und trat zur Tür. Ich blickte zwischen Felipe und Izzy hin und her, doch es war klar, dass dieses Gespräch beendet war. Also stand ich auch auf und folgte Haley. Sie hatte so einen schnellen Schritt drauf, dass ich sie erst am Ende des Flurs einholte.

»Hey, alles gut bei dir?«

»Ja. Tut mir leid, wenn ich kurz angebunden bin. Ich hab nur drei Stunden geschlafen.«

»Du solltest echt auf die Bremse treten.«

»Geht leider nicht.«

»Kann ich was für dich tun?« Wir traten ins Freie, ich musste mir die Hand vor die Augen halten, weil mir die Sonne ins Gesicht knallte.

»Du hast doch schon alles für mich getan. Meine Mutter hat mir heute Morgen geschrieben und erzählt, wie toll es war.«

»War es, und ich hab es gern gemacht, aber ich … Es geht mich nichts an, aber ich hoffe, du übernimmst dich nicht.«

»Tu ich nicht. So viel wie im Moment ist nicht immer los. Es wird auch wieder ruhiger.«

Wir bogen in Richtung unserer Trailer ab. »Was hältst du von dieser Dating-Sache?«

Sie zuckte die Schultern. »Das ist eine beliebte Methode, Projekte zu pushen und mehr Aufmerksamkeit darauf zu lenken. Wir wären nicht die Ersten und gewiss nicht die Letzten, die das tun. Die Leute mögen uns, das haben wir schon bemerkt. Ich denke, es ist gut, das auszunutzen.«

Das klang eher nach Geschäft als nach Spaß. »Wenn es dir zu viel wird …«

»Wird es nicht. Es ist lieb, dass du dir so viele Gedanken machst, aber ich kenne diese Branche, seit ich zehn Jahre alt bin.«

»Deshalb kann sie trotzdem anstrengend sein.«

Sie rang sich ein Lächeln ab, und in mir wuchs der Drang, sie in die Arme zu nehmen. »Denkst du, für deinen Vater wird es okay sein?«

»Ja, vermutlich schon. Er wollte sich sowieso noch mein Auto leihen und ein Stück die Küste hochfahren. Deine Mutter hat ihm von einer schönen Strecke vorgeschwärmt.«

Sie lächelte, aber es wirkte, als würde sie dieser Gedanke eher schmerzen. »Meine Eltern haben das früher oft gemacht. Dad hatte die Gabe, geheime Spots zu finden.«

»Klingt großartig.«

»Ja.« Wir blieben vor ihrem Trailer stehen, sie trat die wenigen Stufen nach oben und öffnete ihre Tür. »Lass uns wegen der Details später sprechen, ich werde mich noch etwas ausruhen, ehe es zurück ans Set geht.«

»Tu das.« Ich sollte das wohl auch, befürchtete aber, dass es mich komplett ausknockte, wenn ich mich jetzt hinlegte.

Sie nickte mir zu und verschwand in ihrem Trailer. Ich blieb noch einen Moment stehen, dann machte ich mich auf den Weg zu meinem.

23. JUNI

Wyatt

Zoe

Ich bin dankbar für:

Für das Besorgen der Sachen für die Uni. Noch zwei Wochen bis zur ersten Vorlesung! Ich bin aufgeregt.
Für Treffen mit Elijah. Wir waren inlinern. Ich kanns nicht, aber er. Bin einmal auf ihm gelandet – war vielleicht ein bisschen Absicht.
Fürs Danach-am-Strand-Spazierengehen.
Ich mag ihn echt … aber ich hab auch Angst.
Fürs Gespräch mit Martha darüber. Sie hat mich ermutigt, es ihm zu sagen, aber dann fällt mir ein, wie Devin darauf reagiert hat, oder Olaf. Warum ist es mir bei manchen Leuten total leicht und bei anderen so schwer? Ich liebe meinen Körper, ich liebe, wer ich bin. Ich sollte es ihm einfach sagen.

Wyatt

Zoe, nimm dir Zeit und setz dich nicht unter Druck. Wenn ich dich irgendwie unterstützen kann, sag Bescheid.

Ich bin dankbar für:

Für die Zeit am Set. Gerade ist viel zu tun, wir geben ziemlich Gas. Leider sind sich Stephen (Regisseur) und Nikolai (Showrunner) nicht einig, was sie für meine Rolle wollen.
Fürs Auch-damit-Arbeiten. Ich lerne gerade echt viel dazu. Vor allen Dingen Flexibilität. Hab heute innerhalb von wenigen Aufnahmen Damons Gefühlslage komplett umgestellt. War herausfordernd, aber lief gut.
Fürs Gespräch mit Haley. Sie ist zurzeit kurz angebunden. Ich fürchte, dass es was mit Sonntag zu tun hat. Sie schützt ihre Privatsphäre sehr. Ich hoffe, sie denkt nicht, dass ich zu weit gegangen bin.
Für die Absprache mit Izzy und Felipe für die Datingsache. Mal sehen, was daraus wird. Es klingt … wild.
Für den Abend mit Dad. Wir waren am Venice Beach, haben Burger gegessen und aufs Meer geschaut. War richtig schön, aber Dad ist nach wie vor sehr durch den Wind. Er hat geweint.

24. JUNI

Wyatt

Zoe

Oh Gott, das tut mir so leid für Dad. Wir haben letzte Woche kurz telefoniert. Bitte sag ihm, dass wir für ihn da sind, ja?
Und was ist das mit der Datingsache? Klär mich sofort auf.

Ich bin dankbar für:

Fürs Kaffeetrinken mit Elijah. Ich habs getan. Ja, ich wollte mir Zeit lassen, aber er wollte mich küssen, und ich konnte nicht. Er hat sehr lieb reagiert und meinte, dass alles gut sei. Aber ich weiß nicht ... hab ein komisches Gefühl.
Fürs Weintrinken mit Martha. Ich hab ganz schön einen sitzen.
Fürs Jetzt-ins-Bett-Gehen. Elijah geht mir nicht aus dem Kopf. Ich hoffe, ich kann schlafen.
Ich vermiss dich gerade sehr.

Wyatt

Ich vermiss dich auch! Lass uns am Wochenende skypen!

Wegen der Datingsache: Die PR möchte, dass Haley und ich uns treffen und uns näherkommen. Natürlich wird alles gefilmt und fotografiert, um es für die Promo zu nutzen.

Ich bin dankbar für:

Fürs Endlich-eine-Richtung-für-Damon-Finden. Er soll tatsächlich noch toxischer werden. Der Typ ist jetzt schon problematisch. Ich werde viel aus meiner Schauspieltrickkiste ziehen müssen.

Fürs Telefonieren mit Dad. Ich hatte heute leider keine Zeit für ihn, weil wir nach der Arbeit einen Pressetermin hatten.

Dafür, dass er so viel Verständnis für meinen Job hat. Musste ihm für das Fake-Date mit Haley absagen. Er ist cool damit.

Für den kurzen Plausch mit Haley.

25. JUNI

Wyatt

Zoe

Das werden also Fake-Dates? Hab ich das richtig verstanden? Wie fühlst du dich damit?

Ich bin dankbar für:

Für die Ablenkung heute. Martha und ich haben einige Sachen für die WG gekauft und Deko aufgehängt. Hab jetzt endlich einen richtigen Kleiderschrank.
Fürs Nicht-ständig-aufs-Handy-Schauen, um zu sehen, ob Elijah sich zurückmeldet – hat er übrigens nicht.
Fürs leckere Mittagessen. Wir haben selbst gemachtes Pesto gezaubert. Ein Traum. Danach gab es vegane Schokoladenmousse. Martha hat langsam den Dreh raus und will ständig neue Rezepte probieren. Ich werde mich bald kugeln können, wenn ich so zuschlage.

Wyatt

Für mich ist das okay mit dem Fake-Dating. Etwas ungewohnt, aber letztlich auch nicht anders als die Arbeit am Set. Und ich mag Haley. Es wird bestimmt toll, mehr Zeit mit ihr zu verbringen. Diese Woche kamen wir kaum zum Reden off-camera.

Ich bin dankbar für:

Für die Drehs heute. Hab mich zwar etwas unwohl bei manchen Sachen gefühlt, konnte das aber schnell ablegen.
Fürs Abhängen mit Dad. Wir waren erst im Kino, dann sind wir spazieren gegangen. Ich wurde ein paarmal nach Autogrammen gefragt, und er hat sich so darüber gefreut.
Für meine tollen Kollegen. Es macht echt Spaß, mit Eric und Kathrin zu drehen. Mit Haley sowieso. Aber die ganze Crew ist so cool.
Fürs Schlafengehen. Bin diese Woche sehr müde gewesen.

21. KAPITEL

Haley

Ich stellte mein Auto auf dem Parkplatz des Griffith Parks ab, stieg aus und zupfte mein Kleid zurecht. Für heute Abend hatte ich mich für ein sommerlich leichtes Outfit entschieden, das auch zu Marissa passen würde. Es war bunt gemustert, reichte mir bis zu den Knöcheln und wurde im Nacken von Trägern zusammengehalten. Dazu trug ich flache Sandalen.

Das Festival war bereits in vollem Gange. Hippe Beats hallten über das Areal, überall wuselten Menschen in lockerleichten Outfits und mit strahlenden Gesichtern herum. Vor allen Dingen an den Foodtrucks und der großen Bühne, die neben dem berühmten Observatory aufgebaut war, staute es sich.

Ich drehte mich um die eigene Achse und sah mich nach Wyatt und dem Team um. Izzy hatte Felipe und ein paar Leute losgeschickt, die uns heute filmen und fotografieren sollten. Ich sah einen dunklen SUV ein paar Meter weiter, entdeckte aber niemanden von der Crew. Wyatt war auch noch nicht da.

Hoffentlich war es wirklich okay für ihn und seinen Dad, dass wir das hier machten.

Ich trat an den Rand des Parkplatzes. Das war nicht das erste Mal, dass ich hier oben stand, aber es verschlug mir jedes Mal den Atem. Der Ausblick war spektakulär. L.A. lag ausgebreitet im Tal und wurde, wie fast immer, von einem leichten Smogfilm bedeckt. In knapp zwei Stunden würde die Sonne untergehen, was von hier oben sicherlich tausendmal schöner war. Ich schloss für einen Moment die Augen und nahm die angenehme Atmosphäre in mich auf. Obwohl so viele Leute da waren, breitete sich Stille in mir aus. Vielleicht, weil ich so hoch über der Stadt das Gefühl hatte, dass der Alltag weiter entfernt war.

Diese Woche war mal wieder anstrengend gewesen, und ich war von Termin zu Termin gehetzt. Interviews, Meetings, neue Kooperation mit einer Make-up-Firma. Die Maschinerie lief und lief und lief. Nur leider noch immer nicht so, wie ich es gern hätte. Gabriela hatte ich leider gar nicht persönlich sprechen können, weil sie mit Ella zu tun hatte. Dafür hatte sie Mei – eine ihrer Mitarbeiterinnen – bei Thomas Knight wegen *The Fast & The Bold* nachhaken lassen. Sie hatte ihn nicht persönlich erreicht, aber seine Assistentin meinte, dass sie beschlossen hatten, die Rolle mit einer jüngeren Schauspielerin zu besetzen. Damit war ich also aus dem Rennen.

Nicht, dass es mich dieses Mal sonderlich schmerzte, ich hätte keine große Lust auf den Film gehabt, aber es wurmte mich, dass ich wegen meines Alters nicht gecastet worden war.

Immerhin hatte ich diese Woche mit Mom telefonieren können, die noch immer von Wyatt schwärmte und mir zum Glück nicht böse war, weil ich sie versetzt hatte. Ganz im Gegenteil. Sie hatte mich mit all ihrer Wärme und Liebe geflutet, gefragt, ob ich auf mich aufpasste, ob sie etwas für mich tun könnte, und gesagt, dass ich jederzeit Bescheid sagen solle, wenn ich was brauchte. Hinterher waren bei mir wieder Tränen geflossen und dieses Gefühl der Enge in meiner Brust war zurückgekehrt. Aber ich hatte so viel zu tun, dass ich es ignorieren konnte.

Page hingegen war erstaunlich still geblieben. Wir hatten vorgestern geschrieben, aber da war sie kurz angebunden gewesen. Solche Phasen waren allerdings normal bei ihr. Manchmal meldete sie sich einen ganzen Monat nicht, um dann wieder jeden Tag bei mir abzuhängen. Vielleicht war sie mit ihren Jobangeboten beschäftigt.

Ein Taxi rollte auf den Parkplatz. Ich drehte mich um und entdeckte Wyatt auf der Rückbank. Vermutlich hatte sein Vater sein Auto genommen. Wyatt winkte mir kurz, bezahlte den Fahrer und stieg dann aus. Er trug ein locker sitzendes weißes Hemd und dunkle Leinenhosen. Es war eine Mischung aus Wyatts und Damons Stil, und er sah mal wieder großartig aus. Dieser Mann war verwandlungsfähig wie ein Chamäleon. Er passte in jedes Szenario, in jeden Klamottenstil, in jede Rolle.

»Hey. Du siehst toll aus«, sagte er mit einem breiten Grinsen, das direkt in meinem Herzen hängen blieb.

»Danke, du auch.«

Er kam auf mich zu, wirkte aber ein wenig unsicher, wie er mich begrüßen sollte.

»Wir können uns gern umarmen«, sagte ich und trat näher. Der Duft seines Duschgels stieg mir in die Nase, genau wie diese Vertrautheit, die wir über die letzten Wochen miteinander aufgebaut hatten. Es war beruhigend. Ich sah ihn herausfordernd an und breitete meine Arme aus. Er lächelte und zog mich an sich.

Ich konnte gerade so einen wohligen Laut unterdrücken. Wyatt war ein hervorragender Umarmer, er hielt mich fest, als wäre ich das Wichtigste auf der Welt, als wollte er unsere Herzen vereinen und nie mehr trennen. Ich gab mich ihm hin, genoss seine Stärke und Ruhe und ließ mich für einen Moment fallen.

»Denkst du, das bekommt schon jemand mit?«, hauchte er an meinem Ohr.

»Möglich.«

Wyatt schauderte und löste sich wieder von mir. Er blickte sich nervös um.

»Ist das wirklich okay für dich?«, fragte ich.

»Ja, klar. Ist nur ungewohnt. Bisher hab ich so was ausschließlich auf einer Bühne, im Unterricht oder an einem Set gespielt.«

»Sieh es einfach als Improtraining.«

»Ha. Da war ich leider eine Niete. Hat meinen Schauspiellehrer regelmäßig in die Verzweiflung getrieben.«

»Wie gut, dass ich es geliebt habe.«

»Unverständlich.«

»Beim Improvisieren hat man so viele Freiheiten.«

»Die brauch ich nicht. Ich mag es, wenn ich weiß, wo es langgeht. Zumindest an einem Set. Privat bin ich für Experimente aller Art offen.«

»Na, dann ist es vielleicht leichter, wenn du das Geschäftliche ganz ignorierst und einfach einen schönen Abend mit mir hast.«

Er musterte mich und lächelte schräg. Ehe er etwas sagen konnte, gab sein Magen einen derart grummelnden Laut von sich, dass ich es sogar über die Musik hörte.

»Oh, wow«, sagte ich. »Schätze, du hast Hunger.«

»Und wie! Hab noch nichts essen können.«

»Zum Glück gibt es hier genug, lass uns losgehen.«

Er wollte nach meiner Hand greifen, hielt aber vorher inne und sah mich fragend an. Ich lächelte und schlang meine Finger um seine. Auch das fühlte sich an, als würden wir es täglich machen. Wir kamen an den ersten Foodtrucks vorbei. Überall roch es anders und weckte auch in mir langsam den Hunger. Die Gerichte stammten aus allen Ecken der Welt. Mit Fleisch, vegetarisch oder vegan, dazu jede Menge Getränke, Zuckerwatte, Popcorn, gebrannte Mandeln und so weiter.

In der Menge entdeckte ich schließlich Felipe, der uns ebenfalls bemerkte und auf uns zutrabte. Zwei Männer aus seiner Crew folgten ihm. »Schön, dass ihr da seid. Wir haben uns einen Überblick verschafft. Also, ihr zieht los, holt euch was zu essen, setzt euch auf eine Bank. Genießt einfach das Festival und ignoriert uns.«

»Okay«, sagte ich.

»Geht klar«, sagte Wyatt noch ein wenig angespannt.

»Ihr seht ganz entzückend aus.« Felipe klatschte in die Hände und sah uns so verträumt an, als würde er schon unsere Hochzeit planen. »Ganz entzückend.« Er schnipste mit den Fingern und verschwand mit seinen Jungs in der Menge.

»Wow, ich bin jetzt schon überfordert«, sagte Wyatt.

»Einfach atmen und lächeln.«

Er runzelte die Stirn und zog mechanisch die Mundwinkel hoch. Ich gab ihm einen Klaps auf die Brust und schmunzelte, weil es so gespielt künstlich aussah. »Wir kriegen das hin, okay?«

»Wenn du das sagst.«

Ich schob mich weiter mit ihm zwischen den Leuten hindurch. An einem mexikanischen Stand machten wir schließlich halt.

»Wie wäre es damit?«, fragte Wyatt. »Hab gehört, dass das mexikanische Essen an der Westküste viel besser sei als an der Ostküste.«

»Ich war noch nie im Osten bei einem Mexikaner, aber wir können das gern testen.«

Wir reihten uns in der Schlange ein. Wyatt trommelte mit den Fingern auf seinem Oberschenkel herum, wohl um seine Nervosität rauszulassen. Ich strich ihm sanft über den Arm und hoffte, ihn so etwas beruhigen zu können.

»Hast du das schon mal gemacht?«, fragte er.

»So was in der Art. Als ich achtzehn wurde, hat mich die Produktion von *Beachbound* mit meinem Co-Star Joshua Young losgeschickt. Sie hätten gern gesehen, dass wir uns näherkommen, weil er in der Serie meinen Love-Interest gespielt hat.«

»Hat nicht geklappt?«

»Joshua hat sich gar nicht damit wohlgefühlt und sich kurz darauf als homosexuell geoutet. Somit war das hinfällig.«

»Ihr hättet euch ja trotzdem sehen können. Als Freunde.«

»Haben wir, aber die Produktion wollte das nicht vermarkten. Er wurde sogar aus der Staffel geschrieben.«

»Weil er schwul war?«

Ich atmete durch. »Natürlich hat das so nie jemand ausgesprochen, aber ja.«

»So etwas geht heutzutage noch?«

»Es ist sechs Jahre her, und wir haben für einen Kindersender gedreht. Die Leute tun gern so, als wären sie offen, doch letztlich herrschen oft die festgefahrenen, starren Strukturen. Sie haben sich etwas gelockert in den letzten Jahren, und vielleicht wäre es heute kein Problem mehr, aber damals eben schon.«

»Wie war das für Joshua?«

»Richtig schlimm. Er hat sich kurz darauf zurückgezogen, um mit seinem Freund quer durch die USA zu reisen. Danach hatten wir leider keinen Kontakt mehr.«

»Echt schade, wenn Freundschaften so einschlafen.«

»Das ist normal, sobald eine Serie abgesetzt wird. Ab und zu rede ich noch mit der damaligen Produzentin, aber jeder geht seine eigenen Wege.« Ich zuckte mit den Schultern und versuchte damit, den Schmerz wegzuschieben.

Wir kamen an die Reihe, Wyatt bestellte einen Wrap mit Hühnchen, und ich entschied mich für die vegetarische Variante. Wyatt zahlte, während ich uns Servietten besorgte und nach einem geeigneten Platz Ausschau hielt, wo wir uns hinsetzen könnten. Überall hatten sich die Leute verteilt. Manche chillten auf der Wiese auf Decken, andere auf Bänken, viele liefen mit ihrem Essen herum.

Ich bemerkte eine Bewegung aus dem Augenwinkel. Felipe winkte uns zu sich. Sie hatten gerade zwei Jungs verscheucht, die auf einer Bank gesessen hatten.

Ich rollte mit den Augen, ging aber mit Wyatt rüber.

»Hier ist es perfekt«, rief Felipe und zog sich dann wieder zurück.

»Und los geht's«, sagte Wyatt.

Wir hockten uns auf die Bank, von wo aus wir einen tollen Blick auf die Stadt hatten. Eine Weile aßen wir schweigend, doch Wyatts Fuß tippte die ganze Zeit auf und ab.

»Was können wir tun, dass du vergisst, beobachtet zu werden?«, fragte ich.

»Nichts. Ich krieg mich noch ein, keine Sorge.«

»Hast du keinen Ankerstein für solche Gelegenheiten?«

»Für ein Fake-Date mit meiner wunderschönen Kollegin? Nein, dafür gibt es noch nichts.«

Wunderschön. Das hatte er auch über meine Schwester gesagt.

»Das kannst du ja ganz leicht ändern.« Ich blickte mich um und fand einen kleinen Kiesel unter der Bank. Ich bückte mich danach, rieb ihn ab und reichte ihn Wyatt. »Wie wäre der?«

»Perfekt.« Er nahm den Stein und drehte ihn zwischen seinen Fingern. Er war bräunlich-grau mit vielen kleinen Sprenkeln. Wyatt schloss die Faust darum und dabei auch die Augen. Er atmete tief ein, dann ließ er den Stein in seiner Tasche verschwinden. »Danke.«

»Jederzeit.«

Er lehnte sich auf der Bank zurück, sein Blick wanderte weiter über die Menge. Kaum bemerkte er einen der Jungs, trommelten seine Finger wieder auf seinem Oberschenkel herum.

Ich griff danach, und er schnappte nach Luft. Seine Haut fühlte sich warm und weich an. Die Adern und Sehnen zeichneten sich darunter ab. Ich mochte es, wenn Männerhände klare Strukturen hatten. Wyatts Finger waren langgliedrig, der kleine war ein wenig krumm an der Spitze. Ich fuhr darüber und verweilte an der Stelle.

»Den hab ich mir gebrochen, als ich vier Jahre alt war. Ist nicht mehr richtig zusammengewachsen.«

»Da war aber nicht der wild gewordene Weihnachtsmann aus der Mall dran schuld, oder?«

Er grinste. »Nein. *Notting Hill*. Also der Film mit Hugh Grant und Julia Roberts, nicht der Stadtteil in London.«

»Ich bin gespannt auf diese Geschichte.«

»Zoe war gerade auf der Welt, und aus irgendeinem Grund hat es sie beruhigt, wenn der Film lief. Kaum sagte Julia Roberts: *Ich bin nur ein Mädchen, das vor einem Jungen steht und ihn bittet, es zu lieben*, war sie still.«

»Sie hatte Sinn für Romantik.«

»Vermutlich. Eines Abends hatten mein älterer Bruder Patrick und ich die famose Idee, den Film für Zoe zu besorgen. Wir konnten es uns damals nicht leisten, ihn auf VHS zu kaufen, daher wollten wir ihn aufzeichnen, als er mal wieder im Fernsehen lief. Ich war dafür zuständig, immer dann auf Stopp am Rekorder zu drücken, wenn eine Werbepause kam. Wir sind allerdings beide eingenickt. Patrick hat mich irgendwann wachgerüttelt, weil Julia kurz davor war, den Satz zu sagen. Ich bin in Panik verfallen, von der Couch gesprungen und hab mir richtig blöd den Finger am Tisch gestoßen. Tagelang bin ich mit den Schmerzen rumgelaufen, weil ich zu stolz war, es zuzugeben. Meine Mom hat es schließlich bemerkt, weil ich ständig die Hand vor ihr versteckte. Sie hat mich zum Arzt geschleppt. Der Finger war gebrochen. Man hätte ihn noch richten können, doch ich hab mich geweigert.«

»Warum denn?«

»Keine Ahnung. Hab es als eine Art Kriegsverletzung gesehen. Im Kampf um Zoes Entspannung.«

Ich lachte und schüttelte den Kopf. »Hast du die Stelle im Film denn wenigstens aufnehmen können?«

»Nicht ganz. Julia sagte nur: *ädchen, das vor einem Jungen steht* … Hat Zoe trotzdem beruhigt.«

Ich fuhr erneut die Stelle nach und merkte, dass Wyatt eine Gänsehaut bekam. »Du hast aber keine Probleme damit, oder?«

»Nein, gar nicht. Ich hab mich früher sogar drüber gefreut, weil der Finger den perfekten Winkel hatte, um in der Nase zu bohren.«

Ich blickte ihn an und runzelte die Stirn. Er grinste breit.

»Mach ich heut natürlich nicht mehr.«

»Natürlich nicht.«

»Was ist mit dir? Haben Page und du auch so einen Scheiß abgezogen?«

Ich zuckte mit den Schultern, ließ Wyatts Finger los und lehnte mich auf der Bank zurück. »Nicht wirklich. Page war die Stillere von uns beiden und ich die Laute. Wir haben das übliche Zeug gemacht, Fangen im Garten gespielt, Schnecken gesammelt oder auf dem Spielplatz abgehangen. Meine Familie hatte früher nicht viel Geld. Wir haben in Long Beach in einem alten Apartmentkomplex gelebt. Dad ging da bereits raus zum Fischen. Sein Gehalt reichte geradeso, um die Miete zu decken. Mom musste also auch jobben, und ich war öfter mit Page allein. Meine Highlights waren die Momente, in denen ich mit Dad aufs Meer durfte. Ich habe es geliebt, mit dem Kutter übers Wasser zu schippern und die Fische vorzubereiten, die er fing. Jeden Tag ist er mit diesem alten Boot rausgefahren, um zu angeln. Die Pfeife im Mundwinkel, die Mütze auf seinen grauen Haaren und ein Lächeln im Gesicht. Das Meer war sein Leben, das Wasser sein Elixier. Und ich habe mich jeden Morgen bei ihm mit den Worten *Petri Heil* verabschiedet. Als ich für Savannah gecastet wurde, hat er sich fast mehr gefreut als ich. Er hat gemeint, dass ich ab jetzt ein Teil des Meeres sei und er sich jede Folge mindestens zehnmal anschauen werde. Ich dachte, das sei übertrieben, aber Dad hat Wort gehalten. Er hat regelmäßig Watchpartys in seinem Stammlokal mit all seinen Freunden veranstaltet und mich mehr gefeiert als die Presse. Er war so …«

Ich zuckte zusammen und hielt inne, weil mir plötzlich bewusst wurde, wie viel ich gerade von mir preisgab. Die Erinnerungen an meinen Dad waren mein Heiligtum, und das teilte ich mit niemandem. Schon gar nicht mit einem Kollegen.

»Ja?«, hakte Wyatt vorsichtig nach.

»Es ist nur so … Dad und ich waren … als er starb …«

Er griff nach meiner Hand, drückte sie sanft. Obwohl er das schon so oft getan hatte, löste diese Geste etwas in mir aus. Ich merkte, wie sich mein Herz ausdehnte, sich ein Teil von mir ihm entgegenlehnte, um diese Unbeschwertheit zu spüren, die Wyatt ausstrahlte. »Er hatte beim Rausfahren aus dem Hafen einen Herzinfarkt und ist auf seinem Kutter tot zusammengebrochen.«

»Es tut mir so leid, Haley.«

Ich zuckte mit den Schultern, weil mir das normalerweise half, den Schmerz zurückzuhalten, doch dieses Mal sah ich Dad klar und deutlich vor mir. Wie immer hatte ich mich auch an jenem Morgen mit einem freudigen *Petri Heil* von ihm verabschiedet. Es war das Letzte, was ich zu ihm gesagt hatte. »Page, Mom und ich reden uns seither ein, dass er nun für immer angeln geht und genau dort ist, wo er am glücklichsten war.«

»Das ist eine schöne Vorstellung.«

Ich nickte, schluckte gegen die Enge in meinem Hals und dieses merkwürdige Gefühl in meiner Brust an. Hier saß ich und teilte mit einem Mann, den ich erst vor Kurzem kennengelernt hatte, einen meiner privatesten Momente.

»Ich hab das Bild von dir und deinem Vater gesehen. Als du an der Reling standest und die Arme ausgebreitet hast.«

Ich zuckte zusammen, weil ich genau wusste, welches Foto er meinte. Mir war nur nicht klar, wie er das hatte sehen können.

Wyatt räusperte sich, verlagerte das Gewicht und schien über seine nächsten Worte nachdenken zu müssen. »Es lag in dem Karton mit den Sachen, die du zur Versteigerung rausgesucht hast.«

»Was?!« Ich richtete mich auf, eine Serviette segelte zu Boden.

Wyatt hob sofort die Hand. »Es ist nicht weg. Keine Sorge. Page war sich nicht sicher, ob du es absichtlich reingelegt hast.«

»Nein! Auf keinen Fall! Ich würde niemals …« Ich fasste mir ans Herz, das plötzlich wild wummerte. »Großer Gott.«

»Es steht auf dem Regal in deinem Zimmer.«

»Wirklich?«

»Ja.«

»Ich ... dieses Foto ...« Ich schloss die Augen und erinnerte mich an den Moment, als ich die Sachen für die Auktion an Weihnachten gepackt hatte. Das Bild war mir irgendwann in die Hände gefallen, und ich hatte es ewig lang angeschaut. Wie hatte es nur im Karton landen können? »Es bedeutet mit viel.«

»Hab ich mir gedacht.«

Ich sah Wyatt an und versuchte, meinen Atem zu beruhigen. Er strich sanft über meine Hand und hielt meinen Blick fest.

»Danke, dass du es aufbewahrt hast.«

»Natürlich.«

Auf einmal bemerkte ich ein Aufblitzen aus meinem Augenwinkel. Ich musste nicht hinsehen, um zu wissen, dass uns jemand fotografierte.

Es fühlte sich an wie eine Vollbremsung. Ich blinzelte, hatte Schwierigkeiten, mich darauf einzulassen, doch nach ein paar Atemzügen gelang es mir, die Trauer nach hinten zu schieben und mein Schauspielerinnen-Ich hervorzuholen.

Ob Wyatt das Aufblitzen auch bemerkt hatte, wusste ich nicht. Aber er hob eine Hand und strich mir sanft eine Haarsträhne aus dem Gesicht. Es war eine einfache und gleichzeitig vertraute Geste. Zwei Leute, die sich langsam annäherten, Spaß hatten, entspannten. »Okay?«

Ich nickte, und Wyatt rückte näher zu mir. Sein Atem streifte sanft über meine Haut, sein angenehmer Duft stieg mir in die Nase. Ich hielt die Luft an, legte eine Hand auf seine Brust und spürte seinen hämmernden Herzschlag. Mir schwirrte auf einmal der Kopf. Seine Nähe, unsere Gespräche, diese Verbindung, die wir ganz offensichtlich hatten. Es verwirrte mich.

Ich glitt mit einer Hand in seinen Nacken. Wir verharrten in dieser Position, er rieb die Nase an meiner.

War das echt oder nicht? Hatte er bemerkt, wie ein Foto nach dem anderen geschossen wurde?

Meine Kehle wurde trocken. Ich wollte gern danach fragen, aber ich wusste, wie nervös es ihn machte, und gerade wirkte er gelöster. Sein Atem streifte meine Haut, seine Haare kitzelten mich, sein Herzschlag wurde schneller. Seine Lippen berührten meine. Sacht, zart, forschend, fragend. Ich biss mir auf die Unterlippe, streifte seinen Mund und wollte mich für ihn öffnen.

Seine Tasche vibrierte. Wyatt zuckte zusammen und wich zurück. »Wow, was …«

»Hört sich nach deinem Handy an.«

»J-ja. Sorry.«

Wir ließen voneinander ab, er zog das Telefon aus seiner Tasche. »Das ist mein Dad, ist es okay, wenn ich ihm kurz antworte? Hab gesagt, er kann anrufen, wenn er was braucht.«

»Natürlich.«

Er nahm das Gespräch an und hielt sich das Handy ans Ohr. Ich suchte nach Felipe und zuckte entschuldigend mit den Schultern. Er löste sich aus der Menge und zeigte mir einen Daumen nach oben. Anscheinend hatten sie das Material, das sie sich erhofft hatten.

»Scheiße, was?«, hörte ich Wyatt sagen. »Wo? …. Ja … Nein, kenn ich nicht, aber das kann ich rausfinden … Ich fahr gleich los. Sagen Sie ihm, dass ich auf dem Weg bin. Danke.«

»Was ist passiert?«

»Mein Dad hat einen Unfall gebaut. Er ist im Krankenhaus. Sie haben von seinem Handy aus angerufen.«

»Oh mein Gott, geht es ihm gut?«

»Glaube schon. Jemand ist ihm voll in die Seite gefahren.«

Ich schlug die Hand vor den Mund. Sofort blitzte der Moment auf, als meine Mom mich angerufen hatte, um mein Leben zu zerstören. *Es geht um deinen Vater … Er wird nicht mehr vom Angeln zurückkommen.*

»Wo ist er?«

»Im Los Angeles Medical Center, ich schau gerade, wo das ist.« Er tippte mit zitternden Fingern auf seinem Handy herum.

»Ich weiß, wo. Das sollten wir in einer halben Stunde schaffen.«

»Wir?«

»Ich fahr dich. Wenn das in Ordnung ist.«

Er sah mich an. In seinen Augen glitzerten Tränen, und ein zartes Lächeln zupfte an seinen Lippen. »Das wäre mehr als in Ordnung. Danke.«

Ich nickte, griff nach seiner Hand und eilte mit ihm zum Parkplatz.

22.
KAPITEL

Wyatt

Fuck. Fuck. Fuck.

Meine Hände waren schweißnass, als ich zwanzig Minuten später mit Haley die Notaufnahme des Krankenhauses betrat. Während der Fahrt hatte ich in den Familienchat geschrieben, was passiert war. Mom hatte sofort gefragt, ob sie kommen solle. Sie wäre von Vegas aus in knapp zwei Stunden hier. Auch Zoe hatte angeboten, sich auf den Weg zu machen. Ich hatte sie erst mal beruhigt und gesagt, dass ich nach ihm sehen und allen ein Update geben würde.

»Wo müssen wir hin?« Ich blickte mich panisch um. Mein Herz krampfte, als ich die beigefarbenen Flure sah, das Gewusel in mich aufnahm, der Geruch nach Sterilium und Gummi an meine Nase drang.

Ich hasste Krankenhäuser.

Irgendetwas machten diese Orte mit meinem Hirn. Seit Zoe ihre OPs hinter sich gebracht hatte, war es noch schlimmer geworden. Mein Herz kam nicht mit all dem Leid klar, das in diesen Wänden hing. Ich spürte beinahe körperlich, wie viele Schmerzen Menschen an einem Ort wie diesem erdulden mussten.

»Da vorn.« Haley hatte meine Hand ergriffen und lotste mich. Zum Glück strahlte sie so viel Ruhe aus, sonst wäre ich spätestens jetzt durchgedreht. Mein Handy vibrierte. Der Familienchat sprudelte über. Mom. Zoe. Patrick. Beau. Jeder wollte wissen, was los war. Ich tippte rasch zurück, dass wir gerade angekommen waren, dann steckte ich das Handy ein und trat mit Haley zum Empfangstresen der Notaufnahme, wo eine ältere Frau hinter ihrem Computer saß.

»Hi, wir sind hier für Darren Holt«, sagte Haley. »Er wurde heute Abend eingeliefert.«

Die Frau blickte kurz auf und musterte uns über den Rand ihrer Brille hinweg.

»Ich bin sein Sohn. Wyatt Holt. Jemand hat mich von seinem Handy aus angerufen.«

Sie nickte und tippte weiter auf ihren Rechner ein.

»Wie geht es ihm?«

»Ihr Vater wird noch operiert. Das sollte aber nicht mehr so lange dauern.«

»Wann kann ich zu ihm?«

»Das muss der Arzt entscheiden. Ich sage Bescheid, dass Sie hier sind. Setzen Sie sich bitte in den Aufenthaltsraum.«

»Ich …«

Haley legte eine Hand auf meine Schulter. Ich hielt die Luft an, hatte das Gefühl, gleich zu platzen.

»Komm«, sagte sie sanft.

»Ich bin …«

»Wir warten gemeinsam.«

Ich schluckte. In meinem Schädel schwirrten die Gedanken umher. Mir war schwindelig und schlecht, und ich wollte hier raus, obwohl ich eben erst gekommen war.

Haley schob mich sanft mit sich. Ich bekam gar nicht richtig mit, wie wir das Wartezimmer betraten, in dem es nach kaltem Kaffee und Schweiß roch. Ein älterer Mann schlief zusammengesackt auf seinem Stuhl, eine Mutter hielt ihre Tochter im Arm und schaukelte sie beruhigend, und zwei Jugendliche guckten sich irgendetwas auf einem Handy an. Ich fuhr mir durch die Haare und nahm mit Haley am Fenster Platz.

»Willst du einen Kaffee?«, fragte sie.

»Ein Schnaps wär mir lieber.«

»Soll ich dir einen besorgen?«

Ich lächelte traurig. »Dad ist so ein besonnener Mensch. Ich versteh nicht, wie dieser Unfall passieren konnte. Er ist ein toller Fahrer. Ich hätte nicht ... Heute war ... Ich hätte ...« Ich stand auf, sah zum Fenster raus, das auf den Innenhof des Krankenhauses zeigte.

»Es gab absolut nichts, wie du das hättest verhindern können.«

»Wenn ich bei ihm gewesen wäre ...«

»Würdet ihr beide vielleicht hier liegen, oder es wäre an einem anderen Tag passiert.«

Ich schloss die Augen, hörte ihre Schritte auf mich zukommen, und kurz darauf stand sie hinter mir. Ich fühlte ihre Wärme, die mich sofort umschlang und beruhigte. Noch immer hing der Duft nach gebrannten Mandeln und Sommerfrische auf ihrer Haut und vertrieb einen Moment den nach Krankenhaus und Plastik.

»Dein Vater hat sofort Hilfe bekommen, er wird gut versorgt. Er lebt.«

Das letzte Wort kam nur leise über ihre Lippen.

Anders als ihr Vater. Er ist gestorben.

»Danke, dass du da bist.«

»Das ist selbstverständlich.«

»Ich hab wohl unser erstes falsches Date verdorben.«

Sie lachte auf. »Das ist doch zweitrangig.«

»Ich konnte noch nie gut damit umgehen, wenn es einem Menschen, den ich liebe, schlecht geht. Wenn jemand verletzt in einem Bett liegt, mit gebrochenen Knochen oder anderen Wunden, das ist so ... Ich fühl mich völlig machtlos.«

»Man ist ja auch machtlos.«

»Zoe hat einige schwere OPs hinter sich. Das hat mich total überfordert. Als sie aus dem Krankenhaus raus war, wollte ich ihr sogar die Schuhe binden. Wenn sie aufs Klo musste, hab ich vor dem Bad auf sie gewartet. Sie durfte sich nicht einmal mehr Brote schmieren. Irgendwann hat sie die Geduld verloren und gedroht, auszuziehen, wenn ich nicht damit aufhöre. Ich weiß, dass ich total überreagiere, aber das ist meine Familie.«

»Ich weiß, was du meinst. Auch das mit dem Krankenhaus. Es ist ein komischer Ort.«

»Ist es … ist es denn okay für dich, hier zu sein?«

»Ja, natürlich.«

Ich drehte mich zu ihr um, damit ich ihr besser ins Gesicht sehen konnte. Haley blickte an mir vorbei zum Fenster raus. »Ich bin froh, dass du deinen Dad noch hast.«

In meinen Fingern kribbelte es, weil ich sie gern an mich ziehen wollte. Haley strich über meine Brust, so wie sie es vorhin vor unserem Beinahe-Kuss getan hatte. Ich kaute auf meiner Unterlippe, beugte mich nach vorne und lehnte meine Stirn an ihre. Sie hielt einfach still und gab mir diesen Moment der Ruhe.

»Danke«, flüsterte ich.

»Gern.«

Und so standen wir da. Atmeten im Gleichklang, während sich mein Herzschlag langsam beruhigte und ich diesen Ort ausblenden konnte.

»Mr. Holt?« Eine Frauenstimme riss uns aus der Starre.

Ich löste mich von Haley und sah über ihre Schulter zum Eingang des Wartebereichs. »Ja!«

»Ihr Vater wacht gerade auf. Sie können ihn kurz sehen, wenn Sie möchten.«

»Ich …« … sah zu Haley, die ihre Hand von meiner Brust nahm.

»Geh. Ich warte hier.«

»Das musst du nicht. Fahr nach Hause. Ich will dich nicht von deinem Feierabend abhalten.«

Sie schloss die Augen, antwortete mir aber nicht.

Ich wandte mich von ihr ab, wollte schon der Pflegerin folgen, die geduldig am Eingang verharrte, doch dann drehte ich mich zurück zu Haley. Ich legte eine Hand an ihre Wange und hauchte einen zarten, kurzen Kuss auf ihre Lippen. Sie hielt die Luft an, biss sich auf die Unterlippe.

Ich löste mich von ihr, lächelte sie ein letztes Mal an, ehe ich mich umdrehte und den Wartebereich verließ.

23. KAPITEL

Wyatt

»… Dad ist so weit stabil. Ich war eben bei ihm. Er hat kurz mit mir geredet, ist aber sofort wieder eingeschlafen. Der behandelnde Arzt meinte, dass es normal sei nach der OP und er Zeit brauche. Sein linker Arm ist gebrochen, genau wie drei seiner Rippen, er hat eine Gehirnerschütterung, und seine Milz wurde geschädigt. Außerdem hatte er innere Blutungen, die sie aber im Griff haben. Alles in allem hatte er verdammt viel Glück. Das … das hätte anders ausgehen können. Ich hab auch kurz mit der Polizei gesprochen. Der Beamte sagte, dass jemand Dad die Vorfahrt genommen hat. Er war also nicht schuld am Unfall.« Ich pausierte meine Sprachnachricht und schnaubte. Als würde es einen Unterschied machen, ob er Verursacher gewesen war oder nicht. Ich kniff mir in den Nasenrücken und fuhr mit meiner Aufnahme fort. »Ich geh jetzt erst mal nach Hause. Ich lieb euch. Passt auf euch auf, ja?«

Ich stoppte und sandte die Nachricht in unseren Familienchat. Es dauerte keine halbe Minute, bis sie als gelesen angezeigt wurde. In meinem Kopf hämmerte es dumpf, und ich war so müde, dass ich mich am liebsten auf dem Krankenhausflur zusammengerollt und geschlafen hätte. Es war nun kurz vor fünf, und ich war seit vierundzwanzig Stunden wach. Mein Geist und mein Kopf waren am Ende.

Hoffentlich bekäme ich gleich ein Taxi. Ich wollte nur nach Hause und schlafen. Gähnend trat ich nach draußen in die laue Morgenluft. Ich blieb stehen, legte den Kopf in den Nacken und sah in den Himmel, an dem sich ein erster zarter grauer Streifen abzeichnete. Für ein, zwei Herzschläge verharrte ich so, dann entriegelte ich erneut das Handy, um ein Taxi zu rufen.

»Wyatt«, hörte ich Haley auf einmal hinter mir sagen. Ich drehte mich um.

»Du bist noch hier.«

»Ich hab doch gesagt, dass ich auf dich warte.«

»Und ich hab dir gesagt, dass du nach Hause gehen kannst.«

Sie zuckte mit den Schultern und kam auf mich zu. »Wie geht es deinem Dad?«

»Er wird wieder.« Ich wiederholte, was ich gerade in den Chat geteilt hatte. »Er hatte also einige Schutzengel, die auf ihn aufgepasst haben.«

»Das sind großartige Nachrichten. Wie geht es dem, der ihn angefahren hat?«

»Er kommt auch durch, mehr wollte man mir nicht über ihn sagen.«

»Gott sei Dank.«

»Ja.«

Haley trat näher. »Soll ich dich nach Hause bringen? Also, ich will mich nicht aufdrängen, wenn du lieber …«

»Ja! Bitte. Das wäre großartig.«

Sie lächelte und griff nach meiner Hand. Sofort fluteten mich Wärme und ein angenehmes Gefühl der Stille. Es war erstaunlich, wie selbstverständlich sich der Kontakt zu ihr anfühlte. Nicht nur am Set.

»Danke«, flüsterte ich.

»Natürlich.«

Wir gingen gemeinsam zum Parkplatz, und ich entspannte mich neben ihr mehr und mehr. Ihre Nähe tat mir gut. Das Wissen, gerade nicht allein zu sein, sowieso. »Mein Auto ist übrigens Schrott. Totalschaden.«

»Kann ich mir vorstellen.«

»Keine Ahnung, was die Produktionsfirma dazu sagt, der Wagen gehörte ja nicht mir.«

»Sie werden dir sicher einen neuen vor die Tür stellen. Für eine Produktion dieser Größe ist das kein Problem.«

Wir kamen an ihr Auto. Sie entriegelte es, ich ließ mich auf den Beifahrersitz gleiten und hätte am liebsten laut aufgestöhnt, weil es so guttat, zu sitzen. Ich ließ den Kopf gegen die Nackenstütze sinken und schloss die Augen.

»Verrätst du mir noch deine Adresse?«, fragte Haley.

»Ja, sorry. Ich bin echt durch. Ich wohne in den Luminous Heights in Burbank.« Ich gab ihr die genaue Straße und Hausnummer durch, und sie tippte sie in ihr Navi ein.

»Zwanzig Minuten.«

»Halt ich noch aus.«

»Hast du eigentlich Hunger? Sollen wir dir etwas vom Drive-in mitnehmen?«

»Glaub, mir fehlt die Kraft zu essen, auch wenn eine Ladung Pancakes mit Kaffee verlockend klingt.«

Sie bog vom Parkplatz auf die Straße ab und fädelte in den frühmorgendlichen Verkehr ein.

»Haben die Ärzte schon sagen können, wann dein Dad nach Hause darf?«

»Er muss mindestens vierzehn Tage drinbleiben. Mal sehen, wie wir das regeln. Meine Mutter hat angeboten, herzukommen, doch ich bezweifle, dass Dad das möchte.«

»Du hast neulich gesagt, dass sie sich getrennt haben.«

»Ja, sie hat einen neuen Typ kennengelernt. Das sorgt für ziemlich viel Chaos.« Ich schüttelte den Kopf, weil mir diese Sache auf einmal so klein vorkam. Bis vor Kurzem hatte ich meine Mutter dafür geghostet, jetzt hatte ich das dringende Bedürfnis, mit ihr zu reden.

Meine Augen füllten sich mit Tränen, als mir bewusst wurde, wie schnell wir Menschen verlieren konnten, die wir liebten. Ich zückte mein Handy, rief den privaten Chat mit meiner Mutter auf und fing an zu schreiben.

Wyatt

Es tut mir leid, dass ich so abweisend zu dir war, Mom. Ich lieb dich, und ich möchte, dass du glücklich bist. Und wenn Theo dir das geben kann, dann freut es mich. Lass uns heute Abend telefonieren, wenn du magst. Ich vermiss dich.

Ich schickte die Nachricht ab, sie wurde sofort gelesen, und kurz darauf tippte Mom eine Antwort.

Mom

Oh, Wyatt. Ich lieb dich auch. Daran wird sich nie, nie, nie etwas ändern. Du, Beau, Patrick, Zoe und auch dein Dad habt einen ganz besonderen Platz in meinem Herzen. Bis in alle Ewigkeit. Ruf mich einfach an, wenn es dir passt. Ich bin zu Hause.

Jetzt rannen mir wirklich die Tränen über die Wangen. Ich wischte sie weg und atmete durch. »Scheiße.«

Haley legte eine Hand auf mein Knie und drückte sacht. Ich griff nach ihren Fingern und verwob sie mit meinen.

»Ich weiß echt nicht, wie ich dir danken kann.«

»Indem du aufhörst, das ständig zu sagen. Ich mach das gern für dich.«

Ich rang mir ein Lächeln ab, lehnte den Kopf wieder gegen die Nackenstütze und schloss die Augen.

Es dauerte nur wenige Minuten, bis ich eingeschlafen war.

24. KAPITEL

Haley

»Wyatt?«

Ich tippte ihn sacht an. Er hatte die Augen fest geschlossen und den Kopf gegen die Nackenstütze gelehnt. Ich beugte mich näher zu ihm, rüttelte ihn an der Schulter. »Wyatt, wir sind da.«

»Mh.«

Ich fuhr über seine Ohrmuschel, seinen Hals hinab. Er schluckte, sodass sein Adamsapfel sich auf und ab bewegte.

»Du bist zu Hause.«

Er gähnte, blinzelte, rieb sich übers Gesicht. Nur mit Mühe schaffte er es, wach zu werden. Leicht verwirrt blickte er sich um, sah mich, zuckte zusammen, als fiele ihm jetzt erst wieder ein, was passiert war.

»Du … ich bin …« Er sah zum Fenster hinaus und seufzte leise. »Wir sind da.«

»Ja. Kommst du klar?«

»Glaub schon.«

Ich griff nach der Tüte auf der Rückbank, die ich gerade an einem Drive-in geholt hatte. Dazu nahm ich den Kaffeebecher aus meiner Halterung und reichte die Sachen Wyatt. »Hier.«

»Was ist das?«

»Frühstück. Ich weiß nicht, wie die Pancakes schmecken, aber es war der einzige Laden in der Nähe mit einem Drive-in.«

»Du hast mir Frühstück geholt?«

»Vor fünf Minuten. Es ist noch warm.«

»Aber …«

»Du hast so tief geschlafen, dass ich dachte, es ist okay, einen kleinen Umweg zu fahren.«

Er umklammerte die Tüte und nahm den Kaffee. Seine Haare waren zerzaust vom Schlaf und die Augen rot gerändert. »D-danke.«

»Jederzeit. Soll ich dich reinbegleiten?«

»Das schaff ich. Ich bin …« Er schüttelte den Kopf. »Ich weiß nicht.«

Ich lächelte. »Ruh dich aus.«

»Okay.« Er schnallte sich ab, nahm sein Frühstück und stieg aus meinem Wagen. »Du bist … Danke … Ich sag's schon wieder, aber das war … Wir … Bis später. Oder morgen, nein, da ist Sonntag. Übermorgen. Wir … wir sehen uns.«

Er schloss die Autotür, winkte mir noch mal zu und schlurfte davon. Ich blickte ihm nach, bis er um die Ecke eines Gebäudes verschwand.

Was für ein Abend.

In mir bebte alles. Ich war müde und ausgelaugt und gleichzeitig auch zufrieden. Die Umstände heute Nacht waren furchtbar gewesen, trotzdem war dieses Gefühl der Stille in mir. Sein Dad lebte, er würde gesund werden. Es war nichts Tragisches passiert.

Wyatt hatte seinen Vater noch.

Ich atmete tief durch, legte den Gang ein und fuhr los. In dem Moment klapperte etwas am Beifahrersitz. Wyatts Telefon lag im Fußraum. Es musste ihm aus der Hand gefallen sein.

Mist.

Ich hielt an, stellte den Motor ab und griff danach. Der Bildschirm leuchtete auf und zeigte ein Hintergrundbild von Wyatt am Set des Studios. Er hatte ein Selfie geschossen, wie er auf dem Weg zur Arbeit war. Und er sah mal wieder großartig aus. Seine Augen strahlten. Die Freude darüber, das zu tun, was er sich erträumte, stand ihm überdeutlich ins Gesicht geschrieben.

»Bewahr dir das.«

Ich parkte das Auto richtig, steckte sein Handy ein und stieg aus dem Wagen. Die Luminous Heights waren ein recht großer Apartmentkomplex aus weißen Häusern, die geschickt angeordnet waren. In der Mitte war eine tolle Poollandschaft angelegt, die Wyatt vermutlich kein einziges Mal benutzen würde. Da ich keine Ahnung hatte, in welchem Gebäude er wohnte, folgte ich dem Weg, den er vorhin genommen hatte. Ich kam an einem Gärtner vorbei, der gerade die Blumen wässerte.

»Entschuldigen Sie«, sagte ich.

Er hielt inne und blickte mich mit leicht genervter Miene an.

»Hier müsste eben ein junger Mann vorbeigekommen sein. Etwas verschlafen, mit einer Tüte und einem Kaffee in der Hand.«

Er nickte.

»Können Sie mir vielleicht sagen, in welches Haus er gegangen ist? Er hat sein Handy in meinem Auto vergessen, und ich würde es ihm gern wiederbringen.«

»Wenn Sie sein Telefon haben, wissen Sie doch bestimmt, wo er wohnt.«

»Leider nicht. Wir … wir kennen uns noch nicht lange. Ich weiß, dass Sie mir vermutlich keine Auskunft geben dürfen, aber er hat eine schwere Nacht hinter sich.«

Der Gärtner richtete sich auf und musterte mich skeptisch. Jetzt bereute ich es, dass ich keine Nummern von Eric oder Kathrin hatte. Die wussten bestimmt, wo er wohnte. Bei der Produktion brauchte ich es gar nicht versuchen. Die arbeiteten nicht am Wochenende.

»Sie können es an der Rezeption abgeben. Die macht heute aber erst um zehn auf. Personalmangel.«

»Es wäre wirklich wichtig, dass er es bekommt. Sein Vater liegt im Krankenhaus, und falls jemand anruft, kann er nicht rangehen.«

Der Gärtner stöhnte leise, blickte sich nach allen Seiten um, als könnte er so Hilfe bekommen.

»Sie müssen mir nur das Gebäude verraten, dann klingel ich bei ihm.«

Er seufzte und klang dabei, als würde er die Last der ganzen Welt auf seinen Schultern tragen. »Also gut, aber das haben Sie nicht von mir.«

»Natürlich nicht.«

»Er ist da vorn in das mittlere Gebäude auf der linken Seite.«

»Danke! Das ist wirklich sehr nett von Ihnen. Ich wünsche Ihnen einen schönen Tag.«

»Ja, schon gut.«

Ich flitzte los, umrundete den Pool und steuerte auf das Gebäude zu. Dort scannte ich rasch die Klingelschilder und fand Wyatts Namen oben links. Gott sei Dank. Ich drückte drauf.

Und wartete.

War er möglicherweise wieder eingeschlafen? Es wäre kein Wunder, so fertig, wie er war.

Ich klingelte erneut, doch er antwortete nicht. »Komm schon, Wyatt!«

Ich wollte gerade noch mal drücken, als es in der Gegensprechanlage rauschte.

»Hallo?«, fragte er außer Atem.

»Ich bin es. Haley. Du hast dein Handy im Auto liegen lassen.«

»Du hast es gefunden! Gott sei Dank! Hab eben erst bemerkt, dass es nicht mehr in meiner Tasche ist, und such hier voller Panik alles ab. Komm rein. Dritter Stock.«

Die Tür summte, und ich trat ins Innere. Mit raschen Schritten überwand ich die Stufen nach oben, wo Wyatt bereits an der offenen Wohnungstür auf mich wartete.

Er trug Jogginghosen. Sonst nichts. Ich stockte, weil ich nicht damit gerechnet hatte, ihn halb nackt zu sehen, was in natura noch tausendmal beeindruckender wirkte als über Instagram. Seine Muskeln waren klar definiert, aber nicht aufgepumpt. Er hatte ein ausgeprägtes Sixpack und natürlich diese beiden wundervollen Kuhlen rechts und links, die im Bund seiner Hose verschwanden und dazu einluden, sie mit den Fingern abzufahren.

»Hab das Gefühl, dass ich das Wort Danke heute inflationär nutzen muss.«

»Schon gut. Hier ist dein Telefon.«

Er nahm es an sich und stieß erleichtert die Luft aus. »Mir ist eben echt das Herz in die Hose gerutscht. Magst du reinkommen?«

Eigentlich sollte ich nach Hause. Die Nacht zehrte an mir. Zudem war heute der erste Samstag seit Ewigkeiten, an dem ich keinen Termin hatte. Falls Gabriela mir nicht wieder tausend Nachrichten geschrieben hatte, was alles zu tun war.

»Nur, wenn du willst. Wir könnten die Pancakes probieren.«

»Ich kann aber nicht lang bleiben.«

Er nickte, öffnete die Tür weiter und ließ mich eintreten.

»Ich zieh mir rasch was über. Bin gleich wieder da. Setz dich.«

Ich blickte mich in dem Raum um, der offen gehalten war. Ein großer Wohn- und Essbereich, eine kleine Küche zur Linken, vor mir ein Balkon. Alles war geschmackvoll und edel eingerichtet, ein helles Sofa, beigefarbene Teppiche, dezente Bilder an der Wand. Vermutlich war es bereits möbliert gewesen, als Wyatt eingezogen war. Ich sah ihm nach, wie er auf der Treppe ins zweite Stockwerk verschwand, und bedauerte ein bisschen, dass er sich anziehen wollte.

»Wo sind deine Teller? Ich werde die Sachen schon mal anrichten«, rief ich ihm nach.

»Schrank über der Spüle.«

Ich trat in die Küche und schnappte mir die Tüte mit dem Frühstück. Rasch verteilte ich die Pancakes und nahm sie mit auf die Couch. Dann holte ich den Kaffee, den ich ihm mitgebracht hatte, und stellte ihn ebenfalls dazu. Kaum war ich fertig, hörte ich ihn wiederkommen.

»Willst du auch einen Kaffee?« Jetzt trug er ein ausgewaschenes schwarzes T-Shirt mit einem Aufdruck der NYMSA auf der Brust.

»Gern.«

Er nickte, ging in die Küche und schmiss den Vollautomaten an.

»Die NYMSA ist die Schauspielschule in New York, oder?«

»Ja, genau. Die New York Music & Stage Academy. Da hab ich gelernt. In L.A. gibt es auch eine. Die Stage Academy. Sie wurden von Preston Blair gegründet.«

»Ein großer Name in der Branche. Ich hab mal für seine Tochter Katie vorgesprochen, als sie noch die Castingagentur hatte. Mittlerweile hat sie ja mit ihrem Bruder Mateo eine Filmfirma gegründet.«

»Wurde was aus dem Vorsprechen?«

»Eine Pilotfolge, die es leider nicht in die Produktion geschafft hat.«

»Das passiert häufig, oder?«

»Ständig. Ungefähr ein Drittel aller Piloten werden eine Serie.«

»Irgendwie heftig, wenn man drüber nachdenkt. Die kosten doch auch viel.«

»Nicht so viel, wie eine gesamte Serie zu drehen, die dann floppt. Kann man eigentlich einfach in die Schule und Kurse besuchen?«

»Ich denke schon. Warum, hast du Interesse?«

»Ja, schon. Ich würde mich gern weiterbilden.«

»Es ist sicherlich nie verkehrt, Stunden zu nehmen, aber du bist eine großartige Schauspielerin. Ich dreh gern mit dir.«

»Danke. Ebenso.«

Er reichte mir den Kaffee und deutete mit einem Nicken zur Couch. Wir ließen uns in die Kissen sinken, Wyatt schnappte sich die Fernbedienung und stellte eine LoFi-Playlist an.

»Dann wollen wir mal sehen, wie gut Pancakes in L.A. schmecken.«

»Ich fürchte, sie sind schon etwas kalt.«

»Egal.« Er goss den Sirup drüber, der in einem extra Behälter dabei war. Ich streifte die Sandalen von den Füßen, zog die Beine in den Schneidersitz und gabelte ein Stück auf.

»Gar nicht mal so schlecht«, sagte ich nach dem ersten Bissen. »Ein bisschen süß vielleicht.«

»Meine Mom machte früher Pancakes zum Niederknien. Die gab es immer sonntags, weil ich da drehfrei hatte. Die ganze Familie kam zusammen. Die einzige Zeit in der Woche, in der wir das geschafft haben.«

»Stell ich mir toll vor.«

»War es auch. Zumindest bis … bis das mit Dad passierte. Mom hätte die Tradition gern aufrechterhalten, doch ich habe mich geweigert. Es hat sich angefühlt, als würde ich ihn verraten.«

»Was du nicht getan hättest.«

»Ich weiß. Ich konnte es dennoch nicht.«

Wyatt brummte leise und griff nach meiner Hand. »Ich finde es schön, dass du jetzt mit mir hier sitzt und Pancakes isst.«

»Ja, ich auch.«

Er führte meine Hand zu seinen Lippen und hauchte einen sanften Kuss darauf. Ich schauderte. Genau wie heute Nacht, als er mich im Wartezimmer geküsst hatte.

Vermutlich war es nur eine Übersprungshandlung von seiner Seite aus gewesen und hatte rein gar nichts zu bedeuten, aber mir war sie bis in die Zehenspitzen geschossen.

Ich lächelte ihn an, und wir aßen schweigend weiter, weil es nach dieser Nacht nichts mehr zu sagen gab und wir beide todmüde waren. Je mehr ich aß, umso erschöpfter wurde ich. Keine Ahnung, wie ich auf der Fahrt nach Hause wach bleiben sollte.

Wyatt aß den letzten Bissen Pancake, spülte mit Kaffee nach und seufzte zufrieden. »Satt?«

»Und wie.«

Er nickte, schnappte sich die Teller und stellte sie auf den Tisch. »Brauchst du noch was? Kaffee? Wasser? Hab noch ein paar Säfte hier.«

Ich ließ mich mit einem tiefen Seufzen in die Kissen fallen und schloss für einen Moment die Augen.

Das hier brauchte ich.

Stille. Ruhe. Frieden.

Dazu die leisen Klänge aus der Soundanlage, das Zwitschern der Vögel, das ich durch die gekippte Balkontür hörte. Und Wyatt. Ich sah ihn nicht, aber ich spürte ihn. Seine Präsenz hing überdeutlich in diesen Wänden. Ich atmete tiefer ein, ließ die Luft mit einem ruhigen Seufzen raus.

»Haley.«

»Ja.«

Ich merkte, dass er näher rückte, also öffnete ich die Augen. Wyatt hatte sich gegen die Rückenlehne der Couch sinken lassen und blickte mich genauso müde an. Er lächelte. Sanft und einladend, wie das eben seine Art war. Und ich erwiderte es. Mein Herzschlag beruhigte sich, mein Atem ging schwerer.

Keine Ahnung, wann ich mich je so wohl in der Gegenwart eines Mannes gefühlt hatte.

Wann ich zuletzt einfach so auf einer Couch saß, mit einem vollen Magen und einem zufriedenen Herzen oder keine Ahnung, ob mir das überhaupt schon mal passiert war.

Als ich das nächste Mal die Augen öffnete, strahlte mir die Sonne ins Gesicht. Ich blinzelte irritiert, atmete ein und fand nur langsam in meinen Körper zurück. Etwas kitzelte mich im Nacken. Ich drehte den Kopf. Wyatt und ich waren offensichtlich auf seiner Couch eingeschlafen und hatten uns total ineinander verknotet. Sein Bein lag über meinem, seinen Arm hatte er um meine Taille geschlungen, und sein Atem streifte meinen Hals.

Mein Gott.

Ich schloss die Augen, nahm diesen Moment auf und das kribbelnde Gefühl, das es in mir auslöste. Eben saßen wir noch hier und nun …

Vorsichtig hob ich Wyatts Arm an und befreite mich. Er brummte leise, wachte aber nicht auf. Ich wandte mich ihm zu. Seine Gesichtszüge wirkten entspannt und zufrieden.

Wie lang hatten wir geschlafen? Ich blickte mich um, fand aber auf die Schnelle keine Uhr. Da der Himmel aber noch strahlend blau leuchtete und es hell draußen war, vermutete ich, dass es früher Nachmittag war.

Langsam stand ich auf, suchte meine Sandalen und zog sie über. Da ich nicht einfach so gehen wollte, trat ich in die Küche, wo noch das Papier von unserem Frühstück lag. Ich suchte leise und rasch die Schubladen durch und fand einen Kugelschreiber.

Danke für den schönen Morgen. Ich muss leider los und wollte dich nicht wecken.

Ich hielt inne, kaute auf meiner Unterlippe herum und schloss die Augen. Es gab eine Sache, die ich ihm gern geben würde, aber allein beim Gedanken daran zog sich mein Herz schmerzhaft zusammen.

Keinen engen Kontakt zu Kollegen! Das hatte ich mir damals geschworen, als nach und nach alle ihre eigenen Wege gingen, mit denen ich an *Beachbound* gearbeitet hatte.

Doch mit Wyatt hatte ich wohl heute Nacht mehr als eine Grenze überschritten. Er war bereits bei meiner Mom gewesen, hatte mein Kinderzimmer gesehen, das Bild von meinem

Vater … Er hatte mich gesehen, und das war mehr, als ich sonst wem zuteilwerden ließ.

Hier ist meine Nummer. Schreib mir bitte, wenn du Neuigkeiten von deinem Vater hast.

Oder meld dich auch so. Die Worte ließ ich ungeschrieben zwischen den Zeilen stehen. Ich notierte ihm meine Handynummer, legte den Kugelschreiber weg und schlich auf Zehenspitzen aus seiner Wohnung.

25. KAPITEL

Wyatt

Wyatt

Hey, hier ist Wyatt. Danke, dass du mir deine Nummer gegeben hast. Ich hab überhaupt nicht mitbekommen, wie du gegangen bist.

Haley

Hab ich bemerkt. Ich hab zu Hause auch noch mal drei Stunden geschlafen. Wie geht es deinem Dad?

Hab eben kurz mit ihm telefoniert. Er ist sehr müde, fühlt sich aber ganz gut. Ich wollte ihn besuchen, aber er war zu erschöpft. Wie geht es dir?

Müde. Aber sonst gut. Ich werde jetzt ein bisschen arbeiten und früh ins Bett gehen.

Hoffe, du hast nicht zu viel zu tun.

Nur ein paar Interviews, die ich aber über Video oder schriftlich machen kann, und Mails beantworten. Das Übliche.

Ich ließ das Handy sinken und dachte über Haleys Worte nach. Bisher war es bei mir im Vergleich zu ihr ruhig. Klar hatte ich einige Interviews oder Pressetermine, aber es war überschaubar. Haley hingegen arbeitete fast rund um die Uhr. Sie hatte nicht nur den Job bei *Undercurrents*, sondern noch zig andere Events, Sponsoren, Auftritte. Kathrin und Eric waren zwar auch gut beschäftigt, aber bei ihnen schien es überschaubarer zu sein.

So richtig hatte ich dieses Leben in Hollywood noch nicht begriffen. Hier herrschten eindeutig ungeschriebene Gesetze und Verhaltensweisen, die ich mir erst aneignen musste. Ich schüttelte mich und nahm das Handy wieder auf.

Wenn ich was für dich tun kann, lass es mich wissen.

Mach ich. Wir sehen uns Montag. Schreib mir gern, wie es deinem Dad geht.

Aber sonst nicht? Wollte sie mir das damit sagen?

Werd ich. Wir sehen uns.

Ich sank tiefer in meine Sofakissen, rieb mir übers Gesicht und sah in die untergehende Sonne. Träge öffnete ich den Familienchat und tippte ein Update bezüglich Dad. Die erleichterten Antworten hagelten sofort ein. Ich schrieb kurz mit allen, rief den Kontakt meiner Mutter auf und drückte auf Anrufen.

Es klingelte nur zweimal, ehe sie abnahm.

»Hallo, Wyatt.«

»Hi, Mom.«

»Es tut gut, dich zu hören.«

»Ja, find ich auch.«

»Wie geht es dir?«

Ich atmete mit einem tiefen Seufzen ein und merkte, wie sich mir die Brust zusammenschnürte. Wie all der Stress und die Angst des Abends von mir abflossen und sich in Dankbarkeit verwandelten.

Und dann fing ich an zu erzählen …

26. JUNI

Wyatt

Wyatt

Ich bin dankbar für:

Dafür, dass es Dad besser geht. Er hat besser am Telefon geklungen als gestern.

Für Haley und dass sie heute Nacht bei mir war. Sie hat mir unglaublich viel Kraft gegeben.

Fürs Frühstück mit ihr. Sie hat mich heimgefahren und mir Pancakes besorgt.

Fürs lange Schlafen. Irgendwie hab ich das Gefühl, dass sie auch hier geschlafen hat, aber sie hat nichts dazu gesagt.

Dafür, dass sie mir ihre Handynummer gegeben hat. Das scheint wohl ein großes Ding für sie zu sein. Sie will unbedingt ihre Privatsphäre bewahren, was ich verstehe. Umso schöner ist es, wenn sie mir vertraut.

Fürs kurze Schreiben mit ihr eben. Ich freu mich, sie wiederzusehen am Montag.

Fürs Telefonat mit Mom. Wir haben fast drei Stunden geredet. Hat sehr gutgetan.

Zoe

Ich bin dankbar für:

Für die guten Nachrichten rund um Dad. Ich bin so, so, so, so, so erleichtert!
Dafür, dass Haley bei dir ist. Das klingt wunderschön. Und romantisch. Ist es romantisch? Geht da was???
Dafür, dass du mit Mom geredet hast. Endlich!!!
Für dich und unsere Familie. Ich bin so froh, dass ihr da seid.

26. KAPITEL

Wyatt

Ich pfiff durch die Zähne, als Haley und ich aus der Limousine stiegen, die uns Downtown zum nagelneuen Club Electric Oasis gebracht hatte. In drei Tagen war die offizielle Eröffnung, aber heute wurde er für geladene Gäste eingeweiht. Izzy hatte arrangiert, dass Haley und ich zu diesem Event eingeladen wurden. Natürlich unter der Prämisse, dass wir uns vertraut und innig miteinander zeigten.

Sie war mehr als erfreut über die Bilder vom Festival am Griffith Park gewesen und hatte gemeint, dass wir uns ruhig hätten küssen können. Warum wir so schnell abgehauen waren, hatte ich ihr nicht erzählt, weil es sie nichts anging, dass mein Dad einen Autounfall gehabt hatte. Mal sehen, wie lang ich das geheim halten konnte, denn seit das PR-Team Darissa pushte, war mein Social Media nicht mehr zu bändigen. Ich hatte es Felipe überlassen, sich diesem Biest zu stellen.

Die ganze letzte Woche über hatte er von Haley und mir Fotos geschossen, Storys gedreht, uns am Set gezeigt. Wir hatten gelacht, Händchen gehalten, die Pausen miteinander verbracht und so getan, als würden wir nicht mitbekommen, dass wir aufgenommen wurden. Es gefiel mir, Zeit mit Haley zu verbringen, weil es immer leichter zwischen uns wurde. Sie erkundigte sich regelmäßig nach meinem Vater – dem es von Tag zu Tag besser ging –, und ich hatte ihr Infos zur L.A. Stage Academy besorgt. Ob sie wirklich Kurse belegte, wusste ich nicht. Ihr Terminkalender blieb weiterhin so voll, dass ich mich fragte, wann sie überhaupt schlief. Dazu kamen noch die falschen Dates.

»Das ist wirklich beeindruckend.« Haley klemmte sich ihre Clutch unter den Arm, hakte sich bei mir ein und folgte mir über den roten Teppich auf den Eingang zu. Sie sah absolut umwerfend aus. High Heels, mit denen sie beinah so groß war wie ich, ein kurzes silbernes Abendkleid, das mehr Haut freiließ, als es verdeckte, und hochgebundene Haare. Ihr Make-up war etwas stärker als üblich, und sie verströmte einen angenehmen Duft nach Zitrone. Ich hatte mich ebenfalls in Schale geworfen und trug einen Anzug mit einem beigefarbenen Hemd. Die Sachen hatte ich mir von unserer Garderobe geliehen, da Damon nur maßgeschneiderte Kleidung besaß und sie wie angegossen saß.

Alles glitzerte und funkelte. Das Electric Oasis war neu gebaut worden und bestand aus einer großen Kuppel, die von allen Seiten mit Scheinwerfern angestrahlt wurde. Die Oberfläche war mit LEDs bestückt, auf die unterschiedliche Bilder projiziert wurden. Gerade lief eine wilde Fahrt in einem Kanu durch den Colorado River am Grand Canyon. Dazu rauschten passend Wassergeräusche aus Lautsprechern, sodass man das Gefühl hatte, man würde sich wirklich auf diesen Fluss zubewegen. Im Grunde war es wie ein gigantisches Kino, nur dass die Leinwand nach außen gedreht war statt nach innen.

Natürlich hatten sich die Presse und zahllose Fans versammelt, um einen Blick auf das Staraufgebot zu erhaschen. Mal sehen, ob Leonardo DiCaprio auftauchen würde.

»Darissa!«, hörte ich bereits die Ersten jubeln, als Haley und ich uns näherten. Wir wandten uns den Wartenden zu, winkten, lächelten, traten noch enger zusammen und taten so, als wäre dies nicht nur für die PR.

Mittlerweile spielten wir Darissa perfekt. Ich legte eine Hand an ihren unteren Rücken, sie schmiegte sich an mich und fuhr mit ihrer über meine Brust. Ihr Kopf neigte sich leicht zur Seite, und ich hauchte einen Kuss auf ihre Haare. Wir warteten, bis die Fotos geschossen waren, gingen weiter, verteilten Autogramme. Um keinen Stau zu verursachen, wiesen uns Angestellte dezent darauf hin, weiterzugehen, sobald wir zu lang stehen blieben.

So arbeiteten Haley und ich uns zum Eingang vor, wo wir von zwei jungen Frauen in Cyberkostümen begrüßt wurden.

»Willkommen im Electric Oasis«, sagte die linke und wies zum Durchgang, auf den gerade ein Wasserfall projiziert wurde. Als wir näher kamen, teilte er sich in der Mitte und glitt zur Seite. Der Boden vibrierte. Es rieselte sogar feiner Sprühnebel auf uns herab.

»Das muss doch ein Vermögen gekostet haben«, sagte ich.

»Ganz sicher.«

Wir betraten das Innere, wo uns die Beats empfingen. Überall waren LED-Wände aufgebaut, die unterschiedliche Szenarien abbildeten. Sobald man darauf zuging, bewegte sich auch das Bild im passenden Winkel mit. Dadurch wirkten die Projektionen lebendig und echt. Das Zentrum des Clubs war die Tanzfläche. Sie war direkt unter der Kuppel. Auf den Boden wurde ein moosbedecktes Feld projiziert, das im Rhythmus der Musik pulsierte. Die Tanzenden hinterließen sogar Abdrücke im Gras.

»Hast du so was schon mal gesehen?«, fragte ich Haley. Ich musste mich näher zu ihr beugen, weil die Musik recht laut war.

»Nein, aber es ist faszinierend.«

Wir gingen weiter durch den Club, um uns einen Überblick zu verschaffen. Irgendwo war sicherlich auch Felipe mit seinen Leuten. Ich wich keinen Millimeter von Haley, während wir uns durch die Menge schoben. Wann immer ich merkte, dass eine Kamera auf uns gerichtet war, beugte ich mich zu ihr und flüsterte ihr etwas ins Ohr. Sie verstand natürlich sofort und ließ sich jedes Mal darauf ein. Wir kamen an einer futuristischen Bar vorbei. Alle Bediensteten trugen moderne Cyberoutfits wie aus diesem Computerspiel, das vor einer Weile rauskam. Patrick hatte es die ganze Zeit gezockt.

Ich warf einen Blick auf die angebotenen Drinks, die auf einer Leinwand hinter der Bar aufgeführt waren. Die Auswahl war groß, exklusiv und heute kostenfrei.

»Willst du was trinken?«, fragte ich Haley.

»Ich finde, wir sollten uns Champagner gönnen«, erwiderte sie. »Immerhin ist das unser zweites Date.«

Ich hob einen Daumen, schob mich zur Theke und bestellte Champagner, von dem ich wusste, dass die Flasche um die zweihundert Dollar kostete. Er wurde mir ohne Probleme ausgeschenkt.

Mit den beiden Gläsern kehrte ich zu Haley zurück und deutete zu den Sitznischen, die als Alkoven rund um die Tanzfläche angelegt waren. Ich ließ mich auf der Bank nieder, Haley hockte sich direkt neben mich und stieß mit mir an.

»Auf den Abend«, sagte sie.

Ich nickte, trank einen Schluck und verzog genüsslich das Gesicht. »Er ist leider seinen Preis wert.«

»Kommt nicht an deine Cocktails ran.«

»Das sagst du nur, weil du mir ein gutes Gefühl geben willst.«

»Richtig. Ich will ja, dass unser Date funktioniert. Wer weiß, wo es noch enden könnte.«

Mir wurde heiß, weil ich mir genau das vorstellte. Was wäre, wenn wir nicht nur so täten? Wenn ich Haley nachher mit zu mir nehmen würde. Ihr das Kleid auszog und mich Zentimeter um Zentimeter über ihre Haut küsste. Ich biss mir auf die Unterlippe und drängte den Gedanken zurück. Haley schien jedoch nichts von meinen Fantasien mitzubekommen. Sie nippte an ihrem Drink und wippte locker im Takt der Musik mit.

»Magst du tanzen?«, fragte ich sie. Vielleicht half es, wenn mein Körper etwas zu tun hatte. Und auf der NYMSA waren die Tanzstunden immer ein Highlight gewesen. Wäre ich nicht so versessen auf die Schauspielerei gewesen, hätte ich mich für eine Musicalausbildung entschieden. »Falls das geht mit dem Kleid.«

»Warum sollte das nicht gehen?«

»Weil es aussieht, als könntest du beim ersten Windhauch oben ohne dastehen.«

Sie lachte, leerte ihren Drink und schnappte sich meine Hand. Dann zog sie mich auf die Tanzfläche.

Ich merkte, dass irgendwer ein Foto von uns schoss, und schlang sofort von hinten die Arme um Haley, bis wir unser Ziel erreicht hatten und uns einander zuwandten. Das Lied war recht beatlastig. Wir fanden rasch einen gemeinsamen Rhythmus, und ich musste feststellen, dass sie eine verdammt gute Tänzerin war. Sie wiegte sich im Takt, ließ ihre Hüfte schwingen, was dafür sorgte, dass das Kleid bei jeder Bewegung glitzerte. Es umschmeichelte sie wie Wasser, doch ich hatte wirklich Sorge, dass es jeden Moment über ihre Brüste rutschte.

Haley gab mir einen Klaps gegen die Schulter. »Zeig etwas Anstand, Wyatt, oder würdest du deinem Date so in den Ausschnitt glotzen?«

»Aber so was von. Dieses Kleid ist die pure Sünde, und das ist schließlich nicht unser erstes Treffen. Langsam müsstest du wissen, dass ich scharf auf dich bin.«

Sie stockte, genau wie ich. Die Worte hatte ich nur so dahergesagt, aber sie lösten ein heftiges Kribbeln in meinem Bauch aus. Und in meiner Hose.

Haley schlang die Arme um meinen Nacken und drängte sich näher an mich. Ich lehnte mich nach vorn, hauchte einen Kuss auf ihre zarte Haut am Hals. Sie schauderte, grub ihre Fingernägel in meinen Haaransatz und spannte sich an. In meiner Hose wurde es enger, also griff ich nach ihrer Hand und wirbelte sie einmal herum.

Der Stoff rutschte tatsächlich keinen Zentimeter.

»Es ist festgeklebt, keine Sorge«, sagte Haley.

»Im Ernst?«

»Ja, klar. Ich trage einen unsichtbaren BH und der Stoff ist daran fixiert. Es kann nichts passieren.«

Und wieder sprang mein Kopfkino an, weil ich mir jetzt erst recht vorstellte, wie ich sie aus diesem Kleid befreite. Haley kam näher, stieß mit der Hüfte gegen meine und funkelte mich herausfordernd an. Ich kniff die Augen zusammen und erwiderte ihren Blick. Sie wollte also spielen, wenn ich das richtig verstand? Das konnte sie haben. Ich glitt mit den Händen an ihren Rücken, ließ sie tiefer wandern und strich über ihren Po. Sie zuckte nur kurz, gab mir aber gleich zu verstehen, dass es in Ordnung für sie war. Haley biss sich auf die Unterlippe, drehte sich um und rieb ihren Hintern an meinem Schritt. Ich umschlang sie, presste sie gegen mich und wurde nun doch hart. Ich lehnte mich nach vorne, damit ich ihr ins Ohr flüstern konnte.

»Sorry.«

»Das ist doch ganz normal.«

Ich legte eine Hand flach auf ihren Bauch, Haley rieb sich erneut an mir.

»Du provozierst es allerdings auch«, keuchte ich.

Sie schlang einen Arm um meinen Nacken und zog mich näher an sich. »Das ist die Gelegenheit für eine gute Show. Von der Balustrade aus wird gerade fotografiert.«

Richtig. Show. Date. Fake. Der Grund, warum wir hier waren.

»Gut, dass wenigstens du drauf achtest. Ich fürchte, mein Blut fließt gerade nicht mehr durch mein Gehirn.«

Sie lachte, rieb sich ein letztes Mal an mir und drehte sich wieder um. Ihre Nase streifte mein Kinn, meinen Hals, und ich fasste erneut nach ihrem Hintern. Mir war heiß und schwindelig, und ich konnte nicht glauben, was wir hier taten.

Diese Frau. Die Musik. Das Tanzen.

Ich wünschte, es wäre echt.

Der Gedanke kam und verging genauso schnell wie die Beats des Songs. Ich biss mir auf die Lippe, beugte mich zu ihr, strich zart mit meinem Mund über ihre Wange und geriet dabei aus dem Takt. Wir stießen gegen einen Typen, der neben uns tanzte.

»Vielleicht sucht ihr euch besser ein Zimmer«, sagte er.

Vielleicht sollten wir das. Dann würde es aber leider keine Show geben. Wir taten das schließlich für die perfekten Fotos und das perfekte Marketing.

Haley griff nach meinem Arm und zog mich mit sich von der Tanzfläche.

»Was hast du vor?«, fragte ich.

»Er hat recht. Wir stören die anderen nur, und ich finde, wir können einen Schritt weitergehen.«

Ach ja? Und wie sollte der aussehen?

Sie küsste mich rasch auf die Nase und kehrte mit mir zurück zu unserem kleinen Alkoven. Kaum saßen wir, zog Haley mich an sich. Ich atmete ein, hielt die Luft an und versteifte mich.

»Ist das noch okay für dich?«, fragte sie.

»Ja. Ich würde nur gern …« *… mehr genießen.* Wir steuerten mit Fullspeed auf unseren ersten richtigen Kuss zu. Und ja, er hatte nichts zu bedeuten, weil wir alles nur spielten, trotzdem fühlte es sich anders an. Intimer. Hier würde niemand Cut rufen, keiner meine Frisur richten oder Haleys Make-up erneuern. Wir waren hier. Echt und unecht. Ein Kuss zwischen einer Wahrheit und einer Lüge.

Haley rückte näher an mich heran, wartete darauf, dass ich ihr sagte, was ich gern tun würde, aber ich hatte keine Worte mehr.

Ich wollte es. Ich wollte sie. Hier. Jetzt. Später. Zu Hause. Allein. Oder?

Ich ließ die Luft geräuschvoll aus. »Keine Ahnung. Vielleicht doch zu viel Blutverlust.«

Sie lächelte, spielte mit einer Strähne, zog sanft daran. »Wenn du das nicht willst, ist das völlig in Ordnung. Die Show geht nur so weit, wie wir es zulassen.«

Beinahe hätte ich laut aufgelacht, weil ich alles von ihr wollte. Jeden verdammten einzelnen Zentimeter. Ich wollte ihr das Kleid ausziehen, ihren unsichtbaren BH oder was auch immer sie drunter trug. Ich wollte sie nackt vor mir. Ohne Show. Ohne Fake. Nur sie und ich und ein großes Bett.

»Das hier ist viel zu gut, um damit aufzuhören.«

»Ja«, hauchte sie.

Und dann taten wir es einfach.

Sie kam mir entgegen, ich ihr. Wir trafen uns irgendwo dazwischen. Sanft presste ich meine Lippen auf ihre. Hielt inne. Wartete. Wir wurden beobachtet. Fotografiert. Bewertet. Gefeiert. Beneidet.

Dieser Kuss war für die Leute da draußen, nicht für uns.

Nicht für uns. Nicht für uns. Nicht für uns.

Haley öffnete ihren Mund, fuhr mit der Zunge zwischen meine Lippen, und ich ließ sie ein. Keine Grenzen. Nur sie und ich und alles um uns herum. Ich lehnte mich ihr entgegen und tat das, was ich schon so oft auf einer Bühne oder im Unterricht getan hatte. Ich küsste sie, wie man einen Spielpartner küsste. Sanft, bedacht, im richtigen Winkel, damit es gut aussah. Es gab Küsse und es gab *Küsse*. Hier zählte nicht die Leidenschaft oder das Gefühl, hier zählte die Optik. Denn die war das, was die Leute später anziehen würde. Was auf Bildern und Filmen zu sehen wäre, was die Presse und die PR von uns erwarteten.

Ich lieferte. Genau wie Haley. Sie rückte näher, kletterte fast auf meinen Schoß, und mir wurde schwindelig. Meine Hose spannte schmerzhaft, Haley legte ein Bein darüber, rieb sich an mir, gab mir zu verstehen, wie sehr sie mich wollte.

Nicht mich. Nicht mich. Nicht mich.

Ich packte ihren Hintern, presste sie fester an mich und bebte. Sie stöhnte in meinen Mund und ich in ihren. Wir verschmolzen miteinander. Ineinander. Und es war so gut. Dieser Kuss, ihre Nähe, ihr Geschmack. Das Kribbeln in meinem Bauch. Wann war es zuletzt auf einer Bühne so gewesen? Durfte ich so viel Spaß an einem inszenierten Kuss haben? Wir waren Profis. Wir wussten, was wir taten, und wir hatten Erfahrung darin.

Aber das hier war so anders.

Es war eine Zwischenebene. Ein Zwischengefühl. Ein Zwischenkuss. Er hing zwischen Gefühlen und Show. Zwischen Damon und Marissa und Wyatt und Haley.

Mir wurde heiß, Haley stöhnte, löste sich, schwebte mit ihren Lippen über meinen. Wie benommen rang ich um Luft, um Klarheit und um meinen Verstand.

Keiner rührte sich. Keiner wollte diese Zwischenebene verlassen, wo es diese Versionen von uns gab, die ziemlich scharf aufeinander waren.

»Wyatt«, flüsterte sie, und allein, wie sie meinen Namen aussprach, ließ mich noch härter werden. Das war, was ich von ihr hören wollte. Ich wollte, dass sie ihn laut schrie, wenn ich mit meinen Lippen ihre Klitoris streifte, wenn ich ihr zeigte, wie es wäre, wenn wir diese Zwischenebene verließen und in die Realität eintauchten.

Haley kam zurück zu mir und saugte meine Unterlippe zwischen ihre Zähne. Ich keuchte. Mein Penis drückte schmerzhaft gegen meine Hose. Die Reaktion war viel zu heftig für einen gefakten Kuss. Viel zu unprofessionell, zu intim. Zu alles. Gottverdammt, es war zu gut.

Ich glitt mit der Hand zwischen ihre Schulterblätter, sollte das eigentlich beenden, doch stattdessen drückte ich sie an mich. Ließ sie alles von mir haben, was sie sich nehmen wollte. Wir küssten uns wie Ertrinkende. Ihre Zunge stieß gegen meine. Meine gegen ihre. Ich war in ihr und sie in mir. Und so verschwammen die Grenzen.

Ich steigerte das Tempo und die Intensität. Schmeckte sie voll und ganz. Meine Finger glitten über ihre Seite, die Rippen, die

Taille, die Hüfte. Ich zog an dem Glitzerstoff, der so wenig von ihr verdeckte und dennoch zu viel war. Ich wollte mit ihr allein sein, ihr dieses Kleid ausziehen, sie schmecken und fühlen und …

Jemand räusperte sich neben uns. Ich zuckte zusammen, genau wie Haley. Wir fuhren auseinander. Vor unserem Alkoven stand ein junger, gut aussehender Mann und grinste breit. Er trug einen Smoking wie fast jeder hier. Seine dunklen Augen waren fest auf uns gerichtet. An seinem Arm hing eine Frau, die aussah, als wäre sie gerade dem Titelbild der Vogue entstiegen. Sie beachtete uns jedoch nicht, sondern sah mit gelangweilter Miene über das Treiben auf der Tanzfläche.

»Lyle?« Haleys Stimme klang dünn und brüchig. Sie zupfte an ihrem Kleid herum, richtete sich die Haare und rückte ab von mir.

Ich kam nur langsam zu mir und hatte das Gefühl, als hätten wir gerade eine Vollbremsung hingelegt.

»Guten Abend«, sagte Lyle. »Ich wollte euch nicht stören, aber ihr löst bald den Feueralarm aus, wenn ihr so weitermacht.«

Ich strich mir über den Nacken und setzte mich so hin, dass man die Beule in meiner Hose nicht sah.

»Sorry. Wir haben uns wohl etwas mitreißen lassen«, sagte Haley.

»Das war nicht zu übersehen. Ich kann euch auch in einen privateren Bereich bringen, da könnt ihr dann tun und lassen, was ihr wollt.«

In meinem Hirn ratterte es. Das war Lyle. Lyle Matthews? Scheiße, hatte ich gerade vor einem der bekanntesten Produzenten Hollywoods rumgeknutscht?

»Das ist nicht nötig, danke«, sagte Haley.

»Ich bin übrigens Lyle«, stellte er sich vor und streckte mir die Hand zur Begrüßung hin.

»Ja. Entschuldigung«, sagte Haley. »Wyatt, das ist Lyle Matthews, und das ist Wyatt Holt, mein neuer Partner. In der Serie!«

»Nicht nur da, wie es aussieht«, sagte Lyle.

»Freut mich«, sagte ich und ergriff die ausgestreckte Hand. Lyle drückte fester zu, als ich erwartet hatte. Er lächelte kurz und ließ sofort wieder los. »Und das eben war nicht so, wie es ausgesehen hat.«

»Ach?« Er blickte zu seiner Begleitung, die dem Gespräch nicht mal zugehört hatte. »Michelle, lässt du uns eine Flasche Champagner nach oben bringen?«

Sie nickte, löste sich von Lyle und stolzierte davon, ohne uns eines Blickes zu würdigen.

»Wie wäre es, wenn ich euch den Rest des Clubs zeige? Es gibt einen VIP-Bereich, wo wir ungestörter reden können.«

Sofort änderte sich Haleys Körperhaltung. Sie spannte die Schultern an, strich sich durchs Haar, richtete ihr Kleid. Ich erinnerte mich an Landons Party, wohin sie eigentlich nur mitgekommen war, um Malcom McLeash zu treffen.

»Sehr gern.« Sie stand auf und trat auf Lyle zu. Er lächelte ihr einladend zu und reichte ihr den Arm.

»Wyatt?«, fragte er.

»Ja, klar. Bin dabei.«

Haley drehte sich zu mir und sah gleichermaßen erleichtert wie nervös aus. Lyle zog sie einfach mit sich, und ich folgte den beiden, auch wenn ich tausendmal lieber allein mit Haley geblieben wäre.

27. KAPITEL

Haley

Ich nestelte nervös an meinem Kleid herum, während Lyle uns durch den Club führte. Mit ihm hatte ich heute Abend überhaupt nicht gerechnet. Gabriela hatte extra vorher die Gästeliste gecheckt und gemeint, dass er nicht draufstehe.

Doch er war eindeutig hier. Live. Echt. Ob das auch für Malcom galt? Vier Wochen hatte Lyle bei unserem ersten Treffen gesagt. Ich rechnete rasch im Kopf nach und musste feststellen, dass sie tatsächlich an diesem Wochenende vorbei waren. Gabriela hatte es mit keinem Wort mehr erwähnt. Es war eigentlich ihr Job zu wissen, wann solche Fristen verstrichen.

Ich hielt mich an Lyles Arm fest. Der Stoff seines Anzugs war angenehm weich, und er duftete nach einem dezenten Aftershave. Bei jeder Bewegung spürte ich das Spiel seiner Armmuskeln. Wie immer sah er fantastisch aus. Braun gebrannt und ausgeruht, als könnte ihm der Stress dieses Business nichts anhaben.

Ich wünschte, ich könnte genauso gelassen wirken, doch mein Körper versuchte noch, Wyatts Küsse zu verarbeiten. Alles in mir bebte und prickelte und stand kurz vor einer Explosion.

Ich hatte mich eben viel zu sehr verloren, mich treiben lassen, mich voll und ganz in Wyatts Arme begeben und mit ihm diesen Tanz getanzt, der mir bisher fremd gewesen war. Die Grenzen zwischen Marissa und mir waren derart verschwommen, dass ich gar nicht mehr richtig gewusst hatte, wo ihre Lust aufhörte und meine anfing. Es hätte ein professioneller Kuss werden sollen. Voller gespielter Leidenschaft und falschem Verlangen. Aber das war weit davon entfernt gewesen, was Kollegen normalerweise am Set austauschten. Ein Teil von mir fürchtete sich ein wenig davor, was es zu bedeuten hatte, während der andere unbedingt noch mal Wyatts Hände spüren wollte.

Ich warf einen Blick zurück. Er folgte uns mit gelassener Miene, die kein bisschen verriet, was in ihm vorging.

»Wie gefällt euch der Club?«, fragte Lyle und lenkte meine Aufmerksamkeit zurück zu ihm.

»Sehr gut. Die Atmosphäre ist außergewöhnlich. Ich bin mir sicher, dass er toll laufen wird.«

Lyle lachte leise und beugte sich näher zu mir. Dabei kitzelte sein Atem meine Haut. Ich schauderte. Es war anders als mit Wyatt eben. Nicht unangenehm, aber auch nicht so prickelnd und berauschend.

»Und jetzt gib mir eine Antwort, die nicht nach einem Pressetext klingt.«

»Ich …«

»Was macht der Club mit dir?«

Dass ich mich meinem Co-Star an den Hals werfe, ihn derart heftig knutsche, dass es in der Öffentlichkeit fast unanständig ist. Dass ich mehr davon will, dass mein gesamter Körper unter Hochspannung steht, dass ich so feucht bin, wie schon lange nicht mehr, dass ich mir wünsche, er würde mich weiter anfassen, mich überall berühren, seine Zunge über meine …

»Er lässt mich entspannen.«

Lyle hob eine Augenbraue. »Sah eben eher danach aus, als würdest du brennen.«

Ich machte eine wegwerfende Handbewegung, die hoffentlich überspielte, wie mich dieser Kuss aus der Bahn geworfen hatte. »Das ist nur Show. Wir sind auf einem Date, weil unser PR-Team gemerkt hat, wie sehr die Fans auf unsere Rollen abfahren.«

»Ach.« Lyle blickte zurück zu Wyatt und schenkte ihm ein Lächeln. Es wirkte erleichtert. »Interessant.«

»Es funktioniert großartig über Social Media«, fuhr ich fort. »Der Kuss eben war … Teil der Show.«

Teil der Show. Teil der Show. Teil der Show.

Wenn ich mir das lang genug einredete, würde es sich einprägen.

»Es hat alles andere als fake ausgesehen. Gratulation an eure Schauspielkünste.«

»Danke. Ich … ich wusste gar nicht, dass du heute hier sein wirst.« Ich musste das Thema auf Gefilde lenken, die nichts mit heißen Küssen zu tun hatten.

»Malcom und ich sind Teilinhaber des Clubs. Ein alter Freund hat ihn gegründet und brauchte Starthilfe, die wir ihm gern gegeben haben. Ideen wie diese sollten nicht im Sand verlaufen, nur weil das nötige Kleingeld fehlt.«

Das nötige Kleingeld. Ich wusste aus der Presse, dass der Bau mehrere Millionen verschlungen hatte.

»Wir hängen es nicht an die große Glocke, weil wir uns auf unsere Filmprojekte konzentrieren wollen und nicht darauf, Clubs zu eröffnen. Sonst würden alle möglichen Leute auf der Matte stehen und ebenfalls Hilfe wollen.«

»Verständlich.«

»Da entlang.« Lyle führte uns zielsicher durch den Club, wurde allerdings immer wieder angehalten, weil ihn Leute begrüßten. Er verteilte Küsschen hier und dort, lächelte und versprühte so viel warmen Charme, dass ihm kaum jemand widerstehen konnte. Dieser Mann war so bodenständig und jonglierte gleichzeitig diese Millionenprojekte.

Wir gelangten schließlich an eine Treppe, vor der ein Bär von einem Mann stand. Er trug einen schwarzen Anzug und einen Knopf im Ohr. Kaum sah er Lyle, nickte er ihm zu und öffnete die Absperrung.

»Danke, Steve.« Lyle klopfte dem Mann auf die Schulter und winkte uns, ihm zu folgen.

Ich sah mich noch mal nach Wyatt um, der jedoch das Ambiente in sich aufzunehmen schien. Zum ersten Mal, seit wir uns kannten, wünschte ich mir, in sein Innerstes sehen zu können, um zu erfahren, was gerade in ihm vorging.

Wir kamen nach oben. Der VIP-Bereich war ebenfalls mit LED-Wänden ausgestattet. Hier war es allerdings wesentlich ruhiger. Ein DJ legte zwar Musik auf, doch sie war viel gechillter als unten. Die große Glaswand zur Rechten bot einen spektakulären Blick auf den Club und die Tanzfläche. Links zog sich eine orange-blau beleuchtete Bar an der Wand entlang. Überall warteten Sitznischen mit einladenden Lederpolstern darauf, dass man sich auf ihnen niederließ. Viele Menschen saßen locker zusammen, redeten, tranken Champagner oder tanzten auf der kleinen Fläche nahe der Fensterfront. Lyle führte uns zu einer Nische weiter hinten, wo bereits drei Gläser und eine gekühlte Flasche Schampus für uns bereitstanden. Auch Michelle, seine Begleitung, war wieder da. Sie empfing Lyle mit einem kühlen Lächeln und einem Kuss auf den Mund. Er tätschelte ihre Hüfte und ließ sich auf der Sitzbank nieder. Wyatt wählte den freien Stuhl rechts, und ich nahm den Sessel auf der anderen Seite.

Oder sollte ich zu Lyle auf die Couch? Wäre das persönlicher? Zu aufdringlich? Was erwartete er von mir?

Lyle griff nach der Flasche, goss erst mir, dann Wyatt und sich ein.

»Es ist schön, dass wir uns hier getroffen haben.« Er stieß mit uns an, lächelte mir über den Rand des Glases hinweg zu, und ich merkte, wie ich entspannte. Lyle strahlte so viel Ruhe und

Selbstvertrauen aus und schien sich dabei in jedem Umfeld völlig natürlich zu bewegen. Ob in Jogginghosen in einem teuren Penthouse oder im Smoking in einem exklusiven Club.

»Also, Wyatt«, sagte Lyle und drehte sein Glas in den schlanken Fingern. »Erzähl mir von dir. Du bist neu in *Undercurrents.*«

»Richtig. Bin für Wes Burningham eingesprungen, der ursprünglich meine Rolle hatte.«

»Ah, Wes.« Lyle schwenkte den Champagner im Glas und kniff die Augen zusammen. »Er vertut sich gern mal bei der Wahl seiner Projekte.«

Keine Ahnung, wie er das meinte. Dass Wes die Rolle hätte spielen sollen oder dass seine Entscheidung zu gehen die richtige gewesen war?

»Was hast du vorher gemacht, Wyatt?«

»Ich war in New York. Hab erst meine Ausbildung an der NYMSA absolviert und dann in einigen Off-Broadwayshows gespielt.«

»Dann kennst du Preston Blair.«

»Ja, er arbeitet nicht mehr viel, aber er taucht ab und zu in der Schule auf.«

»Ich kenn Preston noch aus der Zeit, als er in L.A. gewohnt hat. Seine Kids Mateo und Katie starten gerade ziemlich durch. Wir haben erst vor zwei Wochen miteinander gesprochen.«

»Hab das Gefühl, dass hier jeder jeden kennt.«

»Das ist so.«

Aber das war nur relevant, wenn man dadurch in den Inner Circle kam. Das machte mir Gabriela jeden Tag begreiflich.

Lyle lehnte sich im Sitz zurück. »Dann bist du ganz neu in der Filmbranche.«

»Bin ich.«

Lyle nickte, trank einen Schluck und musterte Wyatt interessiert. Als würde er bereits überlegen, wo er ein unverbrauchtes Gesicht wie ihn einsetzen könnte. Ich schluckte trocken und merkte, wie mir die Kehle eng wurde. Weil Wyatt es mal wieder schaffte, einfach mit seiner Ausstrahlung die Leute für sich zu interessieren. Gabriela und ich hatten fast ein Jahr gebraucht, um einen Termin bei Lyle zu erhalten. Und Wyatt?

Ich schloss die Augen, schob das sofort zurück, denn ich wollte nicht so denken. Er war ein wundervoller Kollege und ein betörender Mann. Wyatt zählte einfach zu diesen Typen, die Charisma hatten. Ich sollte mich für ihn freuen.

Auf einmal trat jemand neben unseren Tisch. Lyles Miene hellte sich augenblicklich auf. Ich drehte mich um und hielt die Luft an.

Oh mein Gott.

»Da steckst du! Ich such dich überall!« Malcom McLeash stand vor unserem Tisch, beugte sich zu Lyle und schlug mit ihm ein.

Das war er. Eine der größten Legenden Hollywoods. *Der* Garant für Erfolg. Der Mann, der Karrieren nach vorne brachte oder sie zerstörte. Er besaß all die Macht, nach der so viele lechzten. Er war der Olymp, auf den alle wollten.

Und er sah genauso umwerfend aus, wie er auf Bildern wirkte. Malcom war größer als Lyle, hatte etwas längere dunkle Haare, die gewollt unordentlich gestylt waren. Der Stoff seines Anzugs glänzte leicht, aber es wirkte an ihm edel statt affektiert. Sein Gesicht war kantig, glatt rasiert, seine stechend blauen Augen richtete er auf mich und ließ mich schaudern.

»Ja, sorry«, sagte Lyle. »Ich wurde von diesen zwei entzückenden Menschen abgelenkt. Das sind Wyatt Holt und Haley Sharp, und das ist mein bester Freund, Kollege, Mentor, Bruder im Geiste und Geschäftspartner Malcom McLeash.«

Malcom hielt sich die Hand vor den Mund und räusperte das Wort: »Schleimer.«

Lyle lachte nur darüber.

»Es freut mich sehr, dich endlich kennenzulernen, Haley. Hab schon viel von dir gehört.«

Ach ja?

Ich lächelte, streckte ihm die Hand hin, die er sofort entgegennahm. Seine Finger schlossen sich warm und weich um meine. Genau mit dem richtigen Druck. Seine blauen Augen bohrten sich auf meiner Seele fest, und für diese eine Sekunde schien die Zeit stillzustehen. Malcom hatte eindeutig diese besondere Fähigkeit, alles um einen herum auszublenden. Seine gesamte Aufmerksamkeit galt nur mir, die Welt verstummte und wurde erst wieder laut, als er sich abwandte.

»Freut mich ebenfalls, Wyatt.« Er schüttelte auch ihm die Hand und ließ sich neben Lyle auf die Sitzbank gleiten. Malcom musterte den Champagner und rümpfte die Nase.

»Wir haben doch besseres Zeug als das hier. Außerdem fehlt ein Glas. Denkst du denn nie an mich?«

»Du bist das Erste, an das ich denke, wenn ich aufwache, und das Letzte, wenn ich einschlafe.«

»Und wenn du dir einen runterholst?«

»Da noch nicht.«

»Schade.« Malcom blickte sich um und gab irgendwem ein Zeichen, dass er auch was trinken wollte, dann wandte er seine Aufmerksamkeit wieder Lyle zu. »Ich hab eben mit Marlon Greenshields geredet. Dieser Typ ist so ein borniertes Arschloch. Sorry für die Ausdrucksweise.« Er blickte Wyatt und mich an. Ich winkte ab.

Marlon Greenshields war der Creator einiger Realityshows, von denen eine im letzten Jahr sogar den Primetime Emmy Award gewonnen hat.

»Was hat er denn dieses Mal vom Stapel gelassen?«, fragte Lyle.

»Ach, den üblichen Dreck. Hat sich über die Erhöhung der Mindestgage aufgeregt und gemeint, dass er Leute entlassen muss, weil das seine Produktionskosten sprengt. Dabei hat er im letzten Jahr mit dieser Inselshow abartig viel Gewinn gemacht. Leute wie der sollten echt nicht mehr drehen.« Malcom nahm Lyles Glas und trank es leer. »Aber egal, erzählt mir lieber was von euch. Wie magst du die Rolle von Damon bisher, Wyatt?«

Ich sah ihn verwundert an, weil ich nicht damit gerechnet hätte, dass Malcom die Show kannte.

»Er ist euer größter Stalker und Fan«, sagte Lyle. »Hat die erste Staffel durchgebinged.«

»Sie ist unterhaltsam, Mann. Wobei es echt Zeit war, dass Marissa den Stock aus ihrem Arsch zieht. Nichts für ungut, Haley, aber die Frau gehört mal ordentlich durchge…«

»Da kommen unsere Drinks«, sagte Lyle. Er warf Malcom einen scharfen Blick zu, doch der merkte es gar nicht. Er bedankte sich bei der Kellnerin, nahm die neue Flasche Champagner und sein Glas entgegen.

Ich verlagerte mein Gewicht von einer Seite auf die andere und sah zu Wyatt, der dem Gespräch mit recht unbeteiligter Miene folgte. Doch an seinen angespannten Schultern merkte ich, dass es ihn irritierte, wie Malcom redete.

Du musst dir wirklich ein dickeres Fell zulegen.

Malcom verteilte den Schampus auf unsere Gläser und trank sofort von seinem. »Ah, besser. Also, haut schon raus: Wie laufen die Dreharbeiten zur zweiten Staffel?« Er griff in seine Jackentasche und zog ein Päckchen heraus, das mit einem weißen Pulver gefüllt war.

»Gut«, sagte ich, etwas irritiert davon. »Ich denke, du bekommst das, was du dir für Marissa wünschst.«

»Den stockfreien Arsch oder ein paar ordentliche Sexszenen?«

»Beides.«

»Damon wird sie aufmischen, was?«

»Wird er«, sagte Wyatt. Unsicher blickte er sich im Club um, weil Malcom sich gerade vor uns eine Line Koks legte, aber es schien niemanden zu interessieren.

»Hab Nikolais Konzept gelesen, ich find es gut. Hoffentlich zieht er es auch durch und kneift nicht. Stephen ist ja dafür bekannt, dass er Dinge gern weichspült. Das wäre aber ein großer Fehler bei der Rolle.«

»Bisher find ich Damon nicht weichgespült«, sagte Wyatt. »Nikolai macht schon sehr klar, was er will.«

»Das ist gut. Zurzeit sind Typen mit Ecken und Kanten wieder gefragt.« Malcom teilte das Pulver routiniert mit einer Karte in zwei saubere Bahnen auf. »Geheimnisvolle Männer mit gebrochenen Herzen, die sich unnachgiebig nach außen hin zeigen, aber weich im Inneren sind. Sie wissen genau, was Frauen brauchen und wie sie es ihnen geben können. Guter, harter Sex, Dominanz mit gleichzeitiger Verletzlichkeit. Es ist ein schmaler Grat, aber wenn man ihn gut bewandert, werden alle nach diesen Charakteren lechzen.« Kaum war er fertig, nahm er ein Röhrchen und sog die beiden Spuren auf. Er hielt die Luft an, stöhnte und legte den Kopf in den Nacken. Dann wischte er sich über die Nase. »Auch eine Runde?« Er sah Wyatt fragend an, doch der wiegelte sofort ab.

»Ist aber erstklassiger Stoff.«

»Trotzdem nicht, danke.«

Malcoms Blick wanderte zu mir. Ich verlagerte mein Gewicht auf dem Sessel. Es war nicht das erste Mal, dass mir Drogen angeboten wurden, aber noch nie hatte es jemand mit so einer Selbstverständlichkeit getan wie Malcom. Erwartete er von mir, dass ich darauf einstieg? Würde es unserer Beziehung einen Push geben, wenn ich zustimmte?

»Du musst nicht«, sagte Lyle sofort und nahm das Päckchen von Malcom. Statt sich ebenfalls eine Line zu ziehen, tippte er nur eine Fingerspitze in das Pulver und zog es sich in die Nase. »Hier wird niemand zum Drogenkonsum gezwungen.«

»Auch wenn ihr echt was verpasst.« Malcom klatschte in die Hände, goss sich den Rest vom Champagner ein und winkte bereits für neuen.

»Jetzt lasst uns aufhören, übers Geschäft zu reden, und Spaß haben! Wir sind hier in einem der geilsten Clubs der Stadt, die

Nacht gehört uns.« Malcom sah mich eindringlich an, und mir lief es eiskalt den Rücken hinunter.

Ihm gehört nicht nur diese Nacht. Ihm gehört alles, was er haben will.

Und ich war mir nicht ganz sicher, ob Wyatt und ich nun auch dazuzählten.

04. JULI

Wyatt

Zoe

Ich bin dankbar für:

Fürs Mit-einigen-Mädels-losziehen-und-feiern-Gehen.
Für mein neues Kleid. Es war seeehr knapp geschnitten. Martha war mit mir einkaufen und hat mich ermutigt, es zu tragen, weil sie meinte, dass es meine beiden Mädels wunderschön zur Geltung bringt. Sie hatte recht.
Fürs Flirten. Einfach so. Hab nicht drüber nachgedacht, ob was draus wird. Hat gutgetan. Elijah hat sich übrigens noch immer nicht gemeldet.
Fürs Telefonieren mit Dad. Er klingt schon wieder viel viel besser.

Wyatt

Ich bin dankbar für:

Fürs Schreiben mit Dad. Er macht wieder Witze und heute hat ihn Haleys Mom

Leanne besucht. Die beiden haben
Kontakt seit dem Charity-Event.
Für den Clubbesuch mit Haley. Schau dir
mal die Website des Electric Oasis Clubs
an, das ist so abgefahren.
Für den Kuss mit Haley. Also so richtig. Es war
wild und schön und fake. Alles für die Show.
Ich muss mir das immer vorsagen.
Ging mir aber ziemlich unter die Haut.
Dafür, dass du Spaß hattest.
Feiern und Party klingen gut.

Ich ließ das Handy sinken, lehnte mich gegen die Brüstung meiner Dachterrasse und blickte über die Stadt, die unter dem grauen Morgenhimmel langsam erwachte. Der Abend heute im Club hatte einen komischen Beigeschmack hinterlassen, was nicht nur am wilden Kuss lag, den ich nach wie vor nicht richtig einordnen konnte, sondern auch am Gespräch mit Lyle und Malcom. Wobei es mit Lyle noch gut war. Unangenehm wurde es erst, als sein Freund aufgetaucht war.

Malcoms aufgedrehtes Verhalten, dass er vor unseren Augen eine Line gezogen hatte und seine Sprüche gegenüber Haleys Rolle oder generell dem Frauenbild, fand ich befremdlich. Vermutlich sollte es mich nicht wundern, dass er Damon genauso anlegen wollte wie Nikolai. Es passte zu seiner Ausstrahlung, die mich an diese arroganten Schnösel erinnerte, nach denen ich meinen Damon-Ankerstein geprägt hatte. Das war genau das, was ich nicht in meinem Privatleben wollte. Am Set oder auf der Bühne mochte ich solche Rollen spielen können, aber wenn es in Hollywood zur Grundstimmung gehörte, so zu sein, müsste ich erst mal für mich ergründen, wie ich damit umgehen wollte.

Ich sah auf mein Handy. Es war kurz vor fünf in der Früh. Zum Glück war heute drehfrei. Ich würde lediglich nachher bei Dad vorbeischauen und mich dann später für die 4th-of-July-

Party zurechtmachen. Der gesamte Cast war eingeladen. Wir würden in einem gemieteten Loft feiern. Mit Presse und einigen ausgewählten Fans. Es war also eher Arbeit als richtiger Spaß. Das hieß aber auch, dass ich wieder mit Haley das verliebte Paar spielen durfte.

Und sie vielleicht noch mal küssen.

Der Gedanke kribbelte heftig in mir nach, aber vermutlich sollten wir uns nicht mehr ganz so gehen lassen wie im Club.

Ich rief den Chat mit Haley auf, der nach wie vor aus wenigen privaten Worten bestand. Das letzte Mal hatten wir vorgestern geschrieben, um zu vereinbaren, wie und wann wir uns für den Clubbesuch treffen würden.

Wyatt

Hey, ich will dich nicht stören, nur fragen, ob du gut nach Hause gekommen bist. Ich freu mich auf heute Abend.

Mein Finger schwebte über dem Senden-Knopf. War das schon zu viel? Aber ich freute mich wirklich darauf, Haley wiederzusehen. Ich verbrachte gern Zeit mit ihr, egal ob auf unseren Fake-Dates, am Set, zwischen den Dreharbeiten oder auf meiner Couch beim Pancake essen. Sie gab mir ein gutes Gefühl, hinterließ diese angenehme Wärme in mir und nun auch dieses nervöse Flattern in meiner Magengegend.

Ich schloss die Augen und sah uns natürlich sofort wieder eng umschlungen auf der Tanzfläche. Ich spürte ihre Haut unter meinen Fingern, ihr leichtes Beben, wenn ich mit den Lippen über ihren Hals glitt. Und ich schmeckte sie. Tief und sinnlich und nach etwas, von dem ich mehr brauchte.

Mein Handy vibrierte, ich zuckte zusammen und sah auf die Antwort, die von Haley eingegangen war. Ohne es zu merken, hatte ich die Nachricht doch abgeschickt. »Trottel.«

Haley

Ja, ich bin gut daheim angekommen. Der Abend war wirklich sehr schön. Erhol dich. Bis heute Abend.

Ich starrte auf Haleys Namen, neben dem noch der Online-Status stand, und kaute auf meiner Unterlippe herum. Tausend Gedanken schwirrten mir durch den Kopf, die ich am liebsten alle hinterhergeschickt hätte.

Wie fandest du den Kuss? Sollen wir das wieder machen? War es zu viel? War es zu wenig? Ich will gern mehr!

Aber dieses Mal behielt ich meinen Finger unter Kontrolle und schrieb nichts davon. Das Online-Zeichen neben ihrem Namen verschwand, und ich blieb mit diesem merkwürdigen, drückenden Gefühl in meinem Magen zurück.

28. KAPITEL

Haley

Ich stand vor den majestätischen Toren einer prächtigen Villa mitten in Bel Air und bekam den Mund vor Staunen kaum zu. Ich war schon auf einige exklusive Partys eingeladen gewesen, aber das hier war eine andere Liga.

Das Anwesen erstreckte sich über eine riesige Fläche, inklusive Park und verwinkelten Wegen. Von der Straße aus sah es gar nicht so groß aus, doch sobald man das Eingangstor passierte, entfaltete sich die Magie. Zweimal war ich von der Security gecheckt worden, überall hingen Überwachungskameras. Das hier war der pure Luxus und genau die Art von Geld, die der Elite in Hollywood zur Verfügung stand. Hier flossen all die Macht und der Reichtum zusammen.

Und ich durfte heute ein Teil davon sein.

Das schlechte Gewissen nagte heftig an mir, denn eigentlich hätte ich auf einer Party mit dem Cast sein sollen. Es war ein Pressetermin zum vierten Juli, doch Gabriela hatte mich am Mittag kontaktiert. Malcom hatte sie persönlich angerufen und mich eingeladen. Sie hatte mir sehr deutlich gemacht, dass es keine Wahl gab, und bereits für die Castparty abgesagt, ohne das vorher mit mir zu klären. Dementsprechend mies fühlte ich mich. Nicht nur, weil es einige Fans enttäuschen würde, sondern auch, weil ich Wyatt hängen ließ. Ich wusste, dass er sich auf den Abend mit mir gefreut hatte, genau wie ich. Sobald ich die Augen schloss, tauchten all die Möglichkeiten vor mir auf, wie dieser Abend hätte ablaufen können. Mit Berührungen, zarten Gesten, heißen Küssen und viel Nähe. Ich hätte mich wieder fallen lassen können, mich sicher fühlen, einen Moment alles andere vergessen und …

Ich schüttelte mich, schob die Gedanken und das schlechte Gewissen zur Seite und trat in die Eingangshalle. Sofort wurde ich von einem Kellner im schwarzen Anzug empfangen. Er bot mir ein Glas Schampus an, der bestimmt genauso exklusiv war wie das, was wir im Electric Oasis Club getrunken hatten.

Ich nahm ihn dankend an und blickte mich um. Sanfte Jazzmusik spielte über Lautsprecher. Vor mir erstreckte sich ein ausladendes Foyer mit einer majestätischen Treppe, die nach oben führte. Links und rechts standen die Türen zu weiteren Sälen offen, aber ich wusste gar nicht, wohin ich zuerst blicken sollte.

Ich war auf die Minute pünktlich erschienen, dennoch waren schon etliche Gäste eingetroffen. Frauen in wunderschönen edlen Abendkleidern und Männer in Anzügen oder Smokings. Die Leute schrien geradezu nach Geld und Macht. Mir wurde ein wenig schwindelig, weil ich das Gefühl hatte, nicht reinzupassen. Ja, ich hatte einen gewissen Erfolg dank Savannah gehabt, aber das hier war die Sorte Reicher, die sich Jachten und Häuser überall auf der Welt leistete. Die Geld nutzte, um ihren Kamin anzuheizen, und für die hunderttausend Dollar nicht mehr waren als ein Trinkgeld.

Ich trank einen Schluck von meinem Champagner und ging nach links weiter. Dabei hielt ich Ausschau nach bekannten Gesichtern, doch im Gegensatz zu Landons Party, wo ich einige von Premierenpartys oder der Arbeit kannte, waren mir alle fremd. Ich kam an zwei jungen Frauen vorbei, die mich interessiert, aber auch ein wenig abfällig musterten. Sie waren gertenschlank, groß gewachsen und bildschön. Die Art von Frau, die man über Laufstege schickte, um die neueste High Fashion vorzustellen. Beide trugen enge Abendkleider mit feinen Trägern und einem sehr tiefen Ausschnitt. Eine lehnte sich lässig an die Schulter der anderen und strich ihr verträumt durch die Haare. Sie ließen mich dabei nicht aus dem Blick und irgendwie verursachte mir das eine Gänsehaut.

Ich lächelte sie an, ging rasch weiter und schob mich durch die Menge. Weder Lyle noch Malcom waren irgendwo zu sehen, was mich langsam nervös machte. Ich kannte keinen Menschen hier, war völlig fremd in diesem Ambiente und fühlte mich wie ein Bauerntölpel, der sich versehentlich auf die Party des Königs verirrt hatte. Ich klammerte mich an die Sektflöte in meiner Hand, scannte die Menge ab und entdeckte tatsächlich jemanden, den ich kannte.

Landon Doyle.

Nicht der Mann, den ich mir erhofft hatte zu treffen, doch im Moment nahm ich jeden Rettungsanker, der mir zugeworfen wurde. Er unterhielt sich mit zwei Frauen, die fast identisch zu den beiden aussahen, die ich eben gesehen hatte. Bildschön, schlank, groß, knappe Abendkleider. Ich nestelte an meinem herum und wünschte, ich hätte mir noch etwas Eleganteres besorgt, aber auf die Schnelle hatte ich nur ein auberginefarbenes Kleid mit Pailletten und einem Corsagenoberteil aus meinem Schrank zaubern können. Ich hatte es vor drei Jahren zu einer Premierenfeier getragen und hoffte, dass es niemandem auffallen würde. Immerhin hatte ich es geschafft, meine Make-up-Artistin zu erreichen, die mir kurzfristig eine wunderschöne Hochsteckfrisur verpasst hatte. Natürlich mit Eilaufschlag.

»Landon, hi.« Ich näherte mich ihm langsam.

Er drehte sich zu mir um, das Lächeln auf seinem Gesicht wurde breiter. Auch er hatte sich in Schale geworfen und trug einen eleganten dunkelblauen Anzug. Seine Augen wirkten etwas glasig, ich war mir nicht sicher, ob er was eingeworfen hatte.

So wie Malcom am Abend zuvor.

Ich schüttelte den Gedanken ab. Drogen waren in Hollywood leider keine Seltenheit. Wenn man damit nicht klarkam, war man im falschen Geschäft.

»Sieh an.« Landon breitete die Arme aus. »Haley Sharp. Schon zum zweiten Mal innerhalb von zwei Wochen.«

Er zog mich an sich, und eine Wolke seines Aftershaves hüllte mich ein. Ich erwiderte die Umarmung und küsste ihn rechts und links auf die Wange. Seine Hand kam auf meinem Rücken zum Liegen.

Und blieb da.

»Wie geht es dir?«

»Gut.«

»Bist ganz schön schnell von meiner Party verschwunden.«

»Ich war noch eine Weile dort. Hast du vermutlich nicht bemerkt, so viel, wie du mit deinen Gästen um die Ohren hattest.«

»Was heute Abend nicht der Fall ist.«

Ich lächelte, trank einen Schluck und verlagerte mein Gewicht, sodass seine Hand von meinem Rücken verschwinden musste. Landon ließ sie sinken und schnappte sich ein volles Glas von einem Kellner, der gerade vorbeiging.

»Dafür haben wir heute sehr viel Zeit.« Landon trat näher, und sein Aftershave machte mich schwindelig. »Wir wollten uns ja noch über unsere Projekte austauschen.«

»Ich hab gar nicht so viel dazu zu sagen.«

»Ach, komm schon. Malcom hat dich doch eingeladen, oder?«

»Hat er. Hast du ihn schon gesehen? Ich bin eben erst gekommen und wollte wenigstens Hallo sagen.«

»Er schwirrt irgendwo rum.«

»Und Lyle?«

»Der auch, du wirst noch genug Zeit für die beiden haben. Komm, ich zeig dir das Haus.«

Er griff nach meinem Ellbogen, genau wie auf seiner Party, und wie dort löste es eine unangenehme Enge in mir aus. Aber das war alles Teil des Spiels. Ich musste mitmachen, wenn ich oben bleiben wollte.

»Warst du schon öfter hier?«, fragte ich, als er mich ganz selbstverständlich durch den Raum führte.

»Ein paarmal. Das Haus gehört Malcoms Freund Dan. Sie feiern gern, wenn alle in der Stadt sind. Was leider viel zu selten vorkommt.«

Er trat mit mir nach draußen auf eine der unzähligen Terrassen. Auf der Wiese vor uns spielte eine Jazzband. Mir war nicht klar gewesen, dass die Musik, die ich beim Reinkommen aus den Lautsprechern gehört hatte, live war. Zu unserer Rechten stand ein großer Springbrunnen, um den sich ebenfalls Leute versammelt hatten.

»Er feiert aber ganz schön elitär«, sagte ich.

»Tut er immer. Dan liebt es, Menschen um sich zu haben.« Landon grüßte einen Mann, der gerade mit zwei Frauen am Arm an uns vorbeikam. Er grabschte einer offen an den Hintern und drückte zu. Sie japste und küsste ihn auf die Wange. »Ich hoffe, du hast genug Partylaune mitgebracht und verschwindest nicht so schnell wie bei mir.«

»Wir werden sehen.«

Landon führte mich weiter über die Anlage und ließ es sich nicht nehmen, mir alles zu erklären. Mir fiel auf, dass überwiegend Frauen hier waren und wie sehr sie sich ähnelten. Sie waren alle wunderschön, hatten beneidenswerte Körper, waren jung und frisch und schienen die beste Zeit ihres Lebens zu haben. Es wurde viel gelacht und noch mehr getrunken. Beim Vorbeigehen an einem verhangenen Alkoven entdeckte ich sogar ein Pärchen, das Sex hatte. Sie gaben sich nicht mal Mühe, sich diskret zu verhalten.

Landon bemerkte es ebenfalls und lehnte sich zu mir. »Hier ist alles erlaubt.«

Ich zuckte zusammen, weil sein warmer Atem unangenehm über meine Haut strich.

»Wir können tun, worauf immer wir Lust haben.«

»Sch-schön.« Ich eilte weiter, bemühte mich, nicht zu erschrocken über diesen Ort zu wirken. Landon kommentierte es nicht und lotste mich über das Gelände.

Eine halbe Stunde später wusste ich, dass es hier ein Hallenbad, eine Bowlingbahn, einen Fitnessraum, einen Indoor-Tennisplatz und einen Trakt mit einem Kino gab. Allein das Gästehaus umfasste rund fünfzehntausend Quadratmeter, es waren insgesamt drei Outdoorpools angelegt und einer im Inneren. Natürlich mit Spa-Bereich. Die Bäume auf dem Anwesen waren alte Mammutbäume, die unter Naturschutz standen.

»Beeindruckend, oder?«, fragte Landon und blieb mit mir vor der Treppe im Eingangsbereich stehen.

»Ja, sehr.«

Landon schnappte sich einen weiteren Drink von einem Kellner – sein vierter– und trank ihn zur Hälfte leer. »Ich kann dir auch oben alles zeigen, wenn du magst.«

»Ich würde nach wie vor gern Malcom begrüßen.« Denn der war uns noch gar nicht über den Weg gelaufen.

Landon lachte leise, leerte seinen Champagner und blickte sich um. »Hey, Harvey.«

Ein älterer Mann mit grau melierten Haaren drehte sich zu uns um.

»Hast du Mal gesehen?«

Mal? Ernsthaft? Er hatte sogar einen Spitznamen für ihn?

»Büro. Oben.«

»Danke.« Landon drehte sich zurück zu mir und grinste mich an. »Dann kommen wir wohl doch noch in den Genuss, unsere kleine Tour fortzuführen.«

»Sieht ganz so aus.« *Ich Glückliche.*

Landon legte seine Hand erneut auf meinen Rücken, glitt einmal auf und ab. Dabei verweilte er am Ansatz meines Hinterns.

Ich schloss die Augen, schluckte das unangenehme Gefühl seiner Finger auf meinem Körper runter und folgte ihm nach oben. Das zweite Stockwerk war natürlich genauso imposant wie das untere. Teure Gemälde, edle Kronleuchter und handgeknüpfte Teppiche. Dazu jede Menge Marmor, Prunk und Platz.

»Es gibt übrigens fünfzehn Schlafzimmer«, sagte Landon.

»Und davon nutzt Dan jeden Tag eins?«

Er lachte. »Schätze, er braucht sie für all seine Gäste. Du könntest also hierbleiben, wenn du nicht heimfahren willst.«

Oh, ich wollte auf alle Fälle nach Hause fahren.

Landon führte mich ganz selbstverständlich den Flur entlang. Wir kamen an einem Zimmer vorbei, dessen Tür einen Spalt offen stand. Ich wünschte, ich hätte nicht hineingesehen, denn drinnen räkelten sich drei Frauen um einen Mann. Sie waren alle nackt. Eine ritt ihn, die anderen beiden saßen rechts und links neben ihm. Er hatte je eine Hand zwischen ihren Beinen vergraben und so, wie sie sich an ihm rieben, war völlig klar, wo seine Finger steckten.

Mir wurde übel. Ich würde am liebsten umkehren und von dieser Party fliehen, doch Landon führte mich bereits weiter. Wir machten vor einer massiven Holztür halt. Mein Herz schlug mir bis zum Hals, und ich hatte Mühe, klar zu sehen. Auf die Oberfläche der Tür waren ausgefallene Schnitzereien von Dantes *Inferno* geprägt. Ich hätte fast laut aufgelacht.

Landon klopfte sacht an, wartete aber keine Antwort ab, sondern trat einfach ein. Ich zögerte, doch er griff nach meiner Hand und führte mich mit sich.

Und wieder wünschte ich, woanders zu sein.

Malcom war da. Er saß vor einem ausladenden Holzschreibtisch auf einem Stuhl und bekam gerade einen Blowjob von einer halb nackten braunhaarigen Frau. Er hatte den Kopf in den Nacken gelegt, die Hand genussvoll in ihren Haaren vergraben.

»Hi«, sagte Landon. »Haley wollte dich begrüßen.«

Malcom sah zu mir, die Frau wollte aufhören, doch er hielt

sie an Ort und Stelle fest. Sein Blick fand meinen, er lächelte, die Lippen halb geöffnet. Ein Stöhnen drang aus seiner Kehle. Ich wich einen Schritt zurück und schüttelte den Kopf.

Das reichte mir. Rasch drehte ich um und eilte durch den Flur.

»Haley«, rief Landon mir nach, doch ich ging weiter. Am liebsten wäre ich gerannt, aber ich wollte nicht, dass es wie eine Flucht aussah. Zum Glück folgte Landon mir nicht. Ich kam unten an, blickte mich um, ohne genau zu wissen, was ich wollte. Diese Party war ein einziger Reinfall. Ich passte nicht hierher. Das war nicht meine Welt, und ich glaubte auch nicht, dass ich je dazugehören würde. Das war …

»Haley.«

Lyles warme Stimme ließ mich zusammenzucken. Ich fuhr zu ihm herum und hätte mich ihm am liebsten an den Hals geworfen.

»Alles klar? Du wirkst aufgewühlt.«

»Ja, ich bin nur gerade … Ich hab Malcom gesucht und bin in was reingeplatzt, wo ich nicht hätte reinplatzen sollen.«

»Ist er im Büro?«

»Ja. Nicht allein.«

Lyle nickte, als würde das alles erklären. »Sorry. Malcom ist manchmal ein wenig … drüber.«

»Es war nicht seine Schuld. Ich bin einfach reingeschneit, ohne auf sein Einverständnis zu warten.«

»Aber es geht dir gut?«

»Ich weiß nicht. Ich … ich fühl mich überfordert. Diese Party ist so …«

»Möchtest du einen Moment nach draußen?« Er hielt mir seinen Arm hin und lächelte sanft.

»Ja!« Ich hakte mich sofort bei ihm unter. Lyle führte mich in einen anderen Bereich des Anwesens. Hier war es wesentlich ruhiger, und es liefen keine Gäste herum. Lediglich ein paar Angestellte und Wachmänner kamen uns entgegen.

»Tut mir leid, wenn Malcom sich danebenbenimmt.«

»Er kann auf seiner Party tun, was er will, ich hatte nur nicht damit … gerechnet.«

»Hier geht es manchmal ein wenig freizügig zu.«

»Das ist mir nicht entgangen.«

»Nicht deine Art von Party, was?«

»Nein. Gar nicht.«

Er nickte und führte mich zu einem kleineren Springbrunnen, neben dem eine runde Steinbank angebracht war. In der Mitte des Brunnens stand eine Frau aus Marmor in einem langen Gewand. Sie sah in einen Krug, den sie in ihren Händen hielt und aus dem das Wasser strömte. Am Rand war ein Zitat eingraviert: *Wenn die Welt uns keinen Raum gewährt, dann werden wir ihn uns nehmen und die Ketten der Ungerechtigkeit zerschlagen!*

»Medea«, sagte Lyle und deutete auf die Figur.

»Was?«

»Eine Frau aus der griechischen Mythologie, die angeblich ihre Kinder umbrachte. Aber ich glaube, dass ihr der Mord untergeschoben wurde. Medea übte Kritik an einem patriarchalen System, das Frauen unterdrückte und ihnen sämtliche Kontrolle entriss. Ihr Widerstand gegen die Normen ihrer Zeit war ein Akt des Aufbegehrens. Sie dachte moderner als alle anderen, und das machte sie gefährlich. Irgendwann werde ich ihre Geschichte in einem Film erzählen. Als starke Frau, die sich gegen alle Widrigkeiten der damaligen Kultur stellt.«

»Klingt nach einem guten Plan.« Dem ich nicht ganz folgen konnte, weil mir die Bilder von eben nicht aus dem Kopf gingen.

Lyle seufzte leise und bot mir an, Platz zu nehmen. »Ich werde sowieso keine Zeit für persönliche Projekte haben. *The Seventh Circle* wird Malcom und mich auf Jahre beschäftigen.«

»Vielleicht kannst du es dazwischenschieben.«

»Mal sehen.«

Er klang traurig, ein wenig verloren vielleicht, aber ich konnte es mir auch nur einbilden.

»Wie läuft es denn mit eurem Projekt?«, fragte ich nach einer Weile. »Wir haben gar nicht mehr darüber reden können.«

Er schob einen Stein zur Seite und lachte leise. »Zu langsam für Malcoms Geschmack, doch damit hatte er schon immer Probleme. Dinge brauchen nun mal Zeit in Hollywood. Wir reden noch mit Investoren, Regisseuren, scouten Orte.«

»Und seid ihr weitergekommen, was das Casting angeht?«

Er hielt inne und blickte mich an. »Ich hab dich nicht vergessen, keine Sorge.«

»Die hab ich nicht.« Doch, und wie! Vor allen Dingen, nachdem Landon mir erzählt hatte, dass er schon bei Screentests gewesen war.

»Malcom hat sehr spezielle Vorstellungen, wen er haben will.«

»Und wen will er?«

»Frauen mit einem verwegenen Touch, aber ohne Härte. Sanft, aber stark. Gefügig, aber nicht schwach. Ich seh seine Vision, dennoch können wir uns nicht einigen. Das passiert manchmal. Am Ende kommen wir immer zusammen, also keine Sorge.«

Die Frage war, ob ich dabei war oder nicht. Lyle hatte sehr klargemacht, dass er und Malcom an einem Strang zogen, wenn es ums Casting ging.

»Ist manchmal ganz schön schwer«, sagte Lyle.

»Das Auswählen richtiger Darsteller?«

»Das ständige Bereitstehen und überall dabei sein wollen. All diese Leute …« Er machte eine umfassende Handbewegung. »Jeder will irgendwas. Jeder ist freundlich, jeder lächelt, jeder bückt sich, wenn man fragt. In Wahrheit sind sie nur daran interessiert, welche Hebel du für sie in Bewegung setzen kannst.«

Etwas Ähnliches hatte er beim Essen im Penthouse gesagt. »Ich denke, es ist für beide Seiten nicht leicht. Als Schauspielerin ist man eine von zehntausend in dieser Stadt. Man muss schauen, was trendet, muss die richtigen Leute kennen, um die guten Jobs zu erhalten.«

»Es ist doch zum Kotzen.« Er brummte. »Tut mir leid, ich bin heute ein wenig melancholisch.«

»Das muss dir nicht leidtun. Woran liegt es denn?«

»Keine Ahnung. An allem, an nichts. Das vergeht wieder.« Er drehte den Kopf zu mir und sah mich eindringlich an. Einige Strähnen fielen ihm lose in die Stirn und ließen ihn viel jünger wirken. »Aber ich finde es schön, mit dir hier zu sitzen und auf Medea zu schauen.«

»Ich auch.«

Er lächelte, ergriff meine Hand und strich sanft über meine Haut. Ich atmete durch, ließ die Berührung zu und merkte, wie ich mich langsam entspannte.

Trotzdem wünschte ich mir nichts sehnlicher, als nach Hause zu fahren und sehr lange und heiß zu duschen.

05. JULI

Wyatt

Wyatt

Ich bin dankbar für:

Für den Besuch bei Dad. Er darf nächste Woche aus dem Krankenhaus. Ich werde ihn ein paar Tage bei mir einquartieren. Er meinte, er hat lang mit Mom telefoniert, was ihm wohl gutgetan hat, aber dann fing er wieder an zu weinen. Ich wünschte, ich könnte ihm helfen.
Fürs Schreiben mit Page – Haleys Schwester. Seit dem Charity-Event tauschen wir ab und zu Nachrichten aus. Sie ist cool, aber auch etwas verpeilt. Haben kleinere Schwestern wohl an sich.
Für die Party im Loft heute mit dem Cast. Es waren fast alle da. Bis auf Haley. Sie hat abgesagt, weil sie von Malcom und Lyle auf ein anderes Event eingeladen wurde. Eric hat sich das Maul drüber zerrissen, bis ich ihm sagte, dass er es endlich stecken lassen soll.
Fürs Daheimsein. Ich werd mich ins Bett werfen und erholen. Irgendwie war der

Abend anstrengend, und ich wurde ständig gefragt, was zwischen Haley und mir ist. Ich muss dringend mit Izzy klären, wie wir diese Beziehung benennen sollen.

Zoe

Willst du später telefonieren???
Ruf mich an, ja?
Die Spitze gegen die kleine Schwester hab ich wahrgenommen. Dir geb ich noch verpeilt!

Ich bin dankbar für:

Für die tolle Party, auf der wir waren. Martha, die Mädels und ich haben bis vier Uhr durchgetanzt! Jetzt bin ich tot! Langsam verstehe ich, wie du dich fühlst, wenn du so viel unterwegs bist.
Für die Nachricht von Elijah. Er hat sich tausendmal bei mir entschuldigt, weil er sich nicht gemeldet hat, aber er hatte einen Notfall in der Familie. Nächste Woche wollen wir uns treffen.
Für dich. Hab ich dir schon lang nicht mehr gesagt. Ich hab dich lieb, Wyatt, und ich bin stolz auf dich.
Oh, und dafür, dass morgen mein Studium losgeht! Stanford, ich komme!!!

06. JULI

Wyatt

Wyatt
Ich bin dankbar für:

Dafür, dass dieser Drehtag vorbei ist. Heut war miese Laune am Set. Eric hat sich mit Kathrin gestritten, dann haben sie zigmal ihre Szenen mit mir verpatzt. Sorry, ich weiß, dass wir den negativen Dingen keinen Raum geben wollen, aber ich bin echt froh, dass wir durch sind.
Fürs kurze Gespräch mit Haley. Wirklich nur kurz. Hab sie gefragt, wie ihre Party war, sie meinte, schön. Ich hab das Gefühl, dass ich was falsch gemacht habe. Ich muss sie dringend danach fragen.
Fürs Interview mit einem coolen Podcast. Sie haben gute Fragen gestellt, und wir haben ewig übers Schauspielern gesprochen. Merke immer wieder, wie viel Spaß mir das macht.
Fürs Quatschen mit Dad. Page hat ihn auch im Krankenhaus besucht und einen gigantischen Fresskorb von Leanne mitgebracht. Hab ihm

gesagt, dass er das Bild in den Familienchat stellen soll, aber er will nicht.
Fürs Schlafengehen. Ich hoffe, dein Tag in Stanford war toll.

Zoe

War er!!! Bin eben erst heimgekommen, ich werde mich morgen früh so sehr hassen. Hab jetzt noch vier Stunden Zeit zum Schlafen, aber ich bin viel zu aufgedreht.

Ich bin dankbar für:

Für die ersten Kurse und die Treffen mit den Dozenten.
Für die Mittagspause mit Martha. Sie hat mir Sandwiches gemacht und mich so unterstützt.
Fürs Wohlfühlen an der Uni. Sie ist groß
und ich muss mich noch zurechtfinden,
aber das wird.
Für die Nachricht von Elijah. Er schreibt wieder regelmäßig. Wir wollen uns morgen nach den Vorlesungen treffen. Bin aufgeregt.
Ich hab den Fresskorb gesehen, Dad hat mir ebenfalls ein Foto geschickt. So abgefahren. Denkst du, Leanne könnte ihm über Mom hinweghelfen?

07. JULI

Wyatt

Wyatt

Ich bin dankbar für:

Fürs Länger-mit-Haley-Reden. Sie ist nicht sauer, und ich hab nichts falsch gemacht. Sie hat nur viel um die Ohren. Irgendwie fühlt es sich an, als würden wir auseinanderdriften, obwohl wir uns gerade angenähert haben.
Fürs Quatschen mit Dad. Noch drei Tage, dann darf er raus. Und ob zwischen Leanne und ihm je was laufen wird, ist deren Sache. Ich denke, es ist eh das Beste für ihn, wenn er sich erst mal Zeit für sich nimmt.
Fürs Reden und Planen mit Izzy und Felipe. Haley und ich sollen am Wochenende auf unser nächstes Date. Wir gehen auf den Jahrmarkt am Santa Monica Pier.
Für die bessere Stimmung am Set heute. Eric hat sich eingekriegt, Kathrin schmollt noch, aber sie hatte nicht viele Szenen mit mir.

Zoe

Elijah ist das größte Arschloch, das unter dieser Sonne lebt. Hab heut leider nichts Positives zu berichten, außer, dass ich sehr, sehr froh bin, dass dieser scheiß Tag vorbei ist.

29.
KAPITEL

Wyatt

Wyatt

Was war mit Elijah???
Schreib mir!!!

Als ich heute Morgen Zoes Nachricht gelesen hatte, hatte ich sie sofort angerufen, aber es war nur die Mailbox angegangen. Vermutlich hatte sie noch geschlafen. Leider musste ich jetzt zu meinem Dreh und könnte erst in einer Pause mit ihr sprechen.

Ich konnte mir schon denken, was für einen Scheiß Elijah abgezogen hatte. Am liebsten hätte ich sofort alles stehen und liegen lassen, wäre zu ihr geflogen und hätte sie in die Arme genommen. Vielleicht könnte ich meinen Drehplan anpassen und wenigstens für einen Abend zu ihr. Der Flug nach San Francisco war nicht lang.

Jetzt musste ich mich erst auf Damon konzentrieren, der heute mal wieder eine typisch problematische Szene hatte. Bereits in der Maske hatte ich gemerkt, dass es mir schwerer fallen würde, ihn überzustreifen. Meine Gedanken kreisten ständig um Zoe, und ich musste alle Register ziehen, um mich nicht davon beeinflussen zu lassen. Zum Glück hatte uns die Schule auch darauf vorbereitet, und so hatte ich mich heute mehr in mich zurückgezogen, um diesen Mann zu finden, der meiner eigenen Persönlichkeit so weit entfernt war.

INT. ZIMMER – TAG

Damon sitzt am Schreibtisch in Marissas Zimmer. Beine auf dem Tisch. Hände im Nacken verschränkt. Er wirkt selbstgefällig und arrogant. Marissa kommt zur Tür rein. Sichtlich gestresst. Erschrickt, als sie Damon sieht.

MARISSA
Was machst du denn hier?

DAMON
(grinsend)

Ich chille.

MARISSA
Du chillst?

DAMON
Dein Stuhl ist bequem.

MARISSA
Mein Stuhl ist bequem?

DAMON
Hast du einen Papagei verschluckt, oder warum wiederholst du alles, was ich sage?

Marissa schüttelt den Kopf, tritt in ihr Zimmer.

DAMON

Außerdem hab ich mich gefragt, ob du über mein Angebot nachgedacht hast.

MARISSA

(errötet)

Ja.

Damon nimmt die Füße vom Tisch und blickt sie eindringlich an. Er spürt, wie Marissa sich vor ihm windet, und genießt es, dass er sie verunsichert.

MARISSA

(ringt um ihre Kraft)

Die Antwort ist Nein. Ich werde nicht zulassen, dass du dich weiter in mein Leben einmischst und mir vorschreibst, wer ich zu sein habe. Ich komm sehr gut allein klar.

DAMON

(blickt sie intensiv an)

Ich schreibe dir überhaupt nichts vor, Marissa. Ich sorge dafür, dass dein wahres Ich zum Vorschein kommt. Das frei ist. Das sich gehen lässt, das weiß, was es heißt, Spaß zu haben. Ich sorge dafür, dass du nicht der Schafherde folgst, wie das alle tun. Ich weiß, was dir gefällt, also streite es nicht ab.

MARISSA

(geht zur Tür, hält sie auf)

Mein Entschluss steht fest. Du magst in deinem Club bestimmen können, aber hier nicht. Das ist mein Zimmer!

Damon lacht leise und nimmt langsam seine Füße vom Tisch. Er steht auf und geht zu Marissa.

DAMON

Warum so feindselig, Marissa? Wir könnten so viel Spaß zusammen haben.

MARISSA

(skeptisch)

Ich bezweifle das.

DAMON

(tritt näher, baut sich vor Marissa auf.)

Du wirst es so sehr genießen. Lass mich dir zeigen, wie es ist, mit mir zusammen zu sein.

Marissa rollt mit den Augen, aber sie kann nicht leugnen, dass sie von Damon angezogen wird. Sie versucht, ihre Gefühle zu unterdrücken, aber Damon lässt nicht locker.

DAMON

(lächelnd)

Komm schon, Marissa. Du weißt, dass du es willst. Gib mir eine Chance.

Marissa schaut Damon an und spürt ein Kribbeln in ihrem Bauch, aber ihre Unsicherheit hält sie zurück.

MARISSA

(zögernd)

Ich … ich weiß nicht.

DAMON

(sanft)

Ich werde dich nicht zwingen, etwas zu tun, was du nicht willst. Aber wenn du bereit bist, Spaß zu haben, bin ich da, um ihn dir zu bieten.

»Cut!«, rief Stephen. »Das war großartig, wir nehmen das.«

Ich wollte schon durchatmen, als ich eine Bewegung an der Seite merkte, wo Nikolai saß. Er kam auf Stephen zu, und mir war bereits klar, wohin das führen würde. Zu Diskussionen. Nach wie vor waren die beiden sich nicht einig, was sie für Damon wollten.

»Das kann wieder dauern«, flüsterte ich und blickte Haley an.

Wir hatten uns kurz in der Maske heute Morgen gesehen, aber da ich mit mir selbst beschäftigt gewesen war, hatten wir kaum ein Wort gesprochen.

»Ja«, seufzte sie und verließ ihren Platz.

»... aber wir wollten doch, dass Marissa selbstsicherer wird«, hörte ich Stephen sagen.

»Das kann sie meinetwegen sein. Damon muss trotzdem viel mehr pushen. Er ist ein Mann, der immer bekommt, was er will. Punkt.«

»Aber das kriegt er ja. Marissa wird sich auf ihn einlassen.«

»Im Moment wirkt sie zu zickig.«

»Sie ist doch nicht zickig!«

So ging das immer.

»Wir machen eine Viertelstunde Pause«, rief Bernie schließlich und entließ uns, während die beiden diskutierten, was sie mit Damon machen wollten.

»Man sollte meinen, dass sie langsam wissen, was sie wollen«, sagte ich.

»Sie werden es hinbekommen. Spätestens bis zur nächsten Folge werden sie eine Richtung haben.«

Hoffentlich. Denn in Folge sechs ging es ans Eingemachte. Damon und Marissa würden sich das erste Mal küssen und in der danach schließlich in der Kiste landen. Es war eine sehr heiße und intime Szene. Wir würden an einem geschlossenen Set drehen, sodass wirklich nur die Leute da waren, die etwas mit dem Dreh zu tun hatten. Haley und ich würden vorher besprechen, wo und wie wir uns anfassen würden, aber ich wusste bereits, dass es ein Leichtes werden würde, mit ihr diese Szenen zu drehen.

Und dass ich danach sehr lang und kalt würde duschen müssen.

Wir traten raus in die Sonne, und ich wünschte, ich hätte mein Handy hier. Doch Stephen hatte mich vor einer Woche am Set damit erwischt und einen Tag später Bernie. Seither galt ein noch strikteres Verbot.

»Ich verschwinde schnell in meinen Trailer«, sagte ich.

Haley runzelte die Stirn, weil wir in den kurzen Pausen nie in unsere Trailer verschwanden.

»Zoe geht es nicht gut. Ich will checken, ob sie geschrieben hat.«

»Oh, was ist denn passiert? Wenn ich fragen darf.«

»Ach, ein Typ war sehr verletzend zu ihr. Ich … Sie hat an einigen Themen ziemlich zu knabbern.«

»Männer.« Haley rollte mit den Augen. »Nicht alle, natürlich.«

»Na, zum Glück.« Ich wollte los, als jemand um die Ecke bog und direkt auf uns zukam. Er trug eine schwarze Anzughose, ein dunkles Hemd und eine Sonnenbrille. Sein Gang war federnd und selbstbewusst, die braunen Haare hatte er heute zurückgestylt.

Malcom McLeash. Da war er mal wieder.

Haley hielt augenblicklich inne. Genau wie ich.

»M-Malcom?«, stammelte sie.

Er nahm die Sonnenbrille ab und richtete den Blick seiner stechend blauen Augen auf sie. »Hallo, Schönheit.« Malcom breitete die Arme aus, zog Haley in eine rasche Umarmung und küsste sie auf die Wange. »Wyatt. Schön, euch wiederzusehen.«

Ich nickte ihm zu.

»Was führt dich denn zu uns?«

»Ich wollte mir die Dreharbeiten anschauen. Nikolai ist ein alter Freund. Wir haben gestern geschrieben, ein wenig über die

Show gesprochen, und er meinte, ich solle mal vorbeikommen. Da ich heute Mittag nichts vorhatte, wollte ich das Angebot annehmen.« Er trat näher zu Haley. »Außerdem hab ich das Gefühl, dass ich mich für Samstag entschuldigen sollte.«

Samstag? Was war denn am Samstag passiert? Ich blickte zu Haley, doch ihre Miene verriet nichts.

»Ich …« Sie kratzte sich am Hals und nestelte an ihrem Kleid herum. Dabei wirkte sie so sehr wie Marissa, dass ich den Drang verspürte, sie in die Arme zu nehmen. »Das gilt eher umgekehrt. Ich hätte nicht so reinplatzen sollen.«

Er winkte ab. »Das nächste Mal machst du einfach mit.«

Sie lachte auf, schluckte trocken und sah zu mir.

Was zum Teufel war Samstag passiert?!

»Sag Zoe liebe Grüße, ja?«

»Was?«

»Du wolltest nachsehen, ob sie dir geschrieben hat.«

Falls das ein Hinweis sein sollte, sie mit ihm allein zu lassen, saß der perfekt. »M-mach ich. Wie lang bist du hier, Malcom?«

»Mal sehen. Ich lass mich treiben, ist eh das Beste.«

»Okay, dann bis später.«

Er grinste mich an, legte den Arm um Haleys Schulter und drehte sie von mir weg. Ich blickte den beiden nach, doch Haley beachtete mich nicht, sondern ließ sich von Malcom führen.

Und wieder spürte ich dieses unangenehme Brennen im Bauch, das ich auch nach dem Clubbesuch wahrgenommen hatte. Dieser Mann war eine Dampfwalze, die alles plattmachte, was ihr nicht schnell genug aus dem Weg sprang.

30. KAPITEL

Haley

Malcom bei uns am Set. Mit vielem hätte ich gerechnet, aber sicherlich nicht damit. Ich hatte gestern kurz mit Lyle per Mail Kontakt gehabt, wir wollten uns nächste Woche zum Lunch treffen, um weitere Dinge zu besprechen.

»Ich hoffe, die Party hat dir gefallen«, sagte Malcom.

»Hat sie.« Hoffentlich hörte er die Lüge nicht aus meiner Stimme heraus. Wobei Lyle viel gerettet hatte. Wir hatten noch fast zwei Stunden draußen am Brunnen gesessen und geredet. Langsam verstand ich ihn besser. Er wollte das Beste aus Filmen und seinen Darstellern rausholen und war sehr daran interessiert, die richtigen Leute für seine Projekte zu finden. Außerdem hatte er wieder ein paar private Details preisgeben. Wie sehr er es vermisste, wandern zu gehen, zum Beispiel. Er meinte, dass wir beide mal losziehen könnten, sobald meine Dreharbeiten abgeschlossen seien. Ich fand es schön, dass er sich so um mich bemühte, gleichzeitig hoffte ich, dass keine falschen Hoffnungen dahintersteckten. Auf keinen Fall würde ich mit jemandem wie Lyle etwas anfangen wollen. Nicht nur, weil es ein komisches Licht auf unsere berufliche Beziehung werfen würde, sondern auch weil ich im Moment mit Wyatt das Fake-Dating am Laufen hatte. Ich blickte über meine Schulter zurück und sah mich nach ihm um, doch er war bereits abgezogen.

»Wir sind am Samstag wieder unterwegs«, sagte Malcom. »Nichts Großes wie bei Dan. Kennst du den Club Five a.m.?«

Ich kam ins Stolpern, fing mich aber gleich. »Nur vom Hörensagen.« Das war ein exklusiver Nachtclub. Dort fanden sehr spezielle Partys statt, zu denen nur Gäste mit dem entsprechenden Kleingeld, eindeutigen Vorlieben und gutem Aussehen eingeladen wurden. Dagegen war das, was auf Dans Party passiert war, Blümchensex.

»Warst du schon mal dort?«

»Nein.« Allein der Eintritt kostete tausend Dollar. Ohne Extras.

»Hättest du Lust?«

Meine Wangen färbten sich rot. »Ich …«

»Malcom McLeash«, hörte ich Nikolai sagen und wäre ihm fast vor Erleichterung um den Hals gefallen.

Malcom löste sich von mir, drehte sich zu Nikolai um und zog ihn in eine feste Umarmung. »Hey, danke für die Einladung.«

»Natürlich! Komm rein, du kannst uns gleich bei was helfen.«

»Ich bin aber nicht zum Arbeiten hier.«

»Ach, das machst du mit links. Komm, komm.«

Malcom sah zurück zu mir und zuckte entschuldigend mit den Schultern, aber ich winkte ab.

»Wir reden später«, rief er, dann verschwand er auf dem Set.

Bis zu diesem *später* musste ich mir definitiv überlegen, wie ich aus der Nummer rauskam, ohne dass es ein schlechtes Licht auf mich warf. Es störte mich nicht, wenn Menschen ihre Vorlieben auslebten. Bestimmt war es betörend und wundervoll. Aber wenn ich einen derartigen Club je besuchen sollte, dann musste es mit einem Mann sein, dem ich vertraute und bei dem ich mich sicher fühlte.

Ich atmete tief durch, lockerte die Arme und beruhigte meine flatternden Nerven. In fünfzehn Minuten musste ich vor der Kamera stehen. Und ich durfte mich nicht davon ablenken lassen, dass Malcom da war.

»Also gut, wir machen die Szene noch mal«, sagte Stephen zu Wyatt und mir. Wir saßen auf unseren Plätzen in Marissas Zimmer und waren bereit zu drehen. Stephen wirkte zerknirscht. Seine lichten Haare standen ihm in alle Richtungen vom Kopf ab, als hätte er sie sich in der letzten Viertelstunde ständig gerauft. »Nikolai und Malcom hatten eine Idee.«

»Danke«, sagte Nikolai und klopfte Stephen auf die Schulter. Dieser verdrückte sich auf seinen Platz am Regiepult.

Nikolai trat zu uns. »Wie ihr wisst, ist Malcom McLeash eine Koryphäe auf seinem Gebiet. Ich brauch euch kaum all seine Erfolge aufzulisten, das wäre ihm vermutlich auch peinlich.«

»Ach, mach ruhig.« Malcom lehnte lässig an einer Wand im Halbdunkeln. »So ein bisschen Bauchpinselei schadet nicht.«

Nikolai winkte ab. »Er ist zudem ein großer Fan von *Undercurrents*. Wir haben über Damon und seine Charakterentwicklung gesprochen. Stephen und ich waren uns ja nicht ganz einig, aber Malcom hat mich darin bestärkt, den Weg fortzuführen, den ich für ihn vorgesehen habe.« Er blickte Wyatt an, der sich alles ruhig anhörte. Leider hatte ich keine Chance gehabt, ihn nach Zoe zu fragen.

»Wir wollen, dass du härter an die Sache rangehst.«

»Kannst du das genauer erläutern?«

»Ich hab mir die Szene angeschaut.« Malcom stieß sich von der Wand ab. »Der Ansatz ist nicht schlecht, aber Damon wurde als Bad Guy eingeführt, der bekommt, was er will, und genau das schwingt nicht mit. Ihr verschenkt Potenzial. Dominante Männerfiguren kommen großartig an. Sie stehen für das Abenteuer, das Verbotene und das Verruchte. Viele Menschen brauchen das, weil es sie von ihrem langweiligen Standardsex ablenkt. Unser Job ist es, diese Fantasien in Bilder und Worte zu packen. Lass mehr von Damon raus. Er muss Marissa zeigen, dass er kein Nein akzeptiert. Er muss sie rannehmen, bis sie nicht mehr weiß, wo oben und unten ist, und wenn er mit ihr fertig ist, wird sie darum betteln, mehr zu bekommen.« Malcom blickte zu mir. Ich bemühte mich um einen neutralen Gesichtsausdruck, auch wenn mir sein Gerede auf den Magen stieß.

»Und Marissa muss unter seinen Fingern zergehen. Wir müssen ihren Zwiespalt greifen können. Auf der einen Seite findet sie es schrecklich, wie er sie behandelt, auf der anderen lechzt sie danach. Sie will ihn. Zeig uns, dass du dich in diesem Moment am liebsten von Damon auf dem Tisch ficken lassen würdest. Das ist die Art von Energie, die wir für die Szene brauchen.«

Wyatt rieb sich über den Nacken und schien die Worte verdauen zu müssen.

»Kriegst du das hin?«, fragte Malcom mich.

»Ja. Ist schließlich mein Job.«

Er klatschte in die Hände und zeigte auf mich. »Das ist genau der Spirit, den wir benötigen. Ich würde vorschlagen, ihr kehrt zurück auf eure Plätze. Wir drehen noch mal, und ich ruf Regieanweisungen rein. Das mach ich an meinen Sets gern, das verstärkt die Dynamik.«

Oder die Ablenkung.

»Bleiben wir bei den Dialogen aus dem Skript?«, fragte Wyatt.

»Ne, improvisiert am besten. Geht mit dem Flow, und lasst raus, was auch immer sich zeigen will.«

Ich sah kurz zu Wyatt, der die Stirn runzelte und darüber nachzudenken schien, wie er das bewerkstelligen sollte. Er mochte Improvisation nicht sonderlich.

»Ist das okay für dich?«, fragte ich.

»Ich muss mich nur einen Moment drauf einstellen.«

Ich nickte, ließ ihn in Frieden und ging auf meine Position an der Tür.

»Wir starten schon mal die Aufnahme, aber ihr legt erst los, wenn ihr euch bereit fühlt«, sagte Malcom. »Lasst euch Zeit, geht ganz in die Situation rein. Damon, du wirst kein Nein von Marissa akzeptieren. Du wirst diese Frau haben. Sie wird dir gehören und nur dir. Marissa, du ringst mit dir. Damon macht dich heiß. Du willst ihn, doch dein falsches Schamgefühl hält dich zurück.«

Bernie erledigte die Klappe, machte ihre Ansage, alle Departments gaben ihr Okay, und dann rollten die Kameras. Ich fühlte mich jetzt bereits anders. Weil ich spürte, dass sich die Energie im Raum verändert hatte. Malcom hatte das getan. Er hatte seine Aura aus Großartigkeit verbreitet, er hatte einen Hauch des Hollywoodglamours reingebracht. Der Mann, der etliche Oscars in der Tasche hatte, der mit der A-Riege in der Branche arbeitete, der die Stars von Morgen formte. Er hatte sich wie ein Messias unters Volk gemischt und hielt nun seine Hand über unsere Köpfe, um etwas von seiner Macht mit uns zu teilen.

INT. ZIMMER – TAG

Damon sitzt am Schreibtisch in Marissas Zimmer. Beine auf dem Tisch. Hände im Nacken verschränkt. Er wirkt selbstgefällig und arrogant. Marissa kommt zur Tür rein. Sichtlich gestresst. Erschrickt, als sie Damon sieht.

MARISSA

Was machst du denn hier?

DAMON

(grinsend)

Nach was sieht es denn aus? Ich warte auf dich.

MARISSA

Auf mich?

Damon richtet sich auf, fixiert Marissa.

DAMON
Auf wen sonst?

MARISSA
(zögernd)

Ich … ich weiß nicht.

DAMON
Mein Angebot gilt noch immer.

MARISSA
(errötet)

Ich kann nicht.

»Lass das nicht auf dir sitzen«, rief Malcom mitten in die Szene. »Geh härter ran!«

Damon geht auf Marissa zu. Er wirkt wie ein Raubtier, das seine Beute in die Falle gelockt hat. Marissa will ihm ausweichen, doch er packt ihre Hand und drückt sie gegen die Wand.

»Ja! Genauso«, rief Malcom.

DAMON
Spürst du das? Spürst du, wie sehr ich dich will?

MARISSA
(keucht)

Ja.

»Fass sie an!«

Wyatt suchte für eine Sekunde meinen Blick, und ich sah die Frage darin, die er mir bei unserer Begegnung auf der Toilette gestellt hatte: *Ist das okay für dich?* Ich nickte ganz leicht, wollte nicht aus der Rolle oder der Szene fallen.

Damon stützt sich mit einer Hand an der Wand ab, die andere streicht über Marissas Körper. Zwischen ihre Brüste, über ihren Bauch, hält kurz vor ihrer Mitte an.

DAMON
(forsch)

Du kannst so viel von mir haben, Marissa. Ich werde dir zeigen, wie es sich anfühlt, zu fallen.

»Mehr! Geh härter ran! Küss sie, verdammt noch mal!«

Damon packt Marissa an der Hüfte, drückt sie an sich. Sie zuckt, weicht nicht zurück. Dann küsst er sie. Hart. Erst wehrt sie sich, ehe sie den Kuss zulässt.

»Gott, ja, genauso! Mach sie richtig scharf auf dich.«

DAMON
(lässt siegessicher von ihr ab)

Das ist nur ein Vorgeschmack auf all das, was ich mit dir anstellen werde. Du wirst mich anbetteln. Du wirst meinen Namen schreien und dir wünschen, dass dich nie mehr ein anderer Mann berührt. Du und ich, Marissa. Du und ich.

»Cut!«, rief Malcom. »Scheiße, das war perfekt! Noch ein bisschen mehr, und ich wäre in meiner Hose gekommen.«

Wyatt drehte sich sofort zu mir um und sah mich fragend an. »Bist du okay?«

»Ja, klar.«

Der Kuss war heftig gewesen und völlig anders als der im Club. Wyatt hatte mich nicht mit Zunge geküsst, aber ich war mir sicher, dass es danach ausgesehen hatte. Weil er wusste, was er zu tun hatte, weil er Profi war und offensichtlich in jede Rolle schlüpfen konnte.

»Wyatt, Junge.« Malcom kam auf ihn zu und legte einen Arm um seine Schulter. »Ich sag dir was, wenn du das so durchziehst, werden sich bald alle Produzenten im Valley die Finger nach dir lecken. Das war verdammt heiß! Du bist genau das, was gesucht wird.«

Malcom zog ihn mit sich und schwärmte weiter davon, wie groß Wyatt werden könnte, wenn er es richtig anging. Ich blieb am Set stehen, atmete durch und kämpfte gegen das Beben in meiner Brust an.

»Haley.« Stephens sanfte Stimme riss mich zurück. Ich blinzelte, blickte ihn an. Er hielt eine Flasche Wasser in der Hand und reichte sie mir.

»Danke.«

»Ist alles in Ordnung?«

»Natürlich.«

Stephen presste die Lippen aufeinander, schien über seine nächsten Worte genau nachdenken zu müssen. »Falls es das nicht sein sollte, steht dir meine Tür offen, okay?«

Ich umfasste die Flasche fester, atmete seine Güte und Fürsorge ein und nickte sacht. »Danke. Aber das hier ist mein Job.«

Stephen schnaubte, fuhr sich durch die Haare, was sie noch wirrer zu Berge stehen ließ. Er öffnete den Mund, doch statt etwas zu sagen, machte er auf dem Absatz kehrt und rief Bernie zu sich.

Malcoms Energie hatte den Raum nach wie vor nicht verlassen. Der Glamour Hollywoods war auf uns hinabgeregnet, und er war so ätzend wie alles versengende Säure.

31.
KAPITEL

Wyatt

Eric
Malcom McLeash war am Set???

Ich betrat das Krankenhaus und sah auf die Nachricht, die eben eingegangen war. Dass Malcom uns besucht hatte, hatte sich wie ein Lauffeuer verbreitet, und mir hatten nun neben Eric auch Kathrin und etliche andere aus dem Cast geschrieben. Ich tippte an Eric, was ich schon Kathrin geantwortet hatte.

Wyatt
Ja. War ein spontaner Besuch. Nikolai hat ihn eingeladen. Er hat eine Szene mit Haley und mir gedreht und ist dann wieder gegangen.

Nachdem er mir fast eine Viertelstunde lang erzählt hatte, wie talentiert ich sei und wie gut ich aussähe. Ich freute mich über seine Worte, aber ich wusste nicht genau, wie ich sie zu werten hatte. Malcom war ein Typ, der sich unglaublich gern selbst reden hörte.

Ich fass es nicht! Warum hast du nicht
Bescheid gesagt? Ich hätte ihn auch gern
kennengelernt.

Das hatte Kathrin mich ebenfalls gefragt.

Weil ich drehen musste und er nur knapp
eine Stunde da war.

Ich schlepp dich auf jede fucking Party mit,
damit du Leute kennenlernst, Mann!

Ich blieb stehen und starrte auf das Display. Ich war müde. Der Tag war anstrengend gewesen. Nach Malcoms Besuch hatte eine komische Stimmung am Set geherrscht.

Und ich bin sehr dankbar drum, aber ich
hätte wirklich nichts tun können. Er kam
spontan, hat Haley und mich ans Set
gezerrt, und das war's.

Außerdem waren meine Gedanken mehr bei Zoe gewesen statt bei meinen Co-Stars, die jetzt angepisst waren, weil ich nichts von Malcom erzählt hatte. Zoe und ich hatten kurz telefoniert, ehe sie zur nächsten Vorlesung musste. Es war genau so, wie ich vermutet hatte. Elijah hatte mit Ablehnung auf ihren Körper reagiert. Sie hatte versucht, ihn aufzuklären, doch ohne Erfolg. Er hatte sie nur noch mal treffen wollen, weil er gern herausgefunden hätte, wie gut sie Blowjobs gab. Am liebsten wäre ich hingeflogen und hätte ihm auf die Fresse geschlagen.

Na gut. Finde es trotzdem scheiße.

Sorry, Mann. Sollte er wieder auftauchen,
werde ich dir sofort schreiben.

Ja, mach das.

Eine Krankenschwester kam an mir vorbei und räusperte sich. »Sie müssen das Handy bitte ausschalten, Sir.«

Ich blickte auf und sah sie entschuldigend an. »Mach ich gleich. Danke.«

Muss Schluss machen, bin bei Dad im Krankenhaus, wir reden später.

Ich steckte das Handy weg und ging auf das Krankenzimmer meines Vaters zu. Ein helles Lachen drang aus dem Inneren. Ich runzelte die Stirn, klopfte kurz an und trat ein. Neben seinem Bett saß Leanne, sie wischte sich gerade die Lachtränen aus den Augen. Ihre Wangen waren gerötet, und sie rang sichtbar um Luft.

»Ihr habt ja Spaß«, sagte ich und trat ein. Mein Dad grinste ebenfalls, auch wenn sein Lachen nicht ganz so frei und losgelöst wirkte wie das von Haleys Mutter.

»Dein Vater hat mir gerade die Geschichte erzählt, wie du mit sieben bei deinem Bruder übernachten wolltest und schlaftrunken in sein Bett gefallen bist.«

Ich fixierte meinen Vater. »Ernsthaft, Dad?«

»Es ist witzig.«

»Es ist überhaupt nicht witzig, sondern peinlich!« Beau hatte nämlich seine Freundin zu Besuch gehabt. Die beiden wollten das erste Mal miteinander schlafen, und ich hatte das null gecheckt. Ich war mitten in der Nacht aus einem Albtraum aufgewacht und hatte Gesellschaft gebraucht. Beaus Zimmer lag am nächsten, also war ich zu ihm getapst und hatte mich einfach ins Bett gelegt. Beau hatte es nicht übers Herz gebracht, mich wegzuschicken.

»Wyatt war das perfekte Verhütungsmittel«, sagte Dad und lachte. »Immer, wenn Patrick oder Beau jemanden mitbrachten, hob ich den Finger und drohte, dass ich ihn rüberschicken würde, wenn sie sich nicht benahmen.«

»Haha. Ich lach mich kaputt.« Ich rollte mit den Augen, auch wenn ich ein Schmunzeln unterdrücken musste. Es war damals tatsächlich zu einem Running Gag geworden. Meine Brüder hatten schließlich ihre Zimmer abgeschlossen.

»Es ist herrlich, Wyatt«, sagte Leanne und wischte sich noch mal über die Augen.

»Haley und Page haben doch bestimmt auch einiges angestellt«, sagte mein Vater.

»Haley war ständig weg und abends so müde, dass sie nur ins Bett gefallen ist, und Page war … ein wenig aufmüpfig. Es war schwer für sie, wenn Haley nicht da war, und als ihr Vater starb, wurde es noch härter.«

»Das kann ich mir vorstellen.« Dads Lächeln verschwand und zurück blieb eine merkwürdige Leere aus Verlegenheit und Bedauern.

»Wie geht es dir?«, fragte ich, um die Stimmung aufzulockern.

»Besser. Ich freu mich, wenn ich übermorgen raus kann!«

»Ich hol dich dann am Abend ab«, sagte ich. »Konnte leider meinen Drehplan nicht verändern.« Weshalb ich auch nicht Zoe besuchen konnte, was mich ziemlich nervte.

»Kein Problem«, sagte mein Dad.

»Wann bist du denn fertig?«, fragte Leanne.

»Gleiche Uhrzeit wie jetzt ungefähr.« Es war kurz vor sieben am Abend.

»Ich werde hier auf dich warten«, sagte Dad.

»Oder ich kann dich holen«, bot Leanne an.

Dad und ich sahen gleichzeitig zu ihr.

»Das ist nicht nötig, danke«, sagte er.

Leanne winkte ab. »Es ist doch Quatsch, wenn du den ganzen Tag hier hocken musst. Ich hol dich morgens ab, wir fahren zu mir, wenn du magst, und ich koch dir eine anständige Mahlzeit. Das Essen hier ist sicherlich alles andere als nahrhaft.«

»Ich …« Dad runzelte die Stirn und kratzte sich am Hals.

»Also, ich will mich nicht aufdrängen, das war nur ein Vorschlag.«

»Ein sehr guter, wie ich finde«, sagte ich. Es wäre toll, wenn Dad früher rauskäme und dazu noch nette Gesellschaft hätte. »Ich hol dich auch gern bei Leanne ab.«

»Du musst durch die ganze Stadt fahren. Das kostet dich eine Stunde im Abendverkehr.«

»Dafür hast du einen schönen Tag, und ich mach das gern.«

»Du kannst auch bei uns übernachten«, sagte Leanne. »Wir haben ein großes Gästezimmer. Wyatt könnte dich am Samstag ganz in Ruhe einsammeln, so ist es für alle stressfreier.«

Dad blickte hilfesuchend zu mir. Es war ein bisschen witzig, weil ihn Leannes Vorschlag eindeutig überforderte. Ich war mir sicher, dass sie einfach nur nett sein wollte und keine Absichten dahintersteckten.

»Ich richte mich nach dir, Dad, aber es wäre tatsächlich entspannter. Samstag hab ich erst am Abend einen Termin.« Da ging es aufs nächste Date mit Haley. »Du kannst auf der Terrasse sitzen und aufs Meer schauen.«

Leanne nickte eifrig.

»Außerdem kann ich mich so für eure Hilfe beim Charity-Event revanchieren. Es wäre mir wirklich eine Freude.«

Dad atmete ein, ohne die Luft wieder rauszulassen. »Also gut, wenn es keine Umstände macht.«

Leanne winkte sofort ab. »Überhaupt nicht. Ich bereite Samstag ein tolles Frühstück für uns alle vor. Page kommt bestimmt auch und vielleicht sogar Haley?« Sie sah mich fragend an, doch leider hatte ich genauso wenig Überblick über den Terminkalender ihrer Tochter wie sie.

»Ich frag sie morgen am Set«, sagte ich.

Mich würde es sehr freuen.

32. KAPITEL

Wyatt

»Bist du bereit?«, fragte ich im Zoom-Call mit meiner Schwester. Sie hockte auf ihrem Bett, hinter ihr tausend Kissen, vor ihr eine Tüte Popcorn und eine Fernbedienung in ihrer Hand.

»Ja, du auch?«

Ich nickte, griff mir ebenfalls mein Popcorn und nahm meine Fernbedienung.

»Auf drei«, sagte ich. »Eins … Zwei … Drei.«

Wir drückten gleichzeitig auf Play. Eine Sekunde später erklang *She* von Elvis Costello, und Julia Roberts erschien auf meinem Fernseher. Genau wie auf dem von Zoe.

»Danke, dass du den Film mit mir schaust«, flüsterte Zoe und stopfte sich Popcorn in den Mund.

»Immer«, antwortete ich und schenkte ihr ein aufmunterndes Lächeln. »Hab dich lieb.«

»Ich dich auch.«

33. KAPITEL

Wyatt

»Wenn du noch eine peinliche Geschichte aus meiner Kindheit auspackst, werde ich diesen Tisch verlassen«, sagte ich.

Dad lachte und musste erst mal wieder Luft holen. »Tut mir leid, mein Junge.«

Ich schüttelte den Kopf, auch wenn ich es insgeheim genauso witzig fand wie Page, Leanne und mein Vater. An manches konnte ich mich schon gar nicht mehr erinnern, wie damals, als ich mit vier mal wieder schlaftrunken unterwegs war und dachte, der Abfalleimer in Patricks Zimmer sei die Toilette.

»Was ist das mit dir und den nächtlichen Ausflügen?«, fragte Page, die neben mir saß und gerade Zucker in ihren Kaffee löffelte.

»Keine Ahnung, und fürs Protokoll: Ich schleich mich nicht mehr in fremde Betten.«

»Wie überaus schade.« Sie zwinkerte mir zu und steckte sich lasziver als nötig den Zuckerlöffel in den Mund. Ich hielt die Luft an. Mein Vater räusperte sich.

»Vielleicht bekommst du es gar nicht mit«, fuhr Page fort, ohne sich darum zu scheren, dass sie gerade vor unseren Eltern mit mir flirtete. Sie lehnte sich im Stuhl zurück, zog ein Bein an und trank von ihrem Kaffee. »In Wirklichkeit schlafwandelst du nachts durch L.A. Kam nicht neulich in den News, dass eine Frau einen mysteriösen Mann am Sunset Boulevard gesehen hat? Er hat angeblich ein dunkles Cape getragen und eine Maske vor dem Gesicht. Sie hat ihn um eine Häuserecke verfolgt, aber da war er auf einmal verschwunden.«

»Und ich dachte, das ist eine gute Tarnung.« Ich goss mir ebenfalls Kaffee nach.

»Du wirst nachts zum Helden der Stadt und kämpfst für Unschuldige«, sagte Page. »Wir brauchen einen coolen Namen für dich.« Sie tippte sich ans Kinn und dachte darüber nach. »Ich hab's: *Der Schlafwandler*!« Sie hob die Hand, machte eine ausladende Geste und ein Swish-Geräusch. »Er wandelt auf den Schwingen des REM-Schlafs, um die Welt zu retten.«

»Oh, wow. Das ist ja mal richtig cool und innovativ.«

Page gab mir einen Klaps gegen die Schulter. »Ich arbeite noch dran, okay? Ich könnte deine PR-Managerin sein.«

»Ich hab schon eine, danke.«

»Davon kann man nie genug haben. Haley hatte schon drei parallel.«

»Nur, wenn du dir einen besseren Namen als *Der Schlafwandler* ausdenkst.«

»Werde ich noch. Vertrau mir.«

Ich schüttelte den Kopf und trank von meinem Kaffee. Leanne lächelte sanft und schien sich darüber zu freuen, dass sie Besuch hatte, auch Dad wirkte viel entspannter als vor ein paar Tagen. Sicherlich half es ihm, dass er aus dem Krankenhaus draußen war, aber ich hatte das Gefühl, dass ihm die Gesellschaft und dieser Ort guttaten.

Außerdem hatte Leanne sich mit dem Essen übertroffen. So gut wie alles war selbst gemacht. Von der Marmelade zu den Aufstrichen, sogar das Brot. Nur eine Person fehlte, und das war Haley. Sie saß gerade in einem Meeting mit ihrer Agentin, was mich wiederum daran erinnerte, dass ich mich auch langsam um eine Agentur kümmern sollte.

»Braucht ihr noch was?«, fragte Leanne und deutete auf den voll beladenen Tisch.

»Wenn ich einen weiteren Happen esse, platze ich«, sagte ich. »Außerdem muss ich auf die Bremse treten, sonst wirft mich die Produktion raus.« Ich fuhr über meinen viel zu vollen Bauch. Erst die Popcornschlacht mit Zoe vorgestern, jetzt das. Die kommenden Tage musste ich mich dringend an meinen Ernährungs- und Sportplan halten. Nächste Woche drehten wir Oben-ohne-Szenen mit Damon, und Nikolai hatte schon klargemacht, dass wir mein Sixpack besonders gut ausleuchten würden. Malcom hatte ihn dazu animiert, weil er meinte, dass mein gutes Aussehen ausgleichen könne, dass Damon ein Arschloch war.

Keine Ahnung, was ich von dieser Theorie halten sollte. Seit Malcoms Besuch war allerdings klar, wohin Damons Figur gehen würde. Stephen hatte sich zähneknirschend Nikolais Vision fügen müssen. Er hatte sich sogar persönlich bei mir dafür entschuldigt.

»Wenn niemand mehr was essen will, räum ich mal ein paar Sachen in den Kühlschrank.« Leanne wollte aufstehen, doch Dad und ich sprangen ebenfalls von den Stühlen. Wobei Dad sich eher keuchend erhob und sich dann an der Tischplatte abstützen musste.

»Bleibt sitzen«, sagte ich. »Alle beide.«

»Aber du bist hier Gast«, sagte Leanne.

»Richtig.« Ich nickte Page zu, die den Hinweis hoffentlich verstand. Sie seufzte ein wenig zu theatralisch, doch dann erhob sie sich und half mir, die Sachen ins Haus zu schaffen.

»Wirft dich die Produktion echt raus, wenn du zunimmst?«

»Es steht sogar in meinem Vertrag, dass ich mein momentanes Gewicht halten muss. An meinem Äußeren darf ich absolut nichts ändern.«

»Heftig.«

»War das bei Haley damals nicht so?«

»Vermutlich.« Sie zuckte die Schultern und trat mit mir in die offene Küche. Da sie sich wesentlich besser auskannte als ich, ließ ich sie die Sachen in die Schränke räumen, während ich die Spülmaschine belud.

»Ich hab mich nicht so viel mit ihrer Schauspielerei beschäftigt.«

»Kein Interesse gehabt?«

»Nein.« Sie knallte einen Schrank heftiger zu, entschuldigte sich aber gleich. »Mir war das zu viel. Alles drehte sich ständig um Haley. Familienausflüge, Urlaube, Termine – wir mussten es penibel mit ihren Drehplänen abstimmen.«

»Das stell ich mir herausfordernd vor.«

Sie wandte sich zu mir und lehnte sich gegen die Küchenzeile. »Wenn du jetzt gleich auspackst, dass ich die ungesehene Schwester im Schatten eines Stars war, hast du die perfekte Floskel rausgehauen.«

»Das sollte keine Floskel sein. Ich stell es mir wirklich herausfordernd vor. Ich hab keine Ahnung, wie es in einer Familie abläuft, wenn eins der Kinder einen derart intensiven Job hat.« Ich wusste aber, wie es war, wenn ein Kind die gesamte Aufmerksamkeit bekam. Es hatte eine Zeit gegeben, in der sich alles um Zoe gedreht hatte. Manchmal war das schwer für mich gewesen, weil ich bis zu ihrer Geburt der Jüngste gewesen war. Zum Glück hatten uns unsere Eltern alles genau erklärt und meine Missgunst hatte sich rasch aufgelöst.

»Sorry, das Thema ist manchmal ein wenig … schwierig für mich«, sagte Page. »Mir ist durchaus bewusst, dass ich ein Problem mit dem Ruhm meiner Schwester habe. Hatte. Ich gönn ihr den Erfolg, aber als Jüngere hatte ich oft das Gefühl, links liegen gelassen zu werden. Ich hab ihren Job teilweise richtig gehasst.«

»Tust du das noch immer?«

»Manchmal. Wenn sie keine Zeit hat und ständig unterwegs ist. So wie jetzt. Mom hat ihr gestern extra geschrieben, dass ihr da seid und wir heute brunchen. Und jetzt schau dich um, wer nicht da ist.« Sie breitete die Arme aus, als könnte sie Haley aus einem Schrank zaubern. »So war das immer. Ich kann gar nicht mehr zählen, auf wie vielen meiner Geburtstage sie nicht war.«

»Ach, Page.« Ich trat auf sie zu, und weil ich nicht sagen wollte, dass es mir leidtat, umarmte ich sie einfach. Page seufzte leise, schmiegte sich an meine Brust und schlang ihre Arme um meinen Bauch.

»Du bist ein guter Umarmer, weißt du das?«, fragte sie.

»Danke. Hab viel mit meinen Geschwistern geübt.«

Sie atmete tief durch, drückte sich fester an mich und blickte mich schließlich an, ohne mich loszulassen. Page sah ihrer Schwester unglaublich ähnlich. Die gleichen blauen, tiefgründigen Augen, lange Wimpern, zartes Gesicht. Aber sie wirkte so viel jünger und zerbrechlicher.

»Wollen wir vögeln?«

Ich hob die Augenbrauen. »Was?«

Sie grinste. »Kam mir gerade in den Sinn.«

»Es kam dir …« Wow. Klar. Vielleicht war sie doch nicht so jung und zerbrechlich.

Es war nicht so, als hätte ich nicht schon spontan mit einer Person Sex gehabt. Aber mit Page? Sie war Haleys Schwester. Auch wenn zwischen uns nichts lief, konnte ich mir nicht vorstellen, mit Page in die Kiste zu steigen.

»Keine Sorge. Ich will dich nicht gleich heiraten oder eine Beziehung. Aber du bist heiß und nett, und wir sind gerade hier. Da dachte ich, es wäre ein schöner Zeitvertreib. Ohne Verpflichtungen.«

Ich blickte raus auf die Terrasse, wo mein Dad und Leanne saßen und sich angeregt unterhielten. Page löste sich von mir und trat einen Schritt zurück.

»Ich merk schon. Du überlegst zu lang.«

»Tut mir leid.«

»Muss es nicht.«

»Du bist toll und ebenfalls heiß und nett, aber ich bin gerade nicht in Stimmung für Sex.«

»Liegt es daran, weil dein Dad hier ist?«

Ich winkte ab. »Der hat mit vier Kindern unter einem Dach gewohnt. Der kann das ab.«

»Dann an Haley?«

»Weiß ich nicht, ehrlich gesagt. Da läuft nichts, aber ich mag sie. Glaub allerdings nicht, dass sie irgendetwas möchte.«

»Vermutlich nicht. Haley führt keine Beziehungen. Weder freundschaftliche noch familiäre und schon gar keine romantischen. Dafür hat sie schlichtweg keine Zeit. Ich meine, sieh dir mal an, wie ihr Leben aussieht. Wie sollte da noch ein Mann reinpassen?«

Ich seufzte und fuhr mir durch die Haare. Ich hatte auch noch nie eine ernste Beziehung gehabt, mich nur viel und intensiv ausgelebt. Für mehr war ich bisher nie bereit gewesen. Und eigentlich hatte ich auch keine Zeit.

»Hab ich die Stimmung gekillt?«, fragte Page.

Ich grinste. »Mit Gesprächen über Sex kannst du bei mir nie die Stimmung killen.«

»Gut. Und falls du doch irgendwann mal Lust hast …«

»Sag ich Bescheid.«

Sie ließ ihren Blick an meinem Oberkörper auf und ab wandern. »Ich verlass mich drauf.« Sie zwinkerte mir zu, dann ging sie raus auf die Terrasse, um die restlichen Sachen reinzuholen.

34. KAPITEL

Haley

Ich unterdrückte ein Gähnen und bemühte mich, Mei zu folgen, die mir seit einer halben Stunde einen Vortrag über meine Karriere hielt. Eigentlich hätte Gabriela diesen Termin wahrnehmen sollen, aber sie war mal wieder mit Ella Freeman beschäftigt.

»… Nebula Film hat gestern Abend übrigens eine Absage geschickt. Sie meinten, dass sie schon viele Schauspielerinnen deines Typs in ihrer Kartei haben. Außerdem hatten sie Angst, dass man dich zu sehr mit Savannah in Verbindung bringt.«

Ich stöhnte, weil ich dieses Argument einfach nicht mehr hören konnte. Wieso war es so schwer, mich von Savannah zu lösen?

»Okay.«

»Mirage Cosmetics würde dafür eine weitere Bodylotion mit dir rausbringen. Sie legen zehntausend Euro zur Gage vom letzten Mal drauf.«

Ich hielt die Luft an, weil ich eigentlich diese Zusammenarbeit beenden wollte, nachdem vor ein paar Wochen herauskam, dass ihre als vegan betitelten Produkte gar nicht vegan waren. »Ich habe Gabriela schon gesagt, dass ich an keinen Deals mit ihnen interessiert bin.«

»Sie wollte es dir dennoch nahelegen, weil sie echt gut zahlen.«

Ja, und sie hatten einen miesen Ruf. Ich musste doch nicht alles für Geld machen.

»Sonst noch was?«, fragte ich, weil ich erst überlegen musste, wie ich Gabriela begreiflich machen konnte, dass ich nicht für Mirage zur Verfügung stand.

Mei sah zu Emily, die ebenfalls in der Agentur arbeitete. Die beiden sondierten Angebote, suchten Castings raus, riefen bei anderen Agenten an. Da Gabriela sich gerade vermehrt um Ella kümmerte, redete ich immer mehr mit den beiden.

»Wir haben ein Angebot für eine CableTV Show«, sagte Mei. »Dreh wäre in Atlanta, sie wollen dich für die beste Freundin der Protagonistin. Sie deckt irgendwelche Geheimnisse ihrer Familie auf. Es klang recht esoterisch mit Sekten und verschiedenen Kults. Es wird aber auf Netflix ausgestrahlt werden.«

»Aber nicht von ihnen produziert.«

»Nein. Es ist dennoch ein solides Angebot.«

Das mich aber nicht aus dieser Mittelmäßigkeit herausbrachte. »Ich würde da auch gern warten. Wir sind schließlich noch bei Malcom und Lyle im Rennen.«

Mei machte sich eine Notiz und nickte.

»Gabriela wollte noch mal anrufen und Druck machen.«

»Hat sie auch. Glaub ich.«

»Du glaubst?«

»Im Moment ist es ein wenig hektisch. Sie jongliert viele Sachen gleichzeitig.«

Zu denen ich anscheinend weniger und weniger gehörte. »Haben wir sonst noch was?«

»Wir könnten dich für eine weitere Spendengala buchen«, sagte Emily. Sie betreute meistens die Veranstaltungen. »Als Bezahlung gibt es allerdings nur Goodiebags.«

Ich seufzte leise. Das waren immer die schwersten Entscheidungen. Ging ich hin und rührte die Werbetrommel, damit eventuell mehr Geld für bedürftige Zwecke reinkäme, oder verzichtete ich darauf, weil ich kein Honorar bekam? »Ich denk drüber nach.«

»Gut, ich muss bis Dienstag Bescheid wissen.«

Wir gingen weitere Termine und Anfragen durch, von denen aber eine so gewöhnlich klang wie die andere. Je mehr sie mir erzählten, umso mehr wurde mir klar, dass ich in einem Loch der Belanglosigkeit feststeckte. Ich hatte es von einem Kinder- und Teeniestar zu einer Schauspielerin geschafft, die mittelmäßige Angebote bekam.

»Heute Abend gehst du wieder mit Wyatt aus, richtig?«, fragte Emily.

»Ja, genau. Wir sind am Santa Monica Pier.« Als Savannah hatte ich oft dort gedreht, weil mein Fernseh-Ich es liebte, Achterbahn zu fahren. Einmal hatte ich so oft auf dieses Ding gemusst, dass ich hinterher kübeln musste.

Mei verzog das Gesicht und machte eine weitere Notiz.

»Was?«, fragte ich.

»Gabriela hat ein paar Bedenken dazu geäußert. Es ist klar, dass der Sender euch pushen will, aber die Frage ist, ob es langfristig gut für dich ist. Wir müssen aufpassen, dass du nicht den nächsten Stempel mit *Undercurrents* aufgedrückt bekommst, wie das schon bei *Beachbound* der Fall war.«

»Soll ich etwa aufhören, meinen Job zu machen? Die Sache mit Wyatt tut der Show gut.«

»Streng genommen ist es ja nicht dein Job, so zu tun, als wärst du mit ihm zusammen. Aber ich rede mit Gabi drüber.«

Ein Stich fuhr mir durchs Herz, wenn ich mir vorstellte, nicht mehr mit Wyatt loszuziehen. Ich hatte ihn in dieser Woche vermisst, obwohl wir uns fast täglich am Set gesehen hatten. Doch es war kaum Zeit für ein privates Gespräch geblieben. Ich hatte auch erst gestern erfahren, dass sein Dad aus dem Krankenhaus entlassen worden war.

Und bei uns übernachtet hatte.

Mal wieder hatte er mehr Zeit mit meiner Familie verbracht, als mir aktuell möglich war, und mal wieder nagte es tief in meinem Inneren. Ich sollte mit ihm dort sein. Ich sollte am Frühstückstisch sitzen, die Aussicht genießen, mit Mom und Page lachen.

Ich sah auf die Uhr an meinem Handy. Noch eine Stunde, dann sollten wir durch sein. Danach hatte ich noch kurz Zeit, mich frisch zu machen und etwas zu essen, ehe ich mich mit Wyatt am Pier treffen sollte.

Für einen Job, der mir wichtiger geworden war, als er sein sollte.

35. KAPITEL

Wyatt

»Du hast alles, was du brauchst?«, fragte ich meinen Vater, während ich mein Handy und meine Autoschlüssel einsteckte.

»Die Antwort ist nach wie vor dieselbe wie vor zehn Minuten, Wyatt.«

»Ich weiß, dass ich nerve. Ich will nur, dass du dich wohlfühlst.«

»Das tue ich. Deine Wohnung ist toll.«

»Du hättest das Angebot von Leanne, eine weitere Nacht zu bleiben, annehmen sollen. Dann könntest du jetzt mit einem Bier auf der Terrasse sitzen und in den Sonnenuntergang blicken.«

»Bier hab ich hier auch, und ich bin mir sicher, dass der Sonnenuntergang auf deinem Balkon genauso spektakulär ist. Es sei denn, du willst deinen alten Herrn nicht bei dir haben.«

Ich verzog das Gesicht, weil er genau wusste, dass das nicht stimmte. Ich freute mich, dass Dad wieder ins Gästezimmer gezogen war, aber ich war auch viel unterwegs. Bei Leanne hätte er mehr Unterhaltung gehabt. Und hübschere noch dazu.

»Also gut. Ich frag jetzt nicht mehr. Die App für den Lieferdienst kennst du, mein WLAN-Passwort hast du auch, und den Fernseher wirst du zum Laufen kriegen.«

»Ganz sicher, und sollte ich es doch nicht hinbekommen, können mir Beau, Patrick oder Zoe aushelfen.«

»Ich wünschte, ich könnt mit euch den Filmabend machen.«

Mein Vater sah mich entgeistert an, dann hinkte er auf mich zu und legte mir eine Hand auf die Stirn.

»Was …«

»Hast du Fieber? Bist du wirklich mein Sohn? Hast du eben gesagt, du würdest lieber mit deinem kranken Vater zu Hause hocken, statt eine schöne Frau zu daten?«

»Das ist doch nicht …« Ich schlug seine Hand weg. »Das ist nicht echt. Alles Teil der Show. Im Grunde ist es ein Arbeitstermin.«

Dad verschränkte die Arme vor der Brust. »Arbeitstermin. Aha.«

»Das ist wirklich so.«

»Müsst ihr euch eigentlich küssen?«

»Na ja, *müssen* ist vielleicht ein wenig harsch ausgedrückt, aber die Produktion sieht es gern.« Unser Geknutsche im Club war viral gegangen.

»Du wirst dich also mit einer schönen Frau an einem der berühmtesten Orte der Westküste treffen, ihr werdet Zuckerwatte essen, Spaß haben und euch vermutlich ganz kitschig im Sonnenuntergang am Pier küssen.«

»So ungefähr.«

Dad schnalzte mit der Zunge, dann legte er eine Hand auf meine Schulter. »Das ist wirklich sehr bedauernswert, mein Junge. Du hast einen harten Job.«

Ich rollte mit den Augen. »Wenn du schon wieder so viel Müll von dir geben kannst, verdienst du mein Mitleid nicht mehr.«

»Tu ich nicht, das stimmt.«

Ich wandte mich mit einem Lächeln von ihm ab und ging zur Tür. Es tat gut zu sehen, dass er wieder Energie und Kraft hatte. Vielleicht half ihm das alles hier doch, über Mom hinwegzukommen.

»Falls du sie mit hierherbringen willst, tu dir keinen Zwang an. Ich schlaf heut Nacht mit Ohrstöpseln.«

»Wir werden kaum mit einer PR-Truppe im Schlepptau in meine Wohnung fahren, damit die uns beim Sex filmen. Es ist nicht diese Art von Show.«

»Muss ja nicht alles nur Show sein.«

Ich winkte ab, trat zur Tür raus und zog sie hinter mir zu. Dads Worte hallten aber in mir nach und hinterließen ein angenehmes Kribbeln in meinem Bauch.

Es muss ja nicht alles nur Show sein.

Etwa vierzig Minuten später hatte ich mich durch den Verkehr in L.A. gekämpft und stellte meinen Wagen auf einem der Parkplätze am Pier ab. Ich stieg aus, und sofort empfing mich die Geräuschkulisse der Fahrgeschäfte und der unzähligen Menschen. Es war kurz vor sieben, die Luft war stickig heute Abend. Ich blickte mich um und war im ersten Moment leicht überfordert. Nach der Ruhe mit Dad am Tag traf mich der Lärm jetzt umso heftiger. Langsam ging ich ein paar Schritte und suchte nach Haley, die ich auf dem Parkplatz treffen wollte. Ich fand Felipe, der mit seinem Team schon da war und sich fertig machte.

»Hey, Leute«, sagte ich und ging auf sie zu.

»Wyatt, hi. Bereit für die nächste Runde?«

»Klar.« Ich begrüßte alle nacheinander.

»Wir machen es wie gehabt. Beachtet uns einfach nicht, wir mischen uns unter die Menge und werden Fotos und Videos von euch machen«, sagte Felipe.

»In Ordnung.«

»Vielleicht könntet ihr darauf achten, nicht zu sehr in der Menschenmenge zu verschwinden. Es ist ziemlich voll.«

»Kriegen wir hin.«

»Oh, und wenn ihr euch Zuckerwatte oder Mandeln holen könntet, wäre das super. Hab so ein schönes Bild im Kopf, wie du und Haley einander ganz romantisch vor dem Sonnenuntergang mit Süßigkeiten füttert.«

Ich runzelte die Stirn, weil das so gar nicht meine Vorstellung von Romantik war. »Du weißt schon, dass ich den behalten muss.« Ich tippte mir auf den flachen Bauch. Auf keinen Fall würde ich das durchziehen, das war selbst mir eine Nummer zu kitschig.

Felipe musterte mich und hob eine Augenbraue. »Na, dann tut meinetwegen nur so, als würdet ihr das essen.«

Ein weiterer Wagen fuhr vor, und Haley stieg aus. Sie trug ein luftiges Sommerkleid mit Sandalen. Ihre Haare hatte sie zu einem einfachen Pferdeschwanz zusammengebunden. Auf ihrer Miene lag ein verkniffener Ausdruck, doch er lockerte sich ein wenig, als sie mich sah.

»Hi.« Sie begrüßte ebenfalls Felipe und die Crew und holte sich die Anweisungen ab.

»Okay«, sagte Haley und rieb die Hände aneinander. »Ich bin bereit.«

»Perfekt. Nach dem Essen könntet ihr euch an einen der Aussichtspunkte stellen. Küsst euch da gern schon mal, aber wir möchten auf alle Fälle noch zum Riesenrad. Bist du ein guter Schütze, Wyatt?«

»Was?«

»Es gibt einen Stand, da könntest du Haley einen Preis schießen.«

Ich runzelte die Stirn. »Wir sind nicht mehr auf der Highschool.«

»Ach, aber es ist doch niedlich, oder bin ich der Einzige, der das so empfindet?« Felipe drehte sich zu den beiden Jungs, aber die schwiegen.

»Leute! Wo ist die Romantik abgeblieben?«

Ich klopfte Felipe auf die Schultern. »Lass uns das einfach machen. Du bekommst schon heiße Aufnahmen, ja?«

Er klappte den Mund auf und wieder zu.

Ich blickte zu Haley. Sie sah müde aus. Vermutlich war sie mal wieder von einem Termin zum anderen gehetzt. Ich trat zu ihr und griff nach ihrer Hand. Ihre Finger fühlten sich wunderbar vertraut an. Ihr zarter Duft stieg mir in die Nase, und ich genoss die Wärme, die ihr Körper ausstrahlte.

»Wollen wir?«

»Na klar.«

»Versuch, nicht ganz so euphorisch zu wirken.«

Sie gab mir einen Klaps. »Ich freu mich, mit dir hier zu sein. Es ist nur …« Haley blickte zurück zu Felipe, der mit seinen Leuten die Kameras fertig machte. Sie seufzte leise und schüttelte den Kopf. »Egal. Lass uns anfangen.«

Entschlossen zog sie mich mit sich, und wir stürzten uns ins Getümmel.

36. KAPITEL

Haley

Mein Gott, war hier viel los! Der Santa Monica Pier war einer der beliebtesten Touriflecken im Valley. Mir war klar gewesen, dass es voll werden würde, aber mit so vielen Menschen hätte ich nicht gerechnet. Wyatt und ich mussten uns teilweise zwischen den Leuten durchschieben, die sich an den Ständen stauten.

»Ist das immer so?«, fragte Wyatt, der vor mir ging und uns den Weg bahnte.

»Nicht derart heftig, nein. Auf dem Schild eben stand aber, dass es heute Livemusik am Pier gibt. Ich schätze, das erklärt es.«

»Warum checkt das niemand von der PR vorher?«

»Keine Ahnung.«

Wir kamen nur langsam voran, ich hielt mich dicht an Wyatt und versuchte, ruhig zu atmen. Zum Glück zählte ich nicht zu den Leuten, die Angst in Menschenmengen bekamen, sonst wäre ich schon schreiend davongerannt. Irgendwie schafften wir es an der Spielhalle vorbei und schoben uns weiter in Richtung eines Pizzastandes. Wyatt drehte sich um und hielt nach unseren Begleitern Ausschau. Doch die waren in der Menge verschwunden.

»Wollen wir zum Ende des Piers? Da scheint weniger los zu sein«, schlug ich vor.

Wyatt umschloss meine Hand fester, nickte und zog mich mit sich. Wir kamen zwar nur schleppend voran, aber die Menge lichtete sich tatsächlich, je näher wir ans Wasser kamen. Dafür spannte Wyatt sich an.

»Der Pier wird nicht einstürzen, du landest nicht im Meer«, sagte ich.

»Ich weiß.«

»Es macht dich trotzdem nervös, oder?«

»Und wie.«

»Gab es mal irgendein Erlebnis mit dir und Wasser? Oder warum hast du diese Panik davor?«

»Es ist nicht wirklich Panik, ich fühl mich einfach unwohl. Kann es nicht genau erklären, aber das hatte ich schon als Kind. Ich bin auch nie an einen See. Das Höchste der Gefühle war ein Pool, und selbst da bin ich nur widerstrebend rein.«

»Ich wünschte, ich könnte dir helfen.«

»Rette mich einfach, falls mich irgendwer über die Brüstung schubsen sollte.«

»Mach ich auf alle Fälle.« Auch wenn dieses Szenario genauso unwahrscheinlich war.

»Da vorn geht es nicht weiter«, sagte Wyatt und deutete geradeaus.

»Am Ende des Piers ist ein Mexikaner, vermutlich staut es sich da.«

Er seufzte, fuhr sich durch die Haare und drehte sich um die Achse. »Ich denke, wir müssen Felipe Bescheid sagen, dass es hier keinen Sinn hat, Fotos zu schießen.«

»Ja.«

Ich wollte zurück, doch Wyatt hielt mich fest und rührte sich nicht von der Stelle.

»Was?«

»Ich …« Er schüttelte den Kopf und musterte mich intensiv. Ich bekam Gänsehaut, weil er mir bis auf die Seele zu blicken schien.

»Ich hab eine Idee.« Ein schiefes Lächeln erschien auf seinen Lippen. »Vertraust du mir?«

»Ja.« Die Antwort kam schnell und ohne, dass ich lange darüber nachdenken musste.

»Perfekt.« Wyatt zog mich zurück durch die Menge, wir schoben uns ein weiteres Mal durch die Leute und stießen sogar mit Felipe zusammen.

»Hey!«, rief er. »Da seid ihr ja. Wir haben euch verloren.«

»Das hat hier keinen Sinn«, sagte Wyatt.

»Ja, wir müssen uns eine andere Location suchen. Wir könnten rüber zu Muscle Beach, und ihr setzt euch auf eine der Schaukeln.«

»Gute Idee. Wir treffen uns dort, falls wir noch mal getrennt werden.«

Felipe hob den Daumen und gab seinen Jungs ein Zeichen, dass wir weiterwollten.

Wyatt zog mich mit sich, und wieder verloren wir nach wenigen Metern Felipe. Wir kamen an den Anfang des Piers, wo es nach rechts zum Muscle Beach ging, doch Wyatt lief geradeaus weiter. Zurück zu seinem Wagen. Er entriegelte ihn und öffnete die Beifahrertür für mich.

»Zum Muscle Beach ist es nicht weit. Wir können zu Fuß rüber.«

»Schon klar. Wir gehen nicht hin.«

»Was?«

»Ich hab heute keine Lust auf diesen Kram.« Er zeigte hinter sich. »Auf falsche Dates, auf Kameras und Anweisungen und … Ich will einfach Zeit mit dir verbringen. Du. Ich. Haley. Wyatt.«

Er sah mich erwartungsvoll an, während er die Tür auf hielt. Es war meine Entscheidung. Wyatt würde alles akzeptieren, auch wenn ich ihm sagte, dass ich lieber bleiben und meine Arbeit erledigen wollte. So wie ich das immer tat.

Tag für Tag. Woche um Woche. Termin um Termin.

Haley Sharp funktionierte. Sie stellte keine Fragen, sie lehnte sich nicht auf. Sie, die Musterschauspielerin, die immer tat, was von ihr verlangt wurde.

Und nun?

Ich blickte zum Meer und hatte auf einmal die Stimme meines Vaters im Kopf. Wie er leise Lieder sang, während er uns auf seinem Fischkutter raus auf den Ozean gefahren hatte. Mein Dad war kein Mann vieler Worte gewesen, aber ich wusste genau, was er zu einem Vorschlag wie Wyatts gesagt hätte.

Ich atmete ein, hielt inne. Spürte Dads Ruhe und seinen unbändigen Drang nach Freiheit. Er war am glücklichsten draußen auf dem Meer gewesen, mit nichts als Blau um ihn herum und dem frischen Wind in seiner Lunge.

Ich öffnete die Augen, blickte zu Wyatt und lächelte. »Lass uns abhauen.«

Er gab mir High five, wartete, bis ich eingestiegen war, und schloss die Tür hinter mir. Fünf Minuten später waren wir auf dem Freeway.

»Hast du einen speziellen Wunsch?«, fragte er.

Ich öffnete den Mund und dachte kurz nach. »Ja. Fahr nach Süden.«

»Alles klar. Eins müssen wir noch erledigen, ehe das Abenteuer losgeht.« Er steckte das Handy in die Halterung am Armaturenbrett und tippte auf eine Nummer.

»Wyatt! Wo seid ihr denn? Wir warten auf euch«, hörte ich Felipes Stimme.

»Hey, es tut mir so leid. Ich fürchte, der Burrito, den ich daheim gegessen hab, war nicht in Ordnung. Hab's gerade noch aufs Klo geschafft, ehe so richtig heftiger Durch…«

»Okay, stopp, stopp. Das sind Informationen, die ich nicht benötige. Wo ist denn Haley?«

»Steht hier neben mir. Glaub nicht, dass ich es heute schaff, gut vor einer Kamera auszusehen. Jetzt, da ich darüber rede, merke ich auch, dass es schon wieder losgeht. In meinem Gedärm gurgelt und rum…«

»Wyatt. Nein. Ich hab verstanden. Wir sehen uns Montag.«

»Bis dann! Danke fürs Verständnis.« Er legte auf und grinste mich an.

Ich konnte nicht anders als loszuprusten. »Du hättest Schauspieler werden sollen.«

»Ja? Hat meine Mom auch immer gesagt. Hab aber gehört, dass es ein stressiger Job ist und man ständig Dinge machen muss, die man nicht will.«

»Falsche Dates mit Kolleginnen und so.«

»Dazu könnt ich mich nie überwinden.« Er zwinkerte mir zu und richtete seine Aufmerksamkeit wieder auf die Straße. Ich kurbelte die Fensterscheibe hinunter, ließ mir den angenehmen Fahrtwind ins Gesicht wehen und fühlte mich auf einmal freier als seit Jahren. Mein Herz dehnte sich aus, meine Seele atmete durch, und meine Mundwinkel hoben sich von ganz allein.

Ich hätte nicht gedacht, dass sich Rebellion so gut anfühlen würde.

37.
KAPITEL

Wyatt

Ich hatte keine Ahnung, wo wir rauskommen würden, aber Haley gab mir Anweisungen. Wann immer ich kurz zu ihr rübersah, fand ich ein Lächeln auf ihrem Gesicht und die Sehnsucht in ihrem Blick vor. Sie hatte den Ellbogen am offenen Fenster abgestützt und sah raus zum Ozean, der sich zu unserer Rechten entlangzog. Ich wünschte, ich hätte Zoes Cabrio, dann würde ich das Verdeck öffnen und mit Haley einfach stundenlang in den Sonnenuntergang cruisen.

»Hast du eigentlich Höhenangst?«, fragte sie.

»Warum, gehen wir klettern?«

»Nein, aber dort, wo ich mit dir hinmöchte, ist es ein wenig steil.«

»Das ist kein Problem. Meine Ängste beschränken sich aufs Schwimmen.«

»Perfekt. An der Straße gleich rechts abbiegen«, sagte sie.

»Verrätst du mir, wohin wir fahren?«

»Ich hab dir doch erzählt, dass Dad die Gabe hatte, schöne Plätze zu finden.«

»Ich erinner mich.«

»Da vorn ist einer seiner Geheimspots.«

Ich setzte den Blinker und bog ab. Der Weg schlängelte sich eine ganze Weile an schroffen Felswänden entlang und führte weiter ins Landesinnere. Wir folgten der serpentinenartigen Straße, bis Haley mich erneut anwies, abzubiegen.

»Bis zum Ende durchfahren. Das letzte Stück müssen wir zu Fuß, aber es lohnt sich.«

»Okay.«

Es dauerte nicht lange, bis wir an der Stelle ankamen. Ich parkte das Auto am Rand und stieg aus. Die Aussicht war spektakulär. Meer und Himmel, so weit das Auge reichte. Das hier war tausendmal besser als alle Santa Monica Piers der Welt.

»Hast du eine Decke oder so was dabei?«, fragte Haley.

»Nur einen Sweater. Hab leider nicht damit gerechnet, dass wir einen Ausflug machen.«

»Nicht schlimm. Komm.«

Haley ging voraus, und ich folgte ihr einen schmalen Sandpfad entlang. Er führte erst ein Stück nach unten, dann wieder hoch. Wir mussten ein paar Meter klettern, bis wir auf einem Plateau ankamen. Unter uns erstreckte sich ein Strandabschnitt, vor uns das Meer, zur Rechten war nur Fels. Von der Straße aus war diese Stelle nicht einsehbar. Es war perfekt, wenn man seine Ruhe wollte.

»Nicht übel.« Ich trat an die Felskante, wo es steil nach unten ging.

»Ja, oder? Da vorn ist eine Nische, wo wir uns setzen können.« Sie zeigte nach links, und wir bogen um eine weitere Ecke.

»Ich werde ab jetzt eine Picknickdecke zum nötigen Inventar in meinem Auto zählen.«

»Es geht bestimmt auch so.« Haley ließ sich nieder und zog die Beine an. Ich hockte mich neben sie. Der Felsen war aufgewärmt von der Sonne, was recht angenehm war, denn hier wehte eine frischere Brise als in der Stadt.

»An einem klaren Tag sieht man sogar Catalina Island da drüben.« Sie deutete Richtung Horizont. Allerdings erkannte ich nicht mal ansatzweise eine Insel.

»Das ist übrigens einer der berühmtesten Maklersprüche, über den sich das halbe Valley lustig macht. Solltest du je ein Haus an der Küste kaufen wollen, fall nicht drauf rein. Sie steigern damit gern den Verkaufspreis.«

»Werd ich mir merken. Ich nehme an, dass ich mir eh eine Wohnung suchen muss, sobald die Show abgeschlossen ist.«

»Das kann sein. Fang am besten jetzt an. Es kann sich echt ziehen, bis du was Passendes hast.«

»Mach ich, danke. Ich brauch auch noch einen Agenten.«

»Das ist mindestens genauso schwer.«

»Kannst du deine Agentur empfehlen?«

Sie schien erst darüber nachdenken zu müssen. »Die sind schon gut, und Gabriela ist eine sehr liebe Frau, aber sie hat echt viel um die Ohren, weshalb sie manchmal ein wenig hintendran hängt. Allerdings ist sie tausendmal besser als die Agentin, die ich vorher hatte. Sie versuchte mich ständig in Sachen zu drängen, die ich nicht tun wollte, wie ein Revival von *Beachbound*, das mal geplant war.«

»Wäre das nicht schön für dich gewesen?«

»Revivals sind der Todesstoß. So kommt man nie von dem alten Image weg.«

»Mir scheint es manchmal, als bräuchte man eine Gebrauchsanweisung für diese Branche.«

»Vieles lernst du mit der Zeit und aus den Fehlern, die man so macht. Auf einige Erfahrungen hätte ich verzichten können, aber so ist das nun mal.« Sie lehnte sich mit einem Seufzen an den Stein hinter uns. »Ich hab echt vergessen, wie schön es hier oben ist. Und wie still.«

»Ist es wirklich. Danke, dass du mir das gezeigt hast.«

Sie nickte. »Danke, dass du so mutig warst, Felipe abzuschütteln. Ich hätte mich das nie getraut.«

»Ich werde ihm am Montag noch ein wenig von meiner üblen Magen-Darm-Sache erzählen, dann wird er gar nicht mehr nachhaken.«

Sie lachte leise. »Wie war heute eigentlich das Frühstück bei meiner Mom?«

»Richtig toll. Sie hat heftig aufgetischt, und ich weiß jetzt, was du mit ihren Pancakes meintest. Die sind echt zum Niederknien.«

Ein Schatten huschte über ihr Gesicht. »Tut mir leid, dass ich nicht dabei sein konnte.«

»Ich bin mir sicher, dass wir mal wieder eine Gelegenheit finden. Mein Dad scheint sich echt gut mit deiner Mutter zu verstehen.«

»Ach, wirklich? Wie lang ist er denn noch in der Stadt?«

»Er wollte eigentlich nächste Woche zurück, ist aber freigestellt von der Arbeit. Ich denke, noch so zwei, drei Wochen. Bis es ihm besser geht. Page hat schon gemeint, dass wir sie verkuppeln sollten, aber ich bezweifle, dass Dad bereit für was Neues ist.«

»Page hat öfter solche Ideen. Sie ist recht impulsiv.«

»Hab ich schon bemerkt.«

»Ihr … ihr beide versteht euch gut, oder?«

Ich hob eine Augenbraue und musste an das Angebot denken, das Page mir heute Morgen gemacht hatte. »Ja, tun wir.«

»Schön.«

Warum klang das dann, als wäre sie nun diejenige mit Magenproblemen? »Als Freunde, wohlgemerkt. Da läuft nichts, falls du das wissen möchtest.«

»Was? Nein! Das ist eure Sache und geht mich nichts an. Du kannst mit meiner Schwester machen, was du willst.« Sie schnappte nach Luft. »Also, was ihr beide wollt. Das klang falsch.«

Ich grinste. »Ich weiß, was du meinst.«

»Damon würde das nicht.«

»Das stimmt, aber ich bin zum Glück nicht so wie er.«

»Ja, wirklich.«

»Wie findest du denn die Richtung, in die das geht?«

»Ich denke nicht zu viel drüber nach. Änderungen wie diese passieren bei einer Show.«

»Ich mochte Damon vorher tatsächlich lieber. Er war zwar von Anfang an ein arroganter Arsch, aber jetzt ist er so ... problematisch.«

»Glaube, dass Malcom recht hat und das wirklich gut bei den Zuschauenden ankommen wird.«

»Mag sein. Spielt wohl eh keine Rolle, was ich davon halte.«

»Leider nicht. Wir werden dafür bezahlt, dass wir tun, was man uns sagt.«

»Kenn ich vom Theater, da läuft es auch so.«

»Was magst du eigentlich lieber? Ich stand noch nie auf einer Bühne vor Livepublikum. Außer bei Preisverleihungen.«

»Ich finde, es hat beides seinen Reiz. Beim Film musst du mehr auf dem Punkt sein, und die ganzen Mikrogesten wirken viel mehr. Vom Kreativen her finde ich das Drehen anstrengender als Theater. Da geh ich auf die Bühne, bin von Anfang an in meiner Rolle und verlasse sie erst, wenn die Show vorbei ist, und beim Film spiel ich eine Szene wieder und wieder. Dazu oft nicht mal in chronologischer Reihenfolge.«

»Irgendwann will ich auch auf eine Theaterbühne.«

»Solltest du tun. Es hat eine ganz andere Dynamik.«

»Erst mal muss ich meine Filmkarriere zum Laufen bringen. Im Moment ist vieles in der Schwebe, und ich werde leider nicht jünger.«

»Es ist unglaublich, dass du dir mit fünfundzwanzig darüber Gedanken machen musst.«

»Gehört alles zum Business.« Sie seufzte. »Aber ich hätte auch echt gern wieder mehr Zeit für meine Familie. Wäre schön gewesen, heute mit euch zu frühstücken.«

»Vielleicht kannst du künftig eine Balance finden und weniger Termine machen?«

»Das geht nicht. Ich muss am Ball bleiben.«

»Macht es dir denn noch Spaß?« Ich musste an die vielen Fotos von ihr in ihrem Zimmer denken. Wie sie früher gestrahlt hatte und wie echt das Lächeln wirkte, im Gegensatz zu jetzt.

Haley zögerte mit der Antwort, und ich fürchtete schon, zu weit gegangen zu sein. »Ja. Das tut es. Als du dieses Reel von der Frau beim Charity-Event geteilt hast, die meine Fischschuppe ersteigert hat, wurde mir wieder bewusst, wie viel wir bewegen können. Ja, wir sprechen Texte, die andere für uns schreiben, wir folgen Regieanweisungen. Aber manchmal entsteht eine Synergie zwischen diesen Dingen. Manchmal finden all diese Sachen in Perfektion zusammen, und dann erwacht die Magie. Dann machen wir anderen Mut, schenken ihnen Träume und ermöglichen ihnen ein Durchatmen von ihrem Alltag. Das ist es, was ich möchte. Menschen eine gute Zeit schenken, sie innehalten lassen und ihnen durch meine Rollen zeigen, was möglich ist. Irgendwann kommt wieder ein Charakter in mein Leben, mit dem ich das so tun kann, wie es mit Savannah möglich war. Ich muss nur weitermachen.«

»Ich weiß, was du meinst.« Das war einer der Gründe, warum ich diesen Job gewählt hatte. Weil wir Menschen so viel geben konnten. Und sei es nur, einem Baby zu helfen, einzuschlafen, während eine Frau einen Mann bat, sie zu lieben. »Es ist schön, dass du so darüber denkst.« Ich hoffte nur, dass sie bei all dem Stress das nicht aus den Augen verlor.

Haley zog die Beine an und schauderte.

»Ist dir kalt?«

»Ein bisschen, der Wind ist ganz schön frisch hier oben.«

»Soll ich den Sweater aus dem Auto holen?«

»Nicht nötig, danke.«

»Dann vielleicht so?« Ich hob den Arm und sah sie fragend an. Haley lächelte, kuschelte sich an meine Brust, und wir sanken nach hinten gegen den warmen Felsen. Unter uns das Meer, über uns der orange Himmel, an dem die Sonne unterging. Ich kam mir vor wie ein Abenteurer, der auf der Flucht vor seinen Verfolgern diese abgelegene Felsnische gefunden hatte, wo er sich über Nacht erholen konnte.

»Warum tust du das eigentlich immer?«, fragte sie.

»Was genau meinst du?«

»Fragen, ob du mich anfassen darfst.«

Ich zuckte zusammen und sah sie verwundert an. »Äh. Weil es sich gehört.«

»Wir haben uns schon so oft berührt.«

»Das heißt nicht, dass ich eine Generalerlaubnis habe. Abgesehen davon tun wir das meistens auf der Arbeit, und das hier fühlt sich gerade nicht nach Arbeit an. Warum findest du das so erstaunlich?«

»Weil du der Einzige bist, der das macht.«

»Das ist hoffentlich nicht dein Ernst.«

»Für viele sind persönliche Grenzen bei Schauspielenden nicht vorhanden. Zumindest erlebe ich es so. Wir sind uns ständig nahe, wenn wir drehen. Wir spielen Intimität, wo keine da ist, bauen Chemie auf. In der Branche wird nicht gefragt, sondern genommen. Und genauso machen es viele Fans. Sie denken, weil sie deine Rolle kennen, kennen sie dich. Sie glauben, ein Anrecht auf dich zu haben. Als wärst du ihnen etwas schuldig.«

»Das tut mir leid, dass du diese Erfahrungen machen musstest, aber das wird dir mit mir nicht passieren. Du kannst mir immer sagen, wenn ich meine Hände bei mir behalten soll.«

»Ich finde es aber schön, wenn du mich anfasst.« Sie rückte näher an mich, und ein warmer Schauer erfasste meinen gesamten Körper.

»Geht mir auch so.« Haley festzuhalten, fühlte sich so vertraut an. Überall, wo sie mich berührte, kribbelte meine Haut. Ich gab ein leises Brummen von mir, glitt mit der Hand ihren Arm hinab. Sie drehte sich zu mir, sodass ich nun ihre Rippen streichelte. Der Stoff ihres Kleides war dünn, ich nahm die Wärme ihrer Haut überdeutlich wahr.

»Als ich bei dir auf der Couch aufgewacht bin, hatten wir uns total ineinander verknotet.«

»Echt? Hab nichts davon mitbekommen.«

Sie nickte, strich mit der Hand über meinen Bauch. Erst ein Stück runter, dann wieder hoch. Ich hielt die Luft an, wünschte, sie würde unter mein Shirt gleiten und meine nackte Haut anfassen.

»Ich hatte Angst, dich zu wecken.«

Was dann wohl passiert wäre?

»Es hat sich gut angefühlt, von dir festgehalten zu werden.« Ihre Hand wanderte weiter meinen Bauch auf und ab, als wollte sie jeden Zentimeter genau ertasten. »Sicher. Warm. Friedvoll.«

»Also ähnlich wie jetzt.«

»Ja.« Sie hob den Kopf, ihre Nase streifte mein Kinn, ihr Atem meinen Hals. Ich hielt inne, presste die Hand flach gegen ihre Seite. Haleys Finger glitten wieder nach unten, strichen ganz kurz über eine Stelle, wo mein Shirt hochgerutscht war. Die Berührung schoss mir blitzartig bis in die Zehenspitzen. Keine Ahnung, wann ich zuletzt auf die Nähe eines Menschen derart heftig reagiert hatte. Ich drehte den Kopf, sodass sich unsere Nasen berührten. Nur wenige Zentimeter trennten uns noch, doch ich wartete, bis sie die Entscheidung traf, ob sie diese Distanz überbrücken wollte.

Haley atmete aus, flüsterte meinen Namen und sandte so einen weiteren warmen Schauer durch meinen Körper.

Mehr, mehr, mehr!, schrie es in mir.

Ich wollte sie fühlen und schmecken und mir alle Zeit dieser Welt lassen, jeden Zentimeter von ihr kennenzulernen. Ich wollte sie. Hier und jetzt und später.

Haley atmete aus, dann überbrückte sie endlich die Distanz und legte ihre Lippen auf meine. Wir stöhnten gleichzeitig auf, eine Welle aus Wärme und Verlangen schoss durch mich. Haley glitt mit der Zunge in meinen Mund, ich kam ihr sofort entgegen. Dieser Kuss war anders als der im Club. Langsamer, forschender, intimer. Wir waren nicht mehr die Verhungernden, die sich aneinanderklammerten und nicht genug voneinander bekamen. Wir waren Vertraute. Freunde. Wir waren nicht mehr fake. Und genau so schmeckte dieser Kuss.

Echt. Intim. Richtig.

Haley rückte näher, sodass sie halb auf mir lag. Ich schauderte, glitt mit der Hand weiter zu ihrem Hintern. Sie stöhnte leise, schob endlich mein Shirt nach oben und berührte meinen nackten Bauch. Ich atmete scharf ein, packte sie fester, weil ich viel mehr davon brauchte. Unser Kuss veränderte sich, sie kam mir entgegen, zog sich zurück, und ich folgte ihr auf diesem Weg, von dem wir beide nicht genau wussten, wohin er führte. Mir war lediglich klar, dass ich nie mehr damit aufhören wollte.

Ohne den Kuss zu unterbrechen, setzte sie sich rittlings auf mich und rieb sich an meiner wachsenden Erektion. Ich gab einen kehligen Laut von mir, packte ihre Oberschenkel und grub meine Fingernägel hinein. Sie bewegte sich ein weiteres Mal, stöhnte nun genauso wie ich. Wir folgten diesem Rhythmus, ihre Hitze an meiner Härte. Ich strich ihre Beine entlang nach oben, schob den Stoff des Kleides weg und berührte ihre nackte Haut.

So weich. So zart. So sehr Haley.

Es war der Wahnsinn, wie vertraut sich diese Frau anfühlte, obwohl wir die ganze Zeit nur so taten als ob. Am Set. Bei den Dates. Vor der Presse. Für Instagram und TikTok und die Welt da draußen.

Wir waren nie echt gewesen. Hatten alles nur gespielt, aber hier und jetzt fühlte es sich an, als hätten wir uns das nur eingeredet. Als wären wir von dem ersten Moment an bereits miteinander verbunden gewesen, ohne es zu wissen.

Sie löste sich von mir, ihr Pferdeschwanz fiel über ihre Schulter nach vorne und kitzelte mich am Hals. Langsam richtete sie sich auf, stützte dabei ihre Hände flach auf meine Brust. Mein Atem kam schnell und abgehackt, und ganz sicher spürte sie meinen rasenden Herzschlag.

Wir sahen uns an. Ihre Wangen waren gerötet, ihre Augen glänzten intensiv. Doch ich bemerkte auch ihre Unsicherheit. Haley bebte, schien mit sich selbst zu ringen.

»Ist alles okay?«, fragte ich.

Sie hielt die Luft an. Biss sich auf die Unterlippe. »J-ja.«

Ich richtete mich auf, zog sie mit mir hoch, sodass wir uns in die Augen blicken konnten. »Wir tun nichts, was du nicht willst, ich hoffe, das ist dir klar?«

Sie nickte zaghaft. Mir wurde schwindelig, weil ich das Gefühl hatte, dass dies völlig neu für Haley war. Vorhin hatte sie gesagt, dass ich der Erste war, der sie fragte, ob sie angefasst werden wollte. Galt das auch hierfür? Hatte sie Dinge mit ihren Partnern getan, die sie vielleicht nie wollte?

Haley schauderte und unterbrach den Blickkontakt. Sie bebte, atmete ein. Irgendetwas geschah gerade mit ihr.

»Haley.«

»Ja, es ist nichts … ich bin … das hier … du. Ich bin ein wenig überfordert.«

»Was kann ich tun?«

»Ich weiß es nicht. Ich bin lange nicht mehr … Ich bin noch nie so weit mit einem Kollegen gegangen. Ich halte alles Private privat, aber du und ich. Das ist neu.«

»Verstehe.« Ich strich sanft über ihre Wange, sie drehte sich in die Bewegung, und ich begriff, wie verletzlich sie war. Haley kämpfte in diesem harten Business, ließ sich selten Schwäche anmerken. Ob auf einer Pressekonferenz, wenn sie eine Migräne plagte, oder beim Drehen und ihren tausend Terminen. Sie mochte so tun, als hätte sie alles im Griff, aber hier und jetzt merkte ich, dass sie Zeit brauchte.

»Sollen wir zurück?«, fragte ich sanft.

Sie nickte kaum merklich. Als würde es ihr schwerfallen, sich das einzugestehen. Langsam stand sie auf, strich ihr Kleid glatt und atmete tief durch. Ich erhob mich ebenfalls, klopfte den Dreck von meiner Hose und richtete mein Shirt.

Sie blickte über das Meer, atmete die salzige Luft ein und schloss die Augen. Eine Träne löste sich und kullerte über ihre Wange, aber sie wischte sie nicht weg. »T-tut mir leid, ich weiß gar nicht, warum das passiert.«

»Kein Grund, dich zu entschuldigen.«

»Der Abend mit dir war wundervoll.«

»Fand ich auch.«

Sie öffnete die Augen wieder, blickte mich an und lächelte. Ich hielt ihr meine Hand hin und wartete, ob sie sie annehmen wollte.

Sie ließ die Luft entweichen, griff nach mir und führte mich denselben Weg zurück, den wir gekommen waren.

Schritt für Schritt am Abhang entlang.

11. JULI

Wyatt

Zoe

Ich bin dankbar für:

Die erste Woche in Stanford. Jetzt ist sie offiziell vorüber, und es war wundervoll.
Für den Filmabend mit Dad, Beau und Patrick. Es war so witzig. Wir haben die ersten drei Hellraiser-Filme geschaut. Dad erschrak ständig. Ich hoffe, er kann heute Nacht schlafen. Falls nicht, entschuldige ich mich schon mal bei dir.
Fürs Mehr-bei-mir-Sein. So verletzend das mit Elijah war, es hat mir gezeigt, was mir wichtig ist und wie viele wundervolle Menschen ich in meinem Leben habe.
Dafür, dass Dad Spaß bei Leanne hatte. Er hat von ihrem Haus geschwärmt und wie schön der Brunch war. Ich finde, wir sollten die beiden öfter zusammenbringen. #winkmitdemzaunpfahl
Dad hat erzählt, dass du mit Haley aus

warst. Hab bei Social Media gestalkt, aber da sind noch keine Bilder online. Ich hoffe, ihr hattet Spaß.

Wyatt

Ich bin dankbar für:

Für den Vormittag bei Leanne und Page. Dad hat es in der Tat gut gefallen, und ich finde, du solltest den Zaunpfahl dort lassen, wo er hingehört. Es geht uns nichts an.

Für die Zeit mit Dad.

Für den Abend mit Haley. Wir haben uns einfach abgesetzt, weil zu viel los war am Santa Monica Pier. Haben einen tollen Aussichtspunkt gefunden.

Für den Kuss. Die vielen Küsse. Ohne Kameras. Nur sie und ich und … es war verdammt gut. Aber ich glaube, sie braucht Zeit, um darüber nachzudenken.

Ich auch.

Ich geh jetzt schlafen. Bei Dad ist es übrigens ruhig. Ihr scheint ihn also nicht nachhaltig mit euren Horrorfilmen verstört zu haben.

38. KAPITEL

Haley

»Hier ist der Plan, den wir ausgearbeitet haben«, sagte Felipe und legte zwei Zettel vor Wyatt und mich. Es war erst acht Uhr am Montagmorgen und ich noch ein wenig verschlafen. Den gesamten Sonntag hatte ich nachgedacht, was diese Sache zwischen uns bedeutete, aber keine Antwort gefunden.

Dass Wyatt anders als die Männer war, die ich sonst so traf, war mir schon lange klar. Was ich nicht wusste, war, was ich mit dieser Erkenntnis tun sollte. Er tat mir gut, brachte mich zum Lachen, weckte meinen Abenteuergeist, und er küsste wie kein anderer. Er war aufmerksam, still, zärtlich, und er war mein Kollege. Ich war noch immer die Schauspielerin mit den tausend Terminen und einer Karriere, die nicht richtig starten wollte. Ich hatte noch immer keine Zeit für eine Beziehung, auch wenn sich mein Körper nach Wyatts Berührungen sehnte.

Ich warf ihm einen Seitenblick zu, aber ich konnte beim besten Willen nicht erkennen, was in ihm vorging. Viel Zeit hatten wir heute Morgen nicht zum Reden gehabt, weil wir direkt in die PR-Abteilung bestellt worden waren und in einer Stunde beim Dreh erscheinen mussten.

Ich nahm das Blatt in die Hand und studierte die Termine. »Sind die mit Gabriela abgestimmt? Ich hab nicht alles im Kopf.«

»Mit Mei, ja«, sagte Felipe. »Sie und ich haben gestern die Pläne ausgearbeitet.«

»Da war Sonntag«, sagte Wyatt.

»Und?«, fragte Felipe und sah mich entgeistert an.

»Das ist wichtig, Leute«, mischte sich nun auch Izzy ein, die an ihrem Schreibtisch saß. »Die Menschen da draußen wollen mehr von Darissa. Die wenigen Bilder, die wir vom Samstag am Pier von euch haben, reichen nicht.«

»Beim nächsten Date planen wir das natürlich besser«, sagte Felipe schuldbewusst.

»Ja, und ich lass die Finger von Burritos«, sagte Wyatt. »Hab die ganze Nacht auf der Toilette verbracht und …«

»Also, wie ihr seht, machen wir nächste Woche Donnerstag weiter«, fuhr Felipe dazwischen.

Ich grinste in mich hinein und betrachtete den Plan. Donnerstag sollten wir auf ein Spiel der L.A. Lakers. Ich mochte Basketball nicht wirklich, aber wir hatten Plätze in einer der ersten Reihen, wo man uns besonders gut sehen konnte. Samstag war ein Ausflug mit Fahrrädern am Venice Beach geplant, die Woche drauf ein Musical und ein paar Tage später ein Essen in einem exklusiven Restaurant.

»Wir brainstormen auch an einem gemeinsamen Urlaub«, sagte Izzy. »Das ist mit Haleys Terminen nicht so einfach, daher wird es nur ein verlängertes Wochenende. Falls ihr Reisezielwünsche habt, können wir sie vielleicht mit einfließen lassen.«

»Momentan steht Hawaii ganz vorn«, sagte Felipe. »Das wird toll. Wir machen einen Ausflug an einen der romantischsten Orte der Welt.«

Wyatt sank auf seinem Stuhl zusammen und gab ein missmutiges Brummen von sich. »Ist das nicht ein wenig übertrieben?«

Felipe zuckte die Schultern. Genau wie ich.

»Ich verbring gern Zeit mit Haley, aber ehrlich gesagt, möchte ich nicht jedes Mal dabei gefilmt werden.«

Felipe hob die Augenbrauen und sah sich hilfesuchend nach Izzy um.

»Das ist euer Job«, sagte sie gelassen.

»Nein, mein Job ist es, vor der Kamera zu stehen – wo ich übrigens in fünfzig Minuten sein muss.«

Izzy setzte ein schräges Lächeln auf. »Ich glaube, du verstehst nicht genau, was von dir verlangt wird, Wyatt. Natürlich bist du dafür engagiert, deine Rolle zu spielen, aber diese Show steht und fällt mit der Aufmerksamkeit, die sie bekommt. Und gerade bekommt sie sehr viel. Allein Malcoms Besuch letzte Woche hat uns in die Schlagzeilen gebracht. Die Fans gieren danach, Damon zu sehen, und sie gieren nach euch. *Undercurrents* lebt nur noch, weil es so viele Menschen da draußen gibt, die hinter euch stehen. Das müssen wir bedienen, und so leid mir das tut – dazu gehört mehr als nur zu drehen. Du wirst damit klarkommen müssen. Ihr beide. Es geht schon lange nicht mehr nur um die Serie, es geht um das Gesamtprodukt. Ich erwarte nicht, dass ihr es gut findet, aber ich erwarte, dass ihr euren Job erledigt und lächelt.«

Wyatt blickte zu mir, und ich merkte, wie er all die Regeln in Hollywood zusammensetzte. Nun bekam er einen Vorgeschmack darauf, wie es war, wenn jemand über einen bestimmte. Daran würde er sich gewöhnen müssen. Ich hatte es längst getan.

»Hast du noch Fragen?«, fragte Izzy.

»Ja, aber ich hab keine Zeit mehr, sonst komm ich zu spät.«

»Klär bitte alles Weitere mit Felipe. Wir reden, wenn wir mit der Urlaubsplanung vorankommen. Keine Sorge, wir werden genügend Freiraum für euch einbauen. Dann wird es nicht ganz so stressig.«

Wyatt stand auf und wandte sich zum Gehen. Ich runzelte

die Stirn, griff meinen Zettel mit den Terminen und steckte ihn in die hintere Hosentasche. Dann verließ ich ebenfalls das Büro und trat hinaus aufs Filmgelände.

Wo Wyatt auf mich wartete.

»Ich hoffe, du weißt, dass das eben nicht gegen dich war?«, fragte er.

Ich nickte, denn das tat ich wirklich.

»Ich liebe es, Zeit mit dir zu verbringen«, fuhr er fort. »Das am Samstag war … wundervoll und einzigartig, und ich möchte mehr davon. Mit dir. Nicht mit denen.«

»Ich weiß, was du meinst, aber du hast Izzy gehört.«

»Das kann doch nicht sein, dass sie derart über uns bestimmen.«

Ich seufzte leise. »Ich fürchte schon.«

Er schüttelte den Kopf, fuhr sich durch die Haare. Das machte er oft, wenn er unsicher war. »Wie wäre es, wenn wir unsere eigenen Dates machen? Niemandem davon erzählen, uns einfach heimlich treffen?«

»Ich fand Samstag auch wundervoll, und ich wünschte, wir könnten uns gemeinsam absetzen und herausfinden, was da zwischen uns ist, aber ich weiß nicht, ob ich Zeit habe.« Gestern Abend hatte mich Lyles Assistentin angerufen und mich zu einem Termin am Mittwoch eingeladen. Wo ich endlich ihn und Malcom zusammen treffen konnte.

Er schluckte und verzog das Gesicht. »Verstehe.«

»Es tut mir wirklich sehr leid, Wyatt.« Ich schaffte es ja nicht mal, meine Familie zu besuchen, und auf die Bremse treten konnte ich auch nicht, sonst wäre es vorbei. »Ich mag dich. Sehr. Aber ich kann dir nicht sagen, ob daraus mehr werden könnte. Lass uns diese Dates durchziehen, ja? Klar werden wir gefilmt, aber wir können auch Zeit miteinander verbringen. Das nimmt uns niemand.«

»Du hast recht.« Er rang sich ein Lächeln ab, doch ich sah ihm an, dass es nicht von Herzen kam.

»Ist das okay für dich?«, hakte ich nach.

»Wird es sein. Keine Sorge.« Er deutete mit einem Nicken Richtung Set. »Lass uns an die Arbeit gehen.«

13. JULI

Wyatt

Wyatt

Ich bin dankbar für:

Für den Drehtag. Eric und ich haben uns vor der Kamera geprügelt. Es war richtig krass und irgendwie gut nach dem Tag.

Haley und ich haben heute einen strengen Marketingplan bekommen, wann wir wo auf welche Dates gehen sollen. Ich seh ein, dass es dazugehört, aber ich würde lieber Zeit mit ihr allein verbringen. Ich bin verwirrt. Keine Ahnung. Eric hat mich sogar angesprochen, ob alles in Ordnung sei. Wir waren was trinken, war nett. (Ich weiß, nett ist die kleine Schwester von scheiße, aber es war wirklich schön.) Glaub, er wollt mich anbaggern, aber er war so besoffen, dass es auch ein Versehen gewesen sein könnte.

Zoe

Magst du über Haley und dich reden? Ich bin immer für dich da.

Ich bin dankbar für:

Für den kurzen Flirt mit einem Kommilitonen. Wir haben uns bei der Essensausgabe getroffen. Er war nett. Ich wollt erst nicht darauf eingehen, aber dann dachte ich: Scheiß drauf!
Für die tollen Vorlesungen. Ich weiß jetzt schon, dass ich hier genau richtig bin, und freu mich unglaublich auf all den Lernstoff.
Fürs Autos-mit-Martha-Anschauen. Sie will sich ein neues kaufen. Oh, und sie macht jetzt vegetarische Frikadellen zum Niederknien. Wir haben mal wieder neue Rezepte probiert. Sie hat richtig Spaß am Kochen. Ich fühl mich wie so eine stolze Mutti.

14. JULI

Wyatt

Wyatt

Ich bin dankbar für:

Dafür, dass Haley so ein Profi ist. Die Szene heute war schwierig. Damon war sehr … rabiat zu ihr, aber sie hat so gut gespielt, dass es fast ein Selbstläufer war. Ich mag diese Seite von ihm nicht, aber ich geb alles, um dem gerecht zu werden. Seit Nikolai mit Malcoms Hilfe Damon umgemodelt hat, ist er so anstrengend geworden. Es kostet mich jedes Mal viel Energie, all die Perversität zu channeln.
Für die heiße Dusche gerade. Versuche noch, nach dem Dreh runterzufahren. Brauch irgendwie länger als sonst. Vielleicht hätt ich mit Eric und Kathrin ausgehen sollen.

Zoe

Muss ich mir Sorgen machen???
Geht es dir gut?

Ich bin dankbar für:

Fürs Aerial-Yoga mit Martha und zwei Freundinnen aus der Vorlesung. Es ist so cool. Wir sollten das auch mal ausprobieren, wenn wir uns wiedersehen.
Für den Diversity-Ball danach. Es war sehr divers, bunt, witzig. Hab alles um mich herum vergessen.

39. KAPITEL

Haley

Ich rieb nervös die Hände aneinander, während mich der Lift des Golden Sunset Hotels ins Penthouse fuhr. Ein letztes Mal checkte ich mein Handy, ob Gabriela mir weitere Anweisungen geschickt hatte.

Leider konnte sie nicht bei dem Termin dabei sein, weil sie mit Ella in der Früh nach New York geflogen war, wo sie mit Al Pacino an einer Preisverleihung teilnehmen würde. Da Malcom nur noch heute in der Stadt war, musste ich also allein zu diesem Treffen.

Gestern Abend hatte ich eine zweistündige Telko mit Gabriela geführt, in der sie mir genau gesagt hatte, welchen Dingen ich zustimmen durfte und wo ich mich zurückhalten solle: Keine Gagengespräche und keine festen Zusagen machen, was meine mögliche Rolle anging. Dafür durfte ich Screentests machen, falls sie das wollten, Polaroids schießen, meine Daten und Maße in ihre Kartei aufnehmen lassen.

Lyles Assistentin hatte mir im Briefing geschrieben, dass es ein Abendessen werden würde und ich keinen formellen Dresscode befolgen musste. Da ich wusste, dass Lyle Wert auf ein lockeres Miteinander legte, hatte ich mich für ein Outfit entschieden, das als halb elegant, halb sportlich durchging. Ich nestelte an den oberen Knöpfen meiner ausgestellten Bluse herum und drapierte sie neu in den Gürtel meiner Jeans. Dazu trug ich hohe Pumps, die meine Beine betonten und sie länger machten.

Der Aufzug pingte, und kurz darauf öffneten sich die Türen zum Penthouse, in dem ich erst vor ein paar Wochen mit Gabriela und Lyle zu Mittag gegessen hatte.

»Hallo?«, rief ich in den Raum hinein. Wie beim ersten Treffen erklang sanfte Klaviermusik aus den Lautsprechern. Da es draußen beinahe dunkel war, brannten heute wesentlich mehr Lichter. Ich trat langsam ein, blickte mich um.

»Haley«, hörte ich Lyles Stimme von nebenan. »Ich bin gleich bei dir. Nimm dir einen Drink.«

War nur er hier, oder wo steckte Malcom? Ich trat weiter in den Raum hinein, legte die Handtasche auf die Bar und nahm mir ein Glas. Da ich gerade nicht bereit für Alkohol war, entschied ich mich für Wasser, in das ich ein paar Eiswürfel gab.

»Nichts Härteres?«, hörte ich Malcoms Stimme hinter mir. Ich drehte mich um. Er trug eine Anzughose und ein Hemd, dessen obere Knöpfe offen standen. Es war ein ähnliches Outfit wie das auf dieser Luxusparty, als ich ihn bei dem Blowjob überrascht hatte.

»Hi«, erwiderte ich und schimpfte mich dafür, weil meine Stimme so kratzig klang. »Und nein. Wasser ist perfekt.«

Malcom ließ seinen Blick über meinen Körper wandern und hob eine Augenbraue. War ich ihm zu leger gekleidet? Oder noch zu formell?

»Schon ein bisschen langweilig, findest du nicht?«

Mein Outfit? Meine Frisur? Ich?

»Ich mein das Wasser.« Malcom lachte leise und ging an mir vorbei zur Bar. Sein teures Aftershave hinterließ eine sanfte Duftnote im Raum. »Lyle ist gleich fertig. Er muss sich noch die Nase pudern.«

Ich hielt die Luft an.

»Das mein ich übrigens wörtlich. Nicht so, wie du gerade denkst.« Er zog demonstrativ die Nase hoch und wischte sich darüber. »Aber wenn du Bock auf ein paar Lines hast, lass es mich wissen. Ich bin immer vorbereitet.«

»Das wird nicht nötig sein, danke. Drogen sind nicht mein Ding.«

»Ach, das sagen sie alle. Bis sie das erste Mal von dem richtig guten Zeug gekostet haben. Ab da gibt es kein Zurück mehr.« Er zwinkerte mir zu, trat hinter die Bar und goss sich einen Whiskey ein.

Mir war ein wenig schwindelig. Malcom hatte eine so starke Präsenz, dass sie all den Sauerstoff im Raum aufzubrauchen schien. Seine Aura hatte sich über das gesamte Penthouse ausgedehnt und es verändert. Die Wärme und Gemütlichkeit von meinem ersten Gespräch waren fort.

Ich trank einen weiteren Schluck und überlegte, wie ich mich am besten in seiner Gegenwart verhalten sollte. Normalerweise übernahm Gabriela diesen Einleitungspart, bis sich alle gefunden hatten und klar war, wer welche Rolle in dem Gespräch haben würde.

»Wie geht es dir, Haley?«

»Gut. Es ist viel zu tun, aber es macht Spaß.«

Er grinste. »Die Standardantwort auf alles in Hollywood. Mir geht es gut, wie geht es dir? Weiter zum Geschäft.«

»Was?«

»Nichts. Wie laufen die Dreharbeiten? Nikolai hat mir gestern erzählt, dass Damon immer besser wird.«

»Er wird auf alle Fälle spezieller.« Die Drehs diese Woche waren heftig gewesen, und ich hatte gemerkt, dass es Wyatt schwerer gefallen war als sonst. Erst hatte er sich am Montag mit Eric on screen geprügelt, dann hatte er gestern die Szene mit mir gedreht, in der Damon Marissa bedrängte. Er wollte ihr Nein nicht akzeptieren, und als sie vor ihm floh, hatte er sie gepackt, an die nächste Wand gedrückt und heftig geküsst. Es hatte sich völlig anders angefühlt als das, was wir am Samstag getan hatten. Forsch und brutal und hässlich. Aber ich hatte es so spielen müssen, dass es Marissa gefiel und sie sogar mehr davon wollte. Irgendwann hatte Stephen uns mit dem *Cut* erlöst. Wyatt hatte danach Zeit gebraucht, um sich zu fangen. Sogar Stephen hatte ihn zur Seite genommen und ihm Hilfe angeboten wie mir zuvor. Damon verlangte ihm seit der Änderung viel ab. Es war bewundernswert, wie glaubhaft Wyatt es schaffte, sich diese Rolle jedes Mal überzuziehen.

»Speziell ist gut. Das ist das Gegenteil von langweilig, und genau das braucht diese Show. Ihr müsst im Gespräch bleiben, aber wie ich auf Social Media sehe, tun Wyatt und du das schon.«

»Die Dates sind nur für die PR.«

»Hat Lyle mir bereits erzählt. Ist das denn okay für dich?«

»Ja, klar. Es gehört zum Job.«

»Also würdest du das mit jedem tun?« Er trat um die Bar herum und stützte einen Ellbogen auf.

»Wir gehen nur aus, haben ein wenig Spaß.«

»Und küsst euch leidenschaftlich.«

»Alles Dinge, die wir auch vor der Kamera am Set tun. Solange es diese Grenze nicht überschreitet, ist es fein für mich.«

»Aha.« Malcom nippte an seinem Whiskey und sah mich über den Rand hinweg an. Mein Hals brannte, als würde ich das Gebräu schlucken.

»Haley, hi«, hörte ich endlich Lyles Stimme. Ich stieß die Luft aus und bemerkte erst jetzt, wie angespannt ich war. »Schön, dass du da bist.«

Er kam mit ausgebreiteten Armen auf mich zu. Dieses Mal trug er dunkle Jeans und ein locker sitzendes T-Shirt. Er hatte die Haare nach hinten gestylt, was sein Gesicht viel markanter machte. Ich stellte das Glas auf die Theke und kam ihm entgegen. Lyle zog mich kurz an sich, hauchte mir einen Kuss rechts und links auf die Wange und ließ mich los.

»Hätte ich gewusst, dass es hier so vertraut zugeht, hätte ich dich auch so begrüßt«, sagte Malcom. »Du hast immerhin schon meinen Schwanz gesehen.«

Ich räusperte mich und lief rot an.

»Mal«, zischte Lyle.

»Schon gut. Lass uns übers Geschäft reden.« Malcom trat neben mich, legte einen Arm um meine Schulter und führte mich durchs Wohnzimmer. »Wir nutzen gerade eins von Lyles Zimmern für unser Brainstorming. Er hat dir das Konzept mit den verschiedenen Realitäten schon erklärt, oder?«

»Hat er.«

»Ich finde, sie wäre eine hervorragende Selene«, sagte Lyle, der uns folgte.

»Ja?«, fragte Malcom. »Sie an der Seite von Landon? Weiß noch nicht.«

»Haley hat genau die Ausstrahlung, nach der wir suchen«, beharrte Lyle. »Selene ist selbstbewusst, mutig und entschlossen. Sie ist in einem Umfeld voller Dunkelheit und Gefahr aufgewachsen. Haley wird das super spielen können, weil sie als Savannah bereits aus einer fremden Welt stammte.«

»Und als Marissa ist sie das zarte Mauerblümchen, das sich von einem Drecksack herumschubsen lässt«, sagte Malcom.

Einem Drecksack, den Malcom eigenhändig dreckiger gemacht hatte!

Wir umrundeten den Raumtrenner und fanden uns in einem großen Zimmer wieder. In der Mitte stand ein Schreibtisch, der voll beladen mit Papieren war. An der rechten Wand hingen Karteikarten und Listen, die alle mit roten Linien und Punkten miteinander verbunden waren. Links von mir befanden sich zwei Sessel und auf einem kleinen Beistelltisch zwei leere Gläser.

»Willkommen in der Kommandozentrale«, sagte Malcom. »Ein Teil unseres Masterplans. Natürlich nicht alles. Das bekommt niemand zu sehen außer uns. Aber hier kriegst du schon mal einen ersten Einblick, wie groß es wird.«

Das würde es in der Tat sein. An einer Seite war ein Zeitstrahl aufgemalt, woraus klar wurde, aus welchen Phasen das Franchise bestand. Sie hatten es genau eingeteilt und an verschiedene Marker ihre Höhepunkte gesetzt. Es war so viel auf einmal, dass ich gar nicht alles aufnehmen konnte. Meine mögliche Rolle bekäme erst im dritten Film ihre eigene Geschichte, war aber in den ersten beiden Teilen mit kurzen Gastauftritten dabei.

»Es wird alles bis ins Detail vernetzt sein«, sagte Malcom und trat neben mich. »Wir benutzen die neueste CGI-Technik, gegen die selbst Cameron einpacken kann. Es wird ein Feuerwerk, wie es Hollywood noch nie gesehen hat. Hier fließt alles rein, wofür wir in den letzten Jahren gearbeitet haben.«

»Hier ist übrigens Selene«, sagte Lyle und kam auf meine andere Seite. Er nahm eine Illustration von der Wand und reichte sie mir. Sie zeigte eine wunderschöne hellhäutige Frau mit kurzen schwarzen Haaren und leuchtend blauen Augen. Sie trug eine Kombination aus Leder- und Rüstungsteilen in onyxschwarz. In ihrer Hand hielt sie einen langen Stab, an dessen Spitze eine türkisfarbene Kugel befestigt war.

»Selene kann ihre Gestalt wandeln«, sagte Lyle. »Sie lebt in der Dunkelheit, die Schatten sind ihr Zuhause. Sie hat eine sehr schwere Kindheit gehabt und weiß nicht, wer ihre Eltern sind.«

»Findet sie das heraus?«

»Natürlich«, sagte Malcom. »Und das wird weitere Konflikte auslösen, denn ihre Eltern hätten nie zusammenkommen dürfen. Selene wurde in Sünde gezeugt. Genau das spürt sie. Die Magie der Unterwelt zehrt sie aus, statt sie zu stärken, wie es eigentlich bei ihrem Volk üblich ist. Sie muss regelmäßig in die heiligen Quellen einkehren und ihre Seele reinigen. Es wird sensationell. Die Schauplätze sind zum Teil schon designt. Hier ist ein Bild ihres Thronsaales.« Er zeigte mir auch das, und es war ebenso atemberaubend wie Selene. Dunkelheit und Schatten zogen sich durch das ganze Konzept. Von den dunklen Böden zu den hohen Wänden und dem gigantischen Thron, der in der Mitte emporragte. Es war mystisch, geheimnisvoll und gefährlich.

»Das ist wunderschön«, sagte ich.

»Ist es«, erwiderte Malcom. Er wandte sich von uns ab und durchquerte den Raum. »Wunderschön und einzigartig, und aus diesem Grund suchen wir die Leute, die daran mitarbeiten werden, sehr genau aus.«

»Verständlich.«

»Jeder, der mitmacht, hat es danach geschafft«, sagte Malcom. »Wir rütteln Hollywood ordentlich durch. Das wird in die Filmgeschichte eingehen und seinen Platz neben all den Klassikern haben. Star Wars. Matrix. Avatar. Titanic. Wir lassen eine Bombe auf diese Stadt fallen. Ich bin mir sicher, dass es in den nächsten Jahren nichts Vergleichbares geben wird.«

Das Gefühl hatte ich tatsächlich auch. Ich mochte es zwar nicht, wenn jemand derart dick auftrug, aber die Konzepte, die vor mir an der Wand hingen, waren mehr als überzeugend. Lyle erklärte mir noch ein paar Details, und ich erkannte mit jedem Wort, mit wie viel Liebe und Leidenschaft dieses Franchise aufgebaut war.

»Was sagst du?«, fragte Lyle schließlich. Er lächelte mich an, und in seinen Augen funkelte eine kindliche Freude. Sie war ansteckend, betörend und einladend.

»Ich würde mich freuen, wenn ich ein Teil davon sein darf.«

Lyle nickte und blickte sich nach Malcom um. Der hockte hinter uns am Schreibtisch und kratzte sich nachdenklich am Kinn. »Ich weiß noch nicht recht, ehrlich gesagt. Ich sehe, dass du Potenzial hast, und ich versteh auch, was Lyle an dir findet. Du bist hübsch, Haley. Was in dieser Stadt keine Seltenheit ist. Ich könnte mit dem Finger schnippen und mir binnen weniger Minuten zehn Mädchen hierherbestellen, die deinem Typ entsprechen.«

Ich hielt die Luft an und merkte, wie sich mein Herzschlag beschleunigte. Malcom hatte vollkommen recht.

»Ich finde ihre Ausstrahlung einzigartig«, sagte Lyle. »Sie hat Erfahrung mit mystischen Stoffen. Sie hat das jahrelang gespielt.«

»Sie war 'ne Teenie-Meerjungfrau.«

»Hast du mal in die Serie reingeschaut?«

»Natürlich. Sie ist nett und gut gemacht, aber das hier ist eine ganz andere Liga.« Er deutete auf die Wand mit den Illustrationen, den Konzepten, dem Traum. Der Zukunft. *Meiner* Zukunft.

Vielleicht.

»Kann ich denn irgendetwas tun, um dich zu überzeugen?«, fragte ich. »Wir können Probeaufnahmen machen, ich les gern Texte oder spiele eine Szene durch.«

Malcom legte den Kopf schräg und ließ sich tiefer in den Stuhl sinken. »Interessante Frage.«

War das nicht eine ganz normale Frage?

»Malcom«, hörte ich Lyle sagen, doch der hob die Hand.

»Vielleicht kannst du wirklich was tun.«

Er öffnete die Beine weiter und strich sich über den Oberschenkel. Mir wurde heiß, denn auf einen Schlag änderte sich die Stimmung. Hilfesuchend sah ich mich nach Lyle um, doch der stand regungslos hinter mir und hatte den Blick fest auf Malcom gerichtet. Sein Ausdruck war wie eingefroren. Atmete er überhaupt noch?

»Was …«, stammelte ich.

»Ich sag dir, wie das läuft«, sagte Malcom. Seine Hand blieb über seinem Schritt liegen. »Du hast auf der Party gesehen, auf was ich stehe und was ich brauche.«

Der kalte Schweiß brach mir aus.

Nein, nein, nein, bitte nicht.

Ein Zittern erfasste mich, und ich musste all meine Willenskraft aufbringen, nicht aus dem Raum zu flüchten.

»Wir können das ganz einfach erledigen.« Malcom fing an, sich die Hose aufzuknöpfen. »Ich brauch nicht lange, wenn du es richtig machst. Fünf Minuten, vermutlich schneller, da ich jetzt schon steinhart bin. Du überzeugst mich mit deinen Fähigkeiten, und wir sehen zu, dass wir dich an Bord holen.«

»Ich ...«

»Es sei denn, du willst nicht Teil dieser gigantischen Party werden.«

Ich wich einen Schritt zurück, stieß dabei aber gegen Lyle, der sich nach wie vor nicht rührte.

Hilfe!, wollte ich ihn anschreien, doch aus meinem Mund kam nur ein raues Ächzen.

»Das kann dich aus der Mittelmäßigkeit holen, Haley«, fuhr Malcom unbeeindruckt fort. »Ein guter Blowjob, und du hast, was du dir erträumst. Du brauchst keine Marissas mehr in zweitklassigen Serien zu spielen. Du wirst ein Star, dem alle hinterherrennen.« Er fasste sich in die Hose und unter seine Shorts. Mit einem Stöhnen rieb er über seine Erektion. »Nur ein paar Minuten. Das ist alles, was du für deine Karriere tun musst.«

Mir wurde schwindelig. Das war zu viel. Ich musste raus. Ich musste weg. Irgendwohin.

»I-ich kann nicht«, stammelte ich.

»Ach, komm schon. Ist dir das wirklich so fremd? Hat dich noch nie ein Produzent befummelt, dir Komplimente gemacht, dich angefasst, wenn du es nicht wolltest?«

Doch. Das war bereits passiert. Solche Situationen waren nie angenehm, und ich wusste natürlich, was sich in manchen Castingzimmern abspielte. Aber ich war noch nie so offen damit konfrontiert worden.

»Lyle«, stammelte ich, und das schien ihn aus seiner Starre zu lösen. Er machte einen Schritt auf mich zu, legte seine Hände rechts und links an meine Schultern und drückte sie sanft.

»Keine Sorge«, sagte Malcom. »Er guckt nur zu und holt sich dabei einen runter.«

Sämtliches Blut sackte in meinen Bauch. Lyle schloss die Augen, presste die Lippen aufeinander und schüttelte den Kopf.

War das der Mann, der mit Gabriela über ihren Welpen gesprochen hatte? Der von Wandertrips erzählte, der mir von Medea vorschwärmte, einer starken Frau, die sich nie unterkriegen ließ? Der mir ein sanftes Gefühl vermittelte, mit mir warmen Schokokuchen aß und mir einen Safe Space auf dieser Party geboten hatte?

Das konnte doch nicht sein!

Ich blickte über meine Schulter zu ihm und sah das unendliche Bedauern in seinem Blick. Genau wie die Resignation.

»Tu es einfach«, flüsterte er und verstärkte den Griff um meine Schultern. Ich wollte mich losmachen, aber mein Körper reagierte nicht mehr. Lyles Finger zitterten.

»Warum tust du das?«

»Weil ich keine andere Wahl habe«, flüsterte er.

Malcom, der es anscheinend gehört hatte, lachte nur. »Für ihn steht genauso viel auf dem Spiel wie für dich. Das hier ist größer als ihr alle zusammen.«

»Mach einfach die Augen zu«, redete Lyle weiter. Seine Stimme klang belegt und rau. Ich spürte, dass er es nicht wollte, dennoch schob er mich weiter in Malcoms Richtung. »Wenn du sie wieder aufmachst, ist es vorbei, und du bist ein Star.«

Malcom musterte mich voller Lust und Gier. Er genoss das über alle Maße. Er war diese Art von Mann, die er aus Damon herausholen wollte. Toxisch. Reich. Unbarmherzig, kalt.

Mir wurde speiübel. »Nein«, sagte ich, löste mich energischer von Lyle und trat zur Seite. »Ihr … das ist … Auf keinen Fall.«

Tränen stiegen mir in die Augen. Ich wischte sie sofort wieder weg. Mein gesamter Körper zitterte vor Anspannung. Ich musste hier raus.

Jetzt.

Halb schwankend irrte ich zurück ins Wohnzimmer, suchte nach meiner Tasche und fand sie auf der Theke. Ich riss sie an mich, stolperte über einen der Barhocker und konnte mich geradeso abfangen. Meine Tasche stürzte zu Boden, der

Autoschlüssel, das Handy und ein Deo kullerten heraus. Ich sammelte rasch alles ein, stopfte es fahrig zurück. Als ich mein Telefon in der Hand hielt, sprang mir eine Nachricht auf dem Display entgegen.

Gabriela

Ich hoffe, du hast viel Spaß bei dem Treffen. Das wird super, Haley. Überzeug sie mit deinem Charme. Du schaffst es!

Ich schluchzte. Rieb mir erneut die Tränen aus den Augen und dachte daran, was gerade für mich auf dem Spiel stand.

Gabriela war mit Ella in New York. Das neue Starlet Hollywoods. Der aufgehende Stern. Jemand, der es schaffen konnte, während mein Stern hier und heute verblasste. Es würde mich nicht wundern, wenn Malcom alle Hebel in Bewegung setzte, um mir künftig Steine in den Weg zu legen. Er hatte die Macht dazu. Er war der Titan von Hollywood.

Ich schüttelte mich, schwankte weiter Richtung Ausgang, aber in meinem Kopf ratterten die Gedanken.

Weiter und weiter und weiter.

Wenn ich jetzt dieses Penthouse verließ, was blieb mir dann noch übrig? Wollte ich wirklich weiter eine Marissa spielen? Ständig darum kämpfen, gesehen zu werden? Mit dieser Masse schwimmen und irgendwann untergehen.

Nur ein paar Minuten. Das ist alles, was du für deine Karriere tun musst.

Es wird schnell gehen.

Tu es einfach.

Ein guter Blowjob.

Der Aufzug pingte. Ich zuckte zusammen, weil ich gar nicht bemerkt hatte, dass ich den Finger auf den Knopf gelegt hatte.

Die Türen gingen vor mir auf. Ich starrte ins Leere. In meine Freiheit und in die Mittelmäßigkeit.

Da draußen wartete eine Stadt auf mich, die sich nicht für Individuen interessierte. Die Jahr um Jahr Tausende von Schauspielerinnen und Schauspieler verschlang. Nur die Starken schafften es. Die Kämpfer und Macher. Die, die über ihre eigenen Grenzen gingen.

Und ich stand an einem Wendepunkt. Ich konnte all das hinter mir lassen.

Ich musste mich nur entscheiden.

DANKSAGUNG

Ich gebe es zu: Seitdem ich schreibe, liebe ich Cliffhanger, und ich freue mich sehr, mal wieder einen einbauen zu können. Sorry, Leute.

Wie es mit Haley und Wyatt weitergeht, könnt ihr im Oktober in Teil Zwei lesen.

Diese Geschichte wollte ich schon sehr lange erzählen. Ich glaube, vor ungefähr zwei Jahren habe ich mit meiner Lektorin Anna darüber nachgedacht, wohin die Reise als Nächstes gehen könnte. Da ich Crossover liebe, war schnell klar, dass ich wieder jemanden aus meinem Universum einbauen werde. Wer die One-Last-Reihe gelesen hat, wird Wyatt wiedererkennen. Er kommt im letzten Teil, »One Last Act«, vor und ist der Klassenkamerad von Ally. Mir haben schon die Szenen mit ihm sehr viel Freude bereitet, und als ich dann in »Running up that Hill« mit ihm anfing, fühlte es sich an wie nach Hause kommen.

Mit Haley habe ich mich ein wenig schwerer getan, denn sie wollte so gar nicht mit mir reden. Sie war verschlossen, auf ihre Karriere fixiert und ließ mich einfach nicht an ihrem Innenleben teilhaben. Schließlich kam Page mit auf die Bühne, und das hat ihre harte Schale zum Glück aufgebrochen. Außerdem liebe ich die Dynamik der beiden. Die Dialoge schrieben sich fast von selbst, was ich in der Form auch noch nie bei einem Paar erlebt habe.

Ganz besonders hatte ich auch Freude an den Filmszenen, da ich selbst mit Anfang 20 in Amerika eine Musical- und Schauspielausbildung gemacht habe. Meine Freundin Heather Feeney – die nach wie vor Serien in den USA dreht – hat mir mit einigen Begriffen geholfen. Natürlich ist das Leben an einem Set in der Realität ein wenig anders, aber zum Wohle der Geschichte habe ich mich hier nur auf einen Teil dieser Arbeit konzentriert.

Vielen Dank auch an die wundervolle Timea Brooks, die mir all meine Fragen zu ihrer Hormontherapie und Transition beantwortet hat und mir damit half, Zoe besser zu greifen.

Wie immer danke ich auch meinen Agentinnen von Langenbuch & Weiß, Kristina und Gesa, und dem gesamten Team dort. Ihr leistet so tolle Arbeit.

Ein großer Dank geht auch an die gesamte reverie-Truppe von der Verlagsgruppe HarperCollins Deutschland GmbH.

Ebenfalls möchte ich mich bei Klaudia Szabo bedanken, die mir so sehr im Lektorat geholfen hat. Durch dich verstehe ich Haley jetzt noch besser.

Das einzigartige Cover hat mal wieder Alexander Kopainski entworfen. Ich liebe es! Danke dafür.

Auch Danke an meine Familie, meinen Mann und meine Freunde, die mir jeden Tag den Rücken freihalten und sich mein Gejammer anhören, wenn ich mal wieder festhänge.

Letztlich möchte ich mich auch bei dir bedanken, dass du meine Geschichten liest. Danke für all die Nachrichten, die mich täglich erreichen, für jedes geteilte Bild und all die Liebe. Ich sehe euch.

Ich kehre nun zurück an den Schreibtisch und schaue mal, wie ich Haley aus der Nummer wieder rausbekomme. Wir lesen uns.

CONTENT NOTE

Dieses Buch enthält potenziell triggernde Inhalte:

Tod eines Familienmitglieds
Drogenkonsum
Sexuelle Belästigung (am Arbeitsplatz)
Erwähnung von Erbrechen